ASHLEY REAM

30 TAGE UND EIN GANZES *Leben*

ROMAN

Aus dem Amerikanischen
von Alexandra Baisch

btb

Die amerikanische Originalausgabe erschien 2012
unter dem Titel *Losing Clementine* bei William Morrow,
einem Imprint von HarperCollins Publishers, New York.

Verlagsgruppe Random House FSC® N001967
Das für dieses Buch verwendete FSC®-zertifizierte
Papier *Lux Cream* liefert Stora Enso, Finnland.

1. Auflage
Deutsche Erstveröffentlichung Juni 2015

Satz: Uhl + Massopust, Aalen
Druck und Bindung: CPI books GmbH
MP · Herstellung: sc
Printed in Germany
ISBN 978-3-442-74611-8

www.btb-verlag.de
www.facebook.com/btbverlag
Besuchen Sie unseren LiteraturBlog www.transatlantik.de

30 TAGE

Ich warf die Teekanne aus dem Fenster.

Sie donnerte drei Etagen nach unten und zerbrach in unzählige weiße Porzellanscherben direkt hinter Mrs Epstein, die ich ohnehin nie wirklich leiden konnte.

»Hey!«, brüllte sie zu mir nach oben.

»Tut mir leid«, entgegnete ich und beugte mich halb über den Fenstersims nach draußen, ehe ich mich wieder nach drinnen wandte, mir ein halbes Dutzend Tassen schnappte und sie ebenfalls hinausbeförderte.

Es tat mir nicht wirklich leid.

Rums.

Es tat sogar äußerst gut.

»Sind Sie denn von allen guten Geistern verlassen?«, rief Mrs Epstein und tänzelte in ihren Gesundheitsschuhen herum, um den Scherben auszuweichen.

»Ja«, ließ ich verlauten und hängte mich mit aller Kraft ans Fenster, um es wieder herunterzuziehen.

Noch besser hätte ich mich dabei gefühlt, es laut polternd herunterkrachen zu lassen, aber diverse Farbschichten aus den letzten fünfzig Jahren machten das gänzlich unmöglich. Bedauerlicherweise. Denn gerade ging ich ganz darin auf, ausschließlich Dinge zu tun, die mir guttaten. Erst an diesem Nachmittag hatte ich meinen Seelenklempner gefeuert. Wenn man sich wirklich und wahrhaftig dazu entschieden hatte, seinem Leben ein Ende zu setzen, wozu brauchte man dann noch einen Seelenklempner?

Auch das war äußerst befreiend. Beides, der Rausschmiss und der Entschluss dazu.

Danach war ich vollkommen vorsätzlich gegen das Auto dieses Arschlochs gefahren, das immer 15 Zentimeter in meine Auffahrt hinein parkte. Ich hatte seine halbe Stoßstange mitgenommen und keinen Zettel hinterlassen, und das geschah ihm recht. In dreißig Tagen würde ich tot sein. Sollte er doch versuchen, mich wegen dieser Bagatelle vor Gericht zu ziehen.

Bei mir oben hatte ich dann die Jacke nicht aufgehängt und den Orangensaft direkt aus dem Tetrapak getrunken. Ich hatte sogar ein klein wenig hineingespuckt, einfach so, weil ich es konnte. Alles überaus befreiend. Das war dann auch der Moment, in dem ich beschloss, dass ich eigentlich gar keinen Tee mochte.

Rums.

Das hätte ich schon vor einer Ewigkeit tun sollen.

Ich wohne quasi um die Mitte meines Ateliers herum. Die Ecken sind zum Wohnen da. Meine Küche, mein Fernseher und ganz hinten, hinter einem roten Samtvorhang, mein Bett. In der Mitte arbeite ich. Das ist keine Metapher. Es ist eine räumliche Beschreibung. Die Arbeitswege sind fantastisch.

Ich ging einen Stapel aufgespannter Leinwände durch, die an der rau verputzten Wand lehnten.

Nein, nein, nein, nein. Ja.

Ich zog eine quadratische hervor, 1,20 auf 1,20. Die war brauchbar. Ich stellte sie auf die Staffelei. Jenny, meine Assistentin, hatte ich in der Woche zuvor gefeuert, nachdem sie ein halbes Dutzend davon aufgespannt hatte. Mit Nachnamen heißt sie Pritchard, wie ich, doch wir sind nicht verwandt. Sie ist 24, sieht aber jünger aus. Als ich sie entlassen habe, hat sie mich angesehen, als hätte ich ihr eine geknallt. Sogar ihre Wange ist rot geworden. Tränen glitzerten an ihren Wimpern, sie flitzte durch das Atelier, sammelte Unterlagen und ihre Tasche ein und nahm schließlich auch die Kaffeetasse mit, die ich ihr gegeben hatte, als sie bei mir anfing. Ich hätte sie die Leinwände gleich noch grundieren lassen sollen, aber daran hatte ich nicht gedacht.

Nachdem sie weg war, rief ich die Essex Gallery in New York an. Der Galerist hatte eine Frau, deren Familie durch luxuriöse Möbelstoffe zu Geld gekommen war. Außerdem finanzierte er noch einen »Freund«, einen jungen Mann, der um die 25 sein musste und den er in einem Apartment in den West Fifties logieren ließ. Ich habe in dieser Galerie angefangen, als ich noch nicht sehr bekannt war. Der Galerist und ich mochten einander, so wie man eben jemanden mögen muss, der mehr über einen weiß, als einem lieb ist. Ich sagte ihm, er täte besser daran, Jenny eine eigene Ausstellung einzuräumen. Tags darauf erhielt sie einen Anruf. Aber mir ist zu Ohren gekommen, sie hätte das Angebot ausgeschlagen. Ich habe keinen Schimmer, weshalb. Als ich ihr letztes Gehalt überwies, legte ich etwas drauf, genug für sie, um über die Runden zu kommen, bis sie ihre eigenen Bilder verkaufen würde. Denn das ist es nämlich, was sie schon immer hätte tun sollen, statt mir die verdammten Leinwände aufzuziehen.

Ich griff mir eine saubere Schüssel aus dem Regal und fing an, wie verrückt eine Flasche mit Gesso zu schütteln, einer Mischung aus Latex und Kalziumkarbonat. Schon als Kleopatra in Ziegenmilch badete, benutzte man zum Grundieren eine ähnliche Mischung, nur dass damals ein Klebstoff auf tierischer Basis verwendet wurde, was heute PETA-Aktivisten auf den Plan rufen würde. Ich kippte das, was noch davon übrig war, in die Schüssel. Dann fügte ich das entsprechende Viertel Acryllack hinzu, öffnete die Wasserflasche, die ich letzte Nacht halb leer getrunken hatte, und gab die gleiche Menge davon zu der Mischung.

Chuckles sprang auf den Arbeitstisch und ließ seinen Schwanz neben der offenen Flasche hin und her zucken, eine leere Drohung, ehe er sich zwischen den Dosen mit Lösungsmitteln und Klebstoff hindurchschlängelte. Er lief über einen Stapel Zeitschriften, Takeaway-Flyer und Müll, von dem ich dachte, ihn irgendwann einmal in einer Arbeit zu verwenden. Eine *Vogue* rutschte vom Stapel und fiel auf den Boden. Und dort blieb sie auch, denn Jenny war nicht da, um sie aufzuheben.

Da er nichts fand, was für ihn interessant war, sprang Chuckles auf die Metallregale, die entlang einer Wand standen. Er streunte an den Stehsammlern voller alphabetisch geordneter Zeitschriften vorbei. *Car and Driver, Cosmopolitan, Food and Wine, Los Angeles Magazine, National Geographic, Photography Today, Wine Spectator*. Die Plastikboxen mit den bedruckten Etiketten *Speisekarten, Reiseprospekte, Landkarten (USA), Landkarten (Ausland), Werbung (Frauen), Werbung (Männer), Zeitungen (USA), Zeitungen (Ausland)* würdigte er mit keinem Blick. Stattdessen rieb er seine Schnauze an den Schachteln, in denen Tapetenschnipsel und Stofffetzen nach Farben sortiert aufbewahrt waren, und richtete seine Aufmerksamkeit dann auf die großen Mülleimer aus Plastik. Streng genommen war gar kein Müll darin, sondern irgendwelches Zeug, das ich von der Straße nach Hause geschleppt hatte. Ich hörte das dumpfe Geräusch, als er mit allen vier Pfoten auf einem Deckel landete. Jenny organisierte das hier alles, also musste ich mich nicht darum kümmern. Nur bei Tierknochen war für sie Schluss. Die musste ich selbst säubern und auskochen. Ich hatte eine Schwäche für Vogelflügel, aber es wurde immer einfacher, sie online zu bestellen, statt das einzusammeln, was die Kojoten übrig gelassen hatten.

Ich bearbeitete die Leinwand mit langen Strichen, von rechts nach links, von oben nach unten, presste die Mischung in das Gewebe. Lästige Routinearbeit, denn ich würde das Ganze trocknen lassen, dann abziehen und erneut auftragen müssen. Das war der Grund, warum ich überhaupt erst eine Assistentin eingestellt hatte. Ich ließ den Pinsel in eine Dose fallen, doch dann fiel mir ein, dass keiner mehr hinter mir herräumen würde, also schnappte ich ihn zusammen mit dem Kater und trug beide zum Waschbecken. Den Pinsel wusch ich mit Seife und Wasser aus. Chuckles kam noch einmal so davon. Gips ist verheerend für Pinsel. Genauso gut könnte man sie in Sekundenkleber tauchen. Würde Chuckles hineinfallen, dann müsste ich ihn wohl rasieren, und dann wäre es noch schwieriger, ein neues Zuhause für ihn zu finden. Keiner will ein armseliges Tier mit Räude.

Ich tippte ein paarmal auf die Tastatur des Laptops, damit er aus dem Schlafmodus erwachte, und setzte mich dann mit einem Tetrapak Orangensaft an den Küchentisch. Es war so weit.

»Irgendwelche Wünsche?«, fragte ich Chuckles.

Er rieb seinen Kopf an meinem Bildschirm.

»Ach ja«, stimmte ich zu. »Keine Kinder.«

Ich tippte das.

»Sonst noch was?«

Er drehte sich auf seinen kurzen Beinen um und streckte mir sein braunes Hinterteil entgegen.

»Keine Hunde.«

Ich fügte auch das hinzu und vervollständigte den Rest der Anzeige.

Männlicher weißer Perser, Nichtraucher, mit eigener Meinung sucht ein Zuhause.
Name: Chuckles. (Hört aber nicht darauf.)

Hobbies: Fellpflege, Fenstersimse und gescheckte Katzendamen.
Aktueller Besitzer leidet an nicht kommunizierbarer tödlicher Krankheit (nicht verschuldet durch den Kater).
Stubenrein. Gesund.
Keine Kinder. Keine Hunde.
Kein China-Restaurant.

Ich fügte noch ein Foto hinzu und zeigte es ihm.

»Was hältst du davon?«

Chuckles scherte sich einen feuchten Dreck darum, was nicht sehr vorausschauend von ihm war.

Ich lud die Anzeige hoch und überlegte dann, was ich zu Abend essen wollte.

»Soll ich dir was mitbringen?«, fragte ich.

Chuckles' Augen blieben geschlossen, tränten wie gewöhnlich über sein zerknautschtes Gesicht.

Ich zog meine alte graue Arbeitsschürze aus und hob meine Jacke vom Boden auf, die auch schon ziemlich abgetragen war. (Wenn ich darüber nachdenke, wie viel Zeit ich über die Jahre damit vergeudet hatte, sie aufzuhängen ...) Ich zog sie an und verließ meine Wohnung. Die Tür schloss ich nicht ab. Der Volvo mit der kaputten Stoßstange stand nicht mehr da, also musste ich auf meinem Weg nach draußen nicht noch mal gegen ein Auto fahren.

Mein Lieblingsrestaurant befindet sich direkt neben einem Reifenladen auf der Sunset. Von meinem Atelier braucht man entweder zehn Minuten oder eine Stunde bis dorthin, je nachdem, wie beschissen der Verkehr gerade ist. In L. A. gibt es keine richtige Rushhour; der Verkehr ist zu manchen Zeiten einfach nur noch nervtötender als sonst. Ich hatte von einem Typen gehört, der herumfuhr und aus dem Heckfenster seines

Trucks Marionettentheater aufführte, während die Leute hinter ihm feststeckten und wie benzinverschlingende Zombies aus ihrer Windschutzscheibe starrten. Ein Journalist hat es als »Aktionskunst« bezeichnet. Für mich war es einfach nur ein weiterer Grund, von zu Hause aus zu arbeiten.

Nach einer nervtötenden, durchschnittlichen halben Stunde trat ich gebückt durch einen Regenbogen ausgebleichter und zerfetzter tibetischer Gebetsfahnen, die im Luftzug der vorbeifahrenden Autos flatterten. Eine Messingglocke ertönte über der Tür, als ich sie aufstieß, und die hustensaftpinkfarbenen Wände umfingen mich mit Wohlbehagen und Currygerüchen.

»Clementine, komm rein. Komm rein.«

Dolma hat die schönste Stimme, die ich je auf der Welt gehört habe. Jede gute Mutter sollte eine Stimme wie Dolma haben. Sie ist voller verhaltenem Enthusiasmus, hat einen warmen Klang und ist von ihrem melodischen Akzent durchsetzt. Man will sie mit zu sich nach Hause nehmen, damit sie einem Gute-Nacht-Geschichten vorliest, das Haar zurückstreicht und sagt, dass alles gut werden wird. Heute trug sie einen orangefarbenen Kaftan und Jeans, dazu Trekking-Sandalen, und ihr Haarschnitt sah immer gepflegt – und teuer – aus. Ihre Kinder, Nichten und Neffen, die auch alle hier arbeiten, sind von derselben gottgleichen Schönheit, auch wenn sie nicht ganz an Dolma heranreichen. Vielleicht liegt es daran, dass sie Buddhisten sind. Vielleicht daran, dass sie Sonnencreme benutzen und freie Radikale meiden. Vielleicht auch an ihren großartigen Frisuren. Ich weiß es nicht, und es ist auch ziemlich egal.

Dolma ließ mich unter einer quadratischen Stofflampe mit einem aufgestickten Drachen, der an eine Schlange erinnerte, Platz nehmen. Die Klimaanlage bauschte den Stoff, und es sah so aus, als tanzte der Drache.

»Tee?«, fragte sie.

Ich lächelte und dachte an meine Kanne. Ihr Tee war sehr viel besser als meiner. Das bei mir war eigentlich gar kein richtiger Tee.

»Ja«, erwiderte ich. »Viel. Und Bier.«

»Keine Jenny heute?«

»Nein. Keine Jenny heute.«

Sie reichte mir eine Speisekarte und holte die Getränke. Dolmas Tee schmeckte wie Chai stark nach Milch, Kardamom und Ingwer. Sie servierte ihn immer ungesüßt, und ich half jedes Mal mit einem der kleinen blauen Zuckerpäckchen nach. Das Bier hieß Karma-Bier. So stand es auf dem Etikett, und das war wohl auch der einzige Grund, warum es getrunken wurde, abgesehen davon, dass es kalt und alkoholisch war. Dazu ließ sie mir außerdem einen dünnen, runden Cracker von der Größe eines Tellers da, in den Gewürze hineingebacken waren, die ich noch nie genau hatte identifizieren können. Ich brach ein Stück ab und tunkte es in die kleine silberne Schale mit Tamarindchutney.

»Samosas oder Momos?«, fragte sie.

»Beides.«

Dolmas klingendes Lachen ertönte. »Du wirst noch dick.«

»Ich habe keine Zeit, dick zu werden.«

Wieder ertönte ihr Lachen, und sie verschwand in der Küche.

Die zu einer Pyramide aufgetürmten, frittierten Samosas waren gerade so scharf gewürzt, dass sich meine Wangen mit Farbe überzogen. Ich zerteilte sie und ließ den heißen Dampf entweichen, ehe ich sie in die kühle Minzsauce tauchte. Die Momos, dampfende, blässliche Teigtaschen, erinnerten mich jedes Mal an die flachen runden Sofakissen meiner Tante. Sie sind mit Hühnchen gefüllt und nicht besonders scharf, bis man sie in die Tomatensauce, genannt Achar, taucht. Ein scharfes, pikantes Chutney, dem nichts gleichkam.

Allmählich erwachten meine Geschmacksknospen wieder zu neuem Leben. Die Medikamente, die ich fast mein gesamtes Erwachsenenleben über eingenommen hatte, verschwanden langsam aus meinem Körper. Dinge, von denen ich dachte, ich würde sie mögen, waren so viel besser, als ich sie in Erinnerung hatte. Dolma brachte mir eine neue Tasse Tee und tauschte sie gegen meine leere aus. Für einen Moment überlegte ich, während des nächsten Monats nichts anderes zu trinken.

»Ich gönne mir heute Abend was«, sagte ich ihr. »Meine ganzen Lieblingsgerichte.«

»Alle?« Sie sah mich skeptisch an.

»Alle.« Ich machte eine ausladende Geste mit den Armen.

Im Restaurant gab es etwa 15 Tische, und die Hälfte davon war besetzt. Die Glocke über der Tür ertönte alle paar Minuten, je näher die Essenszeit rückte. Alle kamen sie hierher, vom mittellosen Klamottendesigner, der im Keller seines Vermieters arbeitete, bis zum Marketingleiter mit schicker Designer-Brille. Das Essen war billig und köstlich. Dolma hatte drei Nichten und einen Sohn, die Bestellungen entgegennahmen und Getränke sowie dampfende Currys verteilten.

Noch bevor mein erstes Hauptgericht eintraf, klingelte mein Telefon. Es war mein Exmann.

»Geht's dir gut?«, fragte er, nachdem ich abgehoben hatte.

»Fantabulös«, sagte ich. »Wie geht's dir?«

Sein Gesicht war ernst. Das konnte ich an seiner Stimme erkennen. »Letzte Woche ging es dir nämlich nicht besonders gut.«

»Mir geht's jetzt besser.« Ich tunkte ein abgebrochenes Samosa-Stückchen in die Minzsauce und steckte es in den Mund. Göttlich.

»Bist du dir sicher?«

»Überzeug dich selbst. Ich bin bei Dolma. Hab schon genug für uns beide bestellt.«

Lange vor Richard kam das Essen. Zuerst Kartoffel- und Blumenkohlstückchen, die in einer dicken, orangefarbenen Currysauce schwammen. Eine der Nichten stellte sie auf den Postkarten aus Nepal ab, die geschützt unter der Glasplatte des Tisches lagen. Als Nächstes kam Basmatireis mit Erbsen und verdeckte die Landkarte des Mount Everest.

Ich bestellte noch grüne Bohnen, die mit Anis gewürzt waren, Lamm Vindaloo und Chicken Korma. Dann mein süßlich schmeckendes Lieblingsnudelgericht namens Chow-Chow, das regelmäßig Gäste verwirrte, die etwas anderes erwarteten. Ich bestellte Naan und Roti und dann Yak Chili, das sich eigentlich nicht groß von Beef Jerky unterschied, abgesehen davon, dass man sagen konnte, man hatte Yak zum Abendessen. Mein Zweiertisch war nicht groß genug, also schob Dolmas Sohn einen weiteren Stuhl neben mich und stellte das Brot darauf ab.

Dann kreuzte Richard auf. Seine Krawatte war zerknautscht, genau wie sein Gesicht, in dem ich Krähenfüße erkannte, die vor kurzem noch nicht da waren. Er nahm Platz und warf einen Blick auf den überladenen Tisch. Kein Lachen, nicht einmal ein Lächeln. Wenn überhaupt, dann sah er resigniert aus. Hinter meinem Solarplexus spürte ich ein leichtes Flattern, eindeutig Zweifel, und ich bedauerte bereits, ihn hergebeten zu haben.

»Hast du das alles bestellt?«

Man rügte mich.

»Ja, bedien dich.« Ich schob ihm das Lamm zu. Ein Friedensangebot, wie ein Kind, das versuchte, seiner Bestrafung zu entgehen. Er mochte Lamm.

Dolma schwebte vorbei, stellte wortlos eine Tasse Tee vor ihm ab und verschwand dann genauso geräuschlos wieder.

Er nahm einen Schluck und zuckte erschrocken zusammen, als er sich die Zunge daran verbrannte.

Die Woche zuvor – ehe ich Jenny und meinen Seelenklempner gefeuert hatte – war er bei mir vorbeigekommen. Ich hatte mich drei Tage lang geweigert, irgendjemanden in meine Nähe zu lassen, und war nicht mehr ans Telefon gegangen. Er benutzte den Ersatzschlüssel, den ich ihm für Notfälle gegeben hatte. Ein Notfall ist eine undichte Gasleitung bei offener Flamme. Ich hingegen hatte einfach nur eine kleine Unpässlichkeit. Ich saß auf dem Boden im Badezimmer und war fest entschlossen, dort zu bleiben, bis die Schwerkraft nicht mehr so unerträglich schwer wäre oder ich aber verfaulen und sterben würde – was auch immer als Erstes geschehen mochte. Mir war relativ egal, was von beidem letztendlich passierte, aber Richard – der nun mal so war, wie er war – dachte, es wäre am besten, wenn ich aufstünde. Doch die Schwerkraft drückte mich immer weiter nach unten, also blieb ich sitzen. Er redete mir gut zu, ich ignorierte ihn. Er drohte mir mit dem Krankenhaus. *Been there, done that*… Ich ignorierte ihn weiterhin. Ich ignorierte ihn so, wie Chuckles es mir beigebracht hatte.

Wenn es sein müsste, würde er mich, so ließ er mich wissen, den ganzen Weg aus der Wohnung bis zum Auto und weiter bis nach Cedars schleifen. Er griff mir unter die Arme und zog mich vom Boden hoch. Ich kämpfte dagegen an. Er zog. Einer von uns beiden hätte einfach klein beigeben sollen. Ich hätte aufstehen sollen, selbst wenn ich es nicht wollte. Er hätte mich dort liegen lassen sollen. Ich hätte ihm keinen Ersatzschlüssel geben sollen. Er hätte nicht rüberkommen sollen. Ich hätte keinen Toast zum Frühstück essen sollen. Er hätte ein anderes T-Shirt anziehen sollen. Was auch immer, einer von beiden hätte etwas anders machen sollen, denn als er mir erneut unter die Arme griff und mich gewaltsam aus dem Badezimmer ins Apartment zog, kamen wir an einem Buchregal vorbei, auf dem ein Ventilator aus Metall stand. Ich schnappte ihn mir, und noch ehe dieser Gedanke vom Impulszentrum zu dem Teil meines Gehirns hätte gelangen können, der Logik oder Menschlichkeit kontrollierte, schleuderte ich ihn nach hinten und traf Richard damit am Kopf.

Er ließ mich fallen, ich knallte auf den Boden und prellte mir das Steißbein. Der Ventilator fiel donnernd zu Boden, er würde niemals wieder funktionieren, und Richard presste seine Hand an die Wange. Zwischen seinen Fingern sickerte Blut hervor, und ein Ausdruck des Schocks und des Verrats lag auf seinem Gesicht. Es war der gleiche Ausdruck, den man bei einem Kind sah, das nicht verstand, warum seine Mutter sich plötzlich und unbegreiflicherweise gegen es gewendet hatte.

Der Schnitt blutete unablässig, wie das Gesichtsverletzungen so an sich haben, und wir stritten darüber, ob er genäht werden müsste oder nicht. Jetzt, hier bei Dolma, konnte ich sehen, dass die Schwellung verschwunden war, doch die Wange war noch immer leicht gelblich verfärbt und der Schnitt noch nicht verheilt. Was ich getan hatte, war unverzeihlich. Richard war da anderer Meinung. Aber insgeheim weiß doch jeder, wann der Moment gekommen ist, an dem man nichts mehr rückgängig machen kann, wenn einem bewusst wird, wozu man in der Lage ist. Selbst wenn man eigentlich glauben will, dass man ein besserer Mensch sein kann und sein wird. Und das war auch genau der Moment, in dem ich beschlossen hatte, meinen Seelenklempner zu feuern. Diese Sitzungen waren ganz eindeutig reine Geldverschwendung gewesen. Mich um sich zu haben ist, als hätte man einen Schimpansen als Haustier. Es ist nur eine Frage der Zeit, bis er beginnt, alles zu demolieren, und jemand ihn erschießen muss.

Jetzt taten Richard und ich so, als ob nichts zwischen uns vorgefallen wäre, weil es für mich viel zu beschämend und für ihn zu peinlich war, Zeuge meiner Beschämung zu sein. Stattdessen gestand ich diesem nagenden Gefühl zu, sich häuslich in meinen Eingeweiden niederzulassen wie ein Bandwurm. Das zum einen. Außerdem bot ich ihm mein Lammgericht an.

»Ich kann nicht bleiben«, sagte er. »Ich treffe mich mit Sheila zum Abendessen. Ich wollte nur kurz nach dir sehen.«

Ich hielt ihm den Korb mit Naan hin und schwenkte ihn vor seiner Nase hin und her. »Knoblauch. Dein Lieblings-Naan.«

Er bedachte mich mit einem dieser falschen Lächeln, bei dem die Mundwinkel sich nicht entscheiden konnten, ob sie nach oben oder unten zeigen sollten, und stattdessen irgendwo dazwischen herumzuckten, was immer ein Zeichen dafür war, dass er mir nichts nachtragen würde. Er riss sich ein Stück Brot ab, steckte es in den Mund und spülte es mit heißem Tee hinunter.

Der Bandwurm blieb, wo er war, aber meine Zweifel legten sich etwas. Außerdem freute ich mich, weil sein Atem nach Knoblauch stinken würde, wenn er Sheila gleich traf.

»Geht's dir jetzt wirklich gut?«, fragte er.

»Absolut«, versicherte ich ihm, schaufelte einen Löffel Korma auf meinen Teller und nahm mein Brot, um etwas von der Soße aufzutunken.

»Arbeitest du gerade?«

»Wie eine Wahnsinnige.«

»Ich würde ja fragen, ob du auch genug isst«, sagte er, »aber unter den gegebenen Umständen …«

»Mach dir keine Sorgen. Das hier reicht für eine ganze Woche.«

Er sah mich an, dann blickte er auf seine Uhr und stand auf. »Ich muss los, ich bin spät dran.« Er beugte sich über den Tisch, drückte die Krawatte gegen seinen Bauch, damit sie nicht in mein Achar hing. »Nur nicht übertreiben, ja?«

»Bei allem«, sagte ich.

Nachdem er gegangen war, schob ich meinen Teller weg. Alle aufgetragenen Gerichte waren noch mehr als halb voll.

Dolma kam vorbei, ohne seinen Aufbruch zu kommentieren, und fragte: »Nachtisch?«

»Ja, Kheer, bitte«, sagte ich. »Und das andere bitte einpacken.«

Ich stellte die Plastiktüte mit den eingepackten Resten in den Kühlschrank und zog mein T-Shirt und meine Hose aus. Am Saum war etwas Farbe, die einfach nicht rauszubekommen war. Dann stand ich in Unterwäsche da und drückte einen Finger in meinen aufgeblähten Bauch. Schon verrückt, dass ein vollgestopfter Bauch ähnlich aussieht wie ein aufgeblähter Hungerbauch.

Ich holte ein extragroßes T-Shirt aus einer Schublade, zog es über und tappte währenddessen blindlings ins Badezimmer. Dort öffnete ich den Medizinschrank, betrachtete mein Spiegelbild, das mir mit der Tür entgegenkam und dann zur Seite schwang. Das untere Regal war voller verschreibungspflichtiger brauner Fläschchen. Mehr, als ich auf einmal in beiden Händen tragen konnte, dennoch gelang es mir, die Fläschchen die drei Schritte bis zur Badewanne zu bugsieren. Ich setzte mich auf den Wannenrand und stellte sie wie Soldaten in einer Reihe neben mir auf.

Ich öffnete das erste Fläschchen, drückte den komplizierten kindersicheren Verschluss nach unten und drehte gleichzeitig, alles nur, damit kein klinisch depressives Kleinkind meine Medikamente in die Finger bekam. Dann kippte ich es über der Toilette aus. Die weiß-hellblauen Tabletten ploppten ins Wasser, das nach oben spritzte. Ein paar Tropfen landeten auf meinen Knien.

»Gute Nacht, Depakote.«

Dann waren die pinkfarbenen dran. *Plopp-plopp-plopp-plopp*. Sie hatten mich vollkommen groggy gemacht.

»Adios, Seroquel.«

Ich kippte die Flasche ganz aus. Die waren vielleicht spaßig gewesen – Schwindelanfälle, Verstopfung und zugenommen hatte ich davon auch.

»Ach, Thorazine.« Ich schüttete die orangefarbenen Tabletten in meine Hand und ließ sie in die Kloschüssel fallen. Ihnen hatte ich es zu verdanken, dass im Bett absolut nichts mehr gelaufen war, außerdem hatten sie mich nervös gemacht. »War mir absolut kein Vergnügen.«

Weitere Pillen. Weitere Fläschchen. Schließlich kam das letzte dran: das mit den pinkfarbenen Kapseln, mit denen alles so schmeckte, als hätte man den Mund voller Nägel. Ihretwegen nahm ich sieben Kilo ab, wenigstens mal eine Abwechslung zu den anderen Medikamenten.

Über zwanzig Jahre lang musste mein Körper für einen Medikamentenversuch nach dem anderen herhalten. Ich lebte mit dem ständigen Gefühl, die Luft um mich herum wäre wie ein undurchdringlicher, dichter Nebel. Meine Bewegungen, Gedanken und Empfindungen waren langsamer und gedämpft. Ich hatte Medikamente genommen, die meine Persönlichkeit auslöschten und, was noch schlimmer war, meine Lust zu arbeiten, zu baden, zu atmen. Doch wenn ich aufhörte, sie zu nehmen, war ich dem zähnebleckenden schwarzen Monster auf Gedeih und Verderb ausgeliefert, das sich tagelang auf meiner Brust niederließ, nur um dann von einem Moment auf den anderen aufzuspringen, sodass sich alles plötzlich im Schnelldurchlauf abspielte. Vor zwei Jahren hatte ich mich zum Beispiel drei Tage lang ins Badezimmer eingeschlossen, nur um dann rauszukommen und mitten in der Nacht die Küchenschränke neu zu streichen.

Und das war nichts – absolut gar nichts – im Vergleich zu dem, was sonst noch geschehen konnte. Ich hatte es am eigenen Leib erlebt und musste alles daransetzen, dass es sich nicht wiederholte.

Ich konnte nicht mit den Tabletten leben. Da war ich mir ganz sicher. Und ohne sie zu leben war gefährlich, nicht nur für mich, sondern auch für alle, die mir etwas bedeuteten. Auch da war ich mir ganz sicher. Da war sie also. Die einzig mögliche Entscheidung.

»Bye-bye, Lithium«, sagte ich und spülte die herumstrudelnden Pillen hinunter.

Irgendwo in der Bucht würde ein Schwarm Fische jetzt eine Überdosis Neuroleptika abbekommen. Unter keinen Umständen sollten sie dann schwere Maschinen bedienen.

29 TAGE

»*Was?*«, knurrte ich in den Hörer.

»Wo bist du?«

Carla war die Chefin der Galerie Taylor, wobei ihre Hauptaufgabe darin bestand, ihre Künstler im Zaum zu halten, damit sie nicht beim Schmuggeln unter Artenschutz stehender Papageien in Panama festgenommen wurden – alles schon vorgekommen. Sie hat einen Magister in Kunstgeschichte von der NYU und einen Hang zur Selbstkasteiung, vergleichbar mit dem eines Opus-Dei-Anhängers. Sie hätte etwas Besseres verdient. Bei mir war sie dafür allerdings an der falschen Adresse.

Ich warf drei Speckstreifen in die heiße gusseiserne Bratpfanne und machte einen Satz nach hinten, um dem spritzenden Fett auszuweichen.

»Ich bin ans Telefon gegangen. Das ist dein erster Hinweis.«

»Du solltest *hier* sein. Deine Arbeiten sollten hier sein. Wir sollten in genau dieser Minute darüber sprechen, wo wir sie platzieren wollen.«

»Ich habe beschlossen, mich ausschließlich mit Speck zu beschäftigen.«

Aus diesem Anlass friemelte ich einen weiteren Streifen aus der Verpackung und warf ihn in die Pfanne. Der Geruch hatte etwas Aufregendes, Berauschendes. Es gibt nichts Besseres als den süßlichen, rauchigen Geruch von totem Schwein.

Ich hörte, wie Carla den Hörer von ihrem Mund weghielt und jemandem etwas zumurmelte.

»Ich weiß nicht, wie ich das verstehen soll«, sagte sie an mich gerichtet.

»Ich komme nicht in die Galerie.«

Den Hörer zwischen Ohr und Schulter geklemmt öffnete ich den Kühlschrank. Eine Schachtel Eier. Eingelegte Jalapeños. Geriebener Cheddarkäse. Zwiebeln.

»Du kommst heute nicht vorbei?«

»Gar nicht mehr. Ich habe einen transformativen Monat.«

»Ist das jetzt irgendein angesagter New-Age-Scheiß?«

»Vermutlich nicht. Bei mir ist auch Alk mit im Spiel.«

»Ich werde nackte Wände haben, Clementine. Große, leere weiße Wände. Ich habe einen Katalog gedruckt. Leute kommen zur Ausstellungseröffnung. *Käufer* kommen zur Eröffnung. *Kritiker.* Sie erwarten, dass das, was im Katalog abgebildet ist, tatsächlich an den Wänden hängt. So funktioniert das. So verdienen wir unser Geld. So verdienst *du* dein Geld.«

»Fünfzig Prozent vom Verkaufspreis.«

»Willst du jetzt verhandeln?«

»Nö.« Ich holte den Speck mit einer Gabel aus der Pfanne und schlug zwei Eier in das blubbernde Schweinefett. »Ich verhandle überhaupt nicht mehr. Nie mehr.«

»Ich weiß nicht, was mit dir los ist, Clementine. Ist Jenny da? Lass mich mit Jenny sprechen.«

»Hab sie gefeuert.«

»Du hast sie gefeuert?!«

Ich musste den Hörer kurz vom Ohr weghalten.

»Letzte Woche«, erwiderte ich, als der Aufschrei verhallt war.

Ich gab den Käse und die Jalapeños zu den Eiern und ging zum Küchentisch. Dort rüttelte ich an der Computermaus und wartete darauf, dass der Bildschirm aus dem Schlafmodus erwachte.

»Clementine, die Ausstellung ist in einer Woche.«

»Die wird wohl ohne mich stattfinden müssen«, sagte ich und legte auf.

Chuckles hüpfte auf den Tisch und schnüffelte an meinem Teller, bevor er mich wieder mit dem Anblick seines Hinterteils beglückte. Chuckles hielt von Jalapeños in etwa so viel wie von Hunden.

»Wenn du so weitermachst«, warnte ich ihn, schnappte ihn mir und setzte ihn auf den Boden, »dann finden wir für dich höchstens eine Katzen-Messie-Tante, bei der die mumifizierte Leiche ihrer Schwester noch im Hinterzimmer sitzt.«

Er maunzte mich an, was ich als Bockigkeit interpretierte.

Ich hatte meine Internetrecherche gestartet, bevor die Lust auf Speck überhandgenommen hatte. Das war das einzige Essen, das ich zubereiten konnte und das mir auch stets so gut gelang, dass sich diese Anstrengung überhaupt lohnte. Ich gabelte einen Speckstreifen auf und kaute ihn. Unglaublich, wie lecker das war. Das Fett war noch immer weich genug, um ein paar Trichinen zu beherbergen, und genau so mochte ich es. Eine Mahlzeit ohne Risiko auf irgendwelche parasitischen Wurmlarven ist keine richtige Mahlzeit.

Ich hatte bereits mehrere Möglichkeiten in Betracht gezogen, recherchiert und wieder verworfen, und es war noch nicht einmal zehn Uhr vormittags. Ich war ein Wunder an Produktivität. Sich erhängen dauert zum Beispiel viel zu lange. Entgegen der allgemein verbreiteten Ansicht bricht der Nacken nicht. Man hängt einfach nur zuckend da und erstickt. Und wenn es dann vorbei ist, sieht man alles andere als gut aus. Schusswaffen sind schneller, aber das Saubermachen danach ist die Hölle. Das übernimmt nämlich nicht die Polizei, wie die wenigsten wissen. Die nehmen nur den Leichnam mit. Die Gehirnmasse, die an den Wänden kleben bleibt, ist das Problem der Angehörigen. Vor einigen Jahren gab es eine regelrechte Suizid-Welle in L. A. Die Leute hielten mit ihrem Auto einfach auf den Zugschienen an und nahmen in Kauf, dass andere Menschen dabei zu Schaden kamen.

Sosehr ich diese Medikamente auch verabscheut hatte, so langsam bedauerte ich, sie die Toilette hinuntergespült zu haben. Vielleicht hätte ich mir einfach eine Art neuroleptischen Cocktail mit einem Schuss Gin und einer Zitronenscheibe machen können.

Ich gab »Überdosis« in die Suchmaschine ein und stieß auf einen interessanten Zeitungsbericht:

In den letzten Monaten hat die US-Zollbehörde so viel Tierbetäubungsmittel wie nie zuvor beschlagnahmt. Vor allem bei älteren Bürgern und ihren Angehörigen, die sich das Mittel bei illegalen mexikanischen Apotheken beschafften und dann über die Grenze schmuggelten, wurden häufig große Mengen gefunden. Verabreicht man sie hoch dosiert, sind sie für den Menschen tödlich. Diese Entdeckung hat die Debatte über Sterbehilfe wieder neu entfacht.

Die Zahl todkranker Patienten, die sich eine Überdosis dieser Medikamente verabreichen, nimmt nach neuesten Erkenntnissen immer weiter zu.

Ich las den restlichen Artikel – die ganzen sechs Seiten.

Garden Grove hört sich nach einem schöneren Ort an, als es tatsächlich ist. Es liegt 35 Meilen südlich von Los Angeles mitten im Orange County, wo man große Shoppingzentren und die Republikaner schätzt. Ich muss es wissen, denn ich bin mit fünfzehn dort hingezogen – die Neue an der Schule, was ganz besonders großartig ist, wenn man 1,85 Meter misst und alle anderen in der Regel um mindestens einen Kopf überragt. Wenn man es noch dazu so einrichten kann, dass ein paar unglaublich schlimme Gerüchte über die eigene Familie kursieren – dann ist es das Nonplusultra.

Ich verließ die Fifth und bog zweimal rechts und einmal links auf den Spring Lake Drive ab. Das Haus meiner Tante ist das dritte nach der Ecke auf der linken Seite. Man muss zählen, denn alle Häuser sind beige, haben rechter Hand eine Auffahrt, zwei Fenster und eine Veranda, zu der drei Stufen führen. Bei allen steht ein Baum im Vorgarten. Es ist schon vorgekommen, dass ein Baum krank war und alle Blätter verloren hat. Das ist dann zwar ein hilfreiches, zugleich aber auch unzuverlässiges Erkennungszeichen – zählen ist immer noch am besten. Es geht das Gerücht um, in den Siebzigern hätte jemand versucht, einen Rosenstrauch zu pflanzen. Man hat nie wieder von ihm gehört.

Ich parkte in der Auffahrt, wo mein kaputter rechter Kotflügel bei der nächsten Nachbarschaftszusammenkunft als eigener Tagesordnungspunkt erörtert werden würde, nahm die drei Stufen zur beigen Veranda, klingelte, steckte meine Hände in die Hosentaschen und schnupperte. Der Ort roch genau so wie früher, und ich wurde wieder zu einem kleinen Mädchen.

Wie immer ließ sich Tante Trudy in der Sonne braten. Vom Haaransatz bis zum Knöchel hatte sie sich mit demselben Sonnenöl von Banana Boat eingeölt, das sie seit Jahren verwendete. Bis heute kann ich keinen Kokoskuchen riechen, ohne sofort vietnamkriegsähnliche Flashbacks vor Augen zu haben.

»Du hättest vorher anrufen können.«

Die Haut an ihren Beinen hing über ihre Knie wie eine ausgeleierte Strumpfhose, und ihre dünnen Arme schwabbelten.

»Dann ist doch der ganze Effekt futsch.«

Sie musterte mich von oben bis unten. »Na ja, du kannst genauso gut reinkommen, ehe uns die Rechnung für die Klimaanlage noch an den Bettelstab bringt.«

Ich trat nach ihr ein. Ihr grün-blau karierter Badeanzug war an den Beinen relativ kurz und bauschte sich am Gesäß, als sie sich umdrehte. Ihr Hintern war so flach wie der eines alten Mannes. Sie ging weiter und ich folgte ihr durch Wohnzimmer und Küche, geradewegs durch die gläsernen Schiebetüren in den Garten.

Ihr Liegestuhl stand wie immer neben dem Pool, in dem ich sie noch nie hatte baden sehen, der jedoch wöchentlich gewartet wurde. Ich wusste das. Schließlich bezahlte ich die Rechnungen. Sie legte sich hin und wandte ihr nussbraunes Gesicht der Mittagssonne zu. Man kann nur vermuten, dass Hautkrebs gewisse konservierende Eigenschaften haben muss.

»Eistee ist im Kühlschrank, falls du welchen willst.«

Ihr Glas stand neben ihrem Ellenbogen, die Eiswürfel zu Splittern geschmolzen, die an der Oberfläche schwammen.

Ich setzte mich auf die Liege gegenüber.

»Ich will wissen, was mit Dad passiert ist.«

Sie sah mich nicht an, aber ich bemerkte, wie der Rhythmus ihrer Brust, das Auf und Ab des Atems, kurz stockte und sich dann veränderte.

»Warum?«

»Weil ich es wissen will.«

Sie zog eine Schnute, als hätte ich sie darum gebeten, mir die Haare aus dem Gesicht zu halten, während ich mich über ihre Schuhe erbrach.

»Er ist abgehauen«, sagte sie mit geschlossenen Augen, immer noch der Sonne zugewandt, ähnlich einer blühenden Blume oder einer Eidechse, die ihre Körpertemperatur regulierte, je nachdem, wie man sie betrachtete.

»Weißt du warum?«

»Ich nehme an, er hat eine andere gehabt. Aber wie er *das* angestellt haben soll, steht auf einem anderen Blatt. Dein Vater war kein attraktiver Kerl.«

Die Erinnerungen, die ich an meinen Vater hatte, waren die eines Kindes; ich wusste nicht, ob er gutaussehend gewesen war. Und selbst wenn, würde Trudy das wahrscheinlich nie zugeben. Ich hatte keine Fotos von ihm. Nur wenige Dinge hatten das Zerbrechen meiner Familie überlebt, und von denen hatte es nichts bis zu mir geschafft. Keine weitergereichten Möbel für mein Zimmer im Studentenwohnheim. Keine Familienfotos, die auf meinem Kaminsims standen. Nicht dass ich je einen Kaminsims gehabt hätte.

»Wusste Mom davon?«

»Deine Mutter hat nicht gerne über solche Dinge gesprochen, und ich habe meine Nase da nicht reingesteckt. Das ging mich nichts an.«

Sie drehte den Kopf gerade weit genug, um mir einen vorwurfsvollen Blick zuzuwerfen und mich daran zu erinnern, dass es auch mich nichts anging.

»Warum fragst du mich das jetzt?«, wollte sie in ihrem strengen Tonfall wissen. Bevor sie Bob geheiratet hatte, war sie Lehrerin gewesen – und noch dazu eine gefürchtete.

»Ich will es einfach wissen.«

Tatsächlich erinnerte ich mich, was meinen Vater betraf, nur an sehr wenig. Ich wusste noch, wie es gewesen war, als er ging, aber so gut wie nichts aus der Zeit davor. Er tauchte als verschwommener, unklarer Schatten im Dunstkreis meiner Erinnerungen auf, ein Erwachsener am Rand einer Geburtstagsparty oder jemand, der meiner Schwester und mir ein Bad einließ. Ich war mir ziemlich sicher, dass er braunes Haar hatte, das war dann aber auch schon so ziemlich alles.

»Ich kann dir da leider nicht helfen«, sagte sie. »Nachdem er abgehauen ist, habe ich niemals wieder von ihm gehört. Kein einziges Wort und glaub bloß nicht, dass das für deine Mutter nicht schwer war. Natürlich entschuldigt sie das nicht. Das will ich damit nicht sagen.«

»Überhaupt kein Hinweis? Eine Kreditkartenabrechnung oder etwas in der Art?«

»Nicht, dass ich wüsste.«

Ich blickte zu meinen Füßen. Sie waren groß. In meiner Größe sahen Schuhe niemals gut aus, also hatte ich mich damit abgefunden und scherte mich nicht mehr darum, was für Schuhe ich trug. Gerade waren es schwere Stiefel, in denen meine Füße regelrecht kochten.

Tante Trudy stieß einen verärgerten Seufzer aus, der sich so anhörte, als käme etwas Spucke mit.

»Lass es gut sein, Clementine.«

»Sag mir, an was du dich erinnerst, dann gehe ich nach Hause, und du kannst dich in aller Ruhe weitersonnen.«

»Ich sonne mich bereits weiter.«

Ich wartete.

Es funktionierte.

»Er war Steuerberater, hat für eine Firma in Encino gearbeitet, eine Steuerberatungsfirma. Parker und noch was hießen die. Er hatte einen Schnurrbart, in dem immer etwas Essen hängen blieb, insbesondere der Senf von Hotdogs. Seine Beine waren dünn, und er trug seine Uhr immer an der Unterseite des Handgelenks, weiß der Geier warum. Er war genauso groß wie du. Deine Mutter war noch sehr jung, als sie ihn geheiratet und euch Mädchen bekommen hat. Sie haben sich vor einem Kino kennengelernt. Sind vielleicht sechs Monate miteinander ausgegangen, ehe er ihr einen Heiratsantrag gemacht hat. Verdammt, Clementine, er könnte inzwischen längst gestorben sein. Was ändert das jetzt noch?«

Ich spürte einen Stich im Magen, als würde eine Nadel in einen Luftballon gestochen. Sie hatte recht. Mom war tot. Es gab keinen Grund zu denken, dass er noch leben musste. Zwischen verwaist und verlassen war der Unterschied nicht so groß. Nur, dass es dann keine Möglichkeit mehr für ein Gespräch gab.

»Ich muss mal auf die Toilette«, sagte ich und ging nach drinnen.

Dort öffnete ich den Kühlschrank, denselben, den sie seit den Siebzigern hatte. Der Krug mit dem Eistee war schwer und aus Glas mit leuchtenden orangefarbenen Sonnenstrahlen, die von der Mitte ausgingen. Jeder Sammler von 50er-Jahre-Nippes würde sich danach die Finger lecken. Ich schenkte mir etwas in ein dazu passendes Glas aus der Vitrine ein und nahm es mit in den Flur. An den Wänden hingen Porträtaufnahmen von Trudy und ihrem zweiten Mann Bob. Seit ihrer Hochzeit hatten sie sich alle paar Jahre ablichten lassen, und so gab es jetzt ein Dutzend Fotos in chronologischer Reihenfolge, wie ein Daumenkino des Alterns.

Ich ging am Badezimmer mit dem flauschigen hellblauen Überzug auf dem Toilettendeckel vorbei in mein altes Zimmer, das jetzt nicht mehr mein Zimmer war. Die Wände waren gelb und standen gerade weit genug auseinander, um ein Bett, eine Kommode und einen Schreibtisch darin unterzubringen, wenn es einen nicht zu sehr störte, sich ständig das Schienbein anzuschlagen. Vor dem Tod meiner Mutter und meiner Schwester war es Tante Trudys Nähzimmer gewesen, in dem nur sehr wenig genäht wurde, dafür aber umso mehr Seifenopern auf dem kleinen Schwarzweißfernseher in der Ecke liefen. Sie entfernte den Fernseher an dem Tag, als ich kam, und stellte ihn wieder hinein, als ich auszog, um auf die Kunsthochschule zu gehen. Ich trat zum Fenstersims und fuhr mit der Hand über die Unterseite. Meine Initialen, hineingeritzt mit einem Messer, waren noch immer da, das hatte doch etwas zu bedeuten, fand ich.

Von den drei Jahren, in denen ich in diesem Zimmer geschlafen hatte, konnte ich mich an vieles nicht mehr erinnern, und mir war auch nicht wirklich danach, jetzt darüber nachzudenken. Irgendwann musste ich dann tatsächlich auf die Toilette.

Als ich wieder zurück in den Garten kam, war Bob vom Einkaufen zurück. Die Papiertüten standen noch auf der Theke, doch er hatte sein Hemd ausgezogen und saß mit bloßem Oberkörper auf einem Stuhl neben Trudy. Aufgrund einer genetischen Veranlagung hatte er keinerlei Körperbehaarung. Noch nicht einmal Wimpern, was sich unbedeutend anhört, und doch fehlen sie, wenn man jemanden ansieht. Er war fast so braun wie Trudy, aber nur fast.

»Clementine!«, rief er.

Trudy hatte wohl nicht erwähnt, dass ich da war.

»Ich wusste nicht, dass du uns besuchen kommst.«

»Wir haben nur in ein paar alten Familienerinnerungen geschwelgt«, sagte ich.

Er nickte. Bob hatte mich schon immer mehr gemocht als Trudy. Rückblickend war es vermutlich eine Erleichterung für ihn gewesen, nicht der einzige Freak im Haus zu sein.

»Lasst euch nicht unterbrechen«, sagte er, legte die Hände auf die Knie und richtete sich zu seiner vollen Größe von knapp 1,70 Meter auf. »Mein Eis da drin schmilzt.«

Trudy und ich sahen ihm zu, wie er sein ganzes Gewicht einsetzte, um die klemmende Schiebetür aufzuziehen, und dann nach drinnen schlenderte.

»Er ist ein guter Mann«, sagte sie.

Ich widersprach nicht.

»Ich hatte mehr Glück als deine Mutter.«

Sie sprach von ihr immer als »meine Mutter«, nannte sie nie beim Namen.

»Wie die meisten Leute.«

Ich fand allein zur Tür, auf dem Weg nahm ich eine halb leere Flasche Jack Daniel's von der offenen Hausbar mit. Ich war der Meinung, das stünde mir zu.

28 TAGE

»Würden Sie sagen, dass ein Huhn wie ein Mensch ist?«

Beide Hände des Metzgers lagen flach auf der Fleischtheke, auf seinen Fingern sprossen schwarze, borstige Haare. Hinter der Glasscheibe waren zart marmorierte rote Steaks schindelartig übereinandergestapelt, Schulterstücke lagen aufgereiht neben bereits zubereiteten Fleischspießen, die in grüne Plastikfolie eingeschlagen waren.

»Sie meinen, jetzt vom Geist her, oder wie?«, fragte er.

»Ich muss üben, Injektionen zu verabreichen. Würden Sie dafür ein Huhn empfehlen?«

»Ganz sicher würde ich dafür kein tiefgefrorenes Huhn empfehlen.« Er drückte sich vom Tresen weg, und seine breiten Schultern sanken von den Ohren herab. Dann steckte er seine haarigen Hände in die Taschen seines Arbeitskittels. »Ein frisches könnte geeignet sein.«

»Dann nehme ich das«, sagte ich.

Er verschwand durch die Schwingtür, hinter der sich, so nahm ich an, die Tische befanden, auf denen Hühner, Schweine und wildgefangener Lachs aus Alaska zerlegt und in ihre köstlichsten Stücke zerteilt wurden. Schließlich kam er mit meinem Huhn zurück, in weißes Metzgerpapier eingeschlagen, und ließ es auf die Waage fallen.

»Und noch ein T-Bone-Steak«, sagte ich.

»Auch für Injektionen?«

»Nein, zum Essen.«

Zu Hause lernte ich dann auf die harte Tour, dass Chuckles im Badezimmer eingesperrt werden musste. Offenbar hatte er keinerlei Respekt vor wissenschaftlichen Experimenten.

Ich durchwühlte meine Regale auf der Suche nach den Erste-Hilfe-Handschuhen, die Jenny verwendete, wenn sie etwas zusammenmischen sollte, was sie als besonders giftig erachtete. Rohes Hühnchenfleisch schien mir das Äquivalent zu Kadmium zu sein. Schließlich wollte ich mich umbringen, nicht Dünnpfiff bekommen.

Chuckles hatte meine Ablenkung ausgenutzt und war vom Boden auf einen Stuhl und dann auf den Küchentresen gesprungen, wo er sich so schnell auf seine hilflose Beute stürzte, als könnte diese noch die Flucht ergreifen. Er hatte seine Zähne bereits in das Hinterteil des Huhns gebohrt, als ich endlich aufsah und einen ebenso erschrockenen wie fassungslosen Schrei ausstieß. Die Ohren flach an seinen überzüchteten, zerknautschten Kopf angelegt, zog Chuckles das tote Huhn, das mindestens so groß war wie er selbst, rückwärts über die Theke. Wie Harrison Ford, der sich in »Auf der Flucht« einem Sprung von der Mauer eines Staudamms gegenübersieht, ließ Chuckles sich und das Hühnervieh über die Tischkante fallen. Sie gaben ein unidentifizierbares Knäuel von kaltem, totem Fleisch und Fell ab und landeten mit einem Rums auf dem glatten Zementboden.

»Chuckles!«, brüllte ich.

Ich bin mir fast sicher, dass ich ein lautes »Uff« von ihm gehört habe, als Beute und Jäger neben dem Kühlschrank zum Liegen kamen. Chuckles hatte alle vier Beine um den geköpften Vogel geschlungen und presste ihn fest an seine haarige Brust, es erinnerte auf befremdliche Art an eine Sexstellung, eine bizarre, artübergreifende 69. Als er sich wieder löste und versuchte, das über zwei Kilo schwere Federvieh unter den Küchentisch zu ziehen, war sein Blick wild, voll fleischlicher Inbrunst.

»Chuckles, du Affenarsch!«

Ich packte ihn am Genick, trennte ihn von seinem Paarungspartner, beziehungsweise seiner Mahlzeit, und beförderte ihn am ausgestreckten Arm ins Bad. Kurz überlegte ich, seinen gesamten, von Bakterien besudelten Körper in der Badewanne mit Shampoo zu bearbeiten, aber – seien wir an dieser Stelle mal ganz ehrlich – das wäre ein Kampf gewesen, den ich nicht mit hundertprozentiger Sicherheit hätte gewinnen können. Und selbst wenn ich es geschafft hätte, wäre danach mit schrecklichen Racheakten von seiner Seite zu rechnen gewesen.

»Wenn du mir hier alles vollkotzt«, teilte ich ihm stattdessen mit, »dann verfüttere ich dich an den Golden Retriever der Nachbarn, so wahr mir Gott helfe.«

Damit ließ ich ihn auf die Badematte fallen und schloss die Tür.

Chuckles heulte wie ein Baby, das durch den Fleischwolf getrieben wurde, und streckte eine weiße Pfote durch den Spalt am unteren Türrand.

Mit einer halben Flasche Desinfektionsmittel brachte ich die Küche wieder in Ordnung. Danach nahm ich eines der Gläser, die ich zum Anmischen von Klebstofflösungen benutzte, füllte es mit Leitungswasser und tropfte etwas Tusche hinein. Ein paar Monate lang hatte ich ein Verhältnis mit einem Diabetiker gehabt. Nachdem ich ihn aus meinem Bett befördert hatte, räumte ich seine restlichen Spritzen aus dem Badezimmer in meinen Vorratsschrank. Man wusste nie, was man eines Tages noch gebrauchen konnte. Ich zog etwas verdünnte Tusche mit einer Spritze auf, wie ich es in diversen Arztserien gesehen hatte. Dann führte ich, die »medizinische Webseite, der die meisten Leute vertrauen« auf dem Bildschirm vor mir geöffnet, die Nadel langsam in den Brustmuskel ein, ehe ich den Kolben mit beständigem Druck nach unten presste. Die Tusche entwich dem Plastikzylinder und breitete sich schwarz unter der zarten, cremefarbenen Haut aus, wo sie etwas hervorbrachte, das einem sehr schmerzhaften Bluterguss ähnelte.

Ich versuchte es weiter – etwa ein halbes Dutzend Mal –, bis der Tierkörper aussah, als hätte man ihn in eine schmale Gasse gezerrt und ihm gewaltsam Brieftasche und Uhr abgeknöpft. Zu dem Zeitpunkt hatte das Huhn dann auch Zimmertemperatur angenommen und fing an zu riechen wie etwas, na ja, wie etwas Totes eben. Ich legte es in den Kühlschrank, damit der Gestank sich nicht weiter ausbreitete.

Wäre Jenny hier gewesen, dann hätte sie mir in der Zwischenzeit ein Sandwich mit Wurst, Käse, Tomaten und Mayonnaise gemacht. Sie hätte es auf einem Teller angerichtet und zusammen mit einer Cola light auf den Arbeitstisch hinter der Staffelei neben die Tuben mit Acrylfarbe gestellt. Mein Magen knurrte, und ich dachte kurz daran, sie anzurufen und ihr eine Nachricht auf dem Anrufbeantworter zu hinterlassen oder mir vielleicht auch nur ihre Ansage anzuhören und dann aufzulegen. Vielleicht fehlte es ihr ja auch, Sandwiches für mich zu machen.

Ehe ich mich selbst in Verlegenheit bringen konnte, hielt ich den Atem an, öffnete die Kühlschranktür und zog etwas von den Resten des tibetischen Essens heraus. Das Curry in der Pappschachtel war zu einem orangefarbenen Klumpen erstarrt. Ich stellte es – mitsamt Takeaway-Schachtel und allem Drum und Dran – in die Mikrowelle und hoffte das Beste.

Um mich von Jenny abzulenken, machte ich die Webseite für Parker, Combs & Jimenez ausfindig, einer Steuerkanzlei, die »seit 1965 im Dienste ihrer Kunden steht«. Tante Trudy hatte so ihre Fehler, doch ihr Gedächtnis gehörte nicht dazu. Die Seite war so grau und konservativ, wie man es von einer Steuerberater-Webseite erwarten würde. Darauf waren Porträtaufnahmen der Partner zu sehen nebst kurzen Biographien, die einen nur hoffen ließen, bei einer Abendgesellschaft niemals den Platz neben einem von ihnen zugewiesen zu bekommen. Mein Vater oder andere Angestellte wurden nicht erwähnt. Keine Fotos von Firmenfeiern, noch nicht einmal von der Eingangshalle. Allerdings fand ich eine kurze Firmengeschichte und Zitate von zufriedenen Kunden, die die zentralen Werte der Firma, »Transparenz, Sorgfalt und Verantwortung«, priesen. Man hätte glatt den Eindruck bekommen können, die drei würden für ein öffentliches Amt kandidieren.

Ich versuchte, mir meinen Vater in einer beigefarbenen Arbeitskabine in Encino vorzustellen, die auf der Webseite abgebildeten Männer wie der Chor in einer griechischen Tragödie hinter ihm. Ich versuchte, ihn vor mir zu sehen, wie er sich jahrzehntelang abmühte, so transparent und sorgfältig wie nur möglich zu sein, während seine Haare ergrauten und seine Haltung immer gebückter wurde. Meine Erinnerung an ihn war verschwommen, eine Aufzählung äußerlicher Merkmale, ähnlich vage wie die Beschreibungen, die Zeugen oft von Verdächtigen in den Abendnachrichten abgaben: Weißer. Durchschnittliche Größe. Braunes Haar. Zuletzt mit einem Schnurrbart gesehen worden. Es war kein sehr detailliertes Bild.

Ich speicherte die Adresse in meinem Handy und blickte nach unten. Ich trug dieselben klobigen Stiefel wie am Tag zuvor, dieselbe Jeans, die an den Knöcheln ganz ausgefranst war, und ein anderes geripptes Tanktop. Wenigstens das hatte ich gewechselt. In den Rillen meiner Fingerkuppen und den Falten meiner Hand hatte sich blaue Farbe eingegraben. Auch unter meinen Nägeln schimmerte es blau.

Nachdem ich Chuckles wieder aus dem Badezimmer gelassen und selbst eine Dusche genommen hatte, waren meine Hände zwar immer noch blau, aber mein schwarzes Haar glänzte feucht und roch nach Wacholder-Shampoo. Ich verrieb einen Tropfen Haarpflegeöl zwischen den Händen und knetete es in die Haarspitzen, die gerade bis auf die Schultern reichten. Dann zog ich einen Scheitel auf der linken Seite und strich die Haare meines Bobs hinter das rechte Ohr. Make-up ist mir zwar ein noch größeres Rätsel als Alchemie, trotzdem kramte ich meinen Kompaktpuder hervor. Ich nahm einen großen, puscheligen Pinsel und trug den Puder auf meine Wangen auf. Mit dem Finger verteilte ich auch etwas davon auf meinen Lidern. Sie waren dünnhäutiger als früher. Die Haut war nicht mehr so straff, und die feinen Linien um meine Augen hatten sich dauerhaft eingegraben. Ich nahm mein Parfüm und tupfte den blumigen Duft in die weiche Mulde hinter meinen Ohrläppchen.

Leider hatte ich nur eine kurze Einführung in die Geheimnisse der Weiblichkeit bekommen. Meine Mutter und meine jüngere Schwester waren gestorben, als ich 15 war. Hätte mein Vater einfach nur weitere sieben Jahre gewartet, dann hätte er sich die Mühe sparen können, uns zu verlassen.

Stattdessen verschwand er eines Abends, nachdem wir zu Bett gegangen waren. Ich weiß nicht genau, wie spät es war. Mom hatte es mir nie gesagt, und er hatte mich nicht geweckt. Am nächsten Morgen standen meine Schwester und ich auf, aßen Pancakes von Papptellern und sahen uns die Wiederholung von *Scooby Doo* im Fernsehen an. Alle drei glaubten wir, er würde zurückkommen. Zweien von uns war noch sehr lange nicht klar, dass er wirklich weg war. Er nahm nur einen Koffer mit und natürlich seinen aufgemotzten Wagen mit dem kleinen Schlitz im Beifahrersitz, den ich mit einer Schere hineingeschnitten hatte. Als wir am Montag in die Schule gingen, war er noch nicht zurück, und meine Schwester musste zur Schulkrankenschwester, weil sie so durcheinander war, dass sie den Unterricht störte. Meine Mutter holte sie ab. Ich hatte nichts davon mitbekommen, bis ich in den Bus nach Hause stieg und meine Schwester nicht da war. An dem Tag rastete ich ziemlich aus, so was tun Drittklässler nun mal, wenn ein Familienmitglied nach dem anderen verschwindet. Er schickte keine Postkarte, rief auch nicht an und kam nie zurück. Irgendwann nach Weihnachten hörten wir auf, auf ihn zu warten. Und kurz vor den Sommerferien warf Mom seine Unterwäsche und Hosen weg, nicht aber seine Schuhe, die waren schließlich einmal teuer gewesen.

Encino ist eine kleine Gemeinde im San Fernando Valley, die so in die anderen Orte des Valleys übergeht, dass sie absolut nicht von ihnen zu unterscheiden ist. Man kann von einer Ortschaft zur nächsten fahren, wobei man immer an denselben Reinigungen, fragwürdigen Sushi-Restaurants und Tankstellen vorbeikommt, ohne dass einem irgendetwas auffallen würde, was die Grenze zum nächsten Ort markiert hätte. Es macht auch, ganz ehrlich, keinen großen Unterschied, wo man sich befindet. Wenn Encino überhaupt etwas von seinen geklonten Nachbarn unterscheidet, dann, dass die Zeit hier ihre Spuren hinterlassen hatte. Sherman Oaks und Woodland Hills haben auf ihr Erscheinungsbild geachtet und sich rechtzeitig kleinen Schönheitskorrekturen unterzogen, während Encino sich hat gehen lassen.

Ich nahm die 101 in nördlicher oder westlicher Richtung – je nachdem, auf welches Schild man schaute –, fuhr auf die Hauptstraße ab, blieb alle vier Blocks an einer Ampel stehen, bis die Läden mit Kronleuchtern und Teppichen neben den Nagelstudios und indischen Takeaway-Restaurants von immer größeren Bürotürmen abgelöst wurden. Die Nachmittagssonne des Valleys, heißer und heller als im restlichen Land, spiegelte sich in den dunklen Fenstern, die das Licht bündelten wie ein riesiges Vergrößerungsglas, das uns alle wie Ameisen zu verbrennen drohte.

Ich parkte in einer Nebenstraße an einer kaputten Parkuhr, hoffte darauf, keinen Strafzettel zu bekommen, und trat durch die Eingangstür. Sie war schwer und öffnete sich mit einem lauten Pfffft. Niemand saß an dem großen schwarzen Schreibtisch mit der weißen Orchidee aus Plastik, die einer überdimensionalen Schamlippe ähnelte. Es roch nach Toner und recycelter Luft, und der plötzliche Temperaturwechsel ließ den Schweiß auf meinem Rücken gefrieren. Laut der Übersichtstafel neben dem Aufzug hatten Parker, Combs & Jimenez ihre Büroräume im siebten Stock. Treffer.

Der Aufzug war verspiegelt. Ich vermied es, mich darin anzusehen, da ich sonst nur an mir herumzupfen würde, und sieben Stockwerke reichten einfach nicht aus, um dieses Chaos in Ordnung zu bringen.

Ich sah die leuchtende Zahl nach oben klettern, bis im siebten Stock eine Glocke ertönte und die Türen sich öffneten. Die Wand vor mir, die die Lobby nach hinten abgrenzte und auf der wohl irgendeine Art Schild hätte sein sollen, um einem mitzuteilen, wo genau man gelandet war, schaute mir kahl und verschrammt entgegen. Ein paar Kleiderhaken ragten daraus hervor, und jemand hatte ein kleines Loch oberhalb der Bodenleiste zugespachtelt, aber noch nicht überstrichen.

Ich trat trotzdem aus dem Aufzug. Die durchsichtigen Glastüren zu meiner Rechten waren geschlossen und der Empfangsbereich dahinter leer. Linker Hand stand ein ebenso verlassener Schreibtisch wie der im Erdgeschoss. Eigentlich noch verlassener. Keine Plastikblume. Und kein weiteres Möbelstück. Keine Schilder. Keine künstlichen Palmen. Nur etwas braunes Packpapier lag zusammengeknüllt auf dem grauen Industrieteppich.

Ich versuchte, die Tür zu öffnen – abgeschlossen. Alles andere hätte mich auch überrascht. Ratlos wandte ich mich ab, drückte auf den Knopf, um den Aufzug kommen zu lassen, und sah nicht mehr zurück.

Unten im Empfangsbereich stellte ich mich vor den Schreibtisch und wartete. Eine Frau in einem schwarzen Kostüm kam von der Straße nach drinnen und klapperte mit ihren Absätzen über den Marmorboden zum Aufzug. Noch immer erschien niemand am Empfang. Es war ruhig, abgesehen von ein paar undeutlichen Stimmen, die zu hoch, schnell und aufgeregt sprachen, um in diese sterile Büroumgebung zu passen. Ich trat hinter den Schreibtisch und hielt mein Ohr an die schmucklose schwarze Tür, hinter der ich die Stimmen vermutete und die wiederum ganz hervorragend zu den sie umgebenden Wänden passte. Jetzt erkannte ich die spanische Seifenoper, die sich die Putzleute, die einmal in der Woche in mein Atelier kamen, so gerne ansahen. Die Hauptdarstellerin trug Unmengen an Silberarmreifen und bevorzugte schulterfreie Blusen, die ihre unwahrscheinlich runden, vollen Brüste zur Geltung brachten. So, wie sie aussah, konnte sie auch Werbung für mexikanisches Bier machen. Vielleicht tat sie das ja sogar.

Ich öffnete die Tür. Ein in Grau gekleideter Sicherheitsbediensteter saß mit dem Rücken zu mir. Die Luft in dem Raum roch süßlich und irgendwie nach verwesendem Stinktier. Die beiden vorderen Stuhlbeine knallten auf den Boden, als er aufsprang und herumwirbelte, um mich anzusehen. Aus seinen Nasenlöchern entwich weißlicher Rauch. Ich hätte wetten können, dass alle drei Bildschirme vor ihm eigentlich für die Videoüberwachung vorgesehen waren. Auf einem allerdings waren ein Mann und eine Frau in leidenschaftlicher Umarmung zu sehen, während die Musik lauter wurde und der Abspann anlief.

Ich lächelte. Er nicht.

»Zutritt verboten, Ma'am. Sie müssen draußen warten.«

Sein Joint war mir völlig schnuppe, aber ich mochte es nicht, »Ma'am« genannt zu werden.

»*Quiere compartir?*«

Er hielt den Joint neben sich, leicht verdeckt hinter seinem Rücken. Ich stand einfach ruhig da, während er das Risiko abwägte. Er kniff die Augen zusammen, und ich dachte schon, er würde mich wegschicken. Doch dann entspannte er sich.

Er reichte mir den Joint, und ich nahm einen Zug, drehte den Kopf leicht zur Seite und gab ihm den Joint zurück, während ich ausatmete.

»Was ist mit Parker, Combs & Jimenez im siebten Stock passiert? Sind sie umgezogen?«

Mein Spanisch war zu langsam, abgehackt und unzuverlässig für eine ganze Unterhaltung.

»Die haben dichtgemacht«, sagte er. »Haben alles eingepackt und das Mobiliar versteigert.« Er zuckte mit den Schultern. »Ich hab 'ne Couch gekauft. War 'n guter Preis.«

»Nachsendeadresse?«

Er schüttelte den Kopf und nahm einen weiteren Zug von dem Joint, der inzwischen fast bis zu seinen Fingerspitzen heruntergebrannt war. Er drückte ihn in einen leuchtend grünen Aschenbecher und stieß den letzten Rauch aus.

»Ich weiß von nichts. Schulden die Ihnen noch Geld oder so?«

»Ich suche nach einem der Angestellten. Ist eine Familienangelegenheit.«

»Ach ja?«

»Ja.«

Wir hörten beide das Klingeln des Aufzugs in der Lobby.

»Viele Leute, die dort gearbeitet haben, haben gewechselt. Nach Studio City in eine andere Firma, 'ne richtig große mit eigenem Gebäude und Parkplatz. Hab gehört, die haben dort sogar Mitgliedschaften im Fitnessstudio umsonst bekommen.«

»Wissen Sie, wie die Firma da heißt?«
»Irgendwas mit Mayer, so wie Oscar Mayer, Sie wissen schon.«
Wieder dieses Pfffft von der Tür und mehr Absatzgeklapper.
»Danke«, sagte ich. »Auch für den Zug.«
Er nickte und drehte sich wieder zu seinem Fernseher.

»Für nichts und wieder nichts rausgeputzt«, sagte ich zu Chuckles, als ich über eine Stunde später wieder zu Hause war. Während meiner ergebnislosen Mission hatte sich die 101 immer weiter gefüllt, sodass sich die Autos schon auf den Auffahrten zu den Freeways stauten. Die Ampelanlagen ließen nur ein oder zwei Autos auf einmal durchfahren. Das sollte helfen, Stau zu vermeiden. Tat es aber nicht.

Chuckles stand auf dem Arbeitstisch und hob seine plattgedrückte Nase an meinen Nacken, als ich mich bückte, um ihn zu streicheln. Er schnüffelte kurz, dann wandte er den Kopf ab. Mein Parfüm gefiel ihm nicht.

Der Anrufbeantworter blinkte mir eine rote Vier entgegen. Das waren viermal mehr Nachrichten, als im Normalfall darauf waren, wenn ich nach Hause kam. Ich schüttete den Rest der Jack-Daniel's-Flasche in ein Saftglas und drückte auf »Play«.

Viermal ertönte Carlas Stimme aus dem Lautsprecher, mit jedem Mal wütender und verzweifelter als bei der Nachricht davor. Sie drohte damit, Jenny anzurufen. Sie drohte damit, mich zu verklagen. Sie hatte Jenny angerufen. Nachdem ich mir alles angehört hatte, drückte ich auf »Löschen«, zog mich splitterfasernackt aus, holte meine alten Klamotten aus dem übervollen Wäschekorb und stopfte die neuen hinein.

Ich zog meine graue Arbeitsschürze über mein Tanktop und meine Jeans und machte mich daran, Acrylfarben anzumischen. Zunächst rührte ich ein Taubengrau mit einem leichten Blaustich an, der gleiche Farbton wie die Uniform des Sicherheitsbeamten. Davon mischte ich eine größere Menge, wählte einen passenden Pinsel aus und begann am unteren Rand der Leinwand. Ich trug die Farbe dick auf und ließ sie nach oben dünner werden. Dunkler am unteren Rand und nach oben hin auslaufend, bis sie in das Gipsweiß überging. Das reichte mir noch nicht. Also fügte ich etwas Schwarz hinzu und verrührte es mit der Mischung auf der Palette. Rühren, rühren, rühren. Wieder zog ich den Pinsel durch die Farbe und fing von unten an, langsam pinselte ich mich bis zur Mitte hoch. Ich gab ein sehr dunkles Dunkelgrün dazu und mischte wieder. Diese Farbe zog ich etwas weiter nach oben, immer höher, bis nur noch ein kleiner Streifen am oberen Rand weiß blieb. Dann mischte ich erneut Blautöne zusammen, diesmal fing ich oben an und arbeitete mich nach unten vor, immer weiter und weiter. Der Pinsel kratzte über die Oberfläche der Leinwand, als sich die Farbe darauf ablegte und die Borsten trocken und farblos zurückblieben.

Ich trat einen Schritt zurück, dann wieder einen nach vorn und mischte eine weitere Farbe an, dieses Mal ein Gelb. Mit dem Pinsel gab ich etwas von dem Blau und Grau dazu, damit es leicht getrübt und dreckig wurde. Jetzt fing ich in der Mitte der Leinwand an, wo die beiden Farben bereits aufeinandertrafen und sich vereinten. An der linken Seite beginnend, fuhr ich mit langen Strichen nach oben und unten, sodass der Mittelstreifen in beide Richtungen zugleich zerfloss. Nachdem ich etwa ein Drittel der Leinwand so bearbeitet hatte, hielt ich inne und beließ es dabei.

27 TAGE

Chuckles jaulte in seinem Tragekorb, als hätten es alle Tierärzte in Kalifornien auf seine Männlichkeit abgesehen. Ich stellte ihn auf den Rücksitz und warf meine Reisetasche in den Kofferraum.

Mrs Epstein, die ungefähr in Tante Trudys Alter war, stand vor ihrem eigenen Kofferraum, wo sie Wasserkisten, extragroße Flaschen Geschirrspülmittel und Toilettenpapier auslud. Sie beobachtete mich aus dem Augenwinkel. Der Teekannen-Zwischenfall war mir noch nicht verziehen worden, und das würde er wohl auch nicht. Immerhin zeigte ich kein Anzeichen von schlechtem Gewissen. Ich war eine hartgesottene Kriminelle.

»Sie verreisen?«, fragte sie und warf einen misstrauischen Blick auf mein Gepäck, als wäre es voller Giftschlangen.

»Ja.« Ich vermied Blickkontakt, schloss den Kofferraum und öffnete die Fahrertür, wodurch die grauenhaften Geräusche aus dem Inneren des Katzenkorbs ungedämpft nach draußen drangen. Gut möglich, dass Chuckles sich gerade gegen die Metalltür warf. In Kürze würde er aus jedem Loch seines Körpers Flüssigkeit absondern. Zu diesem Zeitpunkt, so hoffte ich, würde ich bereits bei Richard sein.

»Wohin fahren Sie?«

»Tijuana.«

»Sie können nicht einfach so nach Tijuana fahren.« Sie ließ ihr Spülmittel mit einem Rums auf den Asphalt fallen, wobei sie ihren Turnschuh nur knapp verfehlte. »Man könnte Sie kidnappen und als Drogenkurier benutzen.« Sie zeigte mit einem

Finger auf mich, an dem ein großer Silberring mit einem Türkis prangte. »Ich habe auf CNBC eine Sendung darüber gesehen, wie Frauen dazu gezwungen werden, sich zu prostituieren und Kokain in ihrer Vagina zu transportieren.«

Wie ich das Beruhigungsmittel über die Grenze zurückschmuggeln würde, hatte ich mir noch gar nicht überlegt. Das war eine interessante Möglichkeit.

»Danke für die Warnung«, sagte ich, ließ mich auf den Fahrersitz fallen und zog den Sicherheitsgurt quer über meine Brust. »Schöne Woche noch.«

»Irgendwas stimmt mit diesem Kater nicht«, schob sie noch hinterher, ehe ich die Tür zuschlug und den Toröffner betätigte.

Richard lebt noch immer in unserem Haus. Bei der Scheidung ist es ihm zugefallen. Zum Teil betrachte ich es allerdings nach wie vor als mein Haus – zumindest in einem verklärten Sinn. Der ist dem wortwörtlichen Sinn auch vorzuziehen, denn es liegt in Sherman Oaks, einem Ort, der von Malern eher weniger frequentiert wird. Welcher Künstler möchte sich schon gern zwischen Avon-Beraterinnen und Frauen ansiedeln, die ihre Raumdekoration bei Walmart im Angebot kaufen? Davon abgesehen hatte Sheila mittlerweile meine Bettseite in Beschlag genommen, was zu einer heiklen Situation führen könnte, würde ich noch immer darin schlafen wollen.

Das letzte Mal, als ich ihn besuchte, was in etwa vor zwei Zusammenbrüchen oder circa einem Monat der Fall war, behauptete Richard, Sheila wäre nur an ein paar Tagen in der Woche da. Doch als ich die Schränke im Badezimmer durchwühlte, fand ich zwei ihrer Medikamente, beide für Harnwegsinfektionen. Von einem der beiden wusste ich, dass es den Urin orange färbte. Und ein Teil von mir hoffte, dass ihr Arzt sie nicht darauf aufmerksam gemacht hatte.

Richard hat etwas dagegen, dass ich es als »unser« Haus bezeichne, aber wenn man genau weiß, wo sich sämtliche Deckel der Tupperdosen befinden, selbst diejenigen, die immer falsch verräumt sind, dann weiß ich nicht, wie man es sonst nennen sollte.

Ich parkte in der ölverschmierten Auffahrt und wuchtete Chuckles aus dem Wagen, dessen Jaulen in ein kehliges Knurren übergegangen war. Dann trat ich durch das schmiedeeiserne Tor in der hüfthohen Hecke, die unseren Vorgarten umrahmte, und ging über die zersprungenen Steinfliesen zur Eingangstür. Ich ließ den Finger beharrlich auf der Türklingel, einfach so, weil mir gerade danach war und ich leider keine Teekannen zur Hand hatte.

»Verdammt noch mal, Clementine, was willst du? Und was ist mit deinem Auto passiert?«

Der Schnitt an Richards Wange war fast verheilt. Er trug ein zerknittertes T-Shirt, in dem er vermutlich auch geschlafen hatte, und leuchtend grüne Fußballshorts, die beim Gehen ein synthetisches Rascheln zwischen den Schenkeln erzeugten. Auf dem College hatte er Indoor-Fußball gespielt, und das Trikot mochte er noch immer.

»Hier.« Ich hielt ihm den Tragekorb hin. Chuckles ließ sein schönstes Gejaule ertönen.

»Ich nehme deinen Kater nicht.« Er hielt die Hände hoch, als würde ich ihm eine undichte Tüte mit Kacke überreichen. Früher oder später wäre das auch der Fall, je nachdem, wie schnell er den Tragekorb nahm und den Kater herausließ.

»Nur für ein paar Tage. Ich verreise.«

»Rich«, ertönte eine schrille Stimme aus der Küche, »wer ist da?«

»Ich hab Sheilas Auto gar nicht gesehen«, sagte ich und warf einen Blick nach hinten über die Schulter, um die Straße nach ihrem froschgrünen neuen Beetle abzusuchen, der meiner Meinung nach eher zu einer Cheerleaderin als zu einer Steueranwältin passte. Vielleicht war das ihre Art zu rebellieren.

»Er steht in der Garage«, sagte er und rief dann nach hinten: »Es ist Clementine. Sie will mir ihren Kater aufschwatzen.«

Sheila antwortete nicht. Wir mochten einander nicht, sie und ich, das war schon immer so gewesen. Ob sie von dem Zwischenfall mit dem Ventilator wusste? Die Verletzung war nicht zu übersehen, aber Richard hätte sich durchaus eine Geschichte dazu ausdenken können: Bin die Treppe runtergefallen. Bin gegen den Türpfosten geknallt. Wie Misshandlungsopfer es oft tun. Insgeheim hoffte ich, dass er zu einer solchen Lüge gegriffen hatte, schließlich wollte ich sie nicht wissen lassen, dass sie ein besserer Mensch war als ich.

»Warum kann Jenny nicht auf ihn aufpassen?«, fragte er.

»Ich hab sie gefeuert. Umsonst macht sie es bestimmt nicht.«

»Du kannst Jenny nicht feuern. Ohne sie überlebst du nicht.«

Ich beschloss, mich nur innerlich über diesen Scherz zu amüsieren.

»Nimm ihn, oder er fängt noch an zu kotzen«, sagte ich nur.

Richard nahm den Tragekorb.

»Wohin fährst du?«

»Tijuana.«

»Du kannst unmöglich nach Tijuana fahren. Dort herrscht ein Drogenkrieg. Du wirst von Gangs entführt und versklavt werden, wenn nicht gar umgebracht.«

»Das scheint eine weit verbreitete Ansicht zu sein«, stellte ich fest und musste daran denken, dass Richards Angewohnheit, mir zu sagen, was ich alles nicht tun konnte, eine große Rolle bei unserer Scheidung gespielt hatte.

Er sah mich böse an, wie immer, wenn er der Meinung war, ich würde mich total unvernünftig verhalten.

»Warum willst du dorthin?«

»Wegen der Medikamente.«

Er stellte den Tragekorb so ab, dass er Richtung Küche zeigte, und öffnete die Tür. Wie von der Tarantel gestochen schoss Chuckles heraus und verschwand hinter der Couch.

»Warum brauchst du Medikamente? Bist du krank?«

»Ja.«

»Was hast du?«

Er blickte zur Couch, und ich sagte zu seinem Hinterkopf: »Krebs.«

Die Lüge kam mir einfach so über die Lippen, und ich hielt inne, um sie auszukosten. Sie gefiel mir, auch wenn sie nicht der Wahrheit entsprach. Wie diese Erdbeerbonbons, die nicht im Entferntesten nach Erdbeere schmecken, bei denen wir aber kollektiv übereinstimmen, dass roter Farbstoff und Maissirup dennoch »Erdbeere« ergeben. Meine Krankheit würde »Krebs« genannt werden. Und in gewisser Weise war sie eine Art Krebs. Ganz eindeutig hatte sich mein Gehirn gegen sich selbst gerichtet.

Richard starrte mich an. »Das ist nicht lustig.«

»Ich finde es auch nicht gerade sonderlich lustig.«

Wir standen uns auf unserer Türschwelle gegenüber. Seine Haare zeigten in alle Richtungen, als wäre er häufig mit den Händen hindurchgefahren, und vielleicht hatte er seit gestern Morgen nicht geduscht. Er sah nicht besonders gut aus, jetzt, wo ich ihn mir genauer ansah. Die Falten, die seine Augenwinkel furchten, waren tiefer geworden, und aus irgendeinem Grund ließ er die Mundwinkel hängen. Ich versuchte, die blassrosa Linie auf seiner Wange nicht zu beachten.

Er sah mich an, und ich sah ihn an, bis es sich schließlich anfühlte, als würden wir uns einen Wettbewerb im Anstarren liefern. Und sosehr ich auch gewinnen wollte, ich konnte mich nicht davon abhalten, meinen Blick zu der weißen Narbe in der

Mitte seines Kinns wandern zu lassen, die einem Cary-Grant-Grübchen ähnelte und das Ergebnis eines Skateboardunfalls mit dreizehn war.

Er nahm seinen Sieg zur Kenntnis, indem er das Schweigen unterbrach.

»Meinst du das ernst?«

»Ja.«

Ihm blieb der Mund offen stehen. »O nein.« Einen Herzschlag lang standen wir da und sahen einander an. »Mein Gott, und wo?«

»Im Gehirn.« *Erdbeere, Erdbeere, Erdbeere.*

In seinem Blick lag eine Mischung aus Unglauben und Mitleid. »Wann hast du es herausgefunden?«

»Da stimmte schon seit einiger Zeit etwas nicht mehr.« *Wahrheit.*

»Wie wirst du behandelt?«

»Schmerzlindernd.«

»Verdammt noch mal, Clementine, können sie denn nichts anderes tun?«

Ich schüttelte den Kopf. So langsam fühlte ich mich schuldig, obwohl ich nicht genau wusste, warum. Es war menschlicher, es so auszudrücken, als ehrlich zu sein. Und letzten Endes erklärte es auch so einiges.

Er kaute an der Innenseite seiner Backe, machte dann auf dem Absatz kehrt und ging den Flur entlang, der zu unserem Schlafzimmer führte. Das Rascheln seiner Shorts war zu hören, bis er fast verschwunden war.

»Warte im Wagen auf mich«, rief er mir über die Schulter zu. »Ich komme mit.«

Es dauerte länger, bis er wieder auftauchte, als man brauchte, um eine Tasche für ein paar Tage zu packen. Es dauerte genau so lange, wie man brauchte, um besagte Tasche zu packen und einen heftigen Streit mit der Freundin – dauerhaft eingezogen oder auch nicht – bezüglich eines Kurztrips mit der Exfrau auszutragen, um illegale verschreibungspflichtige Medikamente zu besorgen. Und es war ein Streit, von dem ich wusste, dass er ihn gewinnen würde. Selbst eine findige Anwältin musste angesichts des Arguments »sie wird sterben« die Waffen strecken.

Als er wieder herauskam, hing eine kleine dunkle Wolke über seinem Kopf, die ihm den ganzen Weg bis zum Wagen folgte. Er öffnete die Beifahrertür und schob seine Tasche zwischen den beiden Kopfstützen nach hinten, wobei er mir die Sonnenbrille vom Kopf stieß.

»Du hast mir nicht gesagt, was mit deinem Wagen passiert ist.«

»Bin auf jemanden draufgefahren.«

»Auf eine Person oder auf ein Auto?«

»Auf ein Auto.«

»Absichtlich?«

»Ziemlich.«

Er schüttelte den Kopf, lächelte dabei aber ein wenig, was einem leichter fällt, wenn man keine gemeinsame Versicherung mehr hat.

»Sheila ist allergisch auf Katzen, das weißt du.«

Ich ließ den Motor anlaufen und legte den Kopf schief, als wäre das etwas Neues für mich. »Tatsächlich?«

»Du kannst unmöglich schon wieder pinkeln müssen.«

»Stimmt«, sagte ich. »Ich habe einfach nur dieses unwiderstehliche Verlangen, nachzusehen, ob die an dieser Raststätte dieselben Papierhandtücher wie an den anderen verwenden.«

»Deshalb musst du ja nicht gleich so angepisst reagieren.«

»Und du musst dich nicht jedes Mal beschweren, wenn ich ein körperliches Bedürfnis habe.«

Er lehnte sich seufzend gegen die Kopfstütze, und ich ließ ihn mit seiner Ungeduld zurück, während ich auf die Toilette ging. Gegen Ende unserer Ehe waren wir nicht mehr zusammen verreist. Er flog lieber nach San Francisco, während ich mit dem Auto fuhr. Doch wie sich herausstellte, war auch das nur eine äußerst befristete Lösung.

Tijuana liegt direkt an der Fifth von L. A. in Richtung Süden. Ich nahm die letzte Abfahrt in den USA und wurde geradewegs zu einer Reihe riesiger Parkplätze geleitet, die den ganzen Weg bis hinunter nach Mexiko säumten. Die Monotonie der unzähligen Autoreihen wurde nur von den hellen Neonschildern unterbrochen, die über kleinen Büros hingen, wo sie für mexikanische Autoversicherungen warben. Ich fuhr auf einen Parkplatz, erhielt mein Ticket, versprach, acht Dollar pro Tag zu bezahlen, und stimmte zu, dass mein Wagen abgeschleppt und versteigert werden durfte, sollte ich ihn binnen zwei Wochen nicht abgeholt haben.

Ich wählte eine freie Lücke im hinteren Bereich des Parkplatzes und fuhr vorwärts hinein, bis mein Wagen einen Meter vor dem Grenzzaun stand, eine hässliche Metallwand, die sich über die Hügel hinwegschlängelte und am Horizont verschwand. Angeblich endete diese Absperrung nicht einmal am Strand, sondern führte geradewegs ins Wasser, für den Fall, dass jemand auf die Idee käme, hinaus ins Meer zu gehen und darum herumzuwaten.

Es war schneller, die Grenze zu Fuß zu passieren als mit dem Auto. Ich schulterte meine Tasche, und wir steuerten auf die massiven Drehtore aus Metall zu, die sich so schnell drehten, dass man Angst bekam, man könnte einen Finger verlieren. Ein Wachmann winkte uns durch. Keine Passkontrolle. Keine Gepäckkontrolle. Auf der anderen Seite jonglierten mokkabraune Kinder für ein paar Münzen vor den Touristen, dahinter boten Taxifahrer mit dunklen Sonnenbrillen und gebügelten gelben Hemden überteuerte Fahrten an.

»Brauchen Sie Taxi?«, fragte jeder, an dem wir vorbeikamen, obwohl er gesehen hatte, dass wir zu den anderen vier Fahrern vor ihm »nein, nein, nein, nein« gesagt hatten. Die Hoffnung stirbt zuletzt.

Wir schüttelten sie ab und machten uns zu unserem Hotel auf, vorbei an einem riesigen McDonald's und einer Reklametafel, die Wachstumshormone zum »absoluten Tiefpreis!« feilbot. Autos schlängelten sich dicht an dicht zur Grenze zurück, wie zu Stoßzeiten auf der 405. Zwischen den Fahrbahnen liefen Verkäufer mit Snacks und Getränken hin und her, auf Rollwägen wurden warme Schweineschwarten feilgeboten, zu mundgerechten Stücken zusammengeschrumpelt. Es war die letzte Möglichkeit vor der Grenze, um einen Blumenstrauß, Tamarindenbonbons oder einen Schädel, der vom Tag der Toten übrig geblieben und dementsprechend reduziert war, zu erstehen.

Die Autos, die nicht an der Grenze anstanden, fuhren in Kreisverkehren herum, deren Zentren riesige Statuen schmückten. Eine sehr abstrakte erinnerte an chinesische Essstäbchen, eine weitere stellte eindeutig einen Indianerhäuptling dar, und eine dritte verkörperte Abraham Lincoln, der eine zerrissene Kette in der Hand hielt und so aussah, als wüsste er nicht einmal selbst, wie und warum er dorthin gekommen war. Wo man hinsah, waren Menschen – so viele, dass man ganz Houston damit hätte füllen können.

Zu unserem Hotel brauchten wir weniger als fünf Minuten zu Fuß. Mit geübter Effizienz wurden wir in die klimatisierte Eingangshalle geführt, die Empfangsdame nahm meine Kreditkarte in perfektem Englisch entgegen. Hinter der Rezeption gab es einen Café- und Barbereich, der an die hintere Wand gedrängt war, um in der Mitte Platz für einen Innenhof mit ein paar Spielautomaten zu schaffen, die alle unablässig blinkten und dudelten, ganz egal, ob jemand spielte oder nicht. Ringsherum erhoben sich die zwölf Stockwerke mit den Zimmern. Von den innenliegenden Balkonen konnte man auf die Spieler herunterschauen. Anders als in Vegas, wo in Hotels und Casinos sämtliche Anzeichen für die Tageszeit ausgeblendet werden, war der gesamte Innenbereich mit einem gläsernen Oberlicht überdacht. Sie gingen hier eindeutig ehrlicher mit ihrer Kundschaft um.

Ein Hotelpage brachte uns in den vierten Stock. Er öffnete die Zimmertür mit der Chipkarte, schaltete das Licht ein und nahm seine zwei Dollar Trinkgeld entgegen. Hier waren Dollar und Pesos gleichwertige Währungen, und das Wechselgeld bekam man ebenfalls wie es gerade beliebte. Zumindest das hatte sich seit meiner letzten Reise über die Grenze vor einigen Jahren nicht verändert.

Richard sah mich mit derart verkniffenem Mund an, dass sich tiefe Furchen bildeten. »Ich hab kein gutes Gefühl.«

Ich fragte mich, ob ich dem Pagen besser mehr Geld hätte geben sollen, damit er hierblieb.

»Weshalb?«

»Vielleicht solltest du besser nichts von dem einnehmen, was du hier kaufst.« Er gestikulierte im Zimmer herum, als würde ich erwägen, unter das Bett zu kriechen und mir einzuwerfen, was auch immer ich dort vorfände. »Das Risiko ist zu groß.«

Richard und ich waren schon immer unterschiedlicher Meinung, wenn es darum ging, Risiken einzugehen.

»Ich habe Hunger«, sagte ich, um das Thema zu wechseln.

»Jetzt schon?«

»Es dauert nicht mehr lange. Aber ich will erst noch duschen und mich etwas hinlegen.«

»Und was soll ich solange machen?«, fragte er.

»Such dir ein Zimmer.«

»Warum kann ich nicht hier schlafen? Als wir verheiratet waren, haben wir die ganze Zeit platonisch zusammen geschlafen.«

Na wunderbar, dachte ich. Genau das hatte ich gewollt: auf dieser Reise alte eheliche Auseinandersetzungen aufwärmen.

Ich öffnete die Tür, sodass das Gebimmel der Spielautomaten von unten hereindrang. »Raus!«

»Warum?«

»Weil du ein Arschloch bist. Nimm dir ein eigenes Zimmer.«

Er nahm seine Reisetasche, zog so beleidigt ab, wie er konnte, und ich ließ die schwere Tür zuknallen. Doch selbst dann war das nervöse Gedudel der Spielautomaten im Zimmer zu hören. Das würde mir bald auf die Nerven gehen.

Ich hielt Wort und stellte mich unter die Dusche. Das Zimmer sah aus wie jedes Hotelzimmer in Cleveland, Ohio, oder Oklahoma City, Oklahoma, abgesehen von den bereitgestellten Flaschen mit Trinkwasser für diejenigen mit empfindlicher Konstitution, die Keime fürchteten. Ich trat unter den Strahl, stieß einen erschrockenen Schrei aus und presste die Hände auf meine Brüste. Der Duschkopf war eines jener Folterinstrumente, aus denen das Wasser wie Nadelstiche auf die Haut prasselte.

Ich drehte mich mit dem Rücken zum Wasserstrahl und packte ein Stück Seife aus. In diesem Moment ging es mir gut. Unterwegs zu sein hellte meine Stimmung jedes Mal auf, ein schnelles Auto oder ein Flugzeug konnten fast jede schwarze Wolke abhängen, die mich verfolgte. Meistens dauerte es einen Tag oder etwas länger, bis sie mich wieder eingeholt hatte.

Nachdem ich Schweiß und Staub mithilfe dieses Wasserwerfers abgewaschen hatte, brauchte ich einen Tequila. Ich warf mich in meine schönste Jeans.

Gegenüber vom Hotel befand sich ein Gebäude, das wie ein Einkaufszentrum aussah, doch der Kofferträger versicherte mir, dass es sich um eine riesige Disko handelte, die erst in ein paar Stunden öffnen würde. Daneben gab es eine kleinere Bar, die allerdings bis auf den Barkeeper auch recht verlassen schien. Die einzigen Anzeichen für menschliches Leben waren mehrere blinkende Leuchtreklameschilder für Tecate-Bier. Die Sonne stand noch hoch am Himmel und fing gerade erst an, darüber nachzudenken, ob sie sich nicht zurückziehen sollte.

Ich entschied mich für die Bar, setzte mich an den Tresen und stellte mit zwei unbeholfenen Sätzen klar, dass mein Spanisch langsam, fehlerhaft und an das Präsens gebunden war. Zur Sicherheit zeigte ich auf die Getränkekarte: Margarita on the rocks. Der Barkeeper, der in einer Zeitschrift blätterte, schien erfreut, etwas zu tun zu haben, und der Drink wurde stark und ohne Salz gereicht.

Rockmusik *en español* schallte in voller Lautstärke durch die Bar, und auf einem Flachbildschirm lief das dazugehörige Video, eine Art Zeichentrickfilm. Ich sah zu, wie man einem Mann ein Gliedmaß nach dem anderen abschnitt, bis er schließlich als Torso mit Kopf in den Ozean fiel, wo er von barbusigen Meerjungfrauen empfangen wurde. Der Barkeeper stellte eine Schale mit Knabberzeugs vor mich hin. Die kleinen mattbraunen Murmeln schmeckten nach in Honig gerösteten Erdnüssen und hatten dasselbe Suchtpotenzial, das sonst nur Erdnussflips und Zigaretten auf mich ausübten. Der Barkeeper und ich stopften sie ununterbrochen in uns hinein, während wir dabei zusahen, wie der Zeichentrickfilm zu einem Amputierten-Porno mutierte. Es war auch ohne Untertitel verständlich.

Das Video war viel zu schnell vorbei. Die nächste Band ordnete ich gerade als mexikanische Version von The Cure ein, da nahm Richard auf dem Stuhl neben mir Platz.

»Ich habe den Kofferträger gefragt, wohin du gegangen bist«, sagte er.

Ich schob ihm die Schale mit Knabberzeugs hin, und er nahm sich eine Handvoll. »Die sind köstlich.«

Der Barkeeper kam zu uns, und Richard zeigte auf meinen Drink. Ich widmete mich wieder den Jungs mit dem übertriebenen Augen-Make-up auf dem Bildschirm.

»Würde es helfen, wenn ich dir sage, dass ich ein ziemlicher Trottel gewesen bin?«, fragte er.

»Wann genau?«

»Was meinst du mit ›wann genau‹?«

Ich nahm einen ordentlichen Schluck von meiner Margarita, griff nach der Schale mit den leckeren Nüssen und zog sie wieder zu mir, außerhalb seiner Reichweite.

Er gab sich geschlagen. »Im Hotelzimmer. Ich hätte nicht mit dem Sex anfangen sollen.«

Um zu untermalen, was ihm gerade entging, führte ich eine Nuss in einer langsamen, sinnlichen Bewegung zum Mund, wie in einem dieser lächerlichen Werbespots, in denen sich eine äußerst knapp bekleidete Frau an einem Hamburger ergötzt.

»Und ich hätte nichts darüber sagen sollen, wie oft du pinkeln musst.«

»Das war falsch von dir.«

»Ja, das war es.«

Er durfte sich wieder am Knabberzeugs bedienen.

»Was *ist* das?«, fragte er, als er sich die nächste Handvoll in den Mund schob.

»Meine Erlösung.«

Er ignorierte das. »Wir sollten die Schale leer machen und

dann etwas zu Abend essen. Ich weiß auch schon, wohin wir gehen.«

Mein Blick löste sich vom Fernseher. Kein einziges Mal während unserer eher steinigen und komplizierten Beziehung hatte Richard einen Tisch reserviert.

Er zuckte mit den Schultern. »Ich habe den Kofferträger nach einem Tipp gefragt«, erkärte er und aß noch eine Handvoll Nüsse. »Gut möglich, dass wir faulige Maiskolben bekommen.« Plötzlich wirkte er traurig. »So gut wie das hier ist es bestimmt nicht«, sagte er und machte die Schale leer.

Huitlacoche kann mit Rabenkot übersetzt werden oder, wenn man kein Blatt vor den Mund nehmen will, kann man auch Vogelscheiße dazu sagen. Tatsächlich handelt es sich dabei um Mais, der mit einem Pilz infiziert wird, wodurch er sich in eine Ansammlung schwarzer Geschwüre verwandelt. Der Chefkoch mischte ihn mit Schmelzkäse aus Oaxaca und servierte alles in einem beutelförmigen Crepe mit Poblano-Chili-Sauce. Es war noch besser als dieses Knabberzeugs.

Die Taxifahrt zum Stadtrand dauerte keine 15 Minuten. Der Fahrer hatte uns an einem Kreisverkehr aussteigen lassen, und da thronte auch schon eines der teuersten Restaurants in Tijuana auf einer Anhöhe über uns. In Reihen gepflanzte Palmen und Aloen wurden von in den Boden eingelassenen Strahlern wirkungsvoll angeleuchtet und rundeten das Bild ab.

Man führte uns unverzüglich nach drinnen und zu unserem Tisch. Der Kellner hielt mir den Stuhl hin und legte mir sogar die Serviette auf den Schoß, was mir dann doch etwas zu intim war.

Nun schaufelte ich einen weiteren Bissen *huïtlacoche* auf meine Gabel. »Leckere, superleckere Geschwüre«, erklärte ich und lachte, denn manchmal bringt man sich einfach selbst zum Lachen.

»Mach keine Witze darüber«, verlangte Richard.

»Warum?«

»Du weißt, warum.«

Nur vier Tische waren besetzt, und im Saal herrschte eine ähnlich bedeutsame Stille wie in einer Bibliothek, sodass wir kurz davorstanden, alle Aufmerksamkeit auf uns zu ziehen.

Ich nahm einen Schluck Rotwein. Der Kellner hatte uns in perfektem Englisch versichert, er käme vom besten Weingut der Region.

»Geschwüre«, flüsterte ich.

»Das ist nicht lustig.«

Ich presste die Lippen aufeinander, um mein Kichern zu unterdrücken. Doch dadurch staute sich nur die Energie in meinem Zwerchfell und brachte meine Rippen zum Zucken. Richard nahm einen vornehmen kleinen Bissen von seiner essbaren Vogelkacke.

»Geschwüüüüre.«

»Ich meine das ernst.«

Ich konnte einfach nicht anders. Ich fing an zu lachen, so laut und so lange, bis die Vögel in ihren Käfigen, die zur Dekoration im Restaurant hingen, durchdrehten. Ihr Gezwitscher hallte vom gefliesten Boden des Innenhofs wider, wo ein kleines Kind, das seiner Mutter entwischt war, eine Hand auf das Wasser im Zierbrunnen klatschen ließ. Ich wischte mir die Tränen aus den Augen. Richard konzentrierte sich auf das Essen, aber ich bildete mir einen flüchtigen Moment lang ein, seine Grübchen gesehen zu haben.

»Mmmmm … unkontrollierte Zellteilung.«

Das reichte, damit er sein Besteck niederlegte. Sogleich kam einer unserer vier Kellner herbeigeeilt, um seinen Teller abzuräumen.

»Du bist doch krank«, zischte Richard, doch er hatte den

Kampf gegen seine Wangen verloren, die sich zu einem breiten Grinsen auseinanderzogen.

»Ich habe gewonnen«, lachte ich.

»Du hast nicht gewonnen.« Er nahm einen Schluck Wein, legte seine Hand auf meine und schob dabei zwei Finger in meine Handinnenfläche. Ich hielt sie fest.

»Ich will mit dir zum Arzt gehen«, sagte er.

»Wie bitte?«

»Wenn wir wieder zu Hause sind, dann will ich dich zu deinen Arztterminen begleiten.«

»Richard.«

»Hast du schon Absprachen getroffen? Für deine Betreuung meine ich, nicht für … Hast du einen Ort, wo du hingehen kannst?«

»Ich arbeite gerade daran.«

Nach Enten-*carnitas* mit Hopimais-Tortillas, Tamarindensauce und Koriander stolperten wir aus dem Restaurant in ein Taxi. Die vier Kellner winkten uns nach und baten uns, bald wiederzukommen. Offenbar lief das Geschäft gerade ziemlich schlecht.

Die Sonne war untergegangen, während wir uns durch unsere diversen Gänge gearbeitet hatten, und genau wie Los Angeles zeigte sich Tijuana nachts von seiner schönsten Seite. Das sanfte Licht von Restaurants und Bars nahm der Stadt ihre harten Kontraste.

Da Richards Spanisch noch schlechter war als meines, musste ich mich nach vorne zum Fahrer setzen.

»*Dónde música?*«, fragte ich ihn, als wir zurück in die Stadt fuhren.

»*Discoteca?*«

»Nein«, sagte ich, »*personas*«, und imitierte eine Geige.

Er nickte, und ohne sicher zu sein, dass einer von uns beiden den anderen tatsächlich verstanden hatte, fuhren wir weiter.

Das Taxi hatte schon bessere Tage gesehen. Ein Teil der Innenraumverkleidung fehlte, und das Armaturenbrett war nachlässig mit einem zotteligen Kunstfell bezogen. Im Gegensatz zu den tadellos herausgeputzten Fahrern, die uns an der Grenze begegnet waren, wirkte unser Fahrer nicht mehr ganz so frisch. Er schien kurz vor der Pensionierung zu stehen und verließ sich offenbar auf das ausgebleichte Jesus-Bild, das in die Mitte des Lenkrads klebte, um noch so lange durchzuhalten. Unter den gegebenen Umständen fand ich das etwas beängstigend, denn es bedeutete, dass auch ich im Moment nur auf Jesus vertrauen konnte.

Wir fuhren durch die Stadt bis zur *Zona Norte*, dem berühmten Rotlichtviertel, von dem Touristen in jedem Reiseführer abgeraten wurde. Eine weitere Abzweigung brachte uns zu einer Straße, in der es nur Bars zu geben schien, und dann drangen wir in ein reines Wohnviertel vor, das so spät am Abend vollkommen im Dunkeln lag. Die Straßen wurden immer schmaler. Das Radio war ausgeschaltet, und in der Stille hörte ich, wie Richard auf dem Rücksitz hin und her rutschte. Kurz bevor er nervös genug wurde, um nach vorn zu greifen und mir auf die Schulter zu tippen, hielt das Taxi an, und der Fahrer teilte uns mit: »Das guter Ort für Musik und Drinks.«

Ein netter Ort für ein paar Drinks war genau nach meinem Geschmack.

»*Gracias.*«

Taxis in Tijuana haben keinen Taxameter. Hier ist alles Verhandlungssache. Ich reichte ihm einen Fünf-Dollar-Schein, er nickte und steckte ihn ein.

Auf dem Gehweg war ein kleines Hinweisschild aus Holz angebracht, bemalt mit einer schnörkeligen Schrift, die ich im spärlichen Licht nicht entziffern konnte. Gitarrenklänge drangen aus einem Fenster, und jeder Zentimeter des Bordsteins war zugeparkt, es gab kein Auto, das nicht eine gewisse Anzahl an Kratzern und Beulen aufwies. Hier wurde das Wort Stoßstange noch wörtlich genommen.

Ich öffnete die Metalltür und trat ein, gefolgt von Richard, der mir seine Hand auf den Rücken legte. Draußen war es kühler geworden, und seine Berührung fühlte sich warm an. Zusammen mit dem Wein und dem Tequila in meinem Körper ein erstaunlich gutes Gefühl.

Der ganze Raum stand voll winziger runder Bistrotische, ohne Möglichkeit, sich irgendwo dazwischenzustellen. Die Männer und Frauen auf den Stühlen drängten sich dicht an dicht. An manchen Tischen saßen zwei Frauen zusammen, aber ob sie nur Freundinnen oder mehr waren, war nicht ersichtlich. Auf einer kleinen Bühne beendeten drei Gitarrenspieler gerade ein traditionelles Lied. Ein Kellner, der eher wie ein Schüler mit einer schwarzen Schürze aussah, kam auf uns zu.

»*Dos*«, sagte ich.

Er nickte, und wir folgten ihm zu einem der letzten drei leeren Tische, die alle in der ersten Reihe standen. Die Menge applaudierte noch den Musikern, als wir uns setzten und man uns die Karten reichte. Die jungen Männer auf der Bühne wurden sanft angeleuchtet, ihre Haut schimmerte in unterschiedlichen Brauntönen. Alle drei hatten öliges schwarzes Haar und viel zu dunkle Augen, als dass man hätte unterscheiden können, wo die Pupille aufhörte und die Iris anfing. Sie trugen Khakihosen, der mittlere hatte die langen Haare zu einem Pferdeschwanz nach hinten gebunden und einen hippen karierten Hut tief in die Augen gezogen. Wenn er es schaffen würde, sich an der roten Samtkordel eines Clubs in Hollywood vorbeizuschleichen, hätte er definitiv freie Wahl bei den Frauen.

Dankend nickten sie dem Publikum zu, und derjenige, der

Richard und mir am nächsten saß, nahm einen Schluck aus einer Hustensaftflasche. Eine Frau im Publikum rief ihm etwas zu. Ich verstand nicht, was sie gesagt hatte, doch er hielt die Flasche hoch und wurde rot. Alle außer uns lachten.

Ich bestellte eine Karaffe Hauswein und verneinte die Frage, ob wir auch essen wollten, indem ich auf meinen Bauch klopfte, um »schon voll« zu signalisieren.

An den Wänden hingen Gemälde, versehen mit kurzen Texten, auf denen Titel und Künstler vermerkt waren. Neben allem anderen war das hier auch noch eine Galerie; mir kam es vor, als würde sich das Universum einen kleinen Scherz mit mir erlauben. Fast alle Gemälde stellten nackte Frauen dar, die meisten in gedrehter oder gebeugter Pose, sodass zumindest ein Teil ihres Geschlechts zu sehen war. Der Künstler war nicht geschult – oder zumindest nicht gut geschult –, aber er brannte eindeutig für seine Modelle.

Der Wein kam schnell. Er war nicht so weich wie der Cabernet im Restaurant, doch das störte kaum. Ich füllte erst Richards, dann mein Glas.

Der Musiker links beugte sich zum Mikrofon und sagte etwas, das irgendwo zwischen einer Sprechtirade und einem Song lag, ähnlich einem Slam-Poeten. Die mittlere Gitarre setzte sanft ein und wurde dann schneller und lauter, um mit ihm mitzuhalten. Richard beugte sich zu mir und legte einen Arm auf die Lehne meines Stuhls. Der Song zog sich in die Länge, mexikanischer Folk kombiniert mit improvisiertem Jazz. Die Noten wirbelten herum, hoch und tief, ehe sie sich schließlich wieder in die Hauptmelodie verwandelten, einen davongaloppierenden Beat. Die Musik packte mich und riss mich mit, so sehr, dass ich das Gefühl hatte zu fliegen. Als sich die drei Männer nach vorn lehnten und die letzten Worte gemeinsam *a cappella* sangen, tobten die Tische.

Ich hielt unseren jungen Kellner an, als er vorbeikam, fast hätte ich ihn am Hosenbein gepackt.

»Was war das für ein Song?«, fragte ich, ohne mir die Mühe zu machen, es auf Spanisch zu versuchen.

»*Narcocorrido*«, sagte er, ehe die Musik wieder einsetzte.

Mexikanischer Gangster-Rap, Ruhm den Drogenkurieren und den Mördern. Mir war das egal, es gefiel mir trotzdem. Ich war voll mit Alkohol und Essen. Die Leute um mich herum lächelten, wenn ich sie ansah. Am liebsten wäre ich hiergeblieben, hätte mir eine Wohnung gemietet und die Sprache im Trubel dieser Stadt gelernt. Ich wollte jeden Tag Hopimais-Tortillas essen. Sollten sie meinen Wagen doch abschleppen und versteigern.

Richard schenkte uns nach.

Ich beugte mich zu ihm, damit er mich verstand. »Lass uns hierbleiben«, sagte ich. »Lass uns einfach nicht nach Hause fahren.«

Er lächelte. Natürlich glaubte er nicht, dass es mir ernst war. Vielleicht war es mir das auch nicht. Vor manchen Dingen kann man einfach nicht davonlaufen.

Die Musik war ruhiger geworden, alle drei Gitarristen spielten zusammen, eine kleine Erholung nach dem Marathon, den sie soeben absolviert hatten. Nun trat ein Saxophonist aus der kleinen Tür im hinteren Bereich, die offenbar in die Küche führte. Ein Kellner mit schwarzer Schürze und einer Karamellcreme in der Hand wich ihm gerade noch aus. Leicht verhaltener Applaus hieß den neuen Musiker willkommen. Er führte das Instrument an die Lippen und schloss sich der Ballade an.

Richard berührte mich am Arm, und als ich mich zu ihm drehte, küsste er mich. Ich küsste ihn zurück, erst einmal, dann zweimal. Er versuchte, seine Zunge in meinen Mund gleiten zu lassen, aber ich hatte meine Lippen nicht für ihn geöffnet, war nicht darauf vorbereitet gewesen. Ich legte eine Hand auf seinen Oberschenkel und drückte ihn kurz, um das wettzumachen. Er strich mit einem Finger über meinen Nacken.

Zu Hause hätte er das nie getan, und ich hätte es auch niemals zugelassen, aber wenn man erst mal eine Grenze überschritten hat, macht es das leichter, auch in anderen Bereichen zu weit zu gehen.

Wir sahen ihnen noch zwei Stunden zu. Wann immer die Musiker den Kellnern zuwinkten, brachte man ihnen frische Getränke. Eine Pause machten sie deshalb nicht. Alle drei plus Saxophonist spielten immer noch für die voll besetzten Tische, als wir das Lokal verließen. Der Alkohol schwappte in meinem Kopf herum, und der Gehsteig schien bei jedem Schritt unter mir zu schwanken.

Wir schlenderten die enge Straße des Wohnviertels entlang. Draußen war alles ruhig, es musste um Mitternacht herum sein. Ganz hinten in meinem Gehirn meldete sich eine dünne Stimme, die sich fragte, ob es wohl sicher für uns war, ganz allein hier herumzuschlendern, ein wenig ziellos und ohne genau zu wissen, wo wir uns befanden. Doch der Wein brachte sie rasch zum Schweigen. Na, na, Kleines, schien er zu sagen, und ich vergaß, mich weiter zu sorgen.

»Glaubst du, dass wir hier ein Taxi finden?«, fragte Richard.

»Eher in der nächsten Straße«, sagte ich.

Wir kamen an eine Kreuzung und gingen in Richtung Stadtzentrum und Hotel weiter, aber auch hier war es nicht gerade belebt. Ein paar Autos fuhren vorbei, vielleicht drei in einer Minute, doch keines davon war ein Taxi. Wir passierten Läden, die für die Nacht verschlossen waren, die meisten mit heruntergezogenen Metallrollos vor den Eingängen. Fast überall sah man Graffiti, ein blaues Gesicht war so gestochen scharf gesprayt, dass es den Eindruck erweckte, die Knochenstruktur darunter wäre plastisch. Abstrakte grüne und gelbe Formen mit den Worten *»amor y respeto por las culturas indigenas«* rahmten das Ganze ein. Das verstand sogar ich.

Wir waren allein auf dem Gehsteig, der immer wieder durch Abschnitte voller Dreck und aufgerissenen Beton unterbrochen wurde, als hätte man den Presslufthammer zwar angesetzt, das Projekt dann aber nicht weiterverfolgt. Kein Absperrband oder Warnkegel grenzte diese unebenen Abschnitte ab, die wie gemacht schienen, um sich den Knöchel zu verstauchen. Anscheinend sollten wir hier unseren gesunden Menschenverstand einsetzen, und wenn wir das nicht taten, selbst schuld.

Wir liefen nun schon seit geraumer Zeit, und noch immer war kein Taxi aufgetaucht. So ungefähr wusste ich, wo unser Hotel lag, ich wusste aber auch, dass ein Fußmarsch dorthin länger dauerte, als ich zu laufen gewillt war – selbst auf unbeschädigten Gehsteigen. So langsam fragte ich mich, ob wir vielleicht in einem Hauseingang schlafen müssten. Und gerade, als der Wein mir wieder gut zureden wollte, sahen wir es beide.

Bei der nächsten Querstraße, noch etliche Blocks entfernt, fuhr ein Taxi. Richard stieß einen Schrei aus und hob die Hand.

Hoffnungslos, dachte ich. Zu weit weg und viel zu schnell unterwegs. Ich tätschelte seinen Arm. Netter Versuch.

Wir waren schon ein paar Schritte weitergegangen, als wir sahen, dass das Taxi eine Vollbremsung gemacht hatte und rückwärts in unsere Straße fuhr.

Als der Fahrer anhielt, öffnete ich die Beifahrertür. »*Buen ojo*«, sagte ich. Gutes Auge.

Für einen weiteren Fünf-Dollar-Schein wurden wir schließlich dem klimatisierten Komfort unseres Hotels übergeben. Der Portier grüßte uns auf Englisch. Wir kämpften mit den Knöpfen im Aufzug, hatten aber keine Probleme mit der Schlüsselkarte zu meinem Hotelzimmer. Ich weiß nicht, ob Richards Schlüsselkarte funktioniert hätte. Die benutzten wir nicht.

Dieses Mal war ich auf den Kuss vorbereitet. Ich öffnete meine Lippen und schmeckte den letzten Rest Wein auf seiner Zunge.

Richard ist größer als ich. Größer und stärker, und wenn er mich an sich drückt, dann fühle ich mich klein und feminin, was bei meiner Größe schon etwas heißen will.

Wir standen einfach im Zimmer neben der Badezimmertür und dem mit Spiegeln verkleideten Schrank, mit geöffneten, aufeinandergepressten Lippen. Er drängte sein Becken an mich, und ich spürte seinen steifen Schwanz, der von seiner Jeans unbequem am Bein nach unten gedrückt wurde. Ich spürte, wie sich meine Wangen röteten, mein Herz wie wild schlug und meine Unterhose feucht wurde.

Ich quetschte eine Hand zwischen uns und rieb sie an ihm. Er stöhnte in meinen Mund und presste sich härter gegen mich. Sein Gürtel war neu und steif, und ich musste daran reißen, um die Schnalle zu lösen. Ich fummelte am Knopf der Hose herum und zog den Reißverschluss nach unten, bis die Jeans ein Stück an seinen schmalen Hüften herunterrutschte. Ich zerrte daran, bis sie schließlich ganz auf dem Boden lag. Er hatte immer noch seine Schuhe an und musste sich an der Wand hinter mir abstützen, um sie von sich zu schleudern. Ich schob seine Boxershorts nach unten, er zog sie aus, und als er sich wieder aufrichtete, trug er nichts als ein T-Shirt, das bis zur Hüfte reichte, und knöchelhohe Socken.

Sein Schwanz stand von seinem Körper ab, und ich umfasste ihn mit beiden Händen. Doch ohne Vaseline war nicht mehr als eine sanfte Massage drin, sonst würde ich ihn noch wund rubbeln. Er hielt meine Brüste, knetete sie und versuchte, durch das T-Shirt meine Brustwarzen zusammenzudrücken. Ich ließ seinen Schwanz los und entkleidete mich auf die zweckmäßige Weise von Paaren, die das schon viele Male zuvor getan haben (Top, BH, Jeans, Unterhose). Einen Moment lang fragte ich mich, ob ich zugenommen hatte, seit er mich das letzte Mal nackt gesehen hatte, nahm an, dass dem so war, und wünschte mir, das Licht im Zimmer wäre vorteilhafter.

Als ich mich hinkniete, malträtierte der billige Teppichboden meine Knie, aber Sex ist bisweilen nun mal etwas unbequem. Ich küsste seinen Schwanz der Länge nach und nahm ihn dann in den Mund. Er war mir auf eine Art und Weise vertraut, die ich ganz vergessen hatte.

Richard legte seine rechte Hand sanft auf meinen Hinterkopf, geschult durch jahrelange Erfahrung versuchte er nicht, mich nach unten zu drücken. Als sein schnelles Atmen in ein Keuchen überging, zog ich mich zurück und ließ ihn zwischen meinen Lippen hervorgleiten, aus Angst, es könnte vorbei sein, ehe es richtig angefangen hatte.

Er zog mich an den Achseln nach oben, und ich mühte mich ab, Halt zu finden. Dann ließ er eine Hand zwischen meine Beine gleiten, und gemeinsam arbeiteten wir daran, seine Finger in die richtige Stellung zu bringen. Ich verbarg mein Gesicht an seinem Hals, während er seinen Rhythmus fand und mein Unterleib heftig pulsierte.

Es war zu viel und reichte doch nicht aus. Er löste sich von mir und dirigierte mich rückwärts auf das Bett. Auf dem Rücken liegend dachte ich einen Moment an all die ungewaschenen Körper, die dasselbe darauf getan hatten. Dann schob er sein Gesicht zwischen meine Knie, und mit einem Mal war mir die Vorgeschichte der Matratze und ihre Keimbelastung egal.

Richard war schon immer gut darin gewesen – enthusiastisch und fast schon ehrfürchtig –, und als ich mich schließlich an ihn geklammert, gestöhnt, festgekrallt und aufgebäumt hatte, ohne auch nur halb so viel Zurückhaltung an den Tag zu legen wie er zuvor, stand er mit rot schraffierten Knien auf und drang in mich ein, um auch auf seine Kosten zu kommen.

Ich hatte vergessen, wie gut sich das anfühlte, wenn ich nicht total zugedröhnt von Medikamenten war. Es war so viel besser.

26 TAGE

Als ich erwachte, hatte ich leichte Kopfschmerzen, die mich daran erinnerten, dass es niemals eine gute Idee war, Wein vom Fass zu bestellen. Richard war immer noch da. Die Bettdecke lag auf dem Boden, das weiße Laken war fast ganz um seine schmalen Hüften geschlungen, sodass es bei mir nur bis zu den Schenkeln reichte.

Ich überlegte, ob ich ihn wecken oder aufstehen und duschen sollte, um ihm so die Gelegenheit zu geben, in den Klamotten von gestern aus der Tür zu schlüpfen. Wir könnten uns darauf einigen, so zu tun, als hätte es diese Nacht gar nicht gegeben. Wenn wir es geschickt anstellten, würden wir sogar zu dieser Übereinkunft gelangen, ohne überhaupt darüber gesprochen zu haben. Wir würden uns einfach mit der Tagesplanung beschäftigen, ohne in andere Bereiche vorzudringen. Ich könnte fragen, was er gerne unternehmen wollte, doch ihm diese Frage zu stellen würde unweigerlich zum Thema Sex führen und somit das Nicht-Erwähnen als Option eliminieren, wodurch nur noch die Möglichkeit bliebe, sich damit auseinanderzusetzen.

Es war alles verdammt kompliziert, und ich war dehydriert und hatte Kopfschmerzen.

Ich stand auf und ging ins Badezimmer, pinkeln konnte ich wenigstens, ohne nachdenken zu müssen.

Während ich etwas Zeit damit zugebracht hatte, die Beschriftung auf dem kleinen Hotelshampoo-Fläschchen zu lesen, war Richard aufgewacht und hatte die Hose angezogen.

»In der Lobby gibt es eine Espresso-Bar«, sagte er. »Soll ich dir was hochbringen?«

»Ja«, bat ich.

War das jetzt eine geschickte Übereinkunft oder nur das Verlangen nach Koffein?

»Trinkst du ihn immer noch wie früher?«

»Mit Milch, schwach und süß«, sagte ich.

Er zog sein T-Shirt über den Kopf, ohne auch nur einen einzigen prüfenden Blick in den Spiegel zu werfen. Das war einer der Gründe, weshalb mir schon in jungen Jahren schwante, dass man als Frau wohl die Arschkarte gezogen hatte.

Bis Richard wiederkam, hatte ich geduscht, meine Brüste dabei sorgsam vor dem Hochdruckreinigungsstrahl geschützt, und mich angezogen. Nun mühte ich mich mit dem Hotel-Föhn ab, der in etwa so wirksam war, als würde mich jemand wiederholt anniesen.

Er hatte mehr getan, als nur Kaffee geholt. Er hatte sich rasiert, gewaschen und umgezogen, was mich vermuten ließ, dass er Zeit schinden wollte. Und weil mich das so beschäftigte, wurde ich auf mich selbst wütend. Ich war mir sicher, dass er meine Körperhygiene nicht so unter die Lupe nahm und auf mögliche Beweggründe analysierte. Warum verspürte ich dann also dieses Bedürfnis?

Er stellte meinen *café con leche* zusammen mit zwei Päckchen Süßstoff auf die Ablage im Badezimmer, gab mir ein Küsschen auf die Schulter und verschwand dann im Zimmer. Ich hörte, wie der Fernseher eingeschaltet wurde und die Stimme eines Fußballkommentators ertönte.

Na prima. Was hatte das jetzt zu bedeuten?

Ich trocknete meine Haare mit dem stotternden Gerät gerade so lange, bis mir das Wasser nicht mehr auf den Rücken tropfte, zog einen Seitenscheitel und band sie im Nacken zu einem kleinen Pferdeschwanz zusammen. Menschen, die nicht mehr großartig auf Beachtung aus sind, müssen sich auch keine Mühe mehr mit ihrer Frisur geben.

Der Portier empfahl uns ein Frühstückslokal, das einem billigen Denny's ähnelte und sich in einem Einkaufszentrum neben einem Nagelstudio befand.

Zusammen mit der Karte brachte uns der Kellner ein Körbchen mit Gebäck, das ein paar Mini-Baguettes enthielt, etwas, das wie eine abgepackte Portion Kürbiskuchen aussah, was es aber ganz bestimmt nicht war, und eine Art zusammengeklapptes Teigstück, das an britisches Gebäck erinnerte. Ich biss in Letzteres und wurde enttäuscht. Die glibberige Füllung schmeckte nach einer undefinierbaren Frucht, und ich ließ den Rest des Teilchens liegen.

Wir bestellten beide eine gemischte Frühstücksplatte und Orangensaft, der in altmodischen Trinkgläsern mit Strohhalmen serviert wurde. Richard sagte nicht viel. Und wenn er etwas sagte, kam ich mir vor wie eine Verwandte, die er seit Jahren nicht gesehen hatte. »Hey, schau mal, eine Frau als Taxifahrer. Das sieht man hier nicht gerade oft, nicht wahr?« Wir hatten ganz offiziell die post-koitale Grauzone betreten, in der alles aus dem Gleichgewicht geraten und jedes Wort potenziell gefährlich war. Es war geradezu eine Erleichterung, als sich schließlich Schweigen breitmachte.

Ich betrachtete ein verheiratetes Pärchen mittleren Alters, das sich das Essen teilte. Sie gab ihm ihre Bohnen. Er reichte ihr seine Tortillas.

»Dahin haben wir es nie geschafft.«

»Was?« Ich sah zu Richard, der dasselbe Pärchen betrachtete. »Wohin haben wir es nie geschafft?«

»Ach, vergiss es.«

Unser Essen kam. Es bestand aus Schinken, Tortilla, Eiern, Salsa und Speck, alles übereinandergestapelt, daneben Bohnen und Innereien. Die Innereien hatten die Konsistenz von faserigem Gemüse, rochen aber unleugbar nach Fleisch. Ich rührte sie nicht an.

»Was machen wir heute?«, fragte Richard.

Ich griff mit den Fingern nach einem Stück Speck und aß es.

»Ich muss Medikamente kaufen.«

»Wo bekommen wir die?«

Im Orangensaft war mehr Fruchtfleisch als gewöhnlich, weshalb man das seltsame Bedürfnis hatte zu kauen, was man durch den Strohhalm hochsaugte.

»Ich würde lieber allein gehen.«

Er legte mir unter dem Tisch die Hand auf das Knie. Ich hatte an diesem Morgen Shorts angezogen, und seine Hand lag heiß auf meiner bloßen Haut. Einen Moment fragte ich mich, ob er vielleicht Fieber hatte.

»Würdest du bitte damit aufhören, alles allein machen zu wollen?«

Mein Herzschlag beschleunigte sich, und meine Haut wurde kalt und klamm. Was sollte ich sagen? Ja, Richard, schau dich doch einfach beim Hundefutter um, während ich das Pferde-Betäubungsmittel kaufe?

»Nur diesen Teil«, sagte ich. Und den, bei dem ich in der Badewanne liege – aufgrund der Körperflüssigkeiten, Sie wissen schon – und mir eine Nadel in die Vene jage.

»Ich will dich begleiten.«

»Du bist mit mir hier.«

»Du weißt, was ich meine.«

»Lass uns *carnitas* zu Mittag essen.«

»Wir frühstücken gerade.«

»Man kann nie früh genug planen.«

Nachdem wir die Rechnung bezahlt hatten, gingen wir nach draußen, um uns ein Taxi herzuwinken, was hier im Vergleich zu New York sehr viel einfacher war. Wir boten dem Fahrer einen weiteren Fünf-Dollar-Schein, um quer durch die Stadt in die Avenida Revolución gebracht zu werden.

Das Zentrum von Tijuana liegt in einer Mulde, umrahmt von hügeligen Vierteln, die so dicht besiedelt sind, dass man zwischen den Häusern den Erdboden nicht ausmachen kann. Wir schlängelten uns durch Kreisverkehre, die hier jede größere Kreuzung ersetzten, und kamen an riesigen Reklametafeln vorbei, von denen die meisten für Handys warben.

Die Luft fühlte sich bereits jetzt zehn Grad heißer an als zu dem Zeitpunkt, als wir das Hotel verlassen hatten. Selbst der Himmel wirkte farblos und ausgebleicht von der starken UV-Strahlung. Ich rutschte etwas vom Fenster weg, ein sinnloser Versuch, da ich auf dem Vordersitz gefangen war. Im Auto gab es keine Klimaanlage, und so langsam kehrte meine schlechte Laune zurück. In ganz Mexiko gab es nicht genug Sonnenschutzmittel für mich. Vorsichtig presste ich einen Daumen ein paar Sekunden auf meinen empfindlichen Unterarm und überprüfte dann, wie schnell die weiße Stelle sich wieder rosa färbte. Würde ich einen Sonnenbrand oder nur einen Hitzschlag bekommen?

Wir kamen an einem Sushi-Restaurant, einer Disco in Form einer Höhle und einem BMW-Autohaus vorbei. Sobald wir an einer Ampel stehen blieben, liefen Straßenverkäufer, beladen mit Süßigkeiten, Blumen, Zeitungen, Wasserflaschen und Sonnenschirmen, zwischen den Autos umher. Schulkinder bauten sich an den Kreuzungen auf, um für ein paar Münzen Breakdance zu tanzen. Ich überlegte bereits, ob ich mir nicht einen Sonnenschirm zulegen sollte, als die Ampel wieder auf Grün schaltete. Mittlerweile befanden wir uns in einem weniger wohlhabenden Viertel. Auf die Seite einer aus Wellblech zusammengebastelten Autowerkstatt war eine Frau im Bikini gemalt. Der Zaun, der das Gelände umgab, war oben mit Stacheldraht versehen und alle paar Meter stand ein Kreuz. Lust, Selbstschutz und, wenn alles andere versagte, Gott. Erschien mir logisch.

Das Taxi fuhr am südlichen Ende der Revolución an die Seite. »So okay?«, fragte der Fahrer.

Das war es. Wir kletterten aus dem Auto und schlenderten langsam die Straße hinunter.

Das Geschäft für Veterinärmedizin, von dem ich gelesen hatte, lag zwei Blocks vom nördlichen Ende der Avenue entfernt. Zwischen dem Ort, wo wir gerade ausgestiegen waren, und dem, wohin ich gehen wollte, musste ich also etwas finden, womit ich Richard beschäftigen konnte.

Die Avenue ähnelte in keiner Weise dem, woran wir in der Nacht zuvor Gefallen gefunden hatten. Die Geschäfte zu beiden Seiten wurden immer zwielichtiger, bis sie alle von Ramschläden, Stripclubs und Tequila-Buden abgelöst worden waren. Alle paar Meter stand ein mit schwarzweißen Zebrastreifen bemalter Esel, dessen Besitzer darauf wartete, einen Touristen auf den Rücken des Tieres zu hieven und ihm oder ihr einen mit Bommeln verzierten Sombrero mit der Aufschrift »Tijuana!« überzustülpen. Hin und wieder versuchte einer von ihnen, uns zu sich herüberzuwinken.

Verkäufer sprangen vor uns auf die Straße, als wir vorbeigingen. »Kommt rein«, baten sie uns, »einfach nur zum Schauen.«

Wir schüttelten den Kopf und gingen weiter.

Alte Männer mit nussbrauner Haut priesen silberne Ketten an, von denen man unter Garantie einen grünen Nacken bekam. Sie drängten sie uns regelrecht auf.

Nein, nein, nein.

Wenige Schritte weiter hielt uns ein anderer Mann die gleichen Ketten entgegen.

Noch mal nein.

Dann kamen die Türsteher der Stripclubs. Die Kellnerinnen. Die Hostessen der Restaurants. »Mexikanisches Essen!«, rief uns eine Frau zu und wollte uns eine Speisekarte in die Hand drücken.

Vorsichtshalber sah ich in kein Gesicht mehr und ließ meinen Blick auch nicht länger über die Auslagen wandern, aus Angst, dadurch noch mehr Aufmerksamkeit zu erregen. Ich hörte mich selbst in einer Endlosschleife »nein, nein, nein, nein, danke, nein« sagen. So langsam entwickelte ich einen Tunnelblick.

Am Ende der Avenue standen ungefähr ein halbes Dutzend Mariachi-Bands in voller Montur und warteten darauf, von einem vorbeifahrenden Fahrzeug mitgenommen zu werden, um ein Engagement zu bekommen. Auf der gegenüberliegenden Straßenseite linsten Frauen in High Heels und Röcken, die definitiv nicht für diese Uhrzeit gedacht waren, ebenfalls auf die Autos. Linker Hand ein paar Blocks weiter lag die Kathedrale *Unsere Liebe Frau von Guadalupe*. Ihre Türme ragten weit über die Stadt hinaus, als würden sie über diese bunte Ansammlung wachen. Den Huren war das herzlich egal. Auf der rechten Seite, irgendwo die Straße hinunter, musste der Laden sein, den ich suchte.

Ich stupste Richard an und zeigte auf die Kirche. »Ich treffe dich da drin.«

»Wohin gehst du?«

»Fang jetzt nicht schon wieder damit an.«

»Clementine.«

Meine Geduld war bereits über Gebühr strapaziert worden.

»Du kannst in der Kirche auf mich warten oder zurück zum Hotel fahren, aber du kommst nicht mit.«

»Das ist lächerlich.«

»Wenn du es darauf anlegst«, erklärte ich, »mache ich hier einen Wahnsinnsaufstand, sodass alle herschauen, und dann gibt es eine richtig schöne Szene. Immerhin sind wir Weiße.«

»Versuchst du etwa gerade Rassismus zu deinem Vorteil zu nutzen?«

»Wenn es sein muss.«

Sein Gesicht wirkte angespannt, doch dann schüttelte er den Kopf, drehte mir den Rücken zu und machte sich davon. Ich wendete mich ebenfalls ab und ging nach rechts. Aus einem Zeitungsartikel, der äußerst detailliert beschrieb, wie Straftäter in den Besitz der tödlichen Gifte kamen und sie über unsere heilige Grenze schmuggelten, hatte ich die ungefähre Wegbeschreibung.

Ohne einen Blick zurück auf die Straßenhändler, Dealer, Stripperinnen und zebragestreiften Esel zu werfen, überquerte ich die Avenue. Nach einem Block hatte ich die touristischen Attraktionen ganz hinter mir gelassen. Ich war in einem anderen Teil der Stadt angekommen. An der Hauptstraße lag eine Tankstelle neben einem zweigeschossigen Keramikladen, in der ersten Nebenstraße, die ich querte, schienen ausschließlich Zahnarztpraxen untergebracht zu sein, die meisten davon mit Schildern auf Englisch. Hier konnte man sich die Zähne richten lassen für einen Bruchteil des Geldes, das wir oben im Norden dafür hinblättern mussten. Es gab billige Klamottenläden und *botanicas*, die ein Sammelsurium von Artikeln zwischen katholischen Heiligenbildchen und Voodoopuppen verkauften, genau wie in L. A.

Je weiter ich die Avenue hinter mir ließ, umso ärmer wurde das Viertel. Ich musste einen, zwei, drei Blocks weiter gehen, als ich gedacht hatte. Dann blieb ich stehen und wandte den Kopf um. Ganz in der Nähe roch es nach Kanalisation. Das konnte nicht stimmen. Vielleicht war ich daran vorbeigegangen. Oder der Laden hatte zugemacht. Möglicherweise hatte die Zeitung doch mehr verschleiert, als ich angenommen hatte. Damit konnte und wollte ich mich nicht abfinden und lief trotzig weiter.

Nein, nein, nein, nein, nein, nein, nein.

Ja.

Zu meiner Rechten entdeckte ich ein Schild an einer schmalen Fassade, ich hatte nur einen Laden weiter gehen müssen. Auch wenn der Text darauf meine spärlichen Spanischkenntnisse überstieg, erkannte ich doch das Wort »*veterinaria*«, und für den Fall, dass das jemand nicht tun sollte, waren darüber zwei große einander zugewandte Kampfhähne aufgemalt. Meine Erleichterung, als ich die beiden Vögel sah – eine Abscheulichkeit für PETA-Aktivisten auf der ganzen Welt –, entsprach in etwa drei Martinis auf leeren Magen.

Ich trat unter den kämpfenden Hähnen hindurch in den Laden. Das Sonnenlicht reichte nur die ersten eineinhalb Meter hinein, dahinter blieb es dunkel, denn es gab keine Lampe, die das Wenige, das dort zu sehen war, beleuchtet hätte. Die Werbeplakate für Tiernahrung am Fenster hingen wohl schon eine ganze Weile dort, die rote Farbe war verblasst, und die zurückgebliebenen Blau- und Gelbtöne verliehen der abgebildeten Person und dem Golden Retriever einen ausgewaschenen Grünton.

Im hinteren Teil des Ladens saß eine Frau mit einem kleinen Jungen auf einem Plastikstuhl. Ich lächelte sie an, doch sie starrten beide nur zurück. Zu Hause hatte ich mir vorgenommen, erst einmal unauffällig durch die Artikel zu stöbern, ehe ich meinen ganzen Mut zusammennehmen, zur Kasse gehen und nach den Dingen fragen würde, die man »unter dem Ladentisch« verkaufte. So viel zum Thema »unauffällig«. Zum Schein machte ich es trotzdem so.

Wie bei allen anderen Läden in Tijuana war das Sortiment überschaubar. Keine 27 verschiedenen Zahncremes, zwischen denen man wählen konnte. Keine sechs verschiedenen Futtersorten, um den älteren kleinen Hund, den älteren großen Hund und den älteren großen Hund mit Gewichtsproblemen zu ernähren. Es gab nur eine einzige Hundehütte von fraglicher Qualität und eine Wand, an der ein paar Leinen und Halsbänder in unterschiedlichen Größen und Farben hingen. Sollte davon nichts passen, so konnte man auch zwischen drei Rollen mit Metallketten wählen – klein, mittel und Kampfhundegröße –, die als Meterware verkauft wurden. Darüber hing ein einsamer leerer Vogelkäfig. Entweder stand er auch zum Verkauf oder sein Bewohner war verstorben. Der restliche Raum wurde von einem L-förmigen Ladentisch mit Glasfront eingenommen, hinter dem sich altmodische Regale aus Holz befanden, die mich an einen Bonbonladen oder eine Kleinstadtapotheke erinnerten.

Ich täuschte Interesse für ein kleines blaues Halsband vor, doch es war schwierig, meine Taktik länger zu verfolgen. Alles war verstaubt, und ich sah nichts, was ich Chuckles hätte mitbringen können. Schließlich gab ich auf und ging zur Kasse. Die gläserne Auslage zierten zwei leuchtend orangefarbene Plastikschatztruhen, mit denen man ein Aquarium schmücken konnte. Es gab jedoch keine Fische, Fischfutter, Aquarien, Plastikpflanzen oder diesen türkisfarbenen Aquariumkies – nichts, was dazu gepasst hätte. In ihrer Einsamkeit wirkten sie seltsam traurig.

Die Frau ließ den Jungen mit seinem Spielzeugauto zurück und trat hinter die Theke. »Kann ich Ihnen helfen?«, fragte sie auf Englisch.

Ich hatte aufgeschrieben, was ich brauchte. Nun zog ich das Stück Papier aus der Hosentasche, faltete es auf und strich es glatt. Durch die Hitze und meinen Schweiß fühlte es sich dünner an. Ich hatte Glück, dass die Tinte nicht verlaufen war.

»Haben Sie das hier?«, fragte ich und schob ihr den Zettel zu.

Sie drehte ihn um, warf einen flüchtigen Blick darauf und nickte.

Die Regale hinter ihr waren leer, wie nach einem Ausverkauf. Sie ging daran entlang, las die Etiketten, und als sie am Ende der Reihe angelangt war, befürchtete ich schon, sie hätte nichts mehr da.

Doch damit lag ich glücklicherweise falsch. Die Frau beugte sich vor und nahm eine durchsichtige Glasflasche vom untersten Regal, verglich die Aufschrift mit dem Zettel und brachte sie dann zum Ladentisch. Auch ich prüfte den Namen und die Dosierung noch einmal. Es war das Richtige. Als ich nickte, ging sie zur Kasse, um den Preis einzutippen.

45 Dollar.

Ich bezahlte bar, und sie packte meinen Einkauf in eine lilafarbene Plastiktüte.

Als ich aus dem Laden trat, blendete mich das Sonnenlicht, und ich war unglaublich aufgekratzt. Es war überhaupt kein Problem gewesen, hier einzukaufen. Jetzt musste meine Errungenschaft aber noch nach Hause geschmuggelt werden. Ich hielt die Tüte fest umklammert und eilte auf demselben Weg zurück, den ich gekommen war.

Richard stand mit verschränkten Armen vor der Kirche. Seine Nase war von der Sonne knallrot, sein Mund eine dünne, angespannte Linie. Die Türen der Kirche hinter ihm standen offen, doch gelbes Absperrband verwehrte den Zutritt. Ich blickte über seine Schulter ins Innere, wo Bauarbeiter auf dem Terrazzofußboden knieten und arbeiteten. Am Ende des Hauptschiffs stand *Unsere Liebe Frau von Guadalupe* selbst und sah ihnen zu, erstrahlte in ihrer Regenbogenaura. Es freute mich, sie dort stehen zu sehen. An solchen Orten hatten Frauen so selten das Sagen.

»Du konntest also nicht reingehen, hm?«

Das war keine Frage, sondern vielmehr eine Feststellung des Offensichtlichen, und Richard ging nicht darauf ein.

»Hast du bekommen, weshalb du hier bist?«, fragte er.

»Ja.«

»Na prima.«

Eine halbe Stunde später hatten wir ein Restaurant gefunden, auf dessen Schild ein comicartiges Schwein ein etwas weniger comicartiges Schwein verspeiste. Dort wurden pfundweise *carnitas* mit frischen Tortillas und Salsa serviert. Wir bestellten Tequila dazu und aßen uns satt. Das Essen und der Alkohol ließen Richard wieder auftauen, und er betrachtete zwar beiläufig meine lilafarbene Tüte, stellte aber keine Fragen.

Als wir das Restaurant verließen, ergriff er meine Hand, und so liefen wir weiter, bis wir einen Markt erreichten, der aus einer Reihe kleiner Hütten bestand. Dort gab es *mole* – eine Chilisauce, in Lehmschalen aufgehäuftes rotes und grünes Chilipulver, Behältnisse mit getrocknetem und frischem Pfeffer in allen in Mexiko erhältlichen Sorten, Pinole, Tamarindenschoten, Tomatillos, Kochbananen, kegelförmig getrockneten, braunen Rohrzucker, Eimer mit Steinsalz und allerlei Sorten von Nüssen, sowohl naturbelassen als auch mit Chilipulver bestäubt. Käse wurde in Schachteln angeboten, und getrocknete Früchte in allen Farben füllten Glasbehältnisse wie Bonbons in einem Süßwarenladen. In den Gängen standen Männer und zupften die Stacheln von Kaktusblättern, über ihnen hingen *piñatas* in der Form von Micky Maus und SpongeBob Schwammkopf.

Ich kaufte Chilipulver und Kaffee, wobei ich so tat, als wäre das richtige Aroma von größter Wichtigkeit für mich. Tatsächlich wollte ich die Sachen aber nur, um meine Glasflasche darin zu verbergen, wenn wir die Grenze passierten. Möglicherweise warteten dort Spürhunde. Man konnte nie wissen.

In dieser Nacht liebten Richard und ich uns noch einmal und schliefen gemeinsam ein.

25 TAGE

»Sehe ich okay aus?« Richard klappte die Sonnenblende herunter und sah in den kleinen Spiegel. Die Lämpchen links und rechts davon erhellten die Dunkelheit nur sehr schwach. Er strich sich über die Haare und inspizierte seine Zähne, vielleicht auf der Suche nach Schamhaaren.

Ich hätte etwas sagen können, tat es aber nicht. Er sah verletzlich aus, wie er seine Nase dem kleinen, minderwertigen Spiegel entgegenreckte, um herauszufinden, ob »Ehebrecher« mit unsichtbarer Tinte quer über seine Stirn geschrieben stand.

Unsere Reise zurück in den Norden war ohne Zwischenfälle verlaufen. Keine Hunde, kein Kreuzverhör. Wir waren einfach durch das Verwaltungsgebäude marschiert, hatten uns mit unserer unbescholtenen weißen Haut hinten angestellt und dem Bevollmächtigten die Pässe gereicht. Das Gebäude war klimatisiert, was glücklicherweise nervöse Schweißausbrüche meinerseits minimierte. Ich versuchte, an etwas Langweiliges zu denken. Der Beamte stellte keine Fragen, und unsere Taschen wurden durchleuchtet, ohne dass ein Alarm ertönte. Mein Magen beruhigte sich wieder. Das klappte ja wie am Schnürchen. Ich nehme an, so lief Schmuggeln immer, bis es eben einmal schiefging. Jedenfalls war heute mein Glückstag.

Jetzt waren wir zurück. Ich hatte ganz umsonst ein Pfund Kaffee und rotes Chilipulver erstanden, und Richard würde gleich nach drinnen gehen, wo seine Freundin wartete. Er würde sie überschwänglich begrüßen und dann ziemlich abschätzig über mich herziehen, was für eine schreckliche Gesellschaft ich doch sei, wie alle kranken Menschen, nur dass es bei mir noch sehr viel schlimmer wäre. Dann würde er eine Liste all meiner schlechten Eigenheiten aufzählen und damit enden, dass ich nie und nimmer an sie heranreichte. Vielleicht würde er sogar erwähnen, dass ich komisch roch, wie schlecht gewordene Mortadella. Und nachdem er sich ihrer Leichtgläubigkeit ausreichend versichert hätte, würde er sich entschuldigen und duschen gehen – sehr lange und gründlich duschen gehen. Ich wäre ihm nicht böse. Er musste es tun, ich hatte sogar Verständnis dafür. Im Lauf der Jahre hatte er sich verdient, ein- oder zweimal mit dieser Masche durchzukommen.

»Du siehst ganz normal aus«, sagte ich.

»Wirklich?«

Er begutachtete seine Nasenlöcher.

»Ja.«

»Na dann«, er klappte sie Sonnenblende hoch, »ist ja alles gut.« Er stieg aus, öffnete die hintere Tür und angelte sich seine Reisetasche. »Ich bringe Chuckles gleich raus.«

Ich sah ihm nach, wie er auf unser Haus zuging. Die Dämmerung war schon vor einer Weile hereingebrochen, nur ein dünner Streifen lachsfarbenen Lichts war noch in der Ferne auszumachen. Sein weißes T-Shirt leuchtete in der düsteren Umgebung, und ein Dutzend kleiner Lampen, die im Boden steckten, beschienen Richards Turnschuhe auf dem Weg zur Haustür. Die Lampen waren neu. So etwas hätte es bei mir nicht gegeben.

Als er die Tür aufschloss, sah ich, dass es drinnen dunkel war. Ich fragte mich, was das zu bedeuten hatte. Vielleicht war Sheila zu sich nach Hause gegangen. Oder sie war hinten im Schuppen, der einst ein Jahr lang mein Atelier gewesen war. Länger hatte ich es in dem winzigen Raum nicht ausgehalten. Er war nicht groß genug, um meine Materialien zu sortieren und meine Gemälde vor dem Verkauf zu lagern. Außerdem war es dort entweder zu heiß oder zu kalt. Die Belüftung war sehr schlecht, und ich fühlte mich eingeengt. An meinem Geburtstag nach diesem ersten Jahr war ich losgezogen und hatte mir ein anderes Atelier gemietet. Es hatte keine Küche gehabt, war kleiner als mein jetziges und lag in einem Gewerbegebiet. Damals hatte ich auch noch keine Jenny. Meine Regale waren ein einziges Chaos, und niemand bereitete mir Sandwiches zu. Um die Ecke lagen ein paar Fastfood-Restaurants. Von oben bis unten mit Farbe beschmiert ging ich dorthin, stopfte haufenweise Pommes in mich hinein und nahm zweieinhalb Kilo zu.

Chuckles fand ich eines Nachmittags auf dem Rückweg. Ich hatte eine mit Fettflecken verschmierte Papiertüte in der Hand, die einem Rorschachtest alle Ehre gemacht hätte, als ich sah, wie er unter einem alten blauen Pick-up verschwand. Er war erst wenige Wochen alt und schrecklich ausgemergelt, dabei sehen junge Perserkätzchen in der ersten Zeit ohnehin aus wie vergammelter Löwenzahn. Ich fühlte mich einsam, so allein in meinem Atelier, also kroch ich vor den Pick-up und rupfte ein Stück von meinem Hühnchensandwich ab, um ihn anzulocken. Eine halbe Stunde später hatte ich ihn endlich erwischt, und nachdem ich ihn gewaschen und die filzigen Stellen aus seinem Fell geschnitten hatte, wurde mir klar, dass seine richtige Farbe gar nicht grau war. Ich machte mir nicht die Mühe, seinen Besitzer ausfindig zu machen, obwohl Perserkatzen eigentlich nicht dafür bekannt sind, als Streuner auf der Straße zu landen.

Zehn Minuten später kam Richard mit einem ziemlich schlecht gelaunten Chuckles im Tragekorb nach draußen, der es mir heute Abend bestimmt nicht leicht machen würde. Richard öffnete die hintere Wagentür, stellte ihn auf dem Sitz ab, und ich ließ mein Fenster herunter. Er legte eine Hand aufs Autodach, die andere steckte in der hinteren Tasche seiner Jeans. Dann starrte er zum Haus der Nachbarn hinüber und schließlich auf seine Schuhe, eine Haltung, die nichts Gutes prophezeite.

»Es tut mir leid, du weißt schon, das mit uns. Ich wusste einfach nicht, wie ich damit umgehen sollte. Du warst die ganze Zeit so traurig, und ich konnte nichts daran ändern.«

Zuerst dachte ich, dass er über Mexiko sprach, dann wurde mir klar, worauf er hinauswollte.

»Ich weiß. Es war nicht dein Fehler.«

»Aber ich habe das Gefühl, als würde es dir jetzt besser gehen. Ich meine, du weißt schon, mental.« Er atmete seufzend aus. »Ist wohl nicht wirklich fair, das Timing, der Krebs und alles.«

Ich lächelte durch die Frontscheibe.

»Sag Sheila liebe Grüße.«

Als ich nach Hause kam, saß Jenny auf dem Boden vor meiner Tür. Strähnen hatten sich aus ihrem Pferdeschwanz gelöst, und ihre Jeans hatte ein Loch über dem Knie. Chuckles jaulte derart freudig, dass er einen Hustenanfall bekam.

»Wie lange sitzt du hier schon?«

Sobald ich den Tragekorb abgestellt hatte, beugte Jenny sich vor, öffnete ihn und nahm Chuckles auf den Arm, etwas, das er sonst niemandem gestattete.

»Zu lange. Wo bist du gewesen? Warst du in der Taylor-Galerie?«

»In Mexiko. Nein, warum?«

Ich beugte mich über sie, um die Tür zu öffnen, und sie folgte mir mit dem Kater und meiner Tasche nach drinnen. Beides stellte sie neben dem ungemachten Bett ab, wo sie kurz die Laken glattstrich. Mir wäre es viel lieber gewesen, sie hätte mir etwas zu essen gemacht. Ich zog einen blau gestrichenen Stuhl zum Tresen, der in die Mitte des Raumes hineinragte und die Grenze zur Küche markierte, und versuchte ihr dadurch zu signalisieren, dass ich Hunger hatte. Wenn sie ihre Kündigung nicht ansprechen würde, dann würde ich es auch nicht tun.

»Elaines Zeug ist ausgestellt. Sie hat deine Ausstellung bekommen.«

»Ich werde nicht ausstellen. Möchtest du Pancakes?«

»Du weißt nicht, wie man Pancakes macht.«

»Das wollte ich eigentlich damit sagen.«

»Und was soll das heißen, du wirst nicht ausstellen? Wurde die Ausstellung gecancelt? Oder hat es etwas mit Elaine zu tun? Der traue ich nämlich alles zu.«

»Wir können darüber sprechen, während du Pancakes machst.«

»Du hörst mir gar nicht zu.« Sie hielt inne, drehte sich vom Bett weg zu mir um.

»Tu ich doch«, sagte ich. »Ich höre genau zu. Also erzähl schon.«

Chuckles hüpfte auf das halb gemachte Bett und legte sich darauf.

»Elaine hat deine Ideen gestohlen und stellt sie im Moment bei Taylor aus.«

Von einem Moment auf den anderen hatte mein Interesse an Pancakes schlagartig nachgelassen. »Wovon redest du?«

»Es ist genau wie das, woran du gearbeitet hast. Die Ebenen, der Maßstab, die Farben, das Americana-Thema. Einfach alles.«

Wenn ich Superman war, dann war Elaine Sacks mein persönlicher Lex Luthor. Wir waren zur selben Zeit im Geschäft aufgetaucht, nur dass ich Talent hatte. Sie nicht. Diesen Nachteil hatte sie mit ein paar gut orchestrierten Blow Jobs wettgemacht, wie mir zu Ohren gekommen war. Abgesehen davon kopierte sie mich in allem. Sie stellte in denselben Galerien aus wie ich, nachdem ich mich dort etabliert hatte. Ein Jahr nachdem ich nach L. A. gezogen war, zog auch sie hierher. Kaum hatte ich mit der Ölfarbe abgeschlossen, verwendete auch sie Mischtechniken. Sie war wie die nervtötende kleine Schwester, die meine Klamotten ausleihen und ständig mit mir und meinen Freunden abhängen wollte. Nur dass sie mir in ihrem Fall potentielle Kunden wegschnappte. Eigentlich stehe ich über so etwas, und das ist auch der einzige Grund, warum ich bislang noch nicht ihr Auto angezündet hatte. Zwischen uns bestand eine Art Vereinbarung: Sie kam mir nicht in die Quere, und dafür ließ ich sie machen. Das war sehr großzügig von mir, fand ich.

Aber das ging zu weit. Die zwölf Gemälde, die ich für eine Ausstellung zusammengestellt hatte, die nicht stattfinden würde, standen noch immer in meinem Atelier. Ich hatte mich von Grandma Moses und ihrer naiven Malerei inspirieren lassen, jedoch mit der Darstellung der heilen Welt gebrochen. Entstanden waren Landschaften mit hügeligem Farmland, kleine Städte mit schmucken Häusern und Menschen, viel Rot, Weiß und Blau, bis man genauer hinsah und feststellte, dass die Kuh zwei Köpfe hatte, der Typ, der in der Scheune arbeitete, in Sklavenfesseln steckte und die Milchmädchen es einander besorgten. Das war eines meiner besten Stücke. Wenn ich erst tot wäre, würde es ein Vermögen wert sein. Jenny würde einen großen Batzen von diesem Geld bekommen, auch wenn sie das jetzt noch nicht wusste.

»Zeig es mir«, sagte ich.

Es war bereits stockdunkel, und abgesehen von den Grüppchen, die vor den Bars und Restaurants herumstanden, war die Innenstadt menschenleer. Die Kapitalkräftigen hier blieben weiter bei der Stange und hofften auf das baldige Einsetzen der versprochenen Aufwertung, die mit dem Immobiliencrash 2008 zu einem dramatischen Stillstand gekommen war. Doch wie sich die Dinge entwickelten, würde sich erst im Laufe der Zeit zeigen. Noch immer beanspruchten die Obdachlosen große Abschnitte der Bürgersteige für sich, und die Abwanderung in die Vororte hielt weiter an. Allerdings ließen sich immer mehr Jazzmusiker, Kunstgalerien und Studenten der nahe gelegenen USC hier nieder. Also bestand vielleicht doch noch Hoffnung.

Die Taylor-Galerie lag in einem der ruhigeren Blocks. Hier gab es keine Bars oder Restaurants, die jemanden dazu veranlassen würden, sich nach Büroschluss um 18 Uhr noch in der Gegend aufzuhalten. Auch die Galerie war geschlossen. Sie hatte nachmittags und nach Vereinbarung geöffnet, und der Großteil der ausgestellten Arbeiten wurde ohnehin am Abend der Ausstellungseröffnung verkauft, manchmal sogar schon davor an spezielle Kunden, zu denen John Taylor engeren Kontakt pflegte und die er gern als meine Mäzene bezeichnete.

Jenny parkte in einer gelb markierten Ladezone. Ich stieg als Erste aus und ging zur Galerie. Die riesigen Schaufenster lagen dunkel da, auf Brusthöhe leuchteten weiße Großbuchstaben. »Elaine Sacks – Gehöfte«. Ein großes Gemälde hing an einer freistehenden Ausstellungswand, nur wenige Zentimeter hinter dem Fenster. Naive Malerei à la Grandma Moses, nur auf neu gemacht.

Mit einem Mal fühlte ich mich, als stünde ich in einem versiegelten Raum, in den nichts von außen eindrang, kein Geräusch, kein Lufthauch. Ich hörte weder den vorbeirauschenden Verkehr auf der Figueroa, noch nahm ich den Geruch nach alter Salami wahr, der aus dem geschlossenen Feinkostladen von der anderen Straßenseite herüberwehte.

Das Gemälde war größer als meines. Sacks tat noch immer so, als wäre sie unbekannt. Bei einem neuen Künstler richtet sich der Preis nach der Größe. Das sagt zwar keiner laut, aber es ist so. Man weiß noch nicht, wie weit es der Künstler bringen wird, also kauft man das Gemälde wie jede andere Konsumware, wie Getreide, Hühnchen oder Teppichboden. Man zahlt pro Quadratmeter. Der Größe dieses Bildes nach zu urteilen, musste Elaine Sacks der Verzweiflung nahe sein.

Als Jenny mich am Arm berührte, zuckte ich zusammen. Ich hatte nicht gehört, dass sie ausgestiegen war, auch nicht ihre knirschenden Schritte auf dem schmutzigen Gehsteig. In meinem momentanen Zustand hätte man mich spielend leicht ausrauben können.

»Du hast niemandem von meiner Arbeit erzählt, oder?«

»Nein.« Ihre Stimme klang fest und sicher. »Das würde ich nie tun.«

Ich nahm einen rasselnden Atemzug. »Ich weiß.«

»Kannst du sie verklagen?«

Ja, vielleicht könnte das jemand in meinem Namen tun. Ich selber würde dafür nicht mehr lange genug hier sein. Doch ich war noch lange genug hier, um mitzubekommen, wie sie vor mir ausstellte und diesen Stil als den ihren etablierte. Ich war noch lange genug hier, um mitzubekommen, wie meine Arbeit abgewertet und meine Authentizität infrage gestellt würde. Nach meinem Tod würden die Leute dann über mich herziehen. Eigentlich könnte mir das ja egal sein, war es aber nicht. Es machte mich wütend. Verdammt wütend. In diesem Moment hätte ich jemandem die Eingeweide herausreißen oder blindlings mit einem Baseballschläger auf irgendwen eindreschen können.

Meine Wut richtete sich auf zwei Ziele. Die eine Hälfte galt Elaine – gut, vielleicht war es auch etwas mehr als die Hälfte.

Die andere der Assistentin der Taylor-Galerie, an deren Namen ich mich nicht mehr erinnerte. Den hatte ich bereits in dem Moment vergessen, in dem sie ihn mir genannt hatte. Sie war mit einem Scheck vorbeigekommen. Ich läge auf ihrem Nachhauseweg, hatte sie gesagt, ob sie kurz reinschauen dürfe? Jenny war an diesem Abend bereits nach Hause gegangen. Das Flittchen war ganz in Schwarz gekleidet. Daran erinnerte ich mich, denn das war das Standard-Outfit für alle Assistentinnen in der Galerie und signalisierte mir, was ich von ihr zu halten hatte – nämlich gar nichts. Schwarze Leggins, schwarze Schuhe, schwarzes Top, schwarzer Schal, schwarze Tasche. Sie hatte den Scheck für mein zuletzt verkauftes Werk dabei, und ich befestigte ihn mit einem Magneten an der Kühlschranktür. Jenny würde ihn zur Bank bringen. Die Assistentin hatte gefragt, ob sie sich ansehen könne, woran ich gerade arbeitete, und ich sah keinen Grund, warum sie das nicht tun sollte. Alles stand ganz unverhüllt da, das Bild, an dem ich gerade arbeitete, war auf der Staffelei platziert. Andere lehnten an den Wänden. Sie hätte gar nicht zu fragen brauchen, aber ich ging brav mit ihr zu jedem einzelnen Stück und kommentierte es. Sie war die einzige Person, die meine Werke gesehen hatte. Elaine hatte zu dem Zeitpunkt schon einen Vertrag mit der Galerie ausgehandelt. Das wusste ich. Sie hatte auch bereits eine Ausstellung dort gehabt, zu der ich nicht gegangen war.

»Du solltest nach Hause fahren«, sagte ich zu Jenny.

»Was hast du vor? Wie willst du heimkommen?«

»Mach dir darüber keine Sorgen.«

»Ich kann dir helfen.«

Jenny sah so unschuldig aus wie ein Baby aus der Pampers-Werbung. Sie glaubte voller Inbrunst an ihren »Jesus liebt mich«-Sticker. Sie wusste, wie man Pfirsichauflauf machte, und sagte »bitte« und »danke«.

»Nein, kannst du nicht.«

»Willst du etwa da einbrechen?«

»Geh nach Hause, Jenny.«

»Ich habe Farbe im Auto, Wandfarbe. Meine Freundin hatte sie übrig. Ich wollte damit mein Badezimmer streichen.«

Ich sah sie an, drehte den Kopf ein kleines Stück von dem verfluchten Desaster vor mir weg. »Was für eine Farbe?«

»Taubenblau.«

Ich zog die Nase kraus.

»Ich weiß«, gab sie zu. »Hätte ich gewusst, dass wir fremdes Eigentum verschandeln, hätte ich Rot gekauft.«

»Lass die Farbe.«

»Nimm die Cannoli, oder was?«, sagte sie mit einem Grinsen und plusterte sich die Backen auf wie in *Der Pate*.

Dieses Mädchen war wirklich der Hammer.

»Ich bleibe hier«, sagte sie. »Was hast du vor?«

Nachdenklich sah ich durch das Schaufenster. Ich kam nicht nahe genug heran, um erkennen zu können, ob die Milchmädchen es miteinander trieben, aber was ich sehen konnte, war, dass Elaines Gebäude längst nicht so detailliert wie meine waren. Die Farben hatte sie ungünstig gewählt. Dem Stück fehlten Gleichgewicht und Fluss. Das Auge des Betrachters fand keinen Ruhepunkt, keinen Weg, dem es hätte folgen können. Von einem guten Künstler wurde man auf eine Reise mitgenommen, an der Hand gehalten und dahin geführt, wo er einen haben wollte. Man hatte mich nicht einfach nur imitiert, man hatte mich noch dazu schlecht imitiert. Ein Schwall heißer Wut übermannte mich.

Rechts neben dem Gemälde befand sich ein roter Punkt an der Wand. Unter dem Punkt verkündete eine Karte in ordentlicher Handschrift:

Gehöft #3
Elaine Sacks
36x40
Acryl und Mischtechnik

Käufer konnten so was von dumm sein.

»Jenny?«

»Ich hole die Farbe.«

Sie ging zum Kofferraum, hievte einen Fünf-Liter-Eimer an seinem dünnen Metallbügel heraus und stellte ihn auf dem Bordstein ab. Mit einem kleinen Schweizer Taschenmesser, das an ihrem Schlüsselanhänger baumelte, öffnete sie den Deckel und brachte mir den Eimer.

»Du machst gar nichts«, sagte ich. »Du stehst Schmiere. Ich zieh das allein durch. Ende der Diskussion.«

Sie zog eine Schnute, doch das war mir egal.

»Hast du ein Radkreuz?«, fragte ich.

Sie riss die Augen überrascht auf. »Okay, ich steh Schmiere.«

»Und das Radkreuz?«

»Im Kofferraum.«

Ich ging mit ihr zum Auto und warf einen prüfenden Blick in beide Richtungen. Die Gebäude an jeder Seite waren fünfzehn Stockwerke hoch, bildeten einen städtischen Canyon, durch den ein beständiger Luftstrom Sandwichpapiere und Plastiktüten wirbelte. Mal abgesehen von dem Müll lag alles ruhig und verlassen da. Nicht einmal ein Penner schlief hier. Vielleicht liebte Jesus Jenny ja wirklich. Ich hob den Kofferraumboden an und nahm das Radkreuz von seinem Platz neben dem Ersatzreifen.

»Starte den Wagen und lass ihn laufen«, sagte ich und wartete, bis der Motor ansprang. Nachdem Jenny den Schlüssel im Zündschloss gedreht hatte, stieg sie wieder aus dem Auto und schaute mich an. Ich zeigte in beide Richtungen der Straße, woraufhin sie ihren Blick langsam abwandte und Ausschau hielt, ob wir wirklich allein waren. Zwei Blocks weiter fuhr ein Auto vorbei. Ich sah zu dem dunklen Fenster über der Galerie, es war das Büro eines Architekten. Keiner schien hier so spät noch zu arbeiten, und es deutete auch nichts darauf hin, dass der Putztrupp gerade im Gebäude war.

»Ist die Luft rein?«, fragte ich mit normaler Stimme. Flüstern war zwecklos, denn gleich würde es hier ohnehin ziemlich laut werden.

Jenny sah sich noch mal um. »Nichts zu sehen.«

Das Radkreuz war massiv und schwer. Ich umklammerte es fest an einem Ende und warf einen letzten Blick auf das beschissene Gemälde und den blasierten Schriftzug im Fenster. Dann holte ich aus, als wollte ich etwas aus der letzten Reihe auf die Bühne schmettern, und knallte es mitten in ihren Namen.

Die Scheibe zersplitterte mit einem so lauten Knall, dass selbst ich darüber erschrak. Keinen Atemzug später ertönte dann auch schon der Alarm, und verglichen mit diesem schrillen Ton war das Splittern der Scheibe wie ein Flüstern gewesen.

Mir blieb nicht viel Zeit.

Ich trat über die Scherben hinweg, riss das Bild von der Wand und stellte es vor mir auf den Boden, ehe ich mit meinem Arbeitsstiefel mitten durch die Leinwand trat. Auch wenn ich es nicht hören konnte, so stellte ich mir doch vor, wie sie mit einem befriedigenden Geräusch entzweiriss. Dann ließ ich den Rahmen auf den Boden fallen, drehte mich um, ergriff den halb vollen Eimer mit taubenblauer Farbe und schüttete ihn über die ruinierte Leinwand.

Drinnen waren noch mehr Gemälde ausgestellt, jedes schrecklicher und abstoßender als das vorherige, und jedes einzelne von ihnen hätte es ebenso verdient, zertrampelt, zerrissen und verschmiert zu werden, aber die Zeit lief mir davon. So musste ich es bei der einen Tat belassen. Ich ließ den Eimer fallen und rannte zur Beifahrertür. Jenny sprang hinters Steuer, und meine Tür war noch nicht zu, da stellte sie auch schon den Schaltknauf des Automatikgetriebes auf Drive und drückte das Gaspedal voll durch. Ich krallte mich mit der linken Hand am Sitz fest und stöhnte auf, als die Tür hart gegen meine rechte Schulter schlug, während der schrille Alarm hinter uns immer leiser wurde. Noch hörte ich keine Polizeisirenen.

Jenny lachte so heftig, dass ihr Tränen über die Wangen liefen, mein Grinsen war so breit, dass meine Wangen schmerzten. »Das hat sie verdient«, sagte ich.

24 TAGE

Ich saß auf der Motorhaube meiner 68er Corvette, der ersten der Shark-Generation. Die Vorderfront musste noch immer repariert werden; das würde dann wohl Trudys glatzköpfiger Bob übernehmen. Sollte er sie doch in die Werkstatt bringen.

Der Parkplatz war voll, und es war fünf vor fünf. Ich hatte ein Stück Pappe in der Hand, was mich, wie ich leider zu spät feststellte, wie eine Obdachlose aussehen ließ. Darauf hatte ich in weißer Farbe den Namen meines Vaters geschrieben, Jerry Pritchard. Durch die Hitze war mein Pappschild ganz schlaff geworden. Studio City liegt im heißesten Teil des Valleys, wo es immer um die 10 Grad wärmer ist als an der Küste, was bedeutete, dass es gerade um die 40 Grad im Schatten hatte. Wenn ich noch sehr viel länger hier sitzen müsste, würde die Sonne, die auf die Motorhaube knallte, ganz allmählich meinen Hintern braten.

Ich war müde. Jenny war viel zu aufgedreht gewesen, um schlafen zu gehen, und nach Hause wollte sie auch nicht. Während ich unter der Dusche die blauen Farbspritzer abgewaschen hatte, hatte sie in der Küche Pancakes gemacht. Erst um zwei Uhr morgens fuhr sie schließlich heim. Chuckles sprang daraufhin vom Bett, lief in die Küche und maunzte klagend wie ein altes Weib vor sich hin. Wir hatten nicht über ihren Rausschmiss gesprochen, und ich wusste nicht, ob sie zurückkommen würde. Ich würde mich einfach überraschen lassen.

Und jetzt saß ich da und wartete darauf, dass es fünf Uhr wurde.

Der Minutenzeiger berührte gerade die Zwölf, als sich die Eingangstüren öffneten und die Angestellten der Myers-Gruppe wie Süßigkeiten aus einer aufgerissenen Tüte herausquollen. Das Gebäude war nur sechs Stockwerke hoch und befand sich direkt neben dem lauten, abgasverseuchten Freeway, aber die Firma war groß genug, um ein eigenes Logo an der Fassade prangen zu lassen, selbst wenn dem Türschild zu entnehmen war, dass sie nur drei der Stockwerke belegten.

Frauen in Röcken und High Heels gingen links und rechts an mir vorbei, während ich mein Schild über den Kopf hielt. Die Männer starrten zu mir herüber, stießen sich gegenseitig an, und ihre blauen und grauen Krawatten wehten wie Fahnen im Wind. Sie steuerten auf ihre Accords, Camrys und den ein oder anderen Lexus zu, stellten ihre Thermoskaffeebecher auf dem Autodach ab, öffneten Türen, schoben Aktenkoffer hinein oder warfen Handtaschen auf die Sitze. Keiner sprach mich an, dabei hatte ich mir extra die Mühe gemacht, Klamotten ohne Farb- oder Essensflecken anzuziehen.

Als Letztes kamen die Grauhaarigen unter den Angestellten heraus, die Gruppe, die ich gezielt absuchte. Die älteren Frauen, die schon Gott und die Welt gesehen hatten, schauten gar nicht erst zu mir her, was mich nicht unbedingt störte. Als ich drei Männer mit unterschiedlich weit fortgeschrittenem Haarausfall ausmachte, die die Nachhut bildeten, rutschte ich von der schrägen Motorhaube und ging auf sie zu.

Einer von ihnen trug Hosenträger, und alle drei verlangsamten das Tempo, als ich auf sie zukam. Ich ließ mein Pappschild an der Seite herunterhängen und versuchte, möglichst höflich zu wirken. Um uns herum wurden Motoren angelassen, und die Autos näherten sich in geübter Formation dem Ausgang.

»Entschuldigen Sie bitte«, fing ich an. »Ich bin Clementine Pritchard. Mein Vater ist Jerry Pritchard.«

Der Mann mit den Hosenträgern stieß einen Pfiff aus. »Da werden Erinnerungen an graue Vorzeiten wach.«

Der Mann zu seiner Linken mit dem dunklen Vollbart schüttelte den Kopf: »Kommt mir nicht bekannt vor.«

»Den kannst du nicht kennen. Er war in meiner Abteilung bei Parker, Combs und Jimenez. Oh Mann, das muss dreißig Jahre her sein, oder?«

»Ich kannte ihn ein wenig«, erwiderte der dritte Herr, dessen auffälligstes Merkmal es war, kein auffälliges Merkmal zu haben.

»Was führt Sie hierher?«, fragte der Mann mit den Hosenträgern.

»Ich suche ihn.«

Abgesehen von einer Handvoll Autos, die alle schwarz oder grau waren und auf eine bessere Gehaltsklasse schließen ließen als die, die gerade auf den Ventura Boulevard auffuhren, war der Parkplatz nun fast leer.

Der Hosenträger blickte entschuldigend drein. »Tja, wir haben ihn zum letzten Mal gesehen, als wir junge und fesche Kerle waren.«

Alle schmunzelten.

»Ich hatte gehofft, er könnte zu jemandem von Ihnen noch Kontakt haben.«

Der Hosenträger sah zu dem Unauffälligen, der mit den Schultern zuckte. Und der Vollbart hatte beschlossen, dass ihn das alles nichts anging, und wartete auf den passenden Moment, um sich abzusetzen.

»Sie könnten es bei Martin Mathis probieren«, schlug der Hosenträger schließlich vor. »Er war früher ebenfalls bei PC & J. Ich weiß nicht, ob er Ihren Vater kannte, aber einen Versuch ist es wert.«

»Und wo finde ich den?«

»Er war die ganze Woche krank.«

»Da geht gerade etwas um«, erklärte der Unauffällige.

»Die Hausverwaltung sollte mal wieder die Lüftung reinigen lassen«, stimmte der Vollbart zu; endlich konnte er etwas zum Gespräch beitragen.

»Er wird vermutlich nächste Woche wieder hier sein. Sie könnten anrufen und nach ihm fragen.«

»Vielen Dank Ihnen allen«, sagte ich in so höflichem, reifem Tonfall, wie es mir nur möglich war. »Ich weiß es sehr zu schätzen, dass Sie mir Ihre Zeit geopfert haben.«

Wir schüttelten einander die Hände, als hätten wir gerade erfolgreich ein Geschäft abgeschlossen, und die drei machten sich auf den Weg zu ihren schwarzen Limousinen. Der Vollbart warf mir einen Blick über die Schulter zu, als ich zu meiner Corvette zurückging.

»Ihre?«, rief er.

»Meine«, bestätigte ich.

»Schön.«

Ich nickte. Von dort, wo er stand, konnte er den kaputten Kotflügel nicht sehen.

Natürlich hatte ich nicht die Absicht, bis zur nächsten Woche zu warten. Noch während die drei vom Parkplatz rollten, wählte ich die Nummer der Auskunft.

Es gab überraschend viele Martin Mathis im Großraum L. A. Eigentlich kein Wunder, wenn man bedenkt, dass hier mehr Menschen leben als in den Niederlanden. Das erklärte auch die ständig verstopften Straßen. Wenn man nun davon ausging, dass besagter Mathis nicht zu weit von seiner Bürobox entfernt wohnen wollte, erschien es mir als sinnvoll, es zuerst bei dem Mathis zu versuchen, der am nächsten wohnte, nämlich nur fünf Kilometer oder eben zwanzig Autominuten bei Stau entfernt.

Sein Haus lag in einer breiten Straße, gesäumt von geparkten Autos und Palisanderbäumen, die ihre protzigen lilafarbenen Blütenblätter verschwenderisch auf Windschutzscheiben, Bürgersteige und Gartenmöbel regnen ließen. Irgendwann in den letzten 15 Jahren war das Haus umgebaut worden, denn seine Fassade passte nicht zu denen der Häuser links und rechts daneben, die in Würde alterten.

Ich parkte so weit von den Palisanderbäumen entfernt wie nur möglich, schließlich wollte ich mein Cabrio nicht zum Komposthaufen umfunktionieren, und ging zur Haustür, die genauso rot war wie meine Corvette.

Martin Mathis öffnete mir die Tür im Bademantel. Er sagte kein Wort, stand einfach nur da mit seinen bleichen Schienbeinen, die unter dem graublauen Frotteemantel hervorschauten. Darunter trug er ein weißes T-Shirt, und er hatte sich mehrere Tage nicht rasiert. Was auch immer sich in den Lüftungsschächten des Büros versteckte, hatte ihn regelrecht umgehauen. Ich streckte ihm die Hand nicht zur Begrüßung hin. Wenn einem nur noch 23 Tage zu leben bleiben, hat man ganz eindeutig keine Lust, sich eine Bürogrippe einzufangen.

»Ich bin Clementine Pritchard«, sagte ich.

»Die Künstlerin?«, fragte er.

»Ja.«

Das war ungewöhnlich. Im Normalfall erkannte mich kein Mensch. Selbst wenn ich mir meinen Lebenslauf auf mein T-Shirt schreiben würde, würde es den meisten nicht mal ansatzweise auffallen.

»Ich kannte Ihren Vater.«

Here we go.

»Deshalb bin ich hier«, sagte ich. »Darf ich reinkommen?«

Er warf einen besorgten Blick über die Schulter ins Innere des Hauses. Am Ende des Flurs konnte man ein großes Wohnzimmer ausmachen, in dem Unterlagen und Spielzeug wild durcheinanderlagen.

»Ich will nicht unhöflich sein, aber macht es Ihnen etwas aus, wenn wir uns auf der Veranda unterhalten? Die Kleine schläft gerade, und Sie können sich kaum vorstellen, was ich alles durchmachen musste, bis ich sie so weit hatte. Sie ist erst sechs Monate.« Er schüttelte den Kopf.

Ich zog eine Augenbraue hoch. Martin Mathis war alt genug, um *mein* Vater zu sein, und meine eigene Schlaflosigkeit bekämpfte ich mit Wodka und Tabletten.

»Zweite Familie«, erklärte er.

Vielleicht war es ja doch nicht die Lüftung, die ihn so fertigmachte.

»Klar«, sagte ich. »Ich will Sie auch gar nicht lange aufhalten.«

Er trat auf die Veranda und schloss die Fliegengittertür hinter sich.

»Ich habe vor ein paar Jahren einen Artikel in der *Times* über Sie gelesen, und da habe ich zu meiner Frau gesagt, meiner ersten Frau meine ich: ›Das muss Jerrys Mädchen sein.‹ Und so war es auch. Ich kann mich nur deshalb daran erinnern, weil Ihr Vorname ja ein wenig außergewöhnlich ist.«

Er erwähnte den schrecklichen Song nicht, und das war auch gut so, sonst hätte ich ihm nämlich auf die bloßen Füße treten müssen.

»Hatten Sie noch Kontakt zu meinem Vater, nachdem er die Steuerkanzlei verlassen hat?«

Er kratzte sich am Bart. »Nicht, dass ich mich erinnern würde. Das ist ja alles schon so lange her. Sie müssen noch ein Kleinkind gewesen sein, als er von Parker und Combs wegging. Die Firma hieß zu dem Zeitpunkt ja noch nicht einmal Parker, Combs und Jimenez.«

»Ich versuche, ihn zu finden.«

»Das habe ich mir gedacht.« Martin steckte die Hände in die Taschen seines Bademantels und blickte auf die Fußmatte mit dem WILLKOMMEN-Aufdruck. »Wir waren alle ziemlich überrascht, als er einfach so verschwunden ist. Ich glaube, er hat nicht einmal gekündigt. Es hieß, er soll einfach seine Sachen gepackt und Sie und Ihre Mutter sitzengelassen haben.«

»Und meine Schwester«, präzisierte ich. »Ich hatte eine Schwester.«

Martin ging nicht darauf ein, und ich konnte nicht sagen, ob er es einfach nur nicht gewusst oder schon wieder vergessen hatte. Im Gegensatz zu mir hatte sie ja nicht die Chance, eine Berühmtheit zu werden.

»Hat er vielleicht noch Kontakt zu jemandem, den Sie auch kennen, oder haben Sie etwas darüber gehört, wohin er gegangen sein könnte?«

»Ich würde Ihnen wirklich gerne weiterhelfen. Ehrlich gesagt wundert es mich, dass er so komplett abgetaucht ist. Ich hätte gedacht, er würde wieder zur Vernunft kommen oder seine Familie zumindest benachrichtigen.«

»Ich glaube nicht, dass er über so etwas wie Vernunft verfügte«, sagte ich.

»Ich kann verstehen, dass Sie so denken, aber ich kann Ihnen wirklich nicht helfen. Jerry und ich haben zwar in derselben Abteilung gearbeitet, aber es war nicht so, dass wir uns nach Feierabend auf ein Bier zusammengesetzt haben oder so. Er ist die meiste Zeit für sich geblieben.« Ein Baby quäkte, und Martin schaute durch die Fliegengittertür nach innen. »Alles, was ich Ihnen sagen kann, ist, dass er seinen Job gut gemacht hat, falls das für Sie von Bedeutung ist.«

Ich wusste nicht, ob es das war oder nicht.

»Wenn Ihnen noch etwas einfällt …«, begann ich.

Das Quäken wurde lauter.

Er nickte, murmelte einen Gruß und ging wieder ins Haus.

Ich hatte die Zeremonie absichtlich verpasst. Jetzt, da meine Tage gezählt waren, hatte ich noch weniger Lust, einer Hochzeit beizuwohnen. Auch wenn es die Hochzeit meines besten Freundes war. Viel zu spät erschien ich in einem leuchtend gelben, bodenlangen Kleid, das unter den Brüsten gerafft war. Wenn ein Windstoß kam, sah ich aus, als wäre ich im sechsten Monat schwanger. Das hatte ich beim Kauf leider nicht bedacht.

Die riesige Gartenanlage musste mehr Fläche in Anspruch nehmen als der Flughafen von L. A. – inklusive Landebahnen und internationalem Terminal. Der Park war üppig und äußerst vielfältig angelegt, unter anderem gab es einen japanischen Garten, einen Rosengarten und einen Dschungel mit einem Wasserfall im eigenen Glashaus. Auf einem Schild neben dem Eingang stand, dass auf dem Gelände über 14 000 Pflanzenarten vereint waren. Nachprüfen würde ich das sicherlich nicht.

Dezente Schilder führten mich durch das Hauptgebäude, in dem tagsüber Einführungsfilme für Schulklassen gezeigt wurden. Ich folgte den Pfeilen auf der anderen Seite nach draußen und einen gewundenen, aber rollstuhlgerechten Weg hinunter, auf dem ich keine Menschenseele antraf, bis ich einem weiteren Wegweiser um eine dichte Anpflanzung von Virginia-Eichen folgte. Zwischen ihren gewundenen Ästen konnte ich bunte, glänzende Lichter in der Ferne ausmachen.

Auf einer grasbewachsenen Lichtung neben einem Pfad, der zu einem Teich mit Seerosen führte, waren runde Tische mit weißen Tischdecken aufgestellt. Die Gäste standen in Grüppchen zusammen und hielten kleine Teller und Weingläser in den Händen. Man hatte sich noch nicht zu Tisch begeben, ich kam also gerade so viel zu spät, dass es noch nicht unhöflich war.

Ich blieb stehen und sah einen Moment in Richtung der Versammelten. Vom Hörensagen kannte ich fast alle und ein paar von ihnen gut genug, um mich zu ihnen zu gesellen. Ich zog meine Stola enger um die Schultern – in der Wüste konnte es nachts empfindlich kalt werden – und überlegte, welcher Gruppe ich mich anschließen wollte. Die Leute hatten sich in Kategorien zusammengefunden. Es gab die alten Schulfreunde, Kollegen aus der Uni, Künstler, die keine ehemaligen Studenten des Bräutigams waren, Galeriebesitzer und ein paar Leute, die sich abseits hielten, flache Schuhe und konservative Sommerkleider trugen. Ich tippte auf Familie und beschloss, einen großen Bogen um sie zu machen. Stattdessen wollte ich mich zu alten Freunden aus Collegezeiten gesellen.

Der Weg führte an einem spiegelnden, rechteckigen Wasserbecken voller Schwimmkerzen entlang. Je näher ich der Party kam, umso besser ließ sich das undeutliche Stimmengewirr unterscheiden, und ich vernahm helles Lachen und Wortfetzen. Ich passte einen uniformierten Kellner ab, der ein noch halb volles Silbertablett vor sich hertrug mit kleinen Toastecken, die mit Lachs und einer weißen Creme belegt waren. Ich nahm eine, und er reichte mir eine Serviette dazu, doch da hatte ich das Häppchen bereits in einem Bissen verspeist. Hoffentlich gab es bald etwas Richtiges zu essen.

Zwei weitere Kellner näherten sich. Einer bot hohe Gläser mit goldfarbenem, perlendem Champagner an, und ich nahm mir eines und dazu eine Garnele im Speckmantel von dem anderen Kellner. Der Shrimp war noch in meinem Mund, als Jeremy mich im Gedränge der Gäste ausmachte. Er eilte zu mir herüber und umarmte mich stürmisch. Ich hatte mir die Finger noch nicht abgewischt, nahm ihn aber trotzdem in den Arm. Auf seinem schwarzen Smoking würden die Fettflecken nicht großartig auffallen.

»B-b-b-bin so glücklich, d-d-dass du da bist, Clem-m-m-mentine.«

»Um nichts in der Welt oder in der danach würde ich das hier verpassen wollen«, sagte ich, und das stimmte auch.

Ich hatte ihn zwei Jahre nicht gesehen, die Zeit war einfach viel zu schnell vergangen, und es fühlte sich nicht so an, als wäre das sein oder mein Fehler gewesen, auch wenn es so sein musste.

»Hast du Mark sch-sch-sch-schon getroffen?« Er legte eine Hand auf den Oberarm eines identisch gekleideten Mannes zu seiner Linken, der eine kühle, weiche Hand in meine Richtung streckte.

Ich ergriff sie. »Nein, ich hatte noch nicht das Vergnügen«, sagte ich. »Clementine Pritchard.«

»Aber sicher, ich weiß, wer du bist. Du bist Jeremys ehemalige Studentin, seine Lieblingsstudentin, um genau zu sein.«

Ich lächelte, und Jeremy errötete. »Ich habe n-n-n-nie jemanden bevorzugt.«

Jeremy hatte kurzes, stacheliges silberfarbenes Haar und trug eine kleine runde Brille mit schwarzer Kunststofffassung. Er war mein Lehrer für Malerei am Kunstinstitut gewesen. Wir arbeiteten beide abends gerne spät und hatten eine Schwäche für die Hackfleischbällchen-Banh-Mi-Sandwiches vom vietnamesischen Fastfood-Restaurant, das gleich um die Ecke lag und eigentlich gar kein Restaurant war, sondern vielmehr ein Gebäude mit einem Loch in der Wand, durch das Essen gereicht wurde. Alles kam in Wachspapier eingewickelt, und nie gaben sie einem ausreichend Servietten. Wir verteilten unser Essen dann immer auf den Arbeitstischen im Atelier und tranken Limo aus dem Automaten, der vor dem Seiteneingang an ein Rohr gekettet war. Es gab niemanden, der zu Hause auf mich wartete, und ich nahm an, dass es bei ihm genauso war. Es war schön, nicht allein essen zu müssen, und in Jeremy hatte ich einen tollen Lehrer gefunden. Er war besser im Unterrichten als im Malen selbst. Ich spürte, dass er das wusste, es ihm aber nicht viel ausmachte.

»Ich schon«, sagte ich. »Jeremy war mein Lieblingsprofessor.«

Die Spitzen der Grashalme kitzelten meine Füße an den Seiten, wo die Sandalen offen waren. Ein weiterer Kellner mit mehr Lachs kam auf uns zu, und ich bediente mich, Mark ebenso. Jeremy schüttelte den Kopf.

»Ich habe n-n-n-noch nicht alle begrüßt, und das Essen w-w-w-wird bald a-a-aufgetragen.«

»Geh nur«, sagte Mark, beugte sich zu ihm und küsste ihn. »Ich bleibe bei Clementine.«

Jeremy drehte sich noch einmal um und winkte zu uns herüber, ehe er weitere Neuankömmlinge begrüßte. Mark sah ihm hinterher. Er war jung genug, um Jeremys Sohn zu sein – gutaussehend genug, um dafür bezahlt zu werden, Jeremys Ehemann zu sein.

»Und was machst du so?«, fragte ich.

»Hat nichts mit Kunst zu tun.«

»Dann will ich es umso mehr wissen.«

»Du willst nicht über Kunst sprechen?«, fragte er. »Du willst dich nicht hochtrabend darüber auslassen, wie die Erfahrung des Betrachters deine Arbeit vervollständigt? Ich könnte dir sagen, dass dein letztes Werk wirklich richtungsweisend war.«

Er lächelte. Seine Zähne waren so weiß wie die Tischdecken und leuchteten im schummrigen Licht der Kerzen und der bunten Lichterketten. Es war verwirrend, denn beinahe bekam ich den Eindruck, als würde er mit mir flirten. Aber vielleicht war es auch nur die Art Flirten, die alle übermäßig attraktiven Menschen ganz automatisch betreiben, weil das ihre Art ist, durchs Leben zu gehen. Zumindest war er gut darin, auch wenn er möglicherweise ein schmieriger kleiner Mistkerl war.

»Also was machst du?«, fragte ich noch einmal.

»Ich bin Anwalt.«

Treffer.

»Willst du mir das jetzt zum Vorwurf machen?«, fragte er.

»Ja, aber ich werde es nur heimlich tun, schließlich ist es dein Hochzeitsabend.«

Ich blickte über seine Schulter, als hätte ich hinter ihm in der Menge jemanden entdeckt, obwohl das nicht der Fall war.

»Entschuldige mich bitte. Es war schön, dich kennengelernt zu haben, und herzlichen Glückwunsch.«

»Jeremy ist ein wunderbarer Mann«, sagte er und schob die Hände in die Hosentaschen, wodurch sich der Saum seines Jacketts straffte.

»Ja, das ist er.« Irgendwie kamen meine Worte ein wenig spitz heraus, was sie vermutlich auch waren.

Ich ging weiter, tauschte mein leeres Glas Champagner gegen ein volles und lief auf der Suche nach meinem Platz an den Tischen entlang. Überall tummelten sich Partygäste in fließenden Kleidern und grauen oder beigefarbenen Anzughosen. Ich fand meine Karte schließlich auf einem Tisch im hinteren Drittel. In der Mitte stand eine Schale mit weißen und cremefarbenen Blumen, zwischen denen langes, spitzes Grünzeug hervorsprießte, das wucherndem Gras ähnelte.

»O Gott, Clementine, hast du es schon gehört? Oh, da ist ja mein Platz.« Susan Kimball, eine Keramikkünstlerin, deutete auf ihr Namenskärtchen zwei Stühle von mir entfernt. »Ich glaube, es gibt bald Essen«, sagte sie. »Das ganze Knabberzeug ist verschwunden.«

Susan stellte im Contemporary aus, wenige Blocks von der Taylor-Galerie entfernt. Sie kreierte unglaublich große Töpfe mit sehr schmalen Öffnungen, die aussahen, als würden sie wie Schokolade im gleißenden Sonnenlicht schmelzen. Eine Zeitlang verwendete sie nur Grün- und Blautöne, doch seit kurzem befand sie sich in einer »warmen Periode«.

»Ob ich *was* gehört habe?«

Ich sah mich um. Die uniformierten Kellner hatten sich tatsächlich in Luft aufgelöst, vermutlich waren sie in dem weißen Zelt verschwunden, das in diskretem Abstand zu den Gästen aufgebaut war. Ich hoffte, dass sich darin mehr Essen befand – und mehr Champagner. Mit einem langen Schluck leerte ich mein Glas und stellte es neben meinem Namenskärtchen ab.

»Was bei Taylor passiert ist. Die haben dich doch bestimmt angerufen.«

Susan ließ sich auf ihren Stuhl sinken, und ich verspürte leise Enttäuschung über die Sitzordnung. Man hatte mich nicht mit ehemaligen Kommilitonen vom Kunstinstitut zusammengesetzt, von denen inzwischen viele in irgendwelche Bürojobs gewechselt hatten und sich jetzt mit winzigen Kabinen in Großraumbüros und auf den Babypartys ihrer Kollegen herumschlagen mussten. Stattdessen war ich am Künstlertisch untergebracht, zusammen mit ein oder zwei Sammlern, damit wir daraus eventuell wirtschaftlichen Nutzen ziehen konnten. Ich erkannte den Namen auf dem Kärtchen zu meiner Linken. Er hatte vor längerer Zeit einmal etwas von mir gekauft. Ich meinte mich zu erinnern, dass er irgendetwas mit Immobilien zu tun hatte. Ohne Zweifel würde ich das alles heute Abend ausführlich zu hören bekommen.

»Bei mir hat keiner angerufen«, sagte ich.

Irgend so ein Typ vom Personal ging zu dem Wärmepilz hinter uns und schaltete ihn ein. Sogleich wurde es ein paar Grad wärmer, und die Gänsehaut auf meinen Armen verschwand. Ich ließ meine Stola von den Schultern gleiten.

»Im Ernst? Das ist doch das Einzige, worüber man gerade spricht«, verkündete Susan.

Sie lehnte sich zu mir herüber, als wären wir nicht vollkommen allein am Tisch. Ihr braunes Haar hatte sie im Nacken zu einem unordentlichen Knoten gebunden, kleine, funkelnde Spangen hielten ihren Pony aus den Augen.

»Man hat die Galerie verwüstet. Es war *schrecklich*«, betonte sie, doch ihre Augen blitzten, als wäre dem ganz und gar nicht so. »Elaines Arbeiten waren gerade ausgestellt. Du kennst doch Elaine? Diese Vandalen haben mitten in der Nacht das vordere Fenster eingeworfen, eines ihrer Bilder mit Farbe übergossen und kurz und klein geschlagen. Kannst du dir das vorstellen?«

Ich öffnete den Mund, doch sie redete einfach weiter.

»Also ehrlich, soll das Kunstkritik sein, oder was? Insgeheim sind wir natürlich alle total begeistert, weil endlich mal was geboten wird, und es ist ja auch nicht so, als ob wir wahnsinnig auf ihr Zeugs abfahren würden, nicht wahr? Außerdem ist Elaine so eine Besserwisserin, und was ihre ausgestellten Arbeiten betrifft, also mal ganz ehrlich, die waren so banal, die haben den Betrachter ja regelrecht erschlagen; was für ein Pech nur für die Taylor-Galerie! Andererseits weißt du ja auch, was man so sagt: Jede Art von Werbung ist gute Werbung.« Sie redete ohne Punkt und Komma auf mich ein. »Ich habe sogar gehört, dass der Typ, der das zerstörte Bild gekauft hat, ganz begeistert gewesen sein soll. Glaubt, es wäre jetzt noch mehr wert.«

»Tatsächlich?«

Sie nickte und nahm zugleich einen Atemzug und einen Schluck Champagner.

Irgendein tonloses Zeichen hatte die Gäste dazu bewegt, dass nun alle auf ihre Plätze zusteuerten.

»Ich meinerseits«, fuhr Susan fort, während um uns herum Leute Stühle nach hinten rückten und sich setzten, wobei sie die Kerzen zum Schwanken und Flackern brachten, »ich experimentiere gerade mit Glanz. Und du?«

»Ich denke über den Tod nach.«

»Tun wir das nicht alle?«, sagte sie lachend.

Im diesem Moment stellte ein Kellner einen weißen Teller mit einem kleinen Häufchen Grünzeug und einer Parmesanlocke vor mich hin.

23 TAGE

Als ich aufwachte, fühlten sich meine Gliedmaße hundertmal schwerer an als an anderen Tagen. In diesem Moment war es mir sofort klar: Es war einer *dieser* Tage. Chuckles sprang auf eine Ecke des Betts und bahnte sich auf leisen Pfoten den Weg zu meinem Kopf. Er beugte sich über mich und schnupperte an meinen Wimpern. Würde ich kein neues Zuhause für ihn finden, ehe die Zeit abgelaufen war, würde dieses Biest nach ein paar Tagen vermutlich damit anfangen, meine Leiche anzufressen. Widerlich.

Mein Geist schwebte, vielleicht tauchte er auch in der Tiefe. Ich wollte nicht aufstehen. Nicht jetzt und vermutlich niemals mehr. Leider musste ich pinkeln. Der Gedanke kam aus weiter Ferne, als müsste jemand anderes auf die Toilette, nicht ich. Im Grunde war es auch völlig unwichtig. Wenn jedes Gliedmaß für sich genommen mehrere Zentner wog, war es ohnehin das Klügste, dort zu bleiben, wo man war.

Es klopfte an der Tür.

Ich runzelte die Augenbrauen, weil mir das manchmal beim Nachdenken half, doch heute war einer der Tage, an denen rein gar nichts einfach sein würde, ganz egal, was ich mit meinen Brauen anstellte. Ich musste unbedingt ein paar Vorkehrungen treffen, was meine sterblichen Überreste anging. Das war nichts, das ich Tante Trudy überlassen sollte. Ich wollte mir nicht mal ansatzweise vorstellen, was dabei herauskommen würde.

Es klopfte erneut, was darauf schließen ließ, dass es nicht der

Postbote war, der einfach ein Paket abgestellt hatte. Außerdem bedeutete es, dass die untere Eingangstür jedem Junkie und Zeugen Jehovas von hier bis Oxnard offenstand.

Ich machte die Augen auf, was eine immense Anstrengung erforderte, und wünschte mir, ich hätte Chuckles beigebracht, wie man die Wohnungstür öffnet. So saß er einfach nur nutzlos herum. Einen Moment dachte ich darüber nach, während der Junkie, Einbrecher oder Seelenfänger weiter an der Tür klopfte, dann beschloss ich, nicht auf die Matratze zu pinkeln.

Ich ging ins Badezimmer, vermied es, in den Spiegel zu sehen, so wie ein Mönch den *Playboy* meidet (oder vielleicht doch etwas konsequenter), und gab Chuckles dann etwas Katzenfutter. Als ich damit fertig war, wurde immer noch an die Tür geklopft. Nur in Unterhose und einem Tanktop, durch das man ganz bestimmt meine Brustwarzen erkennen konnte, sah ich durch den Spion und öffnete.

»Du lebst also noch.«

Carla trug die Haare so kurz wie nur möglich. Sie waren kaum mehr als ein Schatten auf ihrer schokoladenbraunen Kopfhaut, und zu einer Glatze fehlte wirklich nicht viel. Aber vermutlich würde jeder, der einen so perfekt geformten Kopf auf einem ebenso schönen Hals wie Carla hatte, sich den Kopf rasieren.

Ich antwortete nicht.

»Hast du gerade eine deiner künstlerischen Stimmungsschwankungen, oder bist du einfach nur unhöflich?«

Ich wollte nur zurück ins Bett, und dahin begab ich mich kurzerhand auch wieder. Carla ließ ich in der Tür stehen. Wenige Augenblicke, nachdem ich auf der Matratze kollabiert war, hörte ich das leise Tapsen ihrer Ballerinas auf dem Boden. Selbst ihre Schritte waren elegant.

Sie blieb stehen, bevor sie auch nur in die Nähe des Bettes gekommen war.

Chuckles miaute.

Jemand betätigte das Garagentor.

Die Klimaanlage setzte ein.

Meine Arme und Beine wurden schwerer.

Ich vergaß fast völlig, dass Carla hier war, bis ich das Geräusch vernahm, das Leinwände beim Herumschieben machen. Meine Gemälde, die so viel besser als Elaines Gemälde waren, standen immer noch in einer Reihe an der Wand. Ich ignorierte Carla.

Zeit verstrich. Ziemlich viel Zeit. An Tagen wie heute war es unmöglich, das Verstreichen der Zeit exakt zu messen. Minuten blieben im Teer der Sekunden stecken und bewegten sich nicht weiter. Irgendwann gab die Matratze unter Carlas Gewicht nach.

»Ich werde keine Anzeige erstatten«, sagte sie.

»Wie großzügig.«

»Wie hast du das nur gemacht?«

Ich hielt die Augen geschlossen. »Mit einem Radkreuz.«

»Woher kam die Idee zu diesen Bildern?«

Jetzt öffnete ich die Augen, nur ein klein wenig, sodass ihre Silhouette ein unscharfer schwarzbrauner Umriss neben mir war.

»Willst du wissen, ob ich sie kopiert habe oder sie mich?«

»Ja.«

»Leck mich.«

»Okay.«

»Du hast es gewusst und mir nichts gesagt.« Die Programme für meine Ausstellung waren vor über einer Woche gedruckt worden.

Sie seufzte. »Es hätte auch Zufall sein können.«

»Schwachsinn.«

»Das ging uns nichts an.«

»Wie viele Verbrechen passieren nur wegen genau dieser Ausrede?«

»Jetzt übertreib mal nicht so maßlos.«

Ich erwog, ihr eine zu knallen. Sechs Monate Arbeit und mein Ruf standen auf dem Spiel. Ich übertrieb kein bisschen. Ich war mir noch nicht einmal sicher, ob ich mich überhaupt deutlich gemacht hatte.

»Leck mich, du solltest deine Assistentinnen besser überprüfen.«

»Ich weiß nicht, was du damit sagen willst.«

»Damit will ich sagen, dass du mir keinen mehr von der Galerie vorbeischicken sollst.«

»Das habe ich nie.«

»Hast du doch.«

»Hab ich nicht.«

»Sie hat mir den Scheck gebracht.«

»Ich schicke dir deine Schecks per Einschreiben, damit ich einen Beleg bekomme.«

»Nicht diesen einen.«

»Wann soll das gewesen sein?«

»Vor sechs Monaten.«

»Das werde ich nachprüfen.«

»Tu das.«

Ich hörte, wie Chuckles' Marke klapperte, als er sich mit der Hinterpfote am Hals kratzte. Carla erhob sich von der Bettkante und trippelte zur anderen Seite des Ateliers. Ich hörte nicht, dass sich die Wohnungstür öffnete, was mir sehr lieb gewesen wäre. Ich wollte allein sein.

Stattdessen hörte ich das schmatzende Geräusch der Kühlschranktür.

»Weißt du, dass du ein blaues Hähnchen hier drin hast?«

»Ja.«

»Ich glaube nicht, dass du das noch essen solltest.«

Dann folgten Geräusche, die mit Essen zu tun hatten. Schranktüren wurden geöffnet. Besteck klapperte auf Tellern. Das Zischen und Surren des Gasbrenners. Chuckles miaute. Die Klimaanlage schaltete sich ab. Wieder Zischen, Surren, Klappern und Trippeln. In der Ferne ertönte ein Martinshorn, und ich dämmerte langsam weg.

»Clementine.«

Ich erwachte. Carla war noch immer hier, beugte sich über mich und schüttelte mich an der Schulter. Ich wusste nicht, wie spät es war.

»Clementine, du musst etwas essen.«

Doch dazu müsste ich mich aufrichten, und das wollte ich nicht. Sich aufrichten, das klang anstrengend.

Carla stellte einen Teller auf den Nachttisch, fasste mich unter den Achseln und zog mich in eine sitzende Position. Mein Po glitt über das Bett, und meine Unterhose rutschte hinunter. Ich hatte gar keine Ahnung, wie stark Carla war, und jetzt wurde es mir eindeutig zu intim. Doch ich fühlte mich auch nicht in der Lage, mich gegen sie zu wehren, deshalb sah ich sie nur böse an.

»Nimmst du deine Medikamente?«

»Nein.«

»Das hab ich mir schon gedacht. Jetzt iss.«

Meine Nase funktionierte langsam wieder. Es roch nach Frühstück, wie in einem Diner. Schweinefett. Der unverwechselbare Geruch von Schweinefett. Sie stellte mir den Teller auf den Schoß. Darauf lag ein Sandwich mit Spiegelei, Speckstreifen und Käse, der zwischen den Toastscheiben geschmolzen war und sie nun wie Klebstoff zusammenhielt. Ich war nicht hungrig.

»Kann ich Dr. Gothenburg anrufen?«

»Den hab ich gefeuert.«

»Hast du einen anderen Therapeuten?«

»Nö.«

Ein kleiner Käseklecks war an der Seite herausgeflossen und fing an, sich zu verfestigen. Ich spießte ihn auf und aß ihn. Schmelzkäse. Der Geruch von Kindheit und Picknicks, aber auf meiner Zunge fühlte er sich an wie Staub. Am liebsten hätte ich ihn ausgespuckt. Ich hörte, wie Carla ihre Geduld zusammennahm, oder vielleicht bildete ich mir das auch nur ein.

»Wann kommt Jenny?«

»Die hab ich auch gefeuert.«

»Clementine.«

Ich schloss die Augen und lehnte mich an das Kopfteil des Bettes. Es fühlte sich eisig und hart an meinem Rücken an. Plötzlich war mir überall kalt. Eine Gänsehaut überzog meine Arme und Beine.

»Ich glaube nicht, dass es richtig ist, dich allein zu lassen«, sagte Carla.

»Wäre mir aber lieber. Warum bist du überhaupt gekommen?«

»Um über deine Ausstellung zu sprechen. Um zu klären, wie wir nach diesem Zwischenfall nun fortfahren sollen.« Beim letzten Teil klang ihre Stimme angespannt.

»Ich werde nicht ausstellen. Das habe ich dir doch schon gesagt.«

»Bei Taylor solltest du es zumindest nicht tun.«

»Elaine hat zuerst ausgestellt. Und obwohl sie mich imitiert hat, wird es am Ende so aussehen, als hätte ich sie kopiert.«

»Das könnte sich natürlich negativ auf die Verkäufe auswirken«, räumte sie ein.

»Und die Galerie wird es nicht richtigstellen, oder?«

Carla antwortete nicht darauf. »Iss das Sandwich. Du hast

abgenommen, seit ich dich das letzte Mal gesehen habe. Und bei mir punktet keiner damit, dass er wie ein afrikanisches Hungeropfer aussieht.«

Sie ging zurück in die Küche, wo sie den Telefonhörer abhob und anfing, auf den Tasten herumzudrücken, vermutlich um die Liste meiner letzten Anrufe zu überfliegen. Dann drückte sie auf eine weitere Taste und hielt sich den Hörer ans Ohr. Ich nahm mir vor, morgen oder übermorgen deswegen beleidigt zu sein. Das war schließlich ein Eingriff in meine Privatsphäre. Ich blickte auf das Sandwich auf meinem Schoß, und mir fiel auf, dass meine Unterhose immer noch verrutscht war. Auch das war meiner Privatsphäre nicht gerade dienlich. Ich zog sie nach oben.

Carla telefonierte mit irgendjemandem. Erzählte ihm, ich sei krank, und bat darum, dass er vorbeikäme. Ich stellte den Teller auf den Nachttisch und ließ mich zurück auf den Rücken gleiten. Nach ein wenig Herumtasten fand ich eine Ecke des Bettlakens und zog es mir bis über das Kinn hoch. Ich dachte an die Medikamente, die ich die Toilette hinuntergespült hatte. Gute Nacht, Thorazine. Gute Nacht, Lithium.

Das war das Letzte, woran ich mich erinnerte.

22 TAGE

Als ich aufwachte, war das Apartment von pink- und orangefarbenem Licht durchflutet. Ich blinzelte. War das jetzt Sonnenauf- oder Sonnenuntergang? Jenny saß auf dem blauen Stuhl beim Arbeitstisch und sortierte meinen Stapel mit den Zeitschriften und Papieren. Nichts von dem, was Chuckles heruntergefegt hatte, lag mehr auf dem Boden. Ich rollte mich auf die Seite und hievte mich in eine sitzende Position.

Jenny sah auf.

»Machst du dich an die Arbeit?«

»Ich denke gerade über Unterhosen nach«, sagte ich.

»Alles klar. Willst du vielleicht mal eine frische anziehen?«

»Nein. Ich muss ein paar loswerden.«

Ich stand auf und schlurfte zu meiner Kommode. Schon wieder verspürte ich den Drang zu pinkeln, doch das musste später erledigt werden. Ich zog die oberste Schublade auf und durchwühlte meine Unterwäsche. Im Moment trug ich eine ganz normale Unterhose aus Baumwolle. Sie war einmal schwarz gewesen, aber zu viele heiße Waschgänge hatten sie in ein dunkles Grau verwandelt. Ich mochte sie. Sie war bequem. Ganz im Gegensatz zu den anderen, die eng saßen und aus so einem seidig glänzenden, synthetischen Material waren, bei dem die Haut nicht atmen konnte und man sich im schlimmsten Fall einen Scheidenpilz züchtete. Unterhosen, die ich für die Männer gekauft hatte, mit denen ich ausgegangen war. Sexy, aber ich konnte sie nicht ausstehen. Ich zog sie aus der Schublade heraus. Dann kamen die Stringtangas dran. Alle Stringtangas. Das waren die schlimmsten Missetäter. Als alles auf einem Haufen auf dem Boden lag und nichts anderes mehr in der Schublade war als zu heiß gewaschene Baumwollschlüpfer, raffte ich den Stoffberg zusammen und trug ihn zum Sofa.

»Bring mir bitte die Schere«, sagte ich zu Jenny.

»Wozu?«

»Bring sie mir einfach.«

Jenny blickte beleidigt drein, aber sie tat, worum ich sie gebeten hatte. »Ich habe das Sandwich, das Carla gemacht hat, in den Kühlschrank gestellt. Soll ich es dir warm machen?«

»Nein.«

»Du hast noch gar nichts gegessen.«

Ich fischte einen knallig pinken Stringtanga aus dem Haufen und fing an, ihn zu zerschneiden.

»Clementine.«

Ich zerlegte ihn in lange Streifen, die ich neben meinem Schoß aufhäufte.

»Clementine, warum tust du das? Wenn du willst, kann ich dir Unterwäsche zum Zerschneiden kaufen. Du musst doch nicht deine eigene dafür hernehmen.«

Als Nächstes kam ein schwarzes Satinhöschen dran.

Jenny wechselte das Thema. »Carla hat gesagt, sie will deine Ausstellung ins Contemporary verlegen. Während du geschlafen hast, hat sie dort angerufen. Es ist schon alles arrangiert. Wenn du dort ausstellst, spielt die Sache mit Elaine keine so große Rolle mehr.«

»Sie spielt noch genau dieselbe Rolle.«

»Vielleicht nicht mehr ganz so sehr.«

Ich schnitt stumm weiter Streifen.

»Ich habe die Termine notiert«, verkündete Jenny. »Sie warten auf deinen Anruf.«

Ich fuhr mit dem Zerschneiden fort, und Jenny ging in die

Küche. Immer gingen die Leute in meine Küche. Kurz darauf stellte sie eine Flasche Mineralwasser neben mich hin. »Willst du alle deine Klamotten zerschneiden?«, wollte sie wissen.

Darüber hatte ich noch gar nicht nachgedacht. Das könnte durchaus interessant sein. Doch ein Projekt nach dem anderen.

Um zehn leisteten mir nur noch der Fernseher und ein paar einsame Brotrinden auf dem Teller neben dem Spülbecken Gesellschaft. Jenny war gegangen, um sich mit ihrem neuen Freund zu treffen, und ich verwebte die Streifen zu zehn Zentimeter großen Quadraten.

Das Telefon hatte dreimal geklingelt, ehe sie gegangen war, aber ich hatte sie gebeten, nicht dranzugehen. Ich sah auf das rot blinkende Licht des Anrufbeantworters. Ich musste mir die Nachrichten nicht anhören, ich wusste auch so, worum es ging. Schließlich hatte ich zugehört, als er sie auf Band gesprochen hatte. Dr. Gothenburg wollte vorbeikommen. Carla hatte ihn angerufen, sobald sie zurück in der Galerie war. Privatsphäre war für diese Frau offensichtlich ein Fremdwort. Ich durfte sie damit nicht davonkommen lassen.

Ich machte ein Loch in die Ecke des Quadrats, das ich gerade fertiggestellt hatte, und hielt es hoch – ein perfekt funktionsfähiger Topflappen. Sehr viel zweckmäßiger als die Unterhosen. Hinge er in einer Galerie an der Wand, würden die Kritiker sofort über die sexuelle Symbolik sprechen, über die Verwandlung in ein häusliches Objekt, von der Hure zur Mutter und so weiter. Schwachsinn. Ich hasste diese Unterhosen, und jeder brauchte Topflappen. Selbst Carla.

Ich erhob mich von der Couch und wäre fast wieder hingefallen. Ich hatte so lange im Schneidersitz dagesessen, dass ich meine Füße nicht mehr spürte und von den Knien abwärts alles ganz taub war. Gleich würden die stechenden Schmerzen und das Kribbeln einsetzen, das anzeigte, dass wieder Blut durch die Venen gepumpt wurde.

Ja, da war es auch schon. Ich versuchte meine Zehen zu bewegen. Es hörte niemals auf, weh zu tun, ganz egal, wie alt man war. Es tat weh, wenn man ein Kind war, und es tat weh, wenn man wie ich eine alte Frau in Unterwäsche war. Dabei fiel mir ein, dass ich mich besser umziehen sollte. Ich könnte müffeln.

Die Topflappen packte ich in einen großen braunen Briefumschlag, den ich im Schreibtisch bei Jennys Büroutensilien fand. Mit einem Edding aus ihrer Stiftdose schrieb ich die Adresse der Taylor-Galerie drauf, verschloss ihn und stellte ihn neben die Tür, direkt neben die Reisetasche, die ich noch immer nicht ausgepackt hatte.

Nun zog ich immerhin den Reißverschluss auf und stocherte in der dreckigen Wäsche herum, bis ich die kleine Kaffeepackung fand. Ich trug sie zum Spülbecken und schnitt sie mit dem Gemüsemesser aus dem Messerblock auf. Beim Öffnen breitete sich der der typische Geruch aus, der an frühes Aufstehen und frisch aufgebrühten Kaffee erinnerte – und an einen Exfreund mit schwerwiegender Koffeinsucht. Ich schüttete den Inhalt in die Spüle, bis das Klappern von Glas auf Metall zu hören war, dann hielt ich inne, nahm die kleine Flasche heraus und wischte sie ab.

Die halb leere Kaffeepackung landete im Müll, das Fläschchen mit der Flüssigkeit brachte ich ins Badezimmer, wo ich es zwischen meinen Handflächen hin und her rollte, das Glas erwärmte und mich daran erfreute, dem Inhalt zuzusehen, wie er hin und her schwappte. Dann schaltete ich das Licht ein, schnippte einen Rest Kaffeepulver von den Handflächen und schob meinen Zahnputzbecher nach links. Zwischen dem Waschbecken und dem Arzneischränkchen mit Spiegeltüren befand sich eine kleine Ablage. Ich schob zwei Parfümflaschen auseinander, stellte das Beruhigungsmittel genau in der Mitte zwischen ihnen ab und drehte das Fläschchen so, dass das Etikett nach vorn zeigte. Dann schaute ich es an. Das Arrangement hatte eine unwahrscheinlich beruhigende Wirkung auf mich, ich spürte, wie mein Blutdruck sank und meine Schultern sich entspannten, obwohl ich einfach nur dastand. Das muss es sein, was manche Menschen beim Anblick von Aquarien empfinden, ging mir durch den Kopf.

Ich gestattete mir noch ein paar Minuten in kontemplativer Betrachtung. Als ich den höchsten Grad an Entspannung erreicht hatte, schaltete ich das Licht aus und ging schlafen.

21 TAGE

»Also das hätte wirklich besser laufen können.«

Chuckles saß in seinem Tragekorb und leckte sich das Fell auf der Brust. Der kleine Verräter wollte seine Vorräte wieder auffüllen. Alle Reservehaare, die er sonst in seinem Magen hatte, hatte er nämlich auf den Teppich der einzigen Menschen gekotzt, die sich auf unsere Anzeige gemeldet hatten. Sie wollten »darüber nachdenken« und »mich dann anrufen«, was in meinen Augen gleichbedeutend mit »niemals wieder von sich hören lassen« war.

Sein unerträgliches Gejaule war auch nicht gerade hilfreich gewesen.

»Ist er immer so stimmgewaltig?«, hatte das junge Pärchen wissen wollen.

Sie waren frisch verheiratet, lebten seit kurzem zusammen und hatten Jobs, die sie in gut vernetzten Bürokabinen ausübten. Der Mann hatte mir seine Visitenkarte in die Hand gedrückt, kaum dass ich ihre Wohnung betreten hatte, und ich merkte förmlich, mit welchem Stolz er das tat. Wahrscheinlich war ich eine der Ersten, die in diesen Genuss kamen. Die Eigentumswohnung wirkte, als hätten sie den Ausstellungsraum eines Möbelgeschäfts leergeräumt. Chuckles sollte vermutlich ihr Übungsbaby sein. Sie hatten mich durch die Wohnung geführt, in der es ein verdächtig sparsam dekoriertes Gästezimmer gab, das geradezu darauf zu warten schien, dass sich etwas tat. »Warum Dekokissen kaufen«, schrie es mir entgegen, »wo man doch in Kürze ein Kinderbett brauchen würde?« Auf mich machten sie einen guten Eindruck. Sie waren ziemlich nett, ich würde keine Angst haben müssen, dass sie Chuckles als Köder bei einem Hundekampf benutzten. Außerdem hatten sie die guten Kekse für Gäste aufgetischt.

Wir saßen auf dem Sofa, das mit »seegrasfarbenem« Chenillestoff bezogen war. Chuckles war gerade erst aus seiner tragbaren Zelle befreit worden und schnüffelte nun an allen Möbelstücken, um eventuelle Anzeichen eines Pudels auszumachen. Mein erster Milanokeks mit dunkler Schokolade war bereits verspeist, und ich liebäugelte mit einem zweiten. Ich hatte nicht gefrühstückt.

»Die meiste Zeit ist er ganz ruhig«, erklärte ich. »Er mag den Tragekorb einfach nicht.«

Genau in diesem Moment begann Chuckles zu würgen und krümmte sich zusammen, ehe er sich auf den Teppich übergab.

»Oh«, flüsterte die Frau, eine Hand auf dem Brustkorb, wo sie an ihrem diamantenen Solitäranhänger herumzwirbelte. »Oh.«

Nachdem das Haarbüschel ausgespuckt war, schüttelte sich Chuckles und rieb sein Gesicht an dem Fuß des Mannes. Er hatte aufgehört zu jaulen, aber jetzt war es zu spät.

»Das mit Ihrer Krankheit tut uns leid«, sagte der Mann, während er mich zur Tür begleitete, vorbei an einer Schale mit hohem, künstlichem Gras – *made in Taiwan*. »Vielleicht erholen Sie sich ja wieder.«

»Es ist unheilbar«, versicherte ich ihm.

»Na ja, man kann nie wissen«, flötete er und schloss die Tür.

Scheiße.

Ich ließ den Motor an und gab Gas.

»Wir haben noch einen Termin«, sagte ich zu Chuckles. »Also benimm dich.«

Vierzig Minuten später hielt ich an einer Parkuhr auf dem

Lincoln Boulevard. Palmen säumten die Straßen von Ost nach West, die auf den eineinhalb Kilometer entfernten Strand zusteuerten. Die Arztpraxis lag eingezwängt zwischen einem Spirituosenladen und einer Tankstelle, die mit dem Slogan »Zwei zum Preis von einem« für Schokoriegel warb.

Ich nahm Chuckles mit nach drinnen, denn irgendwo hatte ich gelesen, dass man Haustiere in diesen Breitengraden niemals im Auto zurücklassen sollte. Sie könnten bei der Hitze eingehen, selbst hier in Meeresnähe, wo die Temperatur immer gute fünf Grad niedriger war als anderswo. Als ich die Tür aufzog, bimmelte eine Glocke, und die Empfangsdame hob den Kopf. Ein kleiner Ventilator zeigte in ihre Richtung, ein weiterer drehte sich surrend im Wartezimmer.

»Ich habe einen Termin«, teilte ich ihr mit.

Sie zeigte auf ein Anmeldeformular auf der anderen Seite der kugelsicheren Scheibe. Da sie den Kater nicht erwähnte, tat ich es auch nicht. Hinter mir reihten sich grüne Gartenstühle aus Plastik aneinander. Vielleicht hatten sie die von der Tankstelle nebenan, zusammen mit zwei Schokoriegeln zum Preis von einem. Ich unterschrieb.

»Eine Konsultation kostet hundert Dollar. Das ist nicht erstattungsfähig, egal, ob der Arzt etwas anrät oder nicht.«

Ich schob meine Kreditkarte durch den Schlitz in der Scheibe, unterschrieb die Quittung und nahm das Blatt für neue Patienten entgegen, das sie mir zuschob. Es war knapp gehalten, und nachdem es ausgefüllt war, gab es nicht mehr viel zu tun. Hier lagen keine Zeitschriften aus, und es gab auch keinen Fernseher, lediglich den Anzeigenteil der *Times* hatte jemand liegen lassen. Ich sah auf das Datum. Erst eine Woche alt. Eine ältere Frau mit einer Gehhilfe saß vier Stühle weiter, starrte aber nur vor sich hin. Ich nahm an, dass das hier so üblich war, und blickte ebenfalls auf den Boden.

Ein Mann mittleren Alters mit einem Hemd mit Button-Down-Kragen, das in seine Jeans gestopft war, trat aus einer Tür am Ende des Raumes. »Mrs Shipley?«

Die Frau erhob sich, beugte sich schwer auf ihre Gehhilfe und schlurfte zur geöffneten Tür. Die nächsten paar Minuten beschäftigte ich mich damit, die Schleifspuren auf dem Boden mit der Spitze meines Arbeitsstiefels wegzureiben. Weitere Patienten kamen nicht herein. Die Empfangsdame blätterte in einer Zeitschrift, bot mir aber nichts zu lesen an. Ich beugte mich nach unten und sah zu Chuckles in den Tragekorb. Das zerknautschte Gesicht zwischen den Vorderpfoten, lag er lang ausgestreckt da. Seine Augen waren geschlossen, und sein Atem ging flach. Entweder schlief er, oder der Mistkerl hatte bereits seine letzte Reise angetreten.

Fünf Minuten später schlurfte Mrs Shipley wieder aus dem Behandlungszimmer in Richtung Ausgang. Mit ihrer Gehhilfe hinterließ sie erneut eine Schleifspur. Alte Leute. Die konnte man wirklich nirgendwo mit hinnehmen.

Der Mann schaute zu mir. »Mrs Pritchard?«

Ich hob Chuckles hoch, der sofort aufwachte und anfing herumzulaufen, wodurch der Tragekorb aus dem Gleichgewicht geriet und schwankte, als befände er sich bei hohem Wellengang auf dem Meer. Es war schwer, ihn ruhig zu halten, und ich schlingerte ein wenig hin und her. Nicht gerade sehr hilfreich, wenn man versuchte, einen nüchternen, verantwortungsbewussten Eindruck zu machen. Auch der Arzt erwähnte den Kater mit keinem Wort, weshalb ich ebenfalls nichts sagte, während ich ihm ins Sprechzimmer folgte. Dort gab ich ihm mein ausgefülltes Patienteninformationsblatt, und er überflog es.

»Nehmen Sie Platz.«

Der Arzt war nicht nur in neutralen Farben gekleidet, sondern bestand selbst ausschließlich aus unterschiedlichen Abstufungen von Beige. Seine Haut war hellbeige und seine Haare khakifarben. Seine Augen schimmerten hellbraun, jedoch vermied er es, sie auf mich zu richten. Ein Schreibtisch aus Metall stand an der Rückseite des Raumes, daneben befand sich ein Besucherstuhl. Für mehr wäre gar kein Platz gewesen. Jemand hatte ihm Blumen mitgebracht, die neben seinem aufgeklappten Laptop standen, auf den ein Bildschirmschoner bunte geometrische Formen zeichnete.

»Was führt Sie zu mir?«, fragte er auf mein Schlüsselbein starrend.

»Ich bin unruhig«, sagte ich. »Ich habe Angstzustände.«

»Verstehe.«

Ich wartete einen Moment ab, aber nichts passierte.

»Und ich würde das gerne ohne verschreibungspflichtige Medikamente in den Griff bekommen.«

Er nickte und schob seinen Bürostuhl mit den Fußspitzen ein wenig zurück. »Haben Sie Allergien?«

»Nein.«

»Nehmen Sie irgendwelche anderen Medikamente?«

»Nein.«

Er las die Fragen von dem Formular ab, das ich ihm ausgefüllt gegeben hatte.

»Irgendwelche sonstigen Erkrankungen?«

»Kerngesund«, sagte ich. »Abgesehen von den Angstzuständen.«

»Verstehe.«

Er rümpfte die Nase. Ich nahm an, dass er sich einst während des Medizinstudiums ein anderes Bild von seinem späteren Leben ausgemalt hatte. Vermutlich war er kein sonderlich herausragender Student gewesen, gut genug, um zu bestehen, aber nicht gut genug für ein spezielles Fachgebiet. Es war frustrierend, gerade intelligent genug zu sein, um irgendwie durchzukommen, aber nicht schlau genug, um Onkologe, Chirurg oder auch nur Gynäkologe zu werden.

»Na gut, ich stelle Ihnen eine Empfehlung aus. Die können Sie bei jeder Apotheke abgeben. Es ist aber kein Rezept, ob sie bewilligt oder abgelehnt wird, liegt an denen.«

»Verstehe«, erwiderte ich.

Er nahm ein cremefarbenes Blatt Papier von der Größe eines Taschenbuchs und mit weitaus mehr verschnörkelten Ornamenten verziert als mein College-Diplom. Darauf kritzelte er ein paar Zeilen, ehe er das Ganze in einen schwarzen Umschlag aus ebenso edlem Papier steckte, den er mir reichte. Ich wusste nicht, ob ich es in der Apotheke abgeben oder vielleicht eher rahmen lassen sollte.

»Danke.«

»Gehen Sie verantwortungsvoll damit um.«

Chuckles und ich traten in das anstößig strahlende Sonnenlicht hinaus und gingen dann einen halben Block die Straße hinunter. Ich roch Pommes, die irgendwo in der Nähe im Fett brutzelten. Eine Latina schob einen Einkaufswagen voller Pfandflaschen an mir vorbei, und Chuckles fauchte.

»Hör auf damit«, herrschte ich ihn an und steuerte auf die Apotheke zu.

Sie war klimatisiert, ruhig und es roch dezent nach Kräutern. Ein langer Ladentisch aus Holz, das walnussfarben gebeizt war, reichte von einem zum anderen Ende des schmalen Raumes. In den Regalen dahinter befanden sich ordentlich sortiert Seifen und Shampoos, Vitaminpräparate und Nahrungsergänzungsmittel, für die man keine Verschreibung benötigte.

Auf der anderen Seite der Ladentheke stand eine junge blonde Frau, die Haare zu einem losen Knoten zusammengefasst, und las ein Buch. Im Ohrläppchen hatte sie einen Tunnelohrring, der die Haut dehnte. Sie blickte auf.

»Ist das eine Katze?«

»Yep.«

»Cool.«

»Ich habe ein Empfehlungsschreiben von meinem Arzt«, sagte ich.

Mit »meinem Arzt« meinte ich natürlich »einen Typen, den ich in den Gelben Seiten nachgeschlagen hatte und den ich nie wieder sehen würde«, aber das war ihr selbstverständlich egal. Ich hätte gerne gewusst, ob jemand schon mal versucht hatte, mit dem Blasrohr ein Papierkügelchen durch ihren Tunnelohrring zu schießen.

»Alles klar. Was wollen Sie?«

Sie drehte sich um, und ich folgte ihrem Blick. Auf einem Regal standen mehrere Dutzend große Apothekengläser, jedes einzelne mit einem sorgfältig handbeschrifteten Etikett versehen. Manche waren voller als andere. Der Inhalt schimmerte in jedem Glas in einem unterschiedlichen Grünton. Zusammen sahen sie aus wie ein raffinierter, moosiger Regenbogen in Waldfarben. Alle Apotheken sollten so schön sein.

»Was empfehlen Sie?«

Sie rutschte von ihrem Stuhl, holte drei Gefäße herunter und reihte sie auf dem Ladentisch vor mir auf. Dann öffnete sie eines nach dem anderen, verkündete den jeweiligen Namen und hielt sie mir hin, damit ich daran riechen und sie inspizieren konnte. Es war wie eine Weinprobe in einer guten Weinbar. So langsam gefiel mir das Mädchen richtig gut, selbst wenn das Buch, das sie aufgeschlagen hingelegt hatte, um sich die Seite zu merken, von Ayn Rand war.

Ich wählte Glas Nummer zwei, und sie befüllte ein kleines Gefäß mit Schraubdeckel für mich, so wie in anderen Apotheken frisch angerührte Kosmetikmischungen abgefüllt werden. Ich zeigte ihr mein Rezept, und sie tippte meinen Einkauf in die

Kasse. Die ganze Prozedur lief sehr zivilisiert ab, viel einfacher als alles, was ich an der Highschool unternommen hatte, um mir etwas zu organisieren. Damals waren wir sogar bis ins Valley gefahren, wo ich dann mit einer Handvoll kleiner Scheine und mit zitternden Knien im muffigen Souterrain-Zimmer irgendeines Teenies landete.

»Nimmst du den Kater jetzt überallhin mit?«

»Ja. Habe ich dich nicht gefeuert?«

»Unverständlicherweise hast du das, aber aus Nächstenliebe ist es meine Pflicht, dafür zu sorgen, dass du nicht verhungerst.«

Vor meiner Eingangstür saß Miles, seine unnatürlich langen Beine vor sich ausgestreckt, neben sich eine Einkaufstüte. Etwas Grünes mit Blättern ragte daraus hervor. Ich konnte mich nicht daran erinnern, wann ich das letzte Mal etwas Grünes gegessen hatte, und Miles war eher der Typ Koch, der wusste, wie man eine Sauce Béarnaise machte.

»Bestechung, Dr. Gothenburg?«

»Du hast mich nicht zurückgerufen. Also habe ich den Einsatz erhöht.«

Ich stellte Chuckles ab und und rieb meine Schulter. Er würde heute Diätfutter bekommen, das stand mal fest.

»Das ist das zweite Mal diese Woche, dass jemand, den ich gefeuert habe, bei mir vor der Tür aufschlägt, weißt du das? So langsam beunruhigt mich das ein wenig. Es ist wohl ein Zeichen dafür, dass ich nicht entschieden genug auftrete.«

»Möchtest du gerne darüber sprechen?«

Er musste direkt von der Praxis hergekommen sein, denn er trug noch seine Arbeitskleidung. Dunkle Hose, pastellfarbenes Hemd und Krawatte. Seine Freizeitkleidung sah anders aus, dann bevorzugte er nämlich ein graues T-Shirt mit dunkler

Jeans, und darüber einen dünnen Strickpulli im Winter, oder zu der Jahreszeit, die hier in Los Angeles als Winter galt.

»Wenn mir nach darüber-reden wäre, hätte ich dich nicht gefeuert.«

»Okay. Wen hast du außer mir noch entlassen?«

»Jenny.«

»Ich mochte Jenny.«

»Etwas zu sehr.«

»Das ist nicht fair. Warum hast du das getan?«

Ich ging nicht auf seine Frage ein. Chuckles streckte eine flauschige weiße Pfote zwischen den Stäben seiner Tür hervor und tapste auf Miles' Schuh. Kleiner Verräter, dachte ich.

»Ich gehe jetzt rein.«

Miles beugte sich vor und spielte mit meinem Kater. Als ich den Schlüssel ins Schloss steckte, streckte er seine ellenlangen Arme und Beine und stand auf.

»Und ich komme mit rein?«

»Kommt darauf an.«

»Wie lauten deine Bedingungen?«

»Als Freund und Koch kannst du reinkommen. Das blättrige Grünzeug darf auch mit. Aber den ganzen Psychologiemist lässt du draußen.«

Er tat so, als würde er über mein Angebot nachdenken. Kein überzeugender Bluff.

»Abgemacht.«

»Nimm den Kater. Der Mistkerl wiegt eine Tonne.«

Im Atelier zog ich die Stiefel aus und krempelte meine ausgefranste Jeans bis zu den Waden hoch. Miles befreite Chuckles, der unter das Bett schoss, wo er schmollen und eine Weile bleiben würde, bis er seine Würde wiedererlangt hatte, während ich die dunkelgraue Arbeitsschürze über den Kopf zog. Als sich das Band um meinen Nacken legte, waren Miles' Lippen auf meinen. Sie waren trocken, aber weich, und er schmeckte nach Pfefferminz. Seine Zunge glitt zwischen meine Lippen, und ich ließ es zu. Er schob seine Hände unter mein T-Shirt und dann unter den Bund meiner tief sitzenden Jeans. Ich hasste enge Hosen, deshalb konnte er seine Hände bis zu den Handgelenken hineinschieben, und seine Finger umfassten meine Pobacken.

Schließlich drückte ich mich von ihm weg. Ich war mir nicht sicher, ob ich ihn nur gefeuert oder auch mit ihm Schluss gemacht hatte.

»Hilfst du mir mit dem Abendessen?«, fragte er, während er langsam die Augen öffnete wie eine sonnentrunkene Eidechse.

»Nein, du kochst, ich rauche.«

Ich trat einen Schritt zurück und zog die kleine Dose mit dem grünen Marihuana aus der Jeanstasche, zusammen mit einem Bündel Zigarettenpapier, das mir das Mädchen umsonst mitgegeben hatte. Irgendwann mal hatte ich eine sehr schöne blaue Glaspfeife besessen, doch das lag ein paar Städte, viele Wohnorte und eine Hochzeit zurück. Gut möglich, dass sie noch immer irgendwo herumlag. Ebenso gut möglich, dass ich sie der Wohlfahrt gespendet hatte. Unmöglich, das jetzt herauszufinden.

»Das ist neu«, sagte Miles.

»Nein, das ist alt. Die Angewohnheit, meine ich, nicht das Gras. Das Gras ist frisch.« Ich hielt es hoch, damit er einen prüfenden Blick daraufwerfen konnte. Die saftigen Kügelchen schimmerten im Licht der Küchenlampe. »Ich kann mich nicht mehr daran erinnern, warum ich aufgehört habe.«

Er trug die Tüte mit den Lebensmitteln in die Küche. »Weil du davon paranoid wirst?«

»Nö.«

Ich legte ein Papier auf den Tresen und krümelte das Kraut

darauf. Es roch süßlich und nach Kräutern, genau wie der Laden. Miles beobachtete mich dabei.

»Ich habe seit der Highschool keinen Joint mehr gedreht«, sagte er.

Ich zwirbelte die Enden zusammen, damit nichts herausfiel.

»Gib mir ein Feuerzeug aus der Schublade da.«

Er gehorchte, und ich ließ die Flamme aufflackern, hielt sie an den Joint und atmete tief ein. Der Rauch war weicher, als ich in Erinnerung hatte. Kein Brennen, kein Husten. Ich hielt die Luft drei Sekunden lang an, dann blies ich den Rauch durch den Mund aus, wobei ich mit den Lippen Ringe formte, die nach oben schwebten, ehe sie sich im Licht des Spätnachmittags auflösten.

»Angeber.«

Miles hatte eine bräunliche Zwiebel aus der Tüte geholt und schnitt das haarige Ende ab. Ich streckte ihm den Joint hin, und er nahm ihn. Ein großer Topf mit Wasser stand auf dem Herd, die Flamme darunter war sehr groß.

»Sag meinen Patienten nichts davon.«

»Keine Angst. Es sind keine Patienten hier«, versicherte ich ihm.

Wir rauchten, er schnippelte, und ich sah ihm dabei zu. Schließlich schaltete ich meinen Computer ein, um etwas R&B laufen zu lassen. *The Temptations* übertönten das Brutzeln der Zwiebeln in Butter auf dem Herd. Miles öffnete einen Knopf seines Hemdes auf Brusthöhe und steckte das Ende seiner Krawatte dort hinein. Mein Kopf war warm und irgendwie nicht mehr mit meinem Nacken verbunden. Miles legte zwei rosafarbene Hähnchenbrustfilets auf ein blaues Schneidebrett aus Plastik, machte einen Schnitt in der Mitte und klappte sie auf wie ein Buch. Dann öffnete er eine eiskalte Flasche Weißwein und goss etwas davon in die Pfanne.

»Sind deine Gläser immer noch da oben?«, fragte er, ehe er den Küchenschrank öffnete.

»Mhm.«

Er holte zwei Gläser heraus und schenkte uns ein. Ich nahm einen Schluck, dann schwebte ich mit dem Glas in der Hand barfuß zu der Leinwand, die auf der Staffelei stand. Ich fasste meine Haare zu einem Pferdeschwanz zusammen und wickelte das Gummiband darum, das ich immer am Handgelenk trage. Vom Arbeitstisch nahm ich meinen Skizzenbleistift, griff wieder nach meinem Glas und skizzierte und trank abwechselnd.

Die längst getrocknete Hintergrundfarbe wurde mit dünnen Linien überzogen. Ich fing unten, an der grauesten Stelle, an und zeichnete einen über zwei Vorderbeine gebeugten Kopf. Die Hinterbeine wirbelten hoch in die Luft, wölbten sich durch das Gelb in der Mitte, und der Schwanz, so wild gewunden wie ein Komma, reichte bis in die tiefsten Blautöne hinein.

»Stand by me«, flehte Ben E. King gerade seine Frau an.

Die Rückenlinie des Tieres von der Nase bis zu dem kleinen Büschel an der Spitze des Schwanzes glich einem geschwungenen S. Ich überarbeitete sie noch einmal, flachte sie etwas ab. Unterhalb dieser Linie, wo sich gebeugte Beine und schnaubende Nüstern befanden, war alles voller scharfer Ecken und Kanten.

Schließlich trat ich einen Schritt zurück und trank den letzten Tropfen Wein. Die Zeichnung gefiel mir. Vielleicht lag es am Alk und am Gras, trotzdem mochte ich sie.

»Das ist es, was wir Flow nennen, Elaine Sacks. Also leck mich.«

»Was?«, fragte Miles. Ich hatte ganz vergessen, dass er da war.

»Nichts.«

Ich stellte mein leeres Glas zum Nachfüllen neben das Schneidebrett. Miles hatte Knoblauchzehen fein zerhackt und streute gerade grobes Salz darauf. Er hob die Weinflasche, die mittlerweile halb leer war, und schenkte uns einhändig nach. Das Hähnchen war in einer Bratpfanne gelandet, und im Topf blubberte es wild vor sich hin. Ich trank mehr Wein und schraubte den Verschluss des Grasbehälters auf. Doch dann entschied ich, dass ich vor dem Essen nichts mehr davon wollte.

Miles betrachtete die Leinwand mit zusammengekniffenen Augen. Von der Küche aus waren die Linien nur schwer zu erkennen.

»Das sieht anders aus als das, was du sonst machst.«

»Ich trete gerade in eine neue Periode ein.«

»Aufregend.«

Ich gab irgendwelche unverbindlichen Laute von mir. Miles kannte sich mit Kunst nicht aus. Und das war völlig okay, schließlich war es ja meine Arbeit. Über seine Arbeit konnten wir natürlich auch nicht sprechen. Am liebsten unterhielt er sich über Filme und Baseball, Dinge, die mich nicht sonderlich interessierten.

Er riss eine Packung Capellini auf, nahm ein Bündel davon und brach es entzwei, ehe er es ins Wasser gab. Dann griff er zu seinem Weinglas und nach meinem Handgelenk. Ich ließ ihn machen. Er zog mich an sich, presste mich an seine Lenden. Meine Arbeitsschürze hinderte sein Bein daran, zwischen meine zu gleiten, also beugte er sich zu mir herunter und küsste mich hinters Ohr, wo ein paar Strähnen heraushingen, die zu kurz für den Pferdeschwanz waren. Ich lehnte mich weder an ihn, noch wich ich zurück, ich ließ es einfach geschehen.

Die Hähnchenbrustfilets köchelten bis zur Hälfte in einer cremigen Sauce. Kapern tanzten darum herum. Miles tauchte einen Suppenlöffel in die Pfanne, pustete auf die Sauce und hielt ihn mir dann hin. Sie war leichter, als sie aussah, und ein wenig säuerlich. Nicht nur Wein, auch Zitrone, dachte ich. Ich war hungrig. Seit den Keksen war eine ganze Zeit vergangen.

Miles gab mir einen Klaps auf den Po, schob mich zur Seite und griff nach einem Nudellöffel. Er fischte einen dünnen Strang Capelli heraus, biss prüfend hinein und trug den brodelnden Topf dann zum Spülbecken. Während er das Wasser ausschüttete, beugte er sich nach hinten, um dem Dampf zu entgehen.

Das Telefon begann zu klingeln, doch ich hob nicht ab. Es klingelte immer weiter, und schließlich warteten wir beide ganz gebannt darauf, dass sich der Anrufbeantworter endlich einschaltete.

»Ms Pritchard, mein Name ist Michael Ma von der *Times*. Ihre Assistentin Jenny Pritchard hat mich kontaktiert. Ich würde mich gerne mit Ihnen über ein paar der Werke unterhalten, die gerade in der Taylor-Galerie ausgestellt sind. Wenn Sie mich bitte baldmöglichst zurückrufen würden.« Er hinterließ zwei Nummern.

»Worum geht es da?«, fragte Miles.

»Keine Ahnung.« In diesem Fall war es sogar mehr als okay, dass er nichts über meine Arbeit wusste. »Lass uns essen.«

Ich räumte meinen Laptop von dem kleinen Esstisch, und Miles stellte zwei Teller mit Hähnchenbrust und Pasta für uns ab. Ich kam mit dem Wein dazu. Wir hatten kein Licht angemacht, und der Abend leuchtete in warmem Glanz durchs Fenster.

»Ich habe ein beständiges Bedürfnis nach Bestätigung, also musst du mir sagen, dass es gut ist«, sagte er.

»Es ist gut.«

»Du hast es doch noch gar nicht probiert.«

»Das stimmt. Vielleicht ist es auch mies.«

»Das schmeichelt meinem Ego jetzt natürlich ungemein.«

»Gut.«

Ich drehte meine Gabel in der Pasta und tunkte sie ein wenig in die Soße mit den Kapern. Es war nicht mies. Es war das Beste, was ich gegessen hatte, seit ich bei Dolma gewesen war. Ich schnitt ein dreieckiges Stück von meinem Hähnchen ab und probierte. Es war zart, saftig und außerdem nicht blau, schlug damit jedwedes Federvieh in meinem Haushalt um Längen.

»Clementine, schläfst du nachher mit mir?«

Ich kaute meinen Bissen fertig und nahm einen Schluck Wein. Mein Magen war leer bis auf ein paar Gläser Wein und einen Joint. Demzufolge war meine Entscheidungsfähigkeit vielleicht nicht mehr tipptopp, aber was erwartet man schon von einer, die mit ihrem Seelenklempner poppt?

»Ich habe ein beständiges Bedürfnis nach Bestätigung«, sagte ich, »also musst du mir sagen, dass es gut ist.«

»Es ist gut.«

»Du hast es doch noch gar nicht probiert.«

»Das stimmt. Es könnte auch mies sein.«

20 TAGE

Und es war mies.

Beim Aufwachen spürte ich ein dumpfes Pochen in den Schläfen – ein ernsthafter Fall von Dehydrierung –, und auf meiner Brust lastete ein erdrückendes Gewicht – was sich als Miles' Arm herausstellte.

Von allen Typen, mit denen ich je intim war, hatte er den haarlosesten Körper. Nur ein paar Büschel an den dafür vorgesehenen Stellen: unter den Armen und zwischen den Beinen. Selbst seine Schenkel waren glatt. Erst unterhalb der Knie sprossen ein paar dunkelblonde, weiche Härchen, als hätten sie einfach keine Lust, weiter nach oben zu klettern. Apathische Haarfollikel könnte man wohl diagnostizieren.

Der Sex am Abend zuvor war einfach nur schrecklich gewesen. Und ganz gleich, wie sehr wir auch versuchen würden, das Selbstwertgefühl des anderen aufzuwerten, nichts könnte darüber hinwegtäuschen. Irgendwann waren wir aus lauter Verlegenheit einfach eingeschlafen. Vorher hatte ich die Augen geschlossen und mir große Mühe gegeben, nicht darüber nachzudenken, dass er schlaff und schlapp auf mir lag wie ein riesiger Gummiwurm und versuchte, ihn mit der Hand in mich hineinzuschieben, weil er dann, ganz bestimmt, hart würde.

Vielleicht wacht er ja nicht auf, oder er schaut wenigstens nicht zu mir rüber, dachte ich. Wenn ich Glück habe, ist er ja sogar im Schlaf gestorben.

»Hi.«

Verdammt.

»Ich muss mal pinkeln«, verkündete ich.

Ich stand auf und schloss mich im Badezimmer ein. Jeder Mann mit Würde im Leib hätte diese Gelegenheit beim Schopf gepackt, wäre in seine Boxershorts geschlüpft und in den Hausflur gesprintet, Krawatte und Unterhemd dabei fest an sich gepresst. Aber Miles war kein Mann mit Würde. Er war Therapeut, und das bedeutete, dass er »darüber reden« wollen würde. Mir von seinen Gefühlen erzählen und erwarten, dass ich ihm von meinen erzählte. Dann noch ein paar Umarmungen. Wenn ich nicht ohnehin schon Selbstmordgedanken hegte, dann wäre ich spätestens in diesem Moment so weit.

In der Sicherheit meiner gekachelten Zufluchtsstätte pinkelte ich, und um das Ganze noch etwas hinauszuzögern, blieb ich auf der Toilette sitzen und las, was auf der Rückseite von Shampoo und Conditioner stand. Ausspülen. Für ein optimales Ergebnis regelmäßig anwenden. Danach putzte ich mir die Zähne. Auch das ging viel zu schnell. Also wickelte ich noch etwas Zahnseide ab und inspizierte mein Zahnfleisch nach offensichtlichen Erkrankungen. Als ich damit fertig war, wusch ich mein Gesicht und überlegte, ob ich einen Pickel ausdrücken sollte, der noch nicht reif war, entschied mich dann aber dagegen. Womöglich würde er nicht rechtzeitig bis zu meinem Tod ausheilen. Ich wollte mich mit einer schönen Haut verabschieden. Stattdessen tupfte ich etwas Creme darauf. Ich hatte keine Uhr, ging aber davon aus, dass ich bis jetzt sieben Minuten im Bad vertrödelt hatte, vielleicht auch acht.

Ich drehte den Duschhahn auf.

Als ich die Tür des Badezimmers schließlich öffnete, eingehüllt in ein Handtuch, das nasse Haar nach hinten gekämmt, war Miles immer noch da. Er saß in seinen Arbeitsklamotten vom Vortag am Tisch, hatte sich am Müsli bedient und las eine der Zeitschriften, die ich aufbewahrte, um sie für meine

Kunstwerke zu zerschneiden. Es gefiel mir nicht, dass er meine Materialien angefasst hatte. Ich fühlte mich, als hätte er meine Unterwäscheschublade durchwühlt.

»Okay«, sagte ich, »nächstes Mal nehme ich mir dann den Aktenschrank in deinem Büro vor.«

»Was?«

Er blickte von der Ausgabe des *Architectural Digest* auf. Auch sein Haar schimmerte feucht, und ich stellte mir vor, wie er seine Schmachtlocken über der Küchenspüle plattgedrückt hatte.

»Du hast meine Arbeitsunterlagen durchwühlt. Nächstes Mal durchwühle ich deine.«

Er sah auf den Artikel, der vor ihm lag. »Das ist eine Zeitschrift.«

»Das sind meine Arbeitsutensilien.«

»Tut mir leid«, sagte er, klappte die Zeitschrift zu und schob sie über den Tisch in meine Richtung. »Das wusste ich nicht.«

»Wusstest du doch.«

Er presste die Lippen zu einem kleinen, perfiden Lächeln aufeinander, das eigentlich »Arschloch« bedeutete. »Ich bitte um Entschuldigung.«

Ich öffnete den Kühlschrank und holte einen Laib Brot heraus. Bei meiner Mutter wurde Brot immer im Kühlschrank aufbewahrt, damit es nicht schimmelte. Allerdings hatte das den beklagenswerten Nebeneffekt, dass es so trocken wie Dörrfleisch war. Doch eines musste man ihr lassen: Es schimmelte nicht. Ich steckte zwei knochentrockene Scheiben in den Toaster, löste das Handtuch und wrang die Tropfen aus meinem Haar.

Miles schaute mir zu, während er sein Müsli kaute.

»Ich finde, wir sollten über letzte Nacht reden.«

Ich inspizierte den Toaster. Die dünnen Drähte glühten rot.

Es würde noch eine Minute dauern, bis es so weit war. Darin hatte ich Erfahrung, schließlich war das meine Art zu kochen.

»Weißt du, eigentlich möchte ich das nicht.«

»Ich denke, es könnte helfen.«

»Wobei helfen?«

»Uns dabei helfen, es hinter uns zu lassen.«

»Wir *haben* es doch schon hinter uns. Das ist das Verrückte an der Zeit.«

»Du kannst dich jetzt nicht mit Witzen rausreden.«

Mein Toast ploppte nach oben. Nackt an der Küchenzeile stehend bestrich ich ihn mit halb geschmolzener Butter aus der Butterdose, die ihren Platz neben dem Ofen hatte – und bestimmt eine beunruhigende Anzahl an Bakterien beherbergte. Danach verteilte ich dick Orangenmarmelade bis in die Ecken.

Miles saß einfach nur abwartend da und sah mir beim Kauen zu. Eine der Sachen, die ich beim Vögeln mit meinem Therapeuten gelernt habe, ist, dass sie dieses Schweigen ewig durchhalten können. So lange, bis man schließlich doch etwas sagt, irgendetwas, das sie dann in ihr kleines Notizbuch kritzeln.

»Du hast keinen hochbekommen. Worüber sollen wir da reden?«

»Ich hatte einen ziemlich stressigen Tag in der Praxis. Außerdem habe ich mir Sorgen um dich gemacht. Und Gras geraucht.«

»Willst du mir einfach nur deine Liste mit Ausreden vortragen?«

»Ich möchte nicht, dass sich irgendein Unbehagen zwischen uns breitmacht.«

Dieses besagte Unbehagen hatte sich bereits zwischen uns breitgemacht, nämlich gestern Nacht, als er versucht hatte, seinen schlaffen Schwanz in meine Muschi zu schieben. Um keinen Preis wollte ich ihm noch mehr Raum geben.

Vom Toast bekam ich Durst und angelte mir den Orangensaft aus dem Kühlschrank, den ich direkt aus dem Tetrapak trank.

»Kein Glas?«, bemerkte er.

»Das spar ich mir.«

»Hast du Tee da?«

»Ja, aber keine Kanne und keine Tassen.«

»Was ist damit passiert?«

»Hab sie aus dem Fenster geworfen.«

Miles setzte sein besorgtes Therapeutengesicht auf. »Ich werde dich jetzt nicht fragen, warum, aber wenn du es mir erzählen willst, ist das okay.«

Ich wollte nicht, also aß ich weiter meinen Toast, trank noch mehr Saft und presste meinen Hintern an die Küchenzeile. Vermutlich würde das einen Abdruck geben.

»Hast du schon mal darüber nachgedacht, dass dein Frühstück redundant ist?«

»Nein.«

»Ich meine, weil du Orangenmarmelade isst und Orangensaft trinkst.«

»Ja«, erwiderte ich. »Und nein.«

»Klementinen sind übrigens eine Orangensorte. Wusstest du das?«

»Was meinst du, wie groß stehen die Chancen, dass ich es nicht weiß?«

»Warum zum Teufel legst du es so darauf an, einen Streit mit mir vom Zaun zu brechen?«

Eine berechtigte Frage, auf die es eine ganz einfache Antwort gab: weil ich wollte, dass er ging.

Er wartete meine Antwort nicht ab, stand vom Tisch auf und brachte seine Schale zum Spülbecken. Während er sie auswusch, stand er dicht neben mir, gerade so, dass er mich nicht berührte.

Dann stellte er die Schale zum Abtropfen verkehrt herum. Er trocknete seine Hände an einem Geschirrhandtuch, das am Griff einer Schublade hing, und sah mich schließlich an. Wir waren gleich groß und blickten einander direkt in die Augen.

»Darf ich mal wieder vorbeikommen?«

»Als mein Seelenklempner?«

»Darf ich denn als dein Seelenklempner vorbeikommen?«

»Nein.«

»Darf ich dich zum Abendessen ausführen?«

»Schon möglich. Ich rufe dich an.«

»Heute?«

»Ja.«

Er ging zur Tür, auf dem Weg nach draußen tätschelte er Chuckles, der sich auf einem Stuhl zusammengerollt hatte. Das Telefon klingelte, als er hinausging. Wir verabschiedeten uns nicht, stattdessen hob ich den Hörer ab.

»Ich habe ein paar Sachen gefunden. Du kannst sie haben, wenn du willst.«

Ich blickte auf die Uhr der Mikrowelle. Tante Trudy musste bei ihrer vierten Tasse Kaffee sein. Ich sah sie in Gedanken vor mir, wie sie in ihrer Küche mit dem avocadogrünen Wandtelefon stand und vermutlich ihren Badeanzug trug. Sie trug jeden Tag denselben. Einmal in der Woche wusch sie ihn.

»Ich versuche gerade, mich von überflüssigem Ballast zu befreien. Was für Sachen?«

»Sachen von deiner Mutter und deinem Vater. Wenn du sie nicht willst, werfe ich sie in die Tonne. Die Müllmänner kommen heute noch.«

»Ich bin am Nachmittag bei dir.«

Ich drehte »Soul Man« im Radio auf und wiegte mich auf dem Fahrersitz, während ich zum Friedhof fuhr. Als Nächstes brachte der Sender einen alten Song von Ray Charles. Es wurde immer besser. Das gehörte eindeutig zu den Dingen, die mir fehlen würden, wenn ich erst gestorben wäre.

Zwischen Ein- und Ausfahrt befand sich ein grasgrüner Mittelstreifen mit einem Wachhäuschen. Ich hatte keine Ahnung, wozu man auf dem Friedhof einen Wachmann benötigte. Vielleicht als Schutz vor den Zombies, die ausbrechen wollten? Ich fuhr vor und ließ das Fenster herunter.

»Ich hab hier was zu erledigen.«

Der dunkelhäutige Uniformierte drückte auf einen Knopf und winkte mich durch, ohne auch nur ein Mal nach den Zombies zu schauen.

Ich nahm die gewundene Auffahrt, vorbei an ordentlichen Grabsteinen und sattgrünem Rasen, der akkurater zurechtgestutzt war als John Waters' Schnurrbart, und folgte den unauffälligen, tristen Schildern zum Büro. Es gab einen kleinen Parkplatz für drei Autos, doch es war weit und breit keines zu sehen. Ich fragte mich, wo die Angestellten parkten.

Das Büro befand sich in einem Gebäude aus demselben roten Ziegelstein wie das Wachhäuschen, mit glänzenden schwarzen Fensterläden und einer glänzenden schwarzen Tür mit goldenem Türklopfer. Ich klopfte zweimal, um mich bemerkbar zu machen, und dann noch einmal, weil ich das Geräusch so mochte. Ich trug Jeans und Tanktop mit Farbspritzern – meine Arbeitskluft. An diesem Tag war alles schön einheitlich in Pfauenblau gesprenkelt. Auch der Mann, der mir die Tür öffnete, war ganz eindeutig in seine »Uniform« gekleidet: dunkler Anzug, weißes Hemd und eine dezente dunkle Krawatte.

»Mein Name ist Clementine Pritchard«, sagte ich. »Ich habe einen Termin.«

»Natürlich.« Er streckte mir eine viel zu weiche Hand zur Begrüßung entgegen. »Ich bin Charles Hoiler.«

Allerdings wurde es Heuler ausgesprochen, zu dumm aber auch.

»Bitte, kommen Sie rein.«

Er hielt die Tür auf, und ich trat in den Warteraum, wo mein Fuß bis zum Knöchel im malvenfarbenen Teppich versank. Der plüschige Flor war von unten mit genügend Schaum gepolstert, um sogar die Prinzessin auf der Erbse bei Laune zu halten, und jemand – vermutlich Mr Hoiler – hatte vor kurzem Staub gesaugt. Die Streifen zeichneten sich noch deutlich ab. Überhaupt wirkte der gesamte Raum – dekoriert mit dunklem Kirschbaumholz und japanischen Drucken von Kranichen – so sauber, dass man darin hätte operieren können.

»Wir können in mein Büro gehen«, sagte Mr Hoiler und führte mich einen kurzen Gang hinunter.

Ich war bereits so tief im Teppich eingesunken, dass ich ihm nur mit großer Anstrengung folgen konnte.

Sein Büro sah genauso aus wie das Vorzimmer, dasselbe Kirschmobiliar mit tatzenförmigen Füßen, derselbe Teppich, ebenfalls beigefarbene Wände. Allerdings ohne Kraniche. Stattdessen ein großes Panoramafenster hinter dem Schreibtisch, das auf sorgfältig geformte, sanfte Hügel voll toter, verrottender Leichen hinausging.

Ich nahm auf dem Besucherstuhl Platz.

»Was kann ich für Sie tun?«, fragte Mr Hoiler, nachdem er sich auf den etwas größeren Chefsessel gesetzt hatte. Er sprach leise und salbungsvoll, offenbar war er es gewohnt, dass seine Kundschaft heulend vor ihm zusammenbrach.

»Ich möchte eine Parzelle kaufen.«

»Für einen Familienangehörigen?«

»Nein, für mich.«

Er drehte sich geräuschlos mit seinem Stuhl um und wählte eine Broschüre aus dem Stapel zu seiner Rechten. »Es ist sehr wichtig zu planen, ich gratuliere Ihnen. Sehr wenige Menschen tun das, dabei macht es für die Familien alles einfacher, wenn es so weit ist.«

»Das wird bei mir in Kürze der Fall sein.«

Er blinzelte. Vielleicht hatte seine Verkaufsschulung für Bestatter dieses Thema nicht ausreichend behandelt.

»Ich sterbe«, erläuterte ich. »Bald. In etwas weniger als einem Monat werde ich einen Platz benötigen.«

Er strich seine Krawatte glatt. »Ja, natürlich. Es tut mir leid, das zu hören. Krankheit ist kein leichtes Schicksal. Wir werden alles tun, um Ihnen den Vorgang zu erleichtern.«

Ich wusste das zu schätzen und teilte ihm das auch mit.

Er drehte die Broschüre zu mir herum und schlug sie auf. Sie war auf schweres, mattes Kartonpapier gedruckt, das ich am liebsten anfassen und als Arbeitsmaterial mit nach Hause nehmen wollte.

Ein goldener Druckbleistift diente ihm als Zeigestab. Damit ging er schnell alles Erwähnenswerte durch, das mich als Langzeitbewohner des Stone Brook Friedhofs erwartete; ich rechnete allerdings nicht damit, dies in irgendeiner Weise genießen zu können. Auf der Rückseite der Broschüre war eine Karte abgebildet. Er markierte die Ecken, in denen es noch freie Plätze gab.

Ich erkundigte mich, ob einer dieser Plätze auf einem Hügel liege, was er bejahte. Dann wollte ich wissen, ob sich einer in der Nähe eines Baumes befinde, was er ebenfalls bejahte.

»Den würde ich gerne sehen.«

Ich ging hinter ihm aus dem Büro – wieder tief im Teppichboden versinkend – und um das Gebäude herum. Dort stand ein weißer Golfwagen. Ich setzte mich auf den Beifahrersitz, und wir fuhren über leise, gewundene Pfade weiter in den Garten der Toten.

Auf dem Weg kamen wir an einem Mann auf einem Rasenmäher vorbei, der ein weißes Baseballcap tief über die Augen und eine weiße Atemschutzmaske über Nase und Mund gezogen hatte. Mr Hoiler gab daraufhin eine Menge Geschwafel über die exzellente Pflege der Anlage von sich, in deren Genuss ich während meiner Jahre des Verfalls kommen würde.

Die Hügel auf dem Friedhofsgelände waren so regelmäßig, dass ich vermutete, man hatte das Land absichtlich in dieser Form angelegt. Ein bisschen erinnerte es mich an den wellenförmigen Rücken eines riesigen Drachens. Ich überlegte kurz, mit welchem Gerät man so ein großes Gelände umgestalten konnte, doch in diesem Moment hielten wir auch schon auf einem der Drachenhügel neben einem Baum an.

Ich fragte, was das für ein Baum sei.

»Großblättriger Ahorn«, erklärte er und tätschelte die aufgesprungene Rinde. »Alle Bäume in Stony Brook stammen aus Südkalifornien. Ganz im Gegensatz zu Palmen. Wussten Sie, dass Palmen hier normalerweise gar nicht wachsen?«

»Ja.«

Ich schlenderte ein paar Schritte über den Hügelkamm und schaute mich um. Der Platz lag etwas höher, von hier aus konnte ich die schmiedeeisernen Tore, die gemauerte Einzäunung des weitläufigen Friedhofs sowie die Häuser und Einkaufszentren dahinter sehen, inklusive einer Baustelle, wo ein neuer Target-Supermarkt entstehen sollte. Weiter unten waren in dichtgedrängten Reihen weiße Grabsteine, die spärlicher wurden, je weiter es den Hügel heraufging. Von der Karte auf der Broschüre wusste ich, dass viele von diesen leeren Plätzen bereits an derzeit noch quicklebendige Zeitgenossen vergeben waren. Auf meinem Hügel stand noch kein Grabstein. Meiner würde der erste sein, gleich einer Flagge, die man in ein erobertes Gebiet rammt.

»Ich will genau diese Stelle hier«, sagte ich und zeigte auf den Fleck unter meinen Arbeitsschuhen.

»Eine sehr gute Wahl. Dann müssten wir noch einmal zurück ins Büro, damit Sie die Papiere unterschreiben können.«

Ich antwortete nicht sofort, sondern nahm mir etwas Zeit, um die Aussicht auf mich wirken zu lassen.

»Also gut, gehen wir«, willigte ich schließlich ein.

Ich stellte den Scheck auf die gesamte Summe aus, ehe ich das Büro verließ und wieder in mein Auto stieg. Statt gleich nach rechts zum Ausgang abzubiegen, schlängelte ich mich links entlang zum südlichen, älteren Teil des Friedhofs. Ich fuhr an den Randstreifen der asphaltierten Straße, stieg aus und ging bis zu einem Baum. Eine kalifornische Platane, die eine weichere, hellere Rinde hatte als mein Ahornbaum.

Vor mir zwei Grabsteine.

Geliebte Mutter
Kathleen Pritchard
1944–1985

Geliebte Schwester
Ramona Pritchard
1974–1985

Die Steine waren von zartem Grau, 60 Zentimeter hoch, gerade an den Seiten und oben abgerundet. Ich starrte so lange auf die zwölf Worte, bis sie sich vor meinen Augen auflösten und nicht mehr nach Worten, sondern nach altem, kryptischem Gekritzel aussahen. Dann stieg ich wieder ein und fuhr davon.

Die Haustür war nicht abgeschlossen. Ich öffnete sie und ging durch Flur, Küche und Glasschiebetüren bis zum Pool durch, wo Tante Trudy wie immer auf ihrem Liegestuhl lag. Die Gläser ihrer Sonnenbrille waren so dunkel, dass ich nicht erkennen konnte, ob sie die Augen offen oder zu hatte. Auf ihrer Nase klebte ein Pflaster. Der helle Pfirsichton des Pflasters leuchtete auf ihrer gebräunten Haut.

»Was ist denn mit deiner Nase passiert?«, fragte ich anstatt einer Begrüßung.

»Krebs. Der Doc hat ihn heute Morgen weggeschnitten.«

Ich setzte mich ihr gegenüber. Bob trieb auf einem türkisfarbenen Boot in der Mitte des Pools. Seine haarlose Haut glänzte schwabbelig. Er winkte, und ich winkte zurück.

»Nichts, worüber du dir Sorgen machen müsstest«, sagte Tante Trudy.

Ich machte mir keine Sorgen. Tante Trudy ließ sich den Krebs schon seit zehn Jahren wegschneiden, ohne irgendwelchen Schaden zu nehmen, abgesehen von einem halben Dutzend Narben. Die auf ihrer Nase würde ein besonders imposantes Stück werden.

»Tust du, was der Arzt dir gesagt hat?«

»Hör niemals auf Ärzte«, erwiderte sie, schwang ihre runzligen braunen Beine zur Seite und stand von ihrer Liege auf. »Durch diese ganze Lernerei sind sie vollends verblödet.«

Ich sah ihrem schlaffen Hintern im Badeanzug nach, wie er in der verhältnismäßig dunklen Küche verschwand. Selbst nachdem sie weg war, roch es noch nach ihrem Bräunungsöl von Banana Boat.

Zwei Minuten später kam sie mit einer uralten Schuhschachtel zurück.

»Hier. Das sind die Sachen, die ich noch aufgehoben habe, nachdem wir das Haus deiner Mutter leergeräumt hatten. Keine

Ahnung warum. Hab damals wohl gedacht, es wäre wichtiges Zeug.«

Ich stellte die Schachtel auf meine Knie und nahm den Deckel ab. Der Inhalt roch nach Staub, Mottenkugeln und altem, verrottendem Papier. Obenauf lag die amtliche Heiratsurkunde meiner Eltern vom Staat Kalifornien, einmal in der Mitte gefaltet. Ich klappte sie auf und betrachtete sie einen Moment. Die Handschrift meiner Mutter, die ich vollkommen verdrängt hatte, war schnörkelig und weiblich, ihre Unterschrift erinnerte an Seifenblasen. Die Buchstaben meines Vaters waren enger und stark nach rechts geneigt, als wollten sie von der Seite rennen.

Die Schachtel enthielt noch weitere offizielle Dokumente: dreißig Jahre alte Kontoauszüge von längst geschlossenen Konten, die Kopie des Kraftfahrzeugbriefs für das Auto, das meine Eltern früher besessen hatten, die Geburtsurkunde meiner Schwester. Ich schaute mir alles an. Was ich gesehen hatte, legte ich neben mir auf einen kleinen Stapel. Es waren keine Fotos dabei, nicht ein einziges. Unten in der Ecke der Schachtel lag ein goldener Ring. Ich nahm ihn heraus und hielt ihn zwischen zwei Fingern.

»Der Ehering deiner Mutter«, sagte Trudy. »Sie wurde nicht damit begraben, weil sie ihn damals nicht mehr getragen hat.«

Die Hände meiner Mutter waren sehr viel kleiner als meine. Meine Hände waren geradezu riesig, genau wie meine Füße. Ich kann mich daran erinnern, dass sie mir eines Tage erklärte, das wären eben die richtigen Proportionen für meine Größe. Angesichts der Tatsache, dass ich damals nicht nur sämtliche Jungs in meinem Alter, sondern auch die weiblichen Lehrkräfte und viele Männer überragte, fühlte ich mich dadurch nicht wirklich besser. Ich versuchte, mir den Ring überzustreifen, bekam das dünne goldene Schmuckstück aber nicht über den zweiten Fingerknöchel.

»Zu schade, dass du selbst keinen trägst«, bemerkte Trudy.

»Ich hatte mal einen.«

Ich legte den Ring zurück in die Schachtel und stapelte die Papiere ordentlich darauf, ehe ich sie wieder verschloss.

»Wie gesagt, zu schade.«

Trudy hatte Richard gemocht. Jeder mochte Richard. Sogar ich hatte ihn die meiste Zeit gemocht.

»Trudy, lass das Mädchen in Ruhe.«

Mir war nicht klar gewesen, dass Bob zugehört hatte.

»Ich mein ja nur«, schnaubte sie.

»Lass es einfach«, sagte er, tauchte die Hände ins Wasser und benutzte sie als Paddel, um in unsere Nähe zu kommen. »Sie ist alt genug, um ihr eigenes Leben zu leben.«

Als Bob am Rand war, hielt er sich an der Leiter fest, um nicht wieder abzudriften. »Du versuchst, deinen Dad ausfindig zu machen, Clementine?«

Trudys Kopf schnellte bei seinen Worten augenblicklich zu mir herum. »Sag nicht, dass du tatsächlich in diesem Wespennest herumstocherst!«

Ich sah sie nicht an. »Ich versuch's«, sagte ich an Bob gewandt.

Er nickte, woraufhin Trudy ein Geräusch wie ein stranguliertes Hähnchen von sich gab.

»Trudy, halt die Klappe«, sagte Bob.

Ich wusste, dass es einen Grund gab, warum ich ihn immer lieber gemocht hatte.

»Ich kannte ihn nicht besonders gut. Ich war noch nicht lange da, als er abgehauen ist, und wir hatten nicht gerade viel miteinander zu tun.«

Trudy lehnte sich auf ihrem Stuhl nach hinten und verschränkte die Arme über ihrer faltigen Brust. Sie hatte die Nase gestrichen voll von uns beiden und bereitete sich mental schon auf den Moment vor, in dem sie endlich sagen konnte: *»Hab ich es euch nicht gesagt?«*

»Die meiste Zeit sprach er über den Autoclub, in dem er Mitglied war«, fuhr Bob fort.

»Rowdys«, warf Trudy ein.

Bob und ich ignorierten sie.

»Er liebte seinen Wagen. Nicht den, den er tagtäglich fuhr, sondern den heißen Schlitten, den er sich damals gerade gekauft hatte. Bin mir ziemlich sicher, dass deine Mom und er sich deshalb öfter gezankt haben.«

»Das war ja auch rausgeworfenes Geld, eine elende Verschwendung«, schimpfte Trudy. »Hat sich aufgeführt wie ein Teenager, wo er doch zwei Kinder zu versorgen hatte.«

»Aber das Auto war klasse.« Bob stieß einen Pfiff aus. »Ein 56er T-Bird Cabrio, kanariengelb. Damit ist er den Van Nuys Boulevard entlanggefahren, um einen auf dicke Hose zu machen, eben wie alle vom Club. Wie hießen sie gleich wieder …?« Während er nachdachte, legte er seine kahle Stirn in Falten. »Die Pumas oder so ähnlich. Hatte irgendwas mit Katzen zu tun.«

»Woher weißt du das alles?«, fragte Trudy.

»Bin mal zusammen mit ihm hingegangen.«

»Das hast du mir nie erzählt.«

»Hab ich doch.«

»Hast du nicht.«

»Verdammt, Trudy, das war vor dreißig Jahren. Du kannst dich doch gar nicht mehr an das erinnern, was ich dir damals gesagt habe.«

19 TAGE

»Du hast nicht angerufen.«

»War beschäftigt.«

»Darf ich dich zum Essen ausführen?«

Ich ließ seine Frage einen Moment unbeantwortet. Auf meinem Arbeitstisch hatte ich drei Dutzend Zeitschriften ausgebreitet, weitere lagen auf dem Boden. Meine Hand krampfte sich um ein Schablonenmesser. Seit zehn Stunden tat ich nichts anderes, und in dieser Zeit hatte ich nichts anderes als Toast und den letzten Rest Orangensaft zu mir genommen. Chuckles lag ausgestreckt auf einem Stapel drei Jahre alter *W*-Zeitschriften und gähnte, wobei er den Kiefer so weit aufriss, dass ich freie Sicht auf seine schuppige Zunge und den gewölbten Gaumen bekam. Außer ihm hatte ich den ganzen Tag noch keine Menschenseele gesehen, und er war ja noch nicht einmal eine Menschenseele.

»Pizza?«, fragte ich.

»Pizza«, stimmte er zu.

»Bei Gribaldi?«

»Einverstanden.«

»In einer Stunde.«

Ich legte auf und verschloss den Eimer mit Leim. Dann lehnte ich mich mit der Hüfte an den Tisch und zupfte getrocknete Kleberreste von meinen Fingern. Im Lauf des Tages hatte sich die Masse wie eine zweite Haut auf meine Hände gelegt, teilweise sogar in der Musterung meiner Fingerabdrücke.

Der Rücken des Stieres bestand aus den hellsten menschlichen Hauttönen, die ich in den *Vogue*-Ausgaben der letzten sechs Jahre hatte finden können, ein sattelförmiger Fleck, der sich aus filetierten osteuropäischen Teenager-Models zusammensetzte. Wie sich herausstellte, war die dunklere Haut für den restlichen Rücken sehr viel schwieriger zu bekommen. Wenn und falls Jenny zurückkäme, würde ich sie um einen Haufen *Ebony*- und *Essence*-Zeitschriften bitten, denn mein eigener kleiner Vorrat war voller Hauttöne, die sich von denen der *Vogue* nicht unterschieden. Etliche Male schnitt ich aus, hielt meine Ausbeute an den Rücken des Stiers, knüllte sie dann zusammen und warf sie weg. Nicht genug Kontrast. Noch nicht mal annähernd.

Als Miles unten auf die Klingel drückte, war ich bereits fertig mit Duschen und hatte eine meiner beiden Jeans an, die nicht mit Farbe verspritzt waren. Ich drückte auf den Türöffner, um ihn hereinzulassen, lehnte die Wohnungstür an und ging zurück ins Badezimmer. Dort versuchte ich, gleichzeitig mit dem Föhn und einer Bürste zurechtzukommen, was aber tatsächlich nur dann machbar scheint, wenn man ein mehrarmiger Hindugott ist. Die heiße Luft blies konstant auf meine Fingerknöchel, die bereits die Farbe von abgekochtem Hummer hatten, meine Frisur ließ jedoch keine nennenswerte Verbesserung erkennen. Chuckles, der mit Föhn und Staubsauger auf Kriegsfuß stand, versteckte sich unter dem Bett, und ich spielte langsam mit dem Gedanken, meine stümperhaften Versuche aufzugeben.

»Na, bist du schon fertig?«, rief Miles durch den Flur.

Ich schaltete das Höllengerät aus, fasste die malträtierten Strähnen mit einer Spange im Nacken zusammen und schmierte Abdeckcreme auf den Pickel an meinem Kinn. Es war eine Zumutung, dass ich mich in meinen letzten Tagen auch noch mit entzündeten Poren abgeben musste.

Wir bestellten kaltes Bier in Flaschen und zwei kleine Pizzen. In einer einfachen Pizza Margherita liegt so viel Schönheit, insbesondere, wenn das Basilikum gerupft und nicht geschnitten wurde. Doch natürlich würde nur ein Narr eine Pizza Diabolo mit scharfer Wurst und einem Haufen Peperoni verschmähen. Manchmal lautet die Antwort im Leben eben nicht entweder-oder, sondern sowohl-als-auch.

Miles tupfte die scharfe, fettige Sauce mit einer Serviette von seinem Stück ab, was man eben so tut, wenn man nicht vorhat, bald zu sterben. Ich hingegen war kurz davor, nach einem Strohhalm zu fragen, um die kleine orangefarbene Pfütze auf der Pizza aufzusaugen. Warum auch nicht, schließlich werden einem in gehobenen Restaurants manchmal Strohhalme für das Knochenmark gereicht, damit auch noch das letzte Stückchen kulinarischen Hochgenusses aus allem herausgesaugt werden konnte.

Das Gribaldi's, so italienisch, wie ein Restaurant in L. A. nur sein kann, lag auf dem Hollywood Boulevard am Rande von Thai Town, was nur in Los Angeles einen Sinn ergibt. Die ethnischen Viertel hier waren ein bunter Mischmasch, hatten sich im Laufe der Jahre immer wieder verändert und neu zusammengeschlossen. West Hollywood zum Beispiel, das einstige und gegenwärtige Zuhause russischer Immigranten mit ihrem Rote-Beete-Eintopf und schwarz verhüllten Babuschka-Großmüttern, ist in der Zwischenzeit auch ein beliebter Treffpunkt für die Schwulenszene und ihre offenherzige Fleischbeschau geworden. Ohne viel Aufhebens leben Russen und Homosexuelle dort nebeneinanderher. Genau das liebe ich so an L. A., auch wenn einem das für gewöhnlich keiner erzählt.

Neben dem viertbesten Inder der Stadt und einem 24-Stunden-Waschsalon befand sich also diese Pizzeria, die gar nicht so einfach zu finden war. Gute Pizzen waren neben Fußgängerunterführungen das Einzige, was ich aus New York vermisste. Nicht, dass ich damit andeuten wollte, bei Gribaldi gäbe es eine Pizza vom selben Kaliber wie in New York. Aber sie war gut für eine Stadt, die sonst nur bei nicht-europäischem Essen wie indischen Gerichten, Borschtsch und Tacos, die aus illegalen Imbisswägen heraus verkauft wurden, einigermaßen abschnitt.

Unser Tisch war mit Edding- und Kugelschreiber-Graffiti übersät, ein paar Sprüche waren sogar mit Autoschlüsseln hineingekratzt worden. So hatte man gleich etwas zu lesen, während man kaute. Ich war ja eher der Typ für das philosophische Gekritzel. Unter meinem Bier stand »Du bist verdammt« – eindeutig besser als ein belangloses »Janice war hier«.

Ich sah mich um. Die Schlange für Selbstabholer reichte bis zur Tür hinaus, und ich zählte drei Mütter, die Babys mit Irokesenschnitt auf dem Arm trugen – nach nervösen Chihuahuas in Handtaschen gerade das neue »In«-Accessoire. Noch trendiger war man nur, wenn das Baby dazu ein cooles T-Shirt mit irgendeinem ironischen Spruch anhatte. Eine Frau in zerrissenen Strumpfhosen – vielmehr ein Fashion-Statement, nicht das Resultat einer Begegnung mit einer wütenden Katze – stieß beim Hinausgehen gegen meinen Stuhl. Miles war weit und breit der Einzige mit Krawatte, was ihn aus Hipster-Sicht beinahe schon wieder als cool qualifizierte. Aber eben nur beinahe.

Ich aß mein Stück Diablo auf und nahm mir dann ein Eck von der Margherita mit den grünen Basilikumsprenkeln. Miles trank einen Schluck Bier. Seine Flasche war erst halb leer, er schwächelte.

»Wann hast du dich dazu entschlossen, dir ein Grab zu kaufen?«

Mit einem Schlag konnte ich mich nicht mehr auf den reinen, milchigen Geschmack des Mozarella konzentrieren.

»Wie bitte?«

»Ich habe gesehen, dass du ein Grab gekauft hast, und da habe ich mich gefragt, ob es irgendeinen Grund dafür gibt, das jetzt zu tun. Es ist derselbe Friedhof, auf dem auch deine Mutter und deine Schwester liegen, nicht wahr?«

Wut breitete sich in meinen Eingeweiden aus, sie loderte wie ein Lauffeuer in Südkalifornien im August.

»Ich bringe dich um. Ich bringe dich um und stopfe dir deine Eier in den Hals.«

»Clementine …«

»Wage es nicht, mit mir zu sprechen, du verdammter Schnüffler!«

»Es lag auf dem Küchentisch.«

»In meiner Tasche, in einem Umschlag, der zugeklebt war!« Meine Stimme wurde so laut, dass die Leute in der Warteschlange zu uns herüberstarrten.

»Ich habe mir Sorgen um dich gemacht und wollte nachsehen, ob du irgendwelche Medikamente nimmst. Dann habe ich die Adresse auf dem Umschlag gesehen und …«

»Leck mich! Du kannst mich mal mit deinen Scheißlügen.« Etwas Spucke flog aus meinem Mund und landete auf seiner fettfreien Pizza. Ich beugte mich über den Tisch. »Das hätte eine Rechnung sein können oder sonst irgendwas. Und ganz egal was, es ging dich verdammt noch mal nichts an. Was hast du sonst noch gemacht? Die Kondome in meinem Nachttisch gezählt?«

»Ich bin nicht dein Exmann.«

»Bitte?«

»Ich bin nicht dein Exmann.«

»Ja, mein Exmann hat auch nicht herumgeschnüffelt.«

»Dein Exmann hat dich verlassen, und ihr habt das nie geklärt. Deshalb weist du mich jetzt ab. Du versuchst, deine Beziehung zu ihm mit mir nachzuspielen. Du projizierst deine

Gefühle bezüglich dieser ungeklärten Sache auf unsere, um sie ausleben zu können.«

Ich spürte, wie meine Wangen feuerrot wurden. Er hatte Scheiße gebaut, aber mir wollte er weismachen, dass mein Kopf das eigentliche Problem war. Und natürlich war mit ihm, dem Seelenklempner, der seine Patienten bumste, alles in bester Ordnung! Am liebsten hätte ich ihm die Eingeweide mit bloßen Händen herausgerissen und ihn an seinen Gedärmen aufgehängt.

Ich tat das Zweitbeste. Mit beiden Händen schnappte ich mir die halbgegessenen Pizzen und schleuderte sie quer über den Tisch. Die Margherita streifte nur seinen linken Arm, wo sie eine blutrote Kriegsverletzung auf seinem Hemd hinterließ, die Diablo hingegen, getreu ihrem Namen, landete mit all ihrem Fett mitten in seinem Schritt und nahm auch noch sein Bier mit. Nur schade, dass die Pizzen nicht mehr richtig heiß waren. Schaumige, pissefarbene Flüssigkeit plätscherte über den verkratzten Tisch auf den Boden. Im Restaurant war es leise genug, um das Tröpfeln zu hören.

Als ich aufsprang, stieß ich meinen Stuhl polternd nach hinten, während Miles einfach nur dasaß, emotionslos und ruhig, und seine Hose sich mit dem Fett vollsog.

Die Warteschlange teilte sich, wie Moses es befohlen hatte, und ich stapfte durch die Lücke hinaus auf die Straße und zu meinem Wagen. Auf dem Weg fantasierte ich darüber, wie ich ihn bei der Ärztekammer anschwärzte.

Als ich mich gerade anschnallte, musste ich an Richard denken. Plötzlich vermisste ich ihn so sehr, dass mir die Tränen kamen. Richard hätte so etwas nie getan. Warum war er nicht derjenige, mit dem ich Pizza essen ging?

Ich wischte meine Nase mit dem Handrücken ab und redete mir ein, es wären nur Tränen der Wut, damit ich überhaupt in der Lage war, den Wagen zu starten.

Van Nuys ist einer der Orte, die sich keiner freiwillig zum Leben aussucht. Dort landet man, wenn alle anderen Möglichkeiten, die man noch hat, nur die wirklich schlimmen Viertel sind. Wie zum Beispiel Campton. Oder Watts. Van Nuys ist einer der Orte, die einen aufseufzen und sagen lassen: »Na ja, es könnte schlimmer sein.«

Meine Tränen waren getrocknet, aber ich spürte noch immer dieses beengende Gefühl in mir, das entweder auf einen emotionalen Zusammenbruch oder eine Lebensmittelvergiftung hindeutete. Statt weiter darüber nachzudenken, konzentrierte ich mich darauf, mich mit allem anderen, bloß nicht mit meinem Innenleben zu befassen. Ich starrte aus dem Fenster und versuchte so viel wie möglich in mich aufzunehmen. Wie Jane Goodall, die ihre Schimpansen beobachtet. Nur eben in der Stadt.

Es war kurz nach acht, und das Leben auf dem Van Nuys Boulevard kam so langsam in Gang. Dickbäuchige, weißhaarige Männer saßen mit ihren ebenfalls gut im Futter stehenden Frauen auf Klappstühlen im Freien. Vor einem Imbiss hatte man so viele Stühle wie möglich um die Tische herumgequetscht. Oldtimer, von heruntergekommen bis bestens restauriert, standen mit geöffneten Motorhauben auf dem Supermarktparkplatz.

Immer mehr Wagen fuhren an mir vorbei, um sich einzureihen, bis die Schlange alter Autos so lang war, dass sie den Verkehr blockierte. Ein Polizist auf einem Motorrad hielt am Rand an und brüllte in seinen Lautsprecher: »Sie verursachen einen Verkehrsstau. Fahren Sie bitte weiter. Sie verursachen einen Verkehrsstau. Fahren Sie bitte weiter.«

Ein oder zwei Fahrzeuge scherten aus der Reihe aus und fuhren einmal um den Block, daraufhin machte sich auch der Polizist davon; anscheinend verbuchte er das als ausreichenden Erfolg.

Als die Sonne unterging, wurden es immer mehr Leute. Das Publikum veränderte sich. Motorräder und Chopper gesellten sich dazu, manche von ihnen mit leuchtenden Lämpchen verziert. Ich sah langhaarige Typen mit Harleyjacken. Auch sie brachten ihre Frauen mit, von denen sich eine neben meinem Auto eine Zigarette anzündete. Ihr Haar war dunkel gefärbt, dasselbe matte Schwarz wie ein paar der nicht so schick restaurierten Autos, die auf den Parkplatz fuhren. Es passte zu ihrem T-Shirt, auf dem groß das Logo einer Biermarke prangte. Die Ärmel und den Saum am Ausschnitt hatte sie abgetrennt, sodass das Shirt über eine Schulter herunterhing und ihre bis zu den Handgelenken tätowierten Arme entblößte. Wenn sie ihre Fluppe für den nächsten Zug zum Mund führte, streckte sich das rote Spinnennetz, das sie auf dem Ellbogen tätowiert hatte, nur um sich gleich darauf wieder zusammenzuziehen.

So langsam fragte ich mich, ob mein Vater, der Buchhalter, ein geheimes Doppelleben geführt hatte.

Nachdem die Zigarette geraucht und meine Nachbarin weitergezogen war, ließ mich ein lautes Zischen, das von einem Jagdflugzeug hätte stammen können, in meinem Sitz auffahren. Links von mir sah ich ein weißes Auto, länger als eine Jacht, an dessen Steuer ein geradezu lächerlich junger Typ saß. Sein Wagen bäumte sich zu dem eindrucksvollen Bass aus den Boxen auf wie eine stolze Wildkatze. Ein anderer Lowrider, der aus entgegengesetzter Richtung kam und mit pinkfarbenem Glitzer zurechtgemacht war wie eine Dragqueen, nahm die Herausforderung an und hüpfte wild auf und ab. Bei jedem Aufprall drohten die dünnen Reifen auf den glänzenden Felgen zu platzen.

Im Reich der wilden Tiere, dachte ich. Paarungstanz.

Zügig brach die Abenddämmerung herein und flirtete mit der Dunkelheit, in der die Lichter an den Fahrzeugunterböden noch heller erschienen. Auf dem Parkplatz stieg ich aus, steckte meine Hände in die Hosentaschen und lief los. Auf meinem Weg wurde ich erst von einem Typen aufgehalten, der Werbung für Sonderlackierungen verteilte, dann von einer Frau, die Gutscheinhefte zur Unterstützung einer Entzugsanstalt verkaufte. Ihrem Aussehen nach zu urteilen war davon auszugehen, dass sie in Kürze selbst wieder dort einchecken würde. Die anderen dagegen machten einen nüchternen Eindruck. Wenn sie tranken, dann taten sie das heimlich. Zu dumm. Nach dem Essen hätte ich durchaus noch ein weiteres Bier vertragen können.

In diesem Bereich des Parkplatzes stand ein Liebhaberstück neben dem anderen. 95 Prozent davon amerikanischer Stahl. Fünf Prozent britischer. Kein einziger japanischer Wagen weit und breit. Nicht einmal ein Motorrad, hier gab es ausschließlich Harleys. Und Maschinen, die so aufgemotzt waren, dass man den Hersteller unmöglich feststellen konnte.

Untersetzte Latinos aus East L. A. standen neben ihren neueren Modellen mit protziger Lackierung. Überall aufgemalte Flammen, es war fast schon wieder langweilig. Manche Typen hingen mit ihren Jungs ab, während andere Freundin und Kinder dabeihatten. Die einzigen Weißen hier waren die Biker und die Oldtimer-Besitzer der alten Schule, die herumspazierten und sich mit Pärchen derselben Spezies unterhielten. Es war klar, für wen ich mich interessierte.

Ich schlängelte mich durch die Menge und um langsam fahrende Autos herum, die nach einem Platz suchten. Jedes Mal, wenn die Ampel an der Kreuzung von Rot zu Grün wechselte, dröhnten die donnernden Motoren. Die vereinzelten Supermarktkunden, die einfach nur zum Eingang wollten, um sich einen Zwiebelbagel zu holen, zuckten erschrocken zusammen und überlegten es sich anders.

Ich steckte meine Hände tiefer in die Hosentaschen und verfluchte mich, weil ich keinen Pulli dabeihatte.

Lautsprecher wetteiferten miteinander und verursachten einen Höllenlärm, der erst dann zu einem Song wurde, wenn man nahe genug herankam, dass die Dezibel der einen Anlage alle anderen übertönten. In einer Art Mikrokosmos von Geräuschen arbeitete ich mich von Snoop Dogg über die Beastie Boys bis zu The Doors mit »L. A. Woman« nach vorne.

Dort blieb ich stehen und schob mich zu zwei Pärchen durch, die beide um die sechzig waren. Der Größte der Runde protzte mit einem Bauch, der ihn aussehen ließ, als wäre er schwanger – im 16. Monat. Ich fragte mich, ob er Rückenschmerzen hatte.

»Netter Wagen«, sagte ich, war dann aber auch schon mit meinem Latein am Ende. Meine eigene Corvette hatte ich während einer manischen Phase vor ein paar Jahren gekauft, nachdem ich wochenlang nicht vom Sofa heruntergekommen war.

»Danke.« Seine Stimme war tief. Zwar nicht so tief wie die von Barry White, aber doch im Bariton-Bereich. Mit seinem silberfarbenen Bart hätte er einen tollen Nikolaus abgegeben. »Fünfundsechzig«, sagte er und nickte mit dem Kinn zur geöffneten Motorhaube.

In der Parkplatzbeleuchtung schimmerte der Motor, als hätte ihn jemand auf Hochglanz poliert. Ich fragte mich, ob er überhaupt je mit diesem Wagen herumfuhr.

»Mein Dad hatte einen 56er T-Bird«, sagte ich. »Er ist in den 70ern immer damit hier gewesen.«

Seine Frau, deren kurze Locken sich um ihren Kopf kringelten, lächelte. »Oh ja.«

»Ein paar von den Jungs waren damals schon hier«, stimmte Nikolaus zu. »Bertha auch. Das war noch mit ihrem ersten Mann.«

Bertha war da ganz seiner Meinung. »Oh ja.«

»Er war in einem Club«, sagte ich. »Könnten das die Pumas gewesen sein?«

»Tut mir leid, Schätzchen, ich war bis 85 in Arizona«, teilte er mir mit.

Hilfesuchend sah ich Bertha an, aber sie zuckte nur mit den Schultern. Ich lächelte, nickte und ging weiter.

Ich kam an einer Gruppe Chopper vorbei, erntete ein paar anerkennende Blicke und widmete mich dann der nächsten Park-Reihe. An allem, was neuer als 1960 war, ging ich zügig vorbei. Unterwegs musste ich mir von einem aufdringlichen hellgrauen Pitbull am Schritt herumschnüffeln lassen, während ich darauf wartete, dass ein Stingray aus seiner Parklücke fuhr.

Ich blieb bei einem Mustang und zwei Corvettes stehen, die sehr viel hübscher waren als meine eigene, kam aber nicht weiter als bei dem Nikolaus vorhin. Keiner hatte je von den Pumas gehört, und obgleich alle zustimmten, dass ein kanariengelber 56er T-Bird ein schöner Schlitten war, erinnerte sich keiner an ein solches Modell, nicht einmal diejenigen, die damals schon dabei gewesen sein wollten. Einer begann mich auszufragen, ob daran noch alles original war, und falls ja, woher mein Vater die Teile hatte. Ich versicherte ihm, ich würde mich danach erkundigen, sollte ich ihn jemals finden.

Als ich schon aufgeben wollte, weil mir mittlerweile arschkalt war und mein Gehör bereits vollkommen ruiniert, sah ich auf dem letzten Platz neben dem Ausgang etwas stehen, das wie ein Kombi aussah. Nur, dass dieses Gefährt hergestellt worden sein musste, lange bevor dieses Wort aufgekommen war. Es konnte auch kein Lieferwagen sein, obwohl das lange Hinterteil des Fahrgastraumes mit Paneelen verkleidet war. Gewalzte Kotflügel zierten das ebenfalls überlange vordere Ende und reichten bis zur Motorhaube. Es war kirschrot lackiert, mit orangegelben Flammen, die aus dem Kühlergrill stoben. Der Mann, der danebenstand, trug ein mit Palmen bedrucktes Hawaiihemd über Khakishorts mit weißen Kniestrümpfen und einer altmodischen, verkehrt herum aufgesetzten Fahrermütze. Zwar war in L. A. nichts unmöglich, doch die beiden Kinder neben ihm – ein Junge und ein Mädchen in den gleichen Kapuzenpullis – waren so jung, dass ich vermutete, heute war ein Abend mit Opa angesagt. Aber eigentlich war das alles nur Nebensache. Mich interessierte einzig und allein der Aufkleber, der im unteren Teil der Windschutzscheibe auf der Beifahrerseite prangte und auf dem »BobCats« stand.

Ich musste auf eine Lücke in der Reihe der Autos warten, die zentimeterweise in Richtung Straße vorrückten, ehe ich auf die andere Seite sprinten konnte. Er sah mich auf sich zukommen und wirkte so, als wüsste er nicht so richtig, was er von mir halten sollte. Ich versuchte, einen Tick weniger enthusiastisch zu wirken, weniger hoffnungsvoll, unauffälliger eben, und machte einen Bogen um die Kinder, damit er nicht nervös wurde.

»Ist das der Name von eurem Autoclub?«, fragte ich und zeigte auf den Aufkleber.

»Jaaa«, sagte er in dem gedehntem Ton, den man verwendet, wenn jemand am Telefon nach einem fragt, der einem mit Sicherheit etwas verkaufen will.

»Wart ihr in den späten 70ern auch schon hier? So um 78 vielleicht?«

Er entspannte sich etwas, und die Kinder verloren das Interesse an mir und kratzten weiter hart gewordenen Kaugummi mit ihren Turnschuhen vom Asphalt.

»Ja, klar. Wir sind einer der ältesten Clubs hier in der Gegend. Damals waren wir noch nicht viele, aber wir sind dabeigeblieben, sogar als sie den Boulevard dichtgemacht hatten.«

»Mein Dad war damals Mitglied.«

Seine Schultern entspannten sich vollends. Offenbar waren wir jetzt Freunde. »Ach ja? Wie heißt er denn?«

»Jerry Pritchard.«

Er schüttelte den Kopf. »Tut mir leid. Kann mich nicht an ihn erinnern. Ist auch schon ganz schön lange her.«

»Er war Buchhalter«, drängte ich weiter. »Hat bei Parker, Combs und Jimenez gearbeitet, die damals noch Parker und Combs hießen.«

»Tut mir leid«, wiederholte er.

»Er hatte einen 56er T-Bird. In Gelb.«

Bei diesen Worten leuchtete sein Gesicht auf, und er zeigte auf mich, wie Uncle Sam auf einem Rekrutierungsplakat. »Jetzt erinnere ich mich. Wie hast du gesagt, heißt er?«

»Jerry Pritchard.«

»Mein Gedächtnis ist leider nicht mehr das, was es mal war. Namen konnte ich mir noch nie gut merken. Wie geht's ihm heute?«

»Das versuche ich gerade herauszufinden«, sagte ich und erzählte ihm die beschönigte Version meiner Geschichte.

»Zu schade, Kleine. Hoffentlich findest du ihn. Ich würde dir wirklich gerne weiterhelfen, sein heißer Schlitten ist mir besser in Erinnerung als alles andere. Zu schade, dass er ihn verkauft hat.«

Mir rutschte das Herz in die Hose und gleich noch ein Stück weiter nach unten. Die einzige Spur, die ich hatte, schien geradewegs in einer Sackgasse zu enden.

»Er hat ihn verkauft?«

»Dito. Ich erinnere mich daran, weil es keinen bei uns gab, der ihn nicht gerne genommen hätte. Aber er wollte ziemlich viel dafür haben, ich für meinen Teil konnte ihn mir nicht leisten. Du hättest die Innenausstattung sehen sollen. Alles war in diesem altmodischen Meerschaumgrün, das man damals hatte. Ich glaube, das war ursprünglich auch die Farbe des Lacks, nur wollte er ihn ja gelb haben. Passte auch ganz gut zu dem Grün, dennoch hätte ich ihn wieder in der ursprünglichen Farbe lackiert.«

»Warum hat er ihn verkauft? Wissen Sie das?«

»Hat gesagt, er verlässt den Bundesstaat. Wollte den Wagen nicht mitnehmen.«

18 TAGE

Irgendwann zwischen acht und neun Uhr morgens rollte ich vom Bett und fiel die 80 Zentimeter auf den Boden. Beim Aufkommen stieß ich mir den Ellenbogen zwischen die Rippen, und mein Kopf prallte auf den Hartholzboden. Das hörte sich schlimmer an, als es tatsächlich war. Ich landete auf der linken Seite, sodass ich direkt unter das Bett starrte. Dort befanden sich Kartons, die ich nicht mehr geöffnet hatte, seit ich bei Richard ausgezogen war. Sie waren mit einer dicken Schicht Staub überzogen, die fast schon an ein Fell erinnerte, und die Pappe war weich und dellig geworden, wie wir alle mit den Jahren.

Ich blieb einfach mit dem Ellenbogen zwischen den Rippen und dem Kopf auf dem Boden liegen und schaute auf die pelzigen Kartons. Langsam spürte ich, wie die Sonne durch das offene Fenster hereinschien und über meine Füße wanderte, sie wärmte, dann nach oben zu den Knöcheln und Unterschenkeln gelangte, ehe das Bett sie daran hinderte, noch höher zu wandern. Schließlich drehte sich die Erde noch ein Stück weiter, und die Strahlen fielen nicht mehr direkt durch das Fenster. Unter dem Bett wurde es heller, dann wieder dunkler und schließlich ganz dunkel. Ich musste mal pinkeln, doch das ignorierte ich. Ich war nicht hungrig oder durstig. Ich wollte überhaupt nichts sein. Ich wollte nicht mehr existieren.

Ich konnte mir beim besten Willen nicht vorstellen, noch weitere 18 Tage durchzuhalten. 18 Tage kamen mir verdammt lange vor.

So fand ich damals auch meine Schwester.

Sie lag auf der Seite in ihrem Zimmer, ein wenig weiter weg von ihrem Bett, mehr in der Mitte. Sie war genauso klebrig und nass wie ich jetzt, auch wenn es bei mir daran lag, dass ich mich irgendwann im Lauf des Tages bepinkelt hatte, wie mir in diesem Moment klar wurde. Ramona hingegen war verblutet.

So etwas wie einen schnellen Tod gibt es nicht, jedenfalls nicht, wenn die Kugel das Stammhirn nicht verletzt. Ärzte und Polizisten erzählen es den Hinterbliebenen gern, weil sie ihnen ansonsten die Wahrheit sagen müssten, nämlich dass man stundenlang daliegt und schreckliche Schmerzen hat, während das Herz noch weiterschlägt. Dass die Nervenbahnen so lange Empfindungen weiterleiten und das Gehirn so lange funktioniert, bis der Kreislauf alles vorhandene Blut herausgepumpt hat und kein Sauerstoff mehr zum Gehirn transportiert wird. Erst dann stirbt man. Das dauert eine Weile. So habe ich es an der Highschool gelernt, wo ein Rettungssanitäter einmal einen Vortrag darüber hielt. Ramona und meine Mutter waren zu diesem Zeitpunkt zwei Jahre tot gewesen. Zwei Jahre, in denen ich geglaubt hatte, ihr Tod wäre schnell und schmerzlos vonstattengegangen.

Von wegen.

Wie angewurzelt saß ich da, an einem dieser Pulte, bei denen Stuhl und Tisch miteinander verbunden sind, während der Sanitäter erzählte. Beinahe hätte ich mich übergeben müssen. Das konnte ich zwar gerade noch verhindern, aber zur nächsten Unterrichtsstunde bin ich nicht mehr gegangen. Stattdessen lag ich im Zimmer der Schulschwester auf der Krankenliege, mit einem kalten Waschlappen auf der Stirn. Ich hatte behauptet, ich hätte Migräne.

Ramona war erkältet gewesen, nicht schlimm, aber auch keine von den »Erkältungen«, die Kinder manchmal vortäuschen, wenn sie nicht in die Schule wollen. Also war sie zwei Tage zu Hause geblieben. Sie war alt genug, allein daheimzubleiben, und nicht so krank, als dass man ihr das nicht hätte zumuten können. Am ersten Tag war meine Mutter arbeiten gegangen und hatte Ramona mit einer Flasche Hustensaft und ein paar Sandwiches vor dem Fernseher zurückgelassen. Am zweiten Tag war sie selbst auch zu Hause geblieben. Einer ihrer »schwarzen Tage«, wie sie ihre depressiven Phasen nannte. Solche Tage verbrachte sie zumeist im Bett. Ich bereitete dann unser Abendessen zu und achtete darauf, dass Ramona sich die Zähne putzte.

An jenem Tag machte ich mir ein Sandwich und ging zur Schule. Irgendwann nach zehn Uhr betrat unsere Mutter mit der Pistole ihres Vaters in der Hand Ramonas Zimmer. Er hatte sie ihr vermacht, weil sie sein ältestes Kind war. Sie schoss zweimal auf meine Schwester. Eine Kugel drang durch Ramonas Brust, genau an der Stelle, an der ihre linke Brustwarze war. Die zweite ging durch ihren Magen.

Dann ging Mom in ihr Schlafzimmer, setzte sich auf den kleinen Hocker, der zu ihrem Schminktischchen gehörte, und jagte sich eine Kugel in den Kopf. Sie steckte die Pistole in ihren Mund und richtete sie nach oben aus, sodass die Wucht des Schusses ihre Wangen auf- und ihren Hinterkopf wegriss. Sie starb vermutlich sehr viel schneller als Ramona. Wahrscheinlich war sie längst tot, während meine Schwester noch immer gegen die Angst, den Schmerz und das Verbluten kämpfte, doch irgendwann starb schließlich auch Ramona.

Ich fand die beiden um halb vier, als ich von der Schule nach Hause kam. Das Blut war bereits ganz dunkel und geronnen. Ich dachte, ein Einbrecher, ein Vergewaltiger oder irgendein Landstreicher hätte das angerichtet, und rannte schreiend aus dem Haus und zu den Nachbarn auf der anderen Straßenseite. Dabei schaute ich weder nach links noch nach rechts und wäre fast unter einen Plymouth geraten.

In jener Nacht bin ich zu Tante Trudy gezogen und niemals

wieder in unser Haus zurückgekehrt. Manchmal frage ich mich, wie ich mich wohl gefühlt hätte, wenn ich in dem Moment gewusst hätte, dass ich niemals wieder einen Fuß über diese Türschwelle setzen würde. Und ich frage mich, was ich wohl gerade getan habe, als meine Mutter meine Schwester erschoss. Ich weiß noch, dass wir im Matheunterricht eine Klassenarbeit schrieben. Über welcher Aufgabe brütete ich, als die Kugel den Lauf verließ? Als der letzte Tropfen Blut aus meiner Schwester herausgepumpt wurde und sie ihren finalen Atemzug nahm? Hatte ich die Aufgabe richtig beantwortet?

Einen Monat lang blieb ich zu Hause bei Tante Trudy, dann wechselte ich auf eine andere Schule. Irgendjemand holte meine Bücher und Unterlagen bei der alten ab, ich stelle mir gerne vor, dass es Bob war, aber ich erinnere mich nicht mehr daran. Es kommt mir vor, als hätte ich von dem Moment an, als die Polizei eintraf, einen Filmriss gehabt, der mehrere Wochen andauerte. Als hätte man mein Gedächtnis gelöscht. Ich befand mich in einem Schwebezustand, von dem ich nur eines mit Sicherheit weiß: Es tat weh. So wie jetzt. Vielleicht hatte es sich tatsächlich ähnlich angefühlt wie jetzt.

Ich war fast zwanzig, als ich auch zum ersten Mal schwarze Tage hatte.

Inzwischen war es dunkel geworden. Ich konnte die Schachteln oder den Staub nicht mehr ausmachen. Chuckles hatte ein paarmal bei mir vorbeigeschaut, mich angestupst und gemaunzt. Er hatte heute nichts zu fressen bekommen. Jetzt schnüffelte er an meinem Fuß herum. Hoffentlich würde er mein Gesicht nicht anfressen. Ich hatte gehört, dass so etwas passieren konnte, sogar während man noch lebte – wenn das Tier hungrig genug war und man selbst sich nicht bewegen konnte, wie nach einem Schlaganfall beispielsweise.

Ich fühlte mich wie nach einem Schlaganfall. Und so blieb ich, wo ich war, mit dem Ellenbogen zwischen den Rippen, wenngleich ich in der Zwischenzeit keinen einzigen Teil meines Körpers mehr fühlte. Chuckles trollte sich wieder, und irgendwann muss ich eingeschlafen sein.

17 TAGE

Ich warf die Klamotten vom Vortag in den Wäschekorb. Dann duschte ich und zog mir saubere Arbeitsklamotten an, was bedeutete, dass sie einen kompletten Wasch- und Trockengang hinter sich hatten und ich sie insofern als sauber erachtete, auch wenn sie mit Klebstoff und Farbe übersät waren und immer noch nach Lösungsmittel rochen.

In der *National Geographic* fand ich ein paar Männer und Frauen mit dem walnussfarbenen Hautton, den ich haben wollte. Manche waren etwas dunkler, andere heller, was aus der Entfernung das Spiel der Muskeln hervorragend wiedergab. Mit dem Schablonenmesser trennte ich Körperteile ab und sprenkelte damit den Rücken des Stiers auf der Leinwand. Würde mir noch mehr Zeit bleiben, hätte ich mir durchaus vorstellen können, einen ganzen Zoo auf diese Weise herzustellen.

Ich arbeitete zügig und aß Twinkies. Von Twinkies kann man wahre Unmengen verdrücken, weil weder der Biskuitteig noch die Cremefüllung nach etwas schmecken, außer vielleicht ein wenig nach chemisch modifiziertem Fett. Aber ich war in der Lage, auch das irgendwie auszublenden und einfach weiterzufuttern.

Nach dem Duschen hatte ich zum allerersten Mal Lebensmittel online direkt nach Hause bestellt. Was für eine Offenbarung. Damit hätte ich schon vor Jahren anfangen sollen. Ich konnte es kaum glauben, bis der Bursche mit dem kahlrasierten Schädel in der Haustür stand und die Tüten mit Lebensmitteln hochbrachte. Und mit Lebensmitteln meine ich Junkfood.

Jedenfalls brachte er mir genau das, wofür ich mich vor nicht einmal zwei Stunden entschieden hatte. Es war wie Magie. So musste Benjamin Franklin sich gefühlt haben, als sein Drachen zum ersten Mal von einem Blitz getroffen wurde.

Ich biss in ein Twinkies und warf die Plastikverpackung auf den bereits existierenden Haufen. Auch Chuckles hatte sein Frühstück hinuntergeschlungen, gleich noch mal um Nachschlag gebeten und diesen auch bekommen. Die Sonne warf ihre göttlichen Strahlen durch alle Fenster herein, und Staubkörnchen tanzten wie märchenhafte Funken im Licht. Auf der Jagd nach mehr zerstückelbarem Fleisch machte ich mich über eine weitere Zeitschrift her. Alles schien wie im Zeitraffer abzulaufen, sogar das Klopfen an der Tür.

»Es ist offen!«, brüllte ich, nicht willens, das Ausschneiden der dunklen, schlanken Oberschenkel eines Kleinkindes vor dem Hintergrund eines Slums zu unterbrechen.

Carla kam herein. Ihr fast kahler Schädel leuchtete in der Sonne – das war dann aber auch das einzige Leuchten, das von ihr ausging. Die unsichtbare Krone, die sie für gewöhnlich trug, war verrutscht, und ihr Gesicht, auf dem sich normalerweise keine Gefühlsregung zeigte, wirkte aufgelöst.

»Du standst nicht für eine Stellungnahme zur Verfügung.«

»Wenn du schon bei mir zu Hause reinplatzt, fände ich es angebracht, wenn du nicht wie eine verfluchte Grinsekatze in Rätseln sprechen würdest.«

Carlas langer, enganliegender Rock raschelte um ihre dünnen Knöchel, als sie auf mich zukam. Sie legte eine Zeitung neben dem Haufen von Twinkies-Papieren ab und hob eins davon hoch, das innen noch mit Resten des Biskuits verschmiert war.

»Wie viele von denen hast du gegessen?«

Sie wühlte sich durch den raschelnden Berg und fing an zu zählen.

»Was willst du?«

Sie wandte den Blick von den Verpackungen ab und schob mir die Zeitung zu. Sie war ordentlich gefaltet, so wie Geschäftsmänner ihre Zeitungen in der U-Bahn hielten. Obenauf die erste Seite des Kulturteils mit einem Foto von mir, das vor ungefähr einem Jahr bei einer Veranstaltung gemacht worden war. Direkt daneben ein Foto von Elaine Sacks, das schon viel älter sein musste, wenn man bedachte, dass die alte Hexe darauf noch fast keine Krähenfüße hatte.

Plagiat bei Taylor?

Ich nahm sie hoch, und das dünne Zeitungspapier blieb an meinen mit Klebstoff überzogenen Fingern hängen. Der Artikel erstreckte sich fast über eine halbe Seite, nur eine schmale Spalte rechts befasste sich mit der prekären finanziellen Situation der Philharmonie. Ich setzte mich auf den blauen Stuhl vor meinem Arbeitstisch und las den gesamten Artikel, inklusive der Bildunterschriften. Mehrmals wurde mein Name genannt, ebenso der von Jenny, die sogar zitiert wurde. Mich selbst habe man für eine Stellungnahme nicht kontaktieren können, hieß es. Carla war ebenfalls zu Wort gekommen, in künstlerischem Fachjargon hatte sie über ästhetische Trends gesprochen, die man über einen bestimmten Zeitraum hinweg in den Arbeiten vieler Künstler beobachten könne. Elaine verneinte vehement, mich und meine Arbeit zu kennen. Hauptsächlich ging es in dem Bericht über die Zerstörungswut, doch weder wurde sie mir zugeschrieben, noch erwähnte der Journalist, dass Elaines betrügerisches, nachahmendes Vorgehen den unbekannten Täter zu seiner oder ihrer Tat angestachelt haben könnte.

Als ich damit fertig war, faltete ich die Zeitung wieder zusammen und reichte sie Carla – kommentarlos.

»Ich wurde gebeten, innerhalb von zwei Wochen meine Kündigung einzureichen. Mr Taylor findet, das sei ein akzeptabler Zeitraum«, verkündete sie.

Mich interessierte herzlich wenig, was John Taylor dachte, ungefähr genauso sehr, wie wann er kacken ging.

»Danke, dass du mich informierst.«

Carlas Schädel sah noch perfekter geformt aus als sonst. Er war überall sanft gerundet, ohne Dellen oder Beulen, und er saß auf einem Hals, der mindestens 25 Prozent länger war als ein durchschnittlicher Hals. Heute wirkte er länger als je zuvor. Tatsächlich schien alles an ihr gestreckt zu sein: Hände, Finger, Beine, Füße. Ich konnte kaum glauben, dass mir noch nie aufgefallen war, wie sehr sie einem Alien von Steven Spielberg ähnelte.

»Ich nehme an, damit hast du gewonnen«, sagte sie.

Ich blinzelte.

»Was soll ich gewonnen haben?«

»Du bekommst, was du wolltest, und ich bin bestraft worden.«

Es ist ein seltsames Gefühl, wenn einem Absichten zugeschrieben werden, die man gar nicht hat. »Das ist nicht das, was ich wollte.«

Ich stand vom Stuhl auf und nahm ein ausgeschnittenes Bein mit zur Leinwand. Dort verteilte ich Leim auf dem Hintergrund, legte das Stück Papier darauf und pinselte vorsichtig noch mehr Leim darüber, äußerst konzentriert, um keine Falten oder Blasen zu verursachen. Carla sah mir zu. Als ich damit fertig war, legte ich den Pinsel weg und machte einen Schritt nach hinten, um zu überprüfen, ob ich zufrieden war.

»Die Galerie würde es sehr begrüßen, wenn du offiziell bekannt geben würdest, dass es sich um einen Streit zwischen Elaine und dir und nicht zwischen uns handelt.«

Ich entschied, dass ich noch nicht damit zufrieden war. Mithilfe des spitzen Endes einer Nähnadel löste ich das Stück von der Leinwand, drehte es um drei Grad und drückte es wieder fest.

»Nein.«

»Nein, was?«

»Ich werde keine offizielle Mitteilung machen.«

Carla setzte sich auf den blauen Stuhl und stützte den Kopf in die Hände, als wäre er plötzlich zu schwer für ihren Hals geworden und müsste nun unterstützt werden. Vielleicht würde sie ihn gleich auf den Boden legen. Ich überlegte kurz, ob ich sie warnen sollte. Schließlich würde sie ihn dann mitten in Farbe, Leim und Twinkies-Krümel betten, aber bestimmt war sie schon in genug Ateliers gewesen, um das zu wissen.

»Warum nicht?«

»Weil es nicht stimmt und weil ich keine Lust darauf habe. Außerdem habe ich einen Abgabetermin einzuhalten.«

»Wir übernehmen nicht die Verantwortung dafür, was unsere Künstler tun.«

Ich war absolut nicht in Stimmung, mit ihr darüber zu diskutieren. Tatsächlich war ich eher in der Stimmung, ein paar Teekannen aus dem Fenster zu werfen, aber die waren mir leider ausgegangen. Also bat ich sie zu gehen – einfach so, und fühlte mich wahrhaftig befreit.

Museen in L. A. waren ständig auf der Suche nach neuen Kunstwerken. Das lag schlichtweg daran, dass viele Kunstsammler es nicht ertrugen, ihre Besitztümer zu teilen. Jeder Milliardär erschuf sein eigenes Gebäude, das *seinen* Namen trug und in dem ausschließlich *seine* Bilder hingen, und natürlich dachten alle, dass einzig und allein *ihre* Sammlung es wert wäre, ganz exklusiv ausgestellt zu werden. Natürlich entsprach das nicht den Tatsachen, doch das war ihnen egal. Und statt dass nach dem Tod eines dieser Größenwahnsinnigen seine Sammlung den Bestand der öffentlichen Museen bereicherte, wurde lieber noch ein Gebäude hochgezogen, das mit 1000 mittelmäßigen und zwei, drei guten Gemälden aufwartete. Die breite Masse hatte keinen Vorteil vom Mäzenatentum, wir Künstler allerdings durchaus. Die großen weißen Flächen in den öffentlichen Museen, die sich mit jeder Bestattung exponentiell erhöhten, mussten ja schließlich irgendwie gefüllt werden.

Ich parkte in der Ladezone vor der zweigeschossigen Glasfront des Walton Museum of Art. Meine Gemälde unterzeichnete ich stets mit meinem Vornamen, und da prangte er, hinter dem Fenster, als hätte ich ihn selbst dorthin geschrieben. Rot und riesengroß. Das C für sich genommen zog sich über eineinhalb Stockwerke, der Querbalken des Ts war über zehn Meter lang.

Clementine Pritchard
1990–2005

Nur in der Kunst ist es möglich, auf diese Art den Zeitraum einer Retrospektive und nicht etwa Geburts- und Todesjahr zu umschreiben. Es waren keine schlechten Jahre gewesen, was meine schöpferische Arbeit anging, aber ich hatte nicht viel Zeit damit verbracht, über sie nachzudenken oder mir die Bilder anzusehen, die ich damals geschaffen hatte. Vor allen Dingen deshalb, weil es zu sehr geschmerzt hätte. Jetzt würde ich es anders machen.

In diesem Teil von West Los Angeles wuchsen silberfarbene, verspiegelte Wolkenkratzer in den Himmel. Tagsüber warteten sie mit geschäftigen Rechtsanwälten auf, nachts waren sie abgesehen von den Putztrupps aus Lateinamerika leer. Der Nonstop-Verkehr auf der nur zwei Blocks entfernten 405 lieferte die Geräuschkulisse im Hintergrund, während der Verkehrsstau auf der direkt angrenzenden Straße das Ganze mit lautem Hupen akzentuierte. Ich ging zur hinteren Seite des Gebäudes, das sich über einen ganzen Block erstreckte, und trat durch die Pforte.

Der Innenhof mit seinem Bambusgarten war für die Öffentlichkeit zugänglich, und zur Mittagszeit tummelten sich hier die Sachbearbeiter und Rechtsanwaltsgehilfen, die ihre Schinken- und Käsesandwiches aus braunen Papiertüten aßen, während ihre Chefs bei weißgekleideten Kellnern in schicken Restaurants Tintenfischsalat bestellten. Die bessere Wahl, weil wesentlich hübscher, war aber der Innenhof, und ich hatte den Eindruck, dass die Büroangestellten das ganz genau wussten. Die Bambusrohre reichten fast bis zum Dach des dreigeschossigen Gebäudes, je höher sie kamen, desto mehr verjüngten sie sich. Eine sanfte Brise schlug die dünnen Röhrchen gegeneinander wie Windspiele. Das Geräusch schaffte es bisweilen tatsächlich, den Straßenlärm zu übertönen.

Ich verzichtete auf den Souvenirladen und nahm die Außentreppe zum Ausstellungsraum im zweiten Stock. An den freistehenden weißen Wänden, von denen der Besucher dort empfangen wurde, wiederholten sich meine Unterschrift und der Slogan der Frontscheibe. Ich schob mich an dem Wächter vorbei, obwohl ich keinen »Eintritt bezahlt«-Aufkleber trug, und begann mit meinem Rundgang.

Der Kurator hatte die Sachen mehr oder weniger chronologisch angeordnet, wodurch ich nun 20 Jahre zurückkatapultiert wurde. Damals hatte ich mehr Farbe und weniger Zeitschriften oder andere Materialien verwendet. Ich hatte Silhouetten aus schwerer schwarzer Pappe geschnitten und jahrelang so gearbeitet, dass es nach indonesischem Schattentheater aussah.

Damals wusste ich vieles noch nicht. Meine Technik war keineswegs ausgefeilt, und das nagte ziemlich an mir. Ich verdiente in dieser Zeit gerade genug, um die Stromrechnung zu bezahlen und etwas Essbares im Kühlschrank zu haben.

Es war das erste Mal, dass ich mir die Ausstellung ansah. Man könnte meinen, jemand vom Museum hätte mich angerufen, um mich zu Rate zu ziehen, was den Aufbau anging. Aber niemand hatte sich bei mir gemeldet. Lediglich zur noch ausstehenden Abschlussparty war ich eingeladen. Es sollte einen DJ und eine Bar für die Gäste geben. Mir hatte man Freigetränke versprochen, sofern ich anwesend wäre, was aber ja nun nicht der Fall sein würde, denn die Ausstellung dauerte noch zwei Monate. Ich hoffte, jemand anderes würde in den Genuss meiner Freigetränke kommen.

Ich schlenderte weiter zum nächsten Raum und beobachtete, wie andere auf meine Arbeiten reagierten. Ein junges Pärchen stand herum, wahrscheinlich Studenten von der nahe gelegenen UCLA. Vielleicht mit Kunst als Hauptfach. Oder Philosophie. Auf jeden Fall etwas, womit sie ihre Eltern zu Tode erschreckt hatten. Das Mädchen trug abgeschnittene Jeansshorts mit ausgefranstem Saum, an dem lange Fäden herunterhingen, darunter eine zerrissene blickdichte Strumpfhose. Obwohl Sommer war, hatte sich der Junge einen schwarzen Schal nachlässig umgebunden. Sehr pariserisch. Und sehr schwul. Sie hielten Händchen und betrachteten bedächtig meine Kunst. Eine Frau mittleren Alters mit kurz geschnittenem grauen Haar saß auf einer Bank in der Mitte des Raumes. Ich setzte mich neben sie. Sie trug eine Brille mit breiter roter Fassung, die zu ihren Clogs passte. Ich würde jede Wette eingehen, dass sie eine von denen war, die sowohl das öffentlich-rechtliche Fernsehen als auch den Hörfunk mit Spenden unterstützten. Sie bewegte sich nicht, starrte einfach nur auf die beiden Gemälde vor ihr, wirkte aber sehr viel weniger davon gefangen genommen als die beiden Emo-Teenies. Vielleicht taten ihr die Füße weh. Vielleicht hatte sie aufgehört, so zu tun, als würde sie Kunst schrecklich ernst nehmen. Für beides hatte ich Verständnis.

Dieser Raum deckte die Zeit bis zu den späten 90ern ab. Damals hatte ich offensichtlich zu viel Zeit damit zugebracht, über Basquiat nachzudenken. Ich hatte in meinen Werken sogar mit Wörtern experimentiert – aus Zeitschriften ausgeschnitten. Nicht alle ergaben einen Sinn, selbst für mich nicht, vielmehr erinnerten die Texte ein bisschen an William Burroughs. Ich hatte damals viel gekokst, dementsprechend waren die meisten Arbeiten um vier Uhr morgens entstanden, bei zugezogenen Vorhängen, die mich vor der bevorstehenden Morgendämmerung schützen sollten. Wenn ich während einer manischen Phase Koks genommen hatte, waren ziemlich interessante Sachen entstanden.

Ich rutschte etwas näher zu der Frau und folgte ihrem Blick.

Detroit Nr. 4

An diese Serie erinnerte ich mich gut. Ich hatte ein Dutzend dieser Bilder gemacht, alle in leuchtenden Rot- und Orangetönen auf schwarzem, braunem oder Zeitungspapier. Das Thema war die Zerstörung des Handwerks durch die Industrie in den USA. Alles sah aus, als würde es brennen, und das sollte es auch. Ich hatte einen Artikel aus der *Times* über Werksschließungen ausgeschnitten, überall Teile davon aufgeklebt und eine dünne Schicht Farbe darüber aufgetragen, sodass man, wenn man es versuchte, gerade noch ein paar Worte ausmachen konnte. Ein paar der Ausschnitte hatte ich mit wasserfestem Stift bemalt, stellenweise bunt. Es sah nicht so gut aus, wie ich es in Erinnerung hatte.

Ich stand auf und ging direkt vor der Frau vorbei. Vermutlich versperrte ich ihr nun die Sicht, aber ich wollte das Gemälde unbedingt aus nächster Nähe inspizieren. Ich hatte Detroit Nr. 4 und seine Geschwister nicht mehr gesehen, seit ich sie vor zehn Jahren verkauft hatte. Die schwarze Farbe war nicht mehr so schwarz wie einst. Ich trat noch näher, um es mir genauer anzusehen.

Nein, ganz eindeutig nicht.

Das störte mich. Es sah alt, verblasst, dahinscheidend aus. Es machte mich fuchsig. Hatte das verfluchte Bild etwa vor einem Fenster gehangen?

Ich öffnete meine Tasche und wühlte darin herum. Für Notfälle hatte ich alle möglichen Sachen dabei: eine Schere, Plastiktütchen und sogar einen Latexhandschuh, falls ich irgendwelchen Müll aus der Gosse ziehen, mit nach Hause nehmen und von Jenny für später archivieren lassen wollte. Und ich hatte einen Edding dabei. Er war groß und dick und roch nach Lösungsmitteln, als könnte man davon high werden – was meiner Meinung nach richtig gutes Equipment für Künstler auszeichnete.

Ich schnappte ihn mir, riss den Deckel ab, schnupperte kurz daran und beugte mich nach vorn, um die Ausbesserungsarbeiten in Angriff zu nehmen. Höchst konzentriert hielt ich das Gemälde mit der freien Hand fest. Es war nicht so groß wie manche meiner späteren Arbeiten, und ich wollte verhindern, dass es wackelte.

Das Besondere an der Kunst ist nämlich Folgendes: Sie gehört einem niemals – das sollte man verstanden haben, bevor man ein echtes Kunstwerk ersteht. Es wird immer dem Künstler gehören. Und mir ist ziemlich egal, was irgendeine Versicherungsgesellschaft dazu sagt; genau das erklärte ich auch dem Wachmann, der über mich herfiel.

Es war verflucht noch mal purer Zufall, dass ich meinen Stift gerade nicht auf der Leinwand hatte, als er mich von hinten packte und wegriss. Wenn ich durch seine Schuld auch noch eine gezackte Linie auf meinem Bild hinterlassen hätte, wie bei einem Börsensturz nach unten bis in die Ecke, dann hätte ich für nichts mehr garantieren können, das schwöre ich.

»Wehren Sie sich nicht! Wehren – Sie – sich – nicht!«

Der junge Wachmann – ich hätte durchaus seine Babysitterin sein können – saß rittlings auf mir und presste mir seinen Unterarm in den Nacken. Ich weiß nicht, ob man ihm das in der Museumswächterschule beigebracht hatte, aber ganz eindeutig war es kein guter Plan. Ich holte mit meinem Arm aus, so gut es ging, und knallte ihm den Ellenbogen direkt auf die Nase. Daraufhin jaulte er los wie ein Welpe und hielt sich beide Hände vors Gesicht. Ich kämpfte mich in eine sitzende Position hoch und überlegte gerade, in welches seiner Weichteile ich als Nächstes boxen wollte, als auch schon Verstärkung in Form eines ganzen Schlägertrupps von Museumswächtern hereingetrampelt kam.

»Vandalin!«, kreischte die Frau mit der roten Brille und zeigte auf mich, für den Fall, dass die Sachlage nicht klar genug war. »Vandalin! Vandalin!«

So langsam ging sie mir auf die Nerven, und wenn die Schläger mich nicht an den Oberarmen vom Boden hoch- und von dem netten Wachbeamten weggezogen hätten, dann hätte sie auch noch ihr Fett abbekommen.

Zwei von ihnen hielten mich nun an den Handgelenken fest, die sie mir zwischen die Schulterblätter auf den Rücken gedreht hatten. Das Jüngelchen, immer noch eine Hand an der Nase, beugte sich zum Boden, hob meine Tasche hoch und durchwühlte sie.

»Holen Sie meinen Ausweis raus«, blaffte ich ihn an. »Ich bin Clementine Pritchard. Das hier ist mein Gemälde.«

»Das Gemälde gehört dem Museum«, sagte einer der Typen hinter mir, der etwa in meinem Alter war.

»Nein, tut es nicht. Genau genommen ist es eine Leihgabe.«

Ich konnte einfach nicht anders. Immer wenn Autorität ins Spiel kommt, werde ich aufmüpfig. Daraufhin verdrehte er mein Handgelenk noch mehr und schob es höher, bis meine Schulter so sehr schmerzte, dass ich vor Wut am liebsten jemanden gebissen hätte.

Der Bursche fummelte an meinem Geldbeutel herum, als wäre ihm noch nie ein Reißverschluss untergekommen. Als er ihn endlich geöffnet hatte, holte er meinen Führerschein heraus. Er beäugte ihn kritisch und hielt ihn dann für die anderen hoch. Das Bild darauf zeigte mich vor zwei Jahren bei der Verkehrsbehörde; ich sah ausgezehrt und angepisst aus – meinem jetzigen Zustand vermutlich ziemlich ähnlich. Name und Adresse standen direkt neben dem Foto, so glasklar wie ein Sonnentag in Kalifornien.

Ich hatte das Gefühl, damit wieder etwas Land gewonnen zu haben, aber vielleicht bildete ich mir das auch nur ein.

»Ist sie wirklich Clementine Pritchard?«, fragte die Frau.

Der Wachmann an meiner linken Schulter sah sie finster an, antwortete aber nicht. Ich versuchte, eine Haarsträhne aus meinem Gesicht zu pusten.

»Was sollen wir jetzt tun?«, fragte das Jüngelchen.

»Wir gehen nach Vorschrift vor. Vollkommen egal, wer sie ist.«

»Clementine Pritchard!«, rief die Frau. »Ach, ich *liebe* Ihre Gemälde. Ich war diese Woche schon dreimal hier.«

Ohne ihn zuzumachen, stopfte der Bursche meinen Geldbeutel zurück in die Tasche. »Wir müssen den Direktor anrufen.«

»Gut.« Die beiden Typen hinter mir schubsten mich, und ich stolperte vorwärts.

Diese Haarsträhne vor meinem Gesicht störte mich massiv, ich konnte kaum etwas sehen. Aber die Wachmänner hielten meine Handgelenke weiterhin mit ihrem Brennnessel-Griff fest. Durch den Schleier von schwarzen Strähnen sah ich, wie mir der Emo-Teenager mit dem schwulen Schal anerkennend den erhobenen Daumen zeigte. Ich nickte ihm mit dem Kinn zu.

»Tut mir leid, dass ich Sie eine Vandalin genannt habe!«, rief mir die Frau noch hinterher, während man mich aus dem Ausstellungsraum bugsierte.

»Das ist eine sehr ungewöhnliche Situation.«

Der Direktor des Museums trug einen dunkelgrauen Anzug, ein weißes Hemd und eine hellgraue Krawatte. Manche Leute behaupten ja, dass in Schwarzweiß alles besser aussähe – damit beziehen sie sich auf Fotos. Der Direktor wirkte hingegen richtig fahl, ein Pullover in einem frischen Blau hätte eine deutliche Verbesserung gebracht.

Ich wusste nicht, was ich darauf erwidern sollte. Für mich waren die Dinge schon seit geraumer Zeit ziemlich ungewöhnlich. In gewisser Weise kam es einfach auf den Blickwinkel an.

»Ich habe die Shipleys angerufen, die uns das Gemälde freundlicherweise als Leihgabe überlassen haben.«

Hatte ich dem Mistkerl nicht gesagt, dass es eine Leihgabe war?

»Und sie waren sehr verständnisvoll. Sie haben beschlossen, Ihre …«, er machte eine Pause und wedelte mit der Hand herum, »Ausbesserungsaktion als eine Nacharbeitung durch den Künstler zu akzeptieren.«

»Das ist sie auch. Sie sollten ihnen raten, das Gemälde nicht neben einem Fenster aufzuhängen.«

Er schenkte mir ein schmallippiges Lächeln, als würde er

sich einem Kind gegenüber in Nachsicht üben. »Solche Dinge überlasse ich für gewöhnlich den Käufern.«

Dann lehnte er sich in seinem Stuhl hinter dem langen hellen Holzschreibtisch zurück. Keinerlei Deko oder sonstiger Kram war hier zu finden, eine Hommage an die moderne Schlichtheit, wenn es so etwas überhaupt gab. Ich lehnte mich ebenfalls nach hinten und verschränkte die Finger vor dem Bauch. Die drei Witzfiguren von vorhin waren schon vor längerer Zeit weggeschickt worden. Das alles hier hatte mehrere Stunden in Anspruch genommen, während derer ich allein in einem Aufenthaltsraum für Angestellte eingesperrt war. Meine Tasche hatten sie mitgenommen, sodass ich nicht einmal Kleingeld für den Süßigkeitenautomaten hatte, was wirklich eine Zumutung war.

Ich wurde erst ins Büro in den dritten Stock gebeten, nachdem meine Identität überprüft und mehrere Anrufe getätigt worden waren; einer davon bei den Shipleys in ihrer fensterreichen Behausung.

Wo kein Kläger, da kein Richter, dachte ich mir, und so langsam fragte ich mich, warum wir beide noch immer hier saßen und einander mit höflichem Interesse betrachteten.

Der Direktor beugte sich vor. Ich nicht. Sein Haar war dicht, füllig und von einem satten Braun, das man sonst nur in Shampoo-Werbespots sieht. Es war in der Tat so perfekt, dass ich mich fragte, ob es sich nicht um eine sehr gut gemachte Perücke handelte.

»Ich würde unsere unerfreuliche Begegnung hier gerne in etwas Erfreuliches umwandeln.«

Mein Knie begann auf und ab zu federn. Mit schwülstigen Ansprachen geht es mir ähnlich wie mit Autorität. Ich wurde bissig …

»Ein netter Aufhänger für die Nachrichten morgen wäre ganz in meinem Sinne«, fuhr er fort.

Aha. Deshalb war ich also noch nicht hochkant rausgeflogen.

Das ungezogene Gör in mir hatte keine Lust auf solche Spielchen, aber die Erwachsene in mir konnte die Umstände nicht leugnen. Immerhin würde das meine letzte Ausstellung sein. Ich kaute auf meiner Backe herum.

»Wir könnten Ihnen Materialien besorgen«, bot er an.

»Ich arbeite nicht mit leerem Magen«, ließ ich ihn wissen.

Daraufhin brachte mir eine Assistentin die Speisekarte von einem dieser Tintenfischsalat-Restaurants in der Nähe und rief dann Jenny an, die, so wurde mir berichtet, alles herbringen würde, wonach ich verlangt hatte. Ich fragte, ob sie überrascht reagiert hatte.

»Nicht wirklich.«

Ich bestellte einen Salat mit gegrillten Garnelen, die so groß waren, dass es für zwei gereicht hätte, und nachdem ich meine Tasche zurückhatte, fütterte ich den Getränkeautomaten. Bis ich das getoastete Brot verputzt hatte, war Jenny mit etlichen braunen Papiertüten in den Armen eingetroffen.

»Ich hatte gerade ein Date«, sagte sie.

»Oh, das tut mir leid. Möchtest du was essen?«, fragte ich und schob ihr die Karte zu.

»Nein. Ich habe auf dem Weg was gegessen.«

Nach einem Schluck Diät-Cola fragte ich: »Wäre ich mit ihm einverstanden gewesen?«

»Nein.«

»Warum nicht?«

»Weil er Künstler ist.«

»Eine Spezies, der man nicht trauen kann«, stimmte ich zu, tunkte das letzte Stück Brot in die Salatsoße, steckte es mir in den Mund, und noch bevor ich anfing zu kauen, sagte ich: »Lass uns loslegen.«

Das Museum hatte seit über einer Stunde geschlossen. Die Sonne war untergegangen, während man mich hier gefangen gehalten hatte, und der Straßenlärm unter uns war leiser geworden. Jenny und ich gingen allein zurück in den Ausstellungsbereich. Dort stand ein Wachmann, den ich noch nicht kannte – ein Glück für uns beide.

Er brachte uns zum hintersten Raum der Ausstellung. Eine große weiße Wand war frisch abgezogen worden, sodass der Künstler direkt darauf malen konnte – ein neuer Trend, den immer mehr Museen umsetzten. Der Wachmann ging wieder, und Jenny und ich blieben vor der Wand stehen. Sie war größer und weißer, als ich gedacht hatte. Sogar ich kam mir klein vor.

Jenny stellte die Tüten ab, und das Geklapper hallte in dem leeren Raum wider.

»Warum machen wir das gleich wieder?« Ihre Stimme hörte sich an wie ein Schrei, der von allen Seiten zu kommen schien.

»Hab ich vergessen.«

»Vielleicht könnten wir uns einfach davonmachen«, flüsterte sie jetzt.

»Ein Soldat flieht nicht vom Schlachtfeld«, wisperte ich ebenso leise zurück.

»Oh doch, das nennt man Fahnenflucht, und es passiert andauernd. Sonst gäbe es kein Wort dafür.«

»Ich dachte, du bist gekommen, um mich aufzubauen, mein Selbstvertrauen zu stärken?«

»'tschuldigung.«

»Schon okay.«

»Du machst das schon.«

»Mhmmm.«

»Du bist genau die Richtige dafür.«

War das jetzt meine Fantasie, oder wurde die Wand tatsächlich weißer und größer, je länger wir davorstanden?

»Fahnenflucht sagst du?«

»Du bist ein Soldat. Das hier ist dein Schlachtfeld.«

»Hast du alles dabei?«

Sie blickte zu den Tüten auf dem Boden. »Ich denke schon.«

Ich streckte die Hand aus, und sie gab mir den Bleistift, wie man einem Chirurgen das Skalpell reicht. Und wie beim ersten Schnitt setzte ich den Stift an der Wand an, atmete einmal tief ein und begann dann zu skizzieren. Es dauerte nicht lange, bis ich Jenny auf die Suche nach dem Wächter und diesen auf die Suche nach einer Leiter schicken musste.

Als sie zurückkam, setzte sie sich im Schneidersitz auf den Boden und schnitt die Artikel über mich aus den Zeitungen aus, die sich im Laufe der Jahre angesammelt hatten, jedes Stück Pressematerial, das jemals über mich erschienen war. Ich hatte sie wie eine stolze Mutter aufbewahrt, gebunkert in einem Schuhkarton, aus dem irgendwann zwei, dann drei und schließlich, als Jenny Ordnung ins Chaos brachte, eine Ablagebox aus Plastik wurde.

Es gibt Künstler, die nur wenig mit ihrer eigenen Arbeit zu tun haben und sich größtenteils auf Assistenten verlassen, die für sie zeichnen und meißeln. Der Käufer ersteht vielleicht ein Stück von Künstler XY, doch alles, was dieser dazu beigetragen hat, war etwas Gelaber am Anfang und die Unterschrift zum Schluss. Solche Künstler führen ihre Ateliers wie Unternehmen, sie sind die Firmenbosse ihrer Künstler-AG. Der Presse liefern sie Geschichten, damit der Markenname im Gespräch bleibt, der Mäzene bedienen sie sich wie Aktionäre, und ihre Assistenten benutzen sie als Fließbandarbeiter, um der Nachfrage der ersten beiden gerecht zu werden.

Das klingt in gewisser Weise sinnvoll, ist aber völliger Schwachsinn.

Wenn man eines meiner Werke kauft, dann hat man sich tatsächlich ein Kunstwerk *von mir* angeschafft. Ich habe es hergestellt. Jenny und all meine früheren Assistenten – meist frisch von der Kunstakademie und mit grauenhaften Jobaussichten – haben meine Leinwände aufgezogen und vorbereitet, die Farben angemischt und meine Pinsel ausgewaschen. Darüber hinaus haben sie meine Post bearbeitet, sind für mich einkaufen gegangen und haben versucht, mich davon abzuhalten, allzu häufig zu kollabieren, was manchen besser, anderen weniger gut glückte. Erstere blieben länger. Aber nicht einer von ihnen hat jemals einen Pinselstrich getan. Das machte mich, um ehrlich zu sein, vielleicht zu einem beschissenen Chef, aber definitiv zu einem guten Künstler, selbst wenn ich für meine Werke länger brauchte. Zur Hölle also mit den Künstler-AGs.

Zumindest war das bis zu diesem Abend meine Ansicht gewesen.

Aber nun hatte ich nur eine Nacht. Am nächsten Tag, so hatte ich dem Museum mitgeteilt, hätte ich nämlich bereits etwas anderes vor. Und so beging ich Verrat, genau wie William Shatner. Jenny schnitt aus und ich zeichnete, auch wenn ihr Name am Ende nirgendwo draufstehen würde.

Nachdem ich eine Reihe von Eidechsen kreiert hatte, die sich in Vögel verwandelten, je höher sie aufstiegen, kletterte ich von der Leiter.

»Komm her.«

Jenny blickte auf. Ihr Haar war so blond und schmiegte sich so weich um ihr Gesicht wie das einer Waldfee, und wie immer hatten sich Strähnchen aus ihrem Pferdeschwanz gelöst, die ihr ins Gesicht hingen. Wahrscheinlich brachte mich das dazu, ihr die Frage zu stellen, die meine Mutter mir vor langer Zeit oft gestellt hatte – und die ich gehasst hatte: »Wie kannst du so nur etwas sehen?«

»Wie *so*?«

»Mit den Haaren im Gesicht.«

Sie zuckte mit den Schultern und klemmte eine besonders widerspenstige Strähne hinter das Ohr.

»Hier, nimm das«, sagte ich und hielt ihr den Bleistift hin.

Sie stand auf, wischte sich kleine Zeitungsschnipsel von ihrer Shorts und hielt nach einer der Tüten Ausschau, um den Stift zu verräumen.

»Nein«, sagte ich und zeigte zum Fuß der Trauerweide – einer langen, abstrakten Version einer Trauerweide, die ich zweieinhalb Meter groß und dermaßen weit nach links geneigt gezeichnet hatte, dass es aussah, als würde sie jeden Moment umfallen. Sie erstreckte sich übers Eck auf zwei Wänden und wirkte ein wenig wie ein halb zusammengeklapptes Buch. »Signier da.«

Jenny erstarrte und glotzte mich an, als hätte ich ihr gerade eine Pistole gereicht und ihr aufgetragen, auf einen Wurf Golden-Retriever-Welpen zu schießen, die allesamt Blindenhunde für behinderte Kinder werden sollten. Sie schaute zur Wand, dann wieder zu mir, und für einen Moment dachte ich, sie würde anfangen zu weinen und davonlaufen, was ein echtes Problem dargestellt hätte angesichts der vielen Ausschneidearbeit, die noch vor ihr lag.

»Das kann ich nicht«, sagte sie schließlich und wollte mir den Stift zurückgeben.

Ich nahm ihn nicht.

»Doch, du kannst.«

»Aber es ist nicht richtig.«

»Du erledigst eine Menge Arbeit.«

»Assistenten signieren aber keine Werke.«

Ich öffnete den Mund, um dagegen zu protestieren, um eine unwiderlegbare, logische Äußerung von mir zu geben, weshalb das kompletter Schwachsinn war, doch alles, was ich zustande brachte, war ein Seufzen. Manche Dinge sind so offensichtlich, dass sie einfach nicht zu erklären sind, ohne dabei über die eigenen Worte zu stolpern. Also tat ich, was jede gute Autoritätsperson tun würde. Ich befahl.

»Signiere, ich befehle es dir.«

Unsicher stand sie da.

»Na mach schon«, sagte ich. »Wir vergeuden unsere Zeit.«

Endlich machte sie einen Schritt auf die Wand zu, kniete sich hin, setzte den Stift an und sah ein letztes Mal zu mir nach oben, um ganz sicherzugehen, bevor sie ihren Namen in deutlichen, schulmädchenhaften Schnörkeln darunterschrieb, ganz anders als meine Unterschrift.

Sie trat einen Schritt zurück und betrachtete ihr Werk.

»Und jetzt mach weiter mit der Arbeit«, sagte ich rasch, um damit ganz bewusst jeglichen Anfall von Gefühlsduselei zu vermeiden. »Die Blätter schneiden sich nicht von allein aus.«

Zwanzig Minuten später, gerade als ich meinen Pinsel in eine schlammige Mischung grün-brauner Farbe tauchte und die Borsten zum ersten Mal an der Wand ansetzte, kamen ein Journalist und ein Fotograf herein. Beide trugen Jeans und sahen so aus, als wären sie von einem Familienessen oder einem Baseballspiel ihrer Kinder weggeholt worden, was wahrscheinlich auch der Fall war.

Es war fünf Uhr morgens, als Jenny und ich endlich fertig waren. Benommen, müde, zappelig und irgendwie überdreht aufgrund des Schlafmangels. Der Wachmann ließ uns in den Aufenthaltsraum – meine ehemalige Zelle –, und wir kauften mit unserem Kleingeld päckchenweise puderzuckerüberzogene Donuts und Chips.

Ich wartete, bis Puderzucker an ihrer Wange klebte, ehe ich das Thema aufbrachte.

»Du hast den Journalisten der *Times* angerufen, nicht wahr?«

Sie nahm einen Schluck von ihrer Sprite, der Frühstücks-Limo ihrer Wahl, um die weichgekauten Kohlenhydrate hinunterzuspülen. »Ja. Bist du jetzt sauer auf mich?«

»Das könnte ich werden, wenn ich denn länger darüber nachdenken würde, was ich aber nicht tun werde.«

»Ich hätte dich wohl erst fragen sollen.«

Sie zerknüllte eine Verpackung in ihrer Hand.

»Richtig.«

Sie blickte zu mir auf. Ihre Frisur war mittlerweile nicht mehr als Pferdeschwanz erkennbar, sondern vielmehr ein zerzaustes Durcheinander, von dem man nur noch vermuten konnte, dass es einmal einer gewesen sein könnte.

»Tut mir leid.«

»Schon okay.«

»Das ist alles?«

»Das ist alles.«

16 TAGE

Ich fand die Anzeige auf einer Webseite für Oldtimer-Fans. Angeboten wurde ein kanariengelber 56er T-Bird mit blassgrüner Polsterung, daneben ein Foto, aufgenommen auf einer Wiese. Ein roter Balken mit dem Wort »Verkauft« zog sich quer über das Bild. Ich rief die angegebene Telefonnummer an.

Es klingelte und klingelte, und keiner – nicht einmal ein Anrufbeantworter – ging ran. Also legte ich wieder auf und gab die Nummer bei einem Online-Suchportal ein. Die Adresse befand sich 40 Meilen von Fresno entfernt.

Eine Stunde später hatte ich einen Rucksack für eine eventuelle Übernachtung gepackt und vorsorglich die doppelte Ration Trockenfutter in Chuckles' Fressnapf gefüllt. Er tat, als interessierte ihn mein Aufbruch nicht. Wie eine gute Mutter ermahnte ich ihn, keine wilden Partys zu schmeißen, während ich weg war, und erinnerte ihn daran, dass wir uns noch über seine Zukunft unterhalten müssten.

Von der Entfernung her liegt Fresno etwa auf halber Strecke zwischen Los Angeles und San Francisco; davon abgesehen liegen Welten zwischen den beiden Metropolen und der Stadt mitten im San Joaquin Valley, wo das Wasser früher in einen See floss, den es nicht mehr gibt, denn jeder Tropfen Flüssigkeit war zu den umliegenden Farmen abgeleitet worden. Hier wuchsen Trauben und Orangen, Knoblauch und Mandeln. Sogar Kiwis sollte es geben, von denen ich mir nur schwer vorstellen konnte, wie sie überhaupt wuchsen. Eine Frucht mit Haaren konnte nur das Geschenk einer freundlich gesinnten außerirdischen Rasse sein. Sogar Heu und Baumwolle kommen aus dem Valley, obwohl ja eigentlich der Süden dafür berühmt ist.

Ich verließ die 5 ein gutes Stück vor Bakersfield und sah zu, wie die Besiedelung immer dünner, die Straßenschilder dafür größer und interessanter wurden. Als ich auf den hilfreichen Hinweis traf, dass nach 22 Meilen ein Fastfood-Restaurant kam, wurde ich ganz aufgeregt, und das nicht nur, weil ich dringend auf die Toilette musste. Die Straße war flach und gerade, daneben nur kilometerlange Reihen bewässerten Farmlands. Eine Kombination, die durchaus etwas Hypnotisches hatte. Einzig und allein meine Faszination für die Landschaft hinderte meine Augenlider trotz Schlafmangels am Zufallen.

Als ich mich dem Zielort näherte, war es früher Abend und der Himmel erstrahlte in blassvioletten und lachsrosafarbenen Tönen. Die Felder neben der Standspur waren über die Länge von zwei Fußballfeldern schwarz, und ich roch beißenden Rauch. Im Sommer sind Waldbrände in Kalifornien beinahe an der Tagesordnung, im Prinzip sind die Brände eine eigene Jahreszeit. Anders als im Rest des Landes ist hier im Sommer alles braun und abgestorben. Ein fahrlässig weggeworfener Zigarettenstummel, der sich in dem knochentrockenen Unkraut neben dem Highway verfängt, und alles brennt. Erst wenn Herbst und Winter Regen bringen, sprießt es grün nach.

Ich hatte den Highway 99 an einer Kreuzung verlassen, die zu unbedeutend war, als dass es dort auch nur eine Tankstelle gegeben hätte. Ein paar Kilometer weiter stieß ich auf eine kleine Ansammlung vernachlässigter Häuser, die sich inmitten des Farmlands zusammendrängten wie Kühe während eines Gewitters. Ein paar von ihnen waren aus Backstein, die meisten waren jedoch mit Aluminium verkleidet und hatten die besten Zeiten definitiv schon hinter sich. Große, unterschiedliche

Markisen verhüllten die Fenster, und um die Gärten war Maschendrahtzaun gezogen. Weitere Zäune schirmten geschotterte Auffahrten ab, von denen jede einzelne mit einem Tor verschlossen war. Zahlreiche Schilder wiesen darauf hin, dass »Hausieren verboten« und »Betreten verboten« war. Das Einzige, was weder eingezäunt war noch bewacht wurde, waren die Briefkästen mit den exakt aufgemalten Nummern.

Ich fuhr an die Seite und parkte am Straßenrand. Kaum war das Knirschen des Kieses unter meinen Reifen verstummt und der Motor abgeschaltet, wurde es sehr still. Keine Vögel. Keine Kinder. Niemand, der das unkrautdurchwirkte braune Gras goss. Ich kurbelte das Fenster hoch und sah mich um. Im Wagen machte sich der muffige Geruch nach Pommes bemerkbar, die ich bei einem kurzen Boxenstopp vor einer Stunde gekauft hatte.

Man mag es Großstadtmädchen-Paranoia nennen, aber meiner Meinung nach musste mit einem Ort, an dem sich so rein gar nichts tat, irgendetwas nicht stimmen. Und hier regte sich während der ganzen Zeit, die ich wartend im Auto saß, absolut nichts. Er strahlte feindliche Stille aus, wie ein Militärgelände, das vor langer Zeit stillgelegt worden war, weil es zu nah an einem Atombombentestgebiet lag.

Ich stieg aus und ging über die Straße – hier musste man nicht nach rechts und links sehen –, und schon stand ich vor dem richtigen Tor. Ein staubig brauner Cutlass von etwa 1980 parkte in der Auffahrt, seine lange Nase berührte fast das Garagentor. Offenbar gab es hier keine Möglichkeit, anzuklopfen oder zu klingeln, um seine Anwesenheit kundzutun, die einzige Option blieb lautes Rufen, was mir aber nicht angemessen schien. Stattdessen steckte ich eine Fußspitze in eines der Löcher im Maschendrahtzaun, direkt unterhalb des »Betreten verboten«-Schildes, und drückte mich nach oben. Dann schwang ich mein anderes Bein hinterher und landete auf der gekiesten Auffahrt.

Das Knurren und das wütende Bellen, das hinter mir ertönte, hörte sich an wie von einem Tyrannosaurus. Mein ganzer Körper versteifte sich, und ich hoffte, ich würde mir nicht in die Hose machen. Mir graute davor, mich umzudrehen, aber nicht weniger davor, es nicht zu tun. Allerdings hatte ich sowieso keine Zeit, mir meine Wahlmöglichkeiten gründlicher zu überlegen, denn in weniger als einer Sekunde würde die Kreatur bei mir sein. Als ich mich umdrehte, blickte ich, fest an das Tor gepresst, in das aufgerissene Maul eines deutschen Schäferhundes. Es war voller gelblicher Zähne und so groß, dass ich den Rest des Hundes kaum wahrnahm. Wie ein geölter Blitz war er unter dem Cutlass hervorgeschossen, und ich spürte, dass es mir jetzt an den Kragen gehen würde. Die Frage war nur, wie übel er mich zurichten würde. Vor Angst wie gelähmt drehte ich mich nicht wieder um, sondern versuchte, irgendwie rückwärts den Zaun hochzuklettern. Oben rutschte ich mit der Hand ab, und ein spitzes Ende, das aus einer der Maschendrahtrauten ragte, schnitt so sauber durch die Haut meines Unterarms wie ein Schlachtermesser – nur war das Tetanusrisiko hier vermutlich um einiges höher.

Die Kiefer der Furie stürzten auf mich zu, bekamen meine Jeans zu fassen und schabten über mein Schienbein. Sie bissen sich durch den Stoff und rissen so sehr daran, dass ich wieder nach unten gezogen wurde. Ich hörte, wie der Jeansstoff riss.

»Jasper!«

Die Eingangstür ging auf, und ein Mann mit einer Baseballkappe stürmte auf die kleine Veranda.

»Jasper, aus, verdammt noch mal!«

Jasper ließ von mir ab und legte sich auf die Vorderpfoten, was ihm das unheimliche bucklige Aussehen einer Hyäne verlieh. Ein Knurren grollte weiterhin in seiner Brust, das mich an den Motor des heißen Schlittens denken ließ, der mich überhaupt erst in diese Situation gebracht hat.

Ich schnappte nach Luft, was mehr einem Rasseln in meinem Brustkorb glich, als hätten sich meine Rippen aus ihrer Verankerung gelöst, und einen schrecklichen Moment fragte ich mich, ob ich mir vielleicht doch in die Hose gemacht hatte. Jegliches Körpergefühl war mir verloren gegangen, und durch meinen Körper wurde mehr Adrenalin gepumpt, als es etliche Lines Koks zuwege gebracht hätten. Leider gab es keine elegante Möglichkeit, wie ich zwischen meinen Beinen hätte nachsehen können.

»Sind Sie etwa völlig durchgeknallt? Wollen Sie sich vielleicht umbringen?«

Die Ironie dieser Aussage war so frappierend, dass mir vermutlich auch dann keine Antwort eingefallen wäre, wenn ich in der Lage gewesen wäre zu sprechen – was momentan eindeutig nicht der Fall war. Ich blickte noch immer zu Jasper, der seinem Herrn gehorchte, gleichzeitig aber den Eindruck erweckte, dass ihre derzeitige Abmachung nicht unbedingt in Stein gemeißelt war.

»Was wollen Sie?«

Mir war, als hätte sich mein Gehirn aufgelöst, als hätte ich vergessen, weshalb ich überhaupt hier war.

»Wir kaufen nichts. Können Sie das verdammte Schild nicht lesen?«

Er war älter als ich, doch ich vermochte nicht zu sagen wie viel. Ich hatte den Eindruck, dass die Menschen hier anders alterten. Es war heißer, sehr viel heißer als in L. A., und fast nirgendwo gab es Schatten, nur unter den großen Plastikmarkisen vor den Fenstern, die so weit heruntergelassen waren, dass ich mir nicht vorstellen konnte, wie überhaupt noch etwas Tageslicht ins Innere fallen sollte. Trotzdem trug Jaspers Herrchen Jeans und ein langärmeliges, kariertes Hemd, das bis zum Hals zugeknöpft war. Ganz im Stil der Markisen versperrte eine Baseballkappe die Sicht auf ihn, was meine Unsicherheit noch weiter verstärkte, wenn das überhaupt möglich war.

»Hat Ihnen bis vor kurzem ein 56er T-Bird gehört?«

Er trat von einem Bein aufs andere, und es war unmöglich zu erkennen, ob es aus Neugierde geschah oder weil er sich unwohl fühlte. »Warum wollen Sie das wissen?«

»Ist ein ungewöhnlicher Wagen«, sagte ich. »Meinem Dad hat mal so einer gehört. Ich versuche, ihn zu finden.«

»Ich hab ihn nicht mehr. Schon vor über einem Jahr verkauft.« Er drehte sich zur Tür. »Jasper, komm her.«

Was den Hund betraf, so war er wesentlich leichter zu durchschauen. Er wollte sich in etwa genauso gern von mir abwenden wie von einem fünf Zentimeter dicken Rindersteak.

»Hatte der Wagen einen Riss im Sitz?«, rief ich ihm hinterher. »Auf der Beifahrerseite?«

»Nicht mehr. Hab ich repariert. Woher wissen Sie davon?«

Statt auf seine Frage zu antworten, stellte ich ihm eine weitere. »Woher hatten Sie das Auto?«

»Das geht Sie nichts an.«

Dieser Punkt ging an ihn. »Ich frage nur, weil ich versuche, meinen Dad zu finden. Leider weiß ich nicht, wo er ist und ob er überhaupt noch lebt, aber ich weiß, dass er einmal dieses Auto besessen hat. Von wem auch immer Sie den Wagen gekauft haben, vielleicht hat derjenige ihn von jemandem gekauft, der ihn von meinem Vater hatte.«

»Ich hab ihn vor dreißig Jahren gekauft. Kann Ihnen da nicht weiterhelfen.«

Ich machte einen Schritt nach vorn, um ihn aufzuhalten, hatte aber Jasper ganz vergessen, der sofort wieder in Angriffsstellung ging und sich mit einem Knurren in Erinnerung brachte.

»Jasper, Platz.«

»In welchem Jahr? In welchem Jahr haben Sie ihn gekauft?«

Er ließ die Schultern sinken und sah aus, als stünde er kurz davor, einen lauten Seufzer auszustoßen.

»Kurz nach dem Haus hier. Das muss 78 gewesen sein.«

»Nachdem die Schule angefangen hat?«

»Was?«

»September, haben Sie ihn im September gekauft?«

»Schon möglich.«

»Können Sie sich noch an den Mann erinnern, von dem Sie ihn haben?«

Die Straße und alle anderen Häuser lagen noch immer still und verlassen da. Keiner hatte auch nur einen Vorhang zur Seite geschoben.

»Es war ein Pärchen.«

»Wie bitte?«

»Ich hab ihn von einem Pärchen gekauft.« Er sprach lauter, als bestünde das Problem darin, dass ich taub oder schwer von Begriff war. »Ein Ehepaar. Sind irgendwo in den Mittleren Westen gezogen, und seine Olle wollte den Wagen nicht mitnehmen. Hab über 20 000 Dollar gutgemacht, als ich ihn verkauft habe. Der Typ war bescheuert, den Wagen so unter Wert zu verscherbeln. Klar hab ich ihn runtergehandelt, aber er hätte das nicht zulassen sollen.«

»Seine Frau war bei ihm?«

»Ja, sie war ganz scharf darauf, den Wagen loszuwerden.«

»In den Mittleren Westen, haben Sie gesagt?«

»Vielleicht nach Kansas. Irgendwohin, wo es so richtig flach ist. Ich erinnere mich noch daran, weil ich gedacht habe, dass es gut war, ihn hierzulassen. Die Autos machen es nicht lang im

Landesinneren. Das ganze Salz, das die dort im Winter auf die Straßen streuen, lässt das Metall ziemlich schnell rosten. Kauf niemals einen Oldtimer, der von da kommt. Der ist schnell hinüber.«

Mir war nie zuvor in den Sinn gekommen, dass Mom von den Plänen meines Vaters gewusst haben könnte. Vielleicht hatte sie auf den Verkauf des Wagens bestanden, ehe er abhaute, damit sie ihren Anteil bekam.

»Vielen Dank für Ihre Zeit«, sagte ich und machte einen Schritt zurück.

Ich drehte mich um in der Absicht, wieder über das mit Vorhängeschloss versehene Tor zu klettern, und Jasper bellte ein letztes Mal, für den Fall, dass mir noch irgendeine ausgefallene Idee kommen könnte.

»Warten Sie mal«, rief mir der Mann zu. »Ich kann das verdammte Ding auch aufmachen.«

Ich wartete, bis er den großen Garten durchquert hatte, und dachte über all die Dinge nach, die ich als Kind nicht berücksichtigt hatte. War es tatsächlich die Entscheidung meines Vaters gewesen, nicht zu schreiben und keine Geburtstagsgeschenke zu schicken, oder hatte Mom ihm aufgetragen, es nicht zu tun? Hatte ihm jemand Bescheid gegeben, als sie gestorben war? Warum hatte sie mich angelogen? Und warum hatte sie so überrascht reagiert?

Aus der Nähe konnte ich sehen, dass der Nacken des Mannes ganz rot verbrannt war, durchzogen von weißen Linien dort, wo die Haut Falten warf. Er roch nach Motoröl und Seife, und als er sich vorbeugte und einen Schlüsselbund aus der Hosentasche zog, um das Tor aufzuschließen, rutschte sein Hemdsärmel nach oben, und eine goldene Uhr blitzte an seinem Handgelenk. Jasper war ihm gefolgt, hatte sich neben ihn gesetzt und hechelte in der Sonne. Ich konnte es ihm nachfühlen. Bereits nach diesen wenigen Minuten machten sich die Anzeichen eines drohenden Sonnenbrands bei mir bemerkbar.

Der Mann schloss das Tor auf, ich trat hindurch und wollte mich gerade verabschieden, als …

»Sie hatte wunderschöne rote Haare.«

»Wer?«

»Die Frau. Ich stehe auf Rothaarige. Kann mich nur deshalb erinnern, weil es ganz natürlich ausgesehen hat. Nicht so ein gefärbtes Rot, das sieht nicht so gut aus.«

»Oh«, sagte ich.

»Färben Sie?«, fragte er.

»Nein, tue ich nicht.«

»Gut. Das ist nie schön.«

Ich nickte, wusste nicht, was ich darauf sagen sollte. Dass sich mein neuer Hinterwäldlerfreund als John-Frieda-Verschnitt entpuppte, fand ich sehr verwirrend.

»Komm, Jasper.«

Mit diesen Worten schloss er das Tor und ging zurück zum Haus, der Schäferhund folgte ihm. Nachdem er wieder drinnen und die Tür verschlossen war, drückte die vollkommene Stille auf meine Ohren. Keine Vögel. Keine Stimmen. Gar nichts.

Ich ging zu meinem Wagen, stieg ein und ließ den Motor an.

Meine Haarfarbe hatte ich von meiner Mutter geerbt. »So schwarz wie es nur geht, ohne chinesisch zu sein«, pflegte Tante Trudy immer zu sagen.

Ich hatte keine Ahnung, wer die Rothaarige war.

Auf dem Weg nach Fresno drehte sich alles in meinem Kopf, und meine Gedanken überlappten sich wie eine fallen gelassene Rolle Toilettenpapier auf dem Boden.

Beim ersten Drugstore, den ich fand, hielt ich an und kaufte Mullbinden, Wundsalbe und eine Flasche Tequila. Noch an der Kasse riss ich die Verpackungen auf und presste den alkoholgetränkten Mull umgehend auf den Schnitt an meinem Arm, der sich zu beiden Seiten aufgewölbt hatte, wie ein Riss in einem Sofa. Die Haut war stark gerötet.

»Sie müssen aufpassen«, sagte das Mädchen hinter der Kasse. Sie war rundlich, mit Latino-Einschlag und keinen Tag älter als 16. »Das könnte sich böse entzünden.«

Ich musste nur noch zwei Wochen durchhalten, eine Denkweise, die andere Leute auf ihren Mietwagen anwandten. So lange er noch lief, war alles okay, oder nicht?

Ich bestrich die Wunde mit viel zu viel Salbe, presste die Binde darauf und befestigte alles mit vier Streifen medizinischem Klebeband, das angeblich schmerzfrei abzuziehen sein würde. Das Mädchen half mir dabei und erzählte, dass sie mit dem Gedanken spiele, aufs College zu gehen, um Krankenschwester zu werden.

»Warum nicht Ärztin?«, fragte ich und stopfte den Müll in meine Plastiktüte, zusammen mit der Tequila-Flasche – zwar nicht die beste Sorte, aber zumindest die beste, die sie hier hatten.

»Ärzte sind Arschlöcher.«

»Insbesondere Seelenklempner«, stimmte ich zu.

»Genau«, sagte sie und nickte, obwohl ich hätte wetten können, dass sie bislang, abgesehen von einem Schulpsychologen vielleicht, noch nicht näher mit einem Seelenklempner zu tun gehabt hatte. Und das war wahrscheinlich auch gut so.

Drei Ampeln weiter stach mir das große rote Schild eines Hotels ins Auge, das in weißen Buchstaben »$119/Nacht Pool und Fitness-Center« verkündete. Ich steuerte den Parkplatz davor an, stieg aus, ging hinein und nahm mir an der Rezeption eine Gratis-Zeitung und einen Flyer für einen chinesischen Lieferservice mit.

Auf meinem Zimmer schaltete ich den Discovery Channel

ein, setzte mich auf die ungewaschene Bettdecke, deren wirres Blumenmuster wunderbar eingetrocknete Körperflüssigkeiten und sonstige Flecken kaschierte, und packte meinen Gratis-Plastikbecher aus. Den schenkte ich mit Tequila voll, um ihn dann Schluck für Schluck zu leeren. Natürlich hätte ich auch aus der Flasche trinken können, aber schließlich bin ich eine Dame.

Nach etwa drei Kurzen bestellte ich mir Kung-Pao-Garnelen und Frühlingsrollen und sah den Bibern bei ihrem Paarungsritual zu, bis beides kam – der Biber und das Essen.

15 TAGE

Tequila passt nicht zu chinesischem Essen. Da können die einem sonst was erzählen.

Es war zehn Uhr morgens, und ich hatte einen kalten, feuchten Waschlappen auf dem Gesicht liegen, während mein Hinterkopf an die Badewanne gelehnt war. Das Licht war ausgeschaltet, die abdunkelnden Jalousien zusätzlich heruntergelassen. Ich wäre nur dann bereit gewesen, für ein Katerfrühstück aus meiner dunklen Höhle zu kriechen, wenn die Welt damit einverstanden gewesen wäre, die Sonne für die nächsten 24 Stunden abzuschalten.

Gegen elf schleppte ich mich dann doch in ein Diner, wo den ganzen Tag über Frühstück serviert wurde. Satinierte Glaswände trennten die Sitzgruppen voneinander ab, für den Fall, dass man bei seinem Nachbarn abschreiben wollte. Während ich auf einen Tisch wartete, rannten zwei Kinder in identischen grünen Fußballtrikots inklusive kniehoher Strümpfe herum und taten so, als würden sie einen Ball hin und her spielen. Einer von ihnen trat mir dabei mit seinen Stollen auf den Fuß, und ich schrie lauter, als notwendig gewesen wäre, um die Aufmerksamkeit der Mutter zu erlangen. Da hatte ich mich wohl verrechnet. Unbeteiligte Beobachter zählten für sie nicht. Dann endlich wurde ein Tisch für mich frei.

Ich bestellte Kaffee bei einer Frau mit langen gelblichen Fingernägeln, die mich an eine Hexe denken ließen, und glitzerndem Lidschatten, für den sie mindestens 60 Jahre zu alt war. Sie brachte die ganze Kanne. Ich war mir nicht sicher, ob das hier üblich war oder ob ich einfach so schlecht aussah, und aufgrund der Trennwände konnte ich keinen Blick auf die anderen Tische werfen.

Es war die Art Kaffee, die man schwarz nicht trinken möchte, mit ausreichend Sahne und Zucker aber einigermaßen genießbar findet. Ich nahm ein paar Schlucke und schüttete dann ebenso viel Sahne auf die Brühe, wie ich zuvor an Kaffee weggetrunken hatte. Mir war nicht länger speiübel, aber meine Kopfschmerzen deuteten an, dass mein Schädel irgendwo über dem rechten Auge gespalten sein musste. Während ich eine Tasse Kaffee nach der anderen leerte, redete ich mir gut zu, bevor ich das Handy aus der Hosentasche zog.

Ich wählte die Nummer der Auskunft. Als die Telefonistin abhob, zuckte ich zusammen. Den ganzen Anruf über ließ ich meine Augen geschlossen. So war das Resultat leichter zu ertragen. »Irgendwo in Kansas … Jerry Pritchard … Niemanden? … Vielen Dank.«

Ich legte auf. Wäre ja auch zu schön gewesen.

»Mein Ehemann war aus Kansas City. Ist so schnell von dort abgehauen, als hätte sein Arsch Feuer gefangen.«

Na prima, auch noch eine geschwätzige Kellnerin.

»Ich war noch nie in Kansas«, sagte ich.

»Das liegt nicht in Kansas. Kansas City ist in Missouri. Ergibt zwar keinen Sinn, aber so ist es nun mal. Wissen Sie schon, was Sie wollen?«

»Mexikanische Rühreier.«

»Speck oder Würstchen?«

»Würstchen.«

»Weiß- oder Vollkornbrot?«

»Weißbrot.«

»Mit Butter?«

»Ohne.«

»Alles klar.«

Sie machte sich davon, und ich trank mehr von meiner mit Kaffee und Süßstoff versetzten Sahne. Dann rief ich die Telefonistin mit der viel zu lauten Stimme noch einmal an.

Offenbar war sie gerade auf der Toilette, denn ein Typ hob ab.

»Jerry Pritchard in Missouri«, erklärte ich. »Irgendwo in Missouri.«

Er nannte mir drei Nummern, und ich ließ ihn warten, während ich in meiner Tasche nach einem Stift suchte. Vergebens. Ich hatte noch nicht einmal einen Lippenstift dabei. Daraufhin sagte ich ihm, ich würde zurückrufen, und er bot mir an, mich mit der Nummer meiner Wahl zu verbinden.

»Machen Sie Witze?«, fragte ich entgeistert. »Ich hätte nie gedacht, dass ich überhaupt was rausfinde.«

Dann legte ich auf und mir wurde bewusst, wie sehr mein Herz raste. Irgendwie gefiel es mir besser, wenn meine Nachforschungen ohne Ergebnis blieben. Wenn mir das Universum nicht ständig einen neuen Köder hinwarf. Es hatte durchaus seine Vorteile, nicht darüber nachdenken zu müssen, was ich sagen sollte, wenn das Arschloch tatsächlich ans Telefon ging.

»Hey, erinnerst du dich an mich? An die Frucht deiner Lenden?«

Das würde ich vermutlich nicht sagen. »Lenden« ist ein widerliches Wort.

Ich trank noch mehr Kaffee, das Koffein würde mir ganz bestimmt helfen, zur Ruhe zu kommen. Und ich durfte nicht so verdammt viel nachdenken. Ich sehnte mich nach ein paar von meinen Pillen oder nach etwas Gras.

In den letzten zehn Jahren hatte ich seinen Namen regelmäßig gegoogelt. Es ist erstaunlich, wie weit verbreitet Namen sind. Nichts, absolut nichts, das eindeutig ihm zuzuordnen gewesen wäre, war jemals dabei aufgetaucht. Manche Einträge sah ich mir näher an – ein Rotary-Club-Verzeichnis, die Teilnehmerliste eines 5000-Meter-Laufs. Eine Zeitlang hatte ich vermutet, mein Vater wäre ein Konservativer aus Texas, der einen Blog über Politik schrieb, doch wie sich herausstellte, war dieser sein ganzes Leben lang beim Militär gewesen, was nicht zu ihm passte. Diese Art Cyberstalking war eindeutig sichereres Terrain, ebenso wie die Suche nach Familienähnlichkeiten auf diversen Facebook-Fotos.

Nach zehn Minuten kam meine Kellnerin mit einem Berg leuchtend gelber Rühreier an, die mit gewürfelten Tomaten, grünen Zwiebeln und öliger, rötlicher Chorizo dekoriert waren. Dazu bekam ich die guten alten amerikanischen Würstchen, die wie kleine Holzklötze danebenlagen, sowie mehrere halbierte Toastscheiben. Als sie den Teller vor mir abstellte, zitterte der Eierhaufen.

»Hey, wissen Sie zufällig etwas über eine kleine Stadt, circa 40 Meilen von hier neben dem Highway 99?«, fragte ich. »Eigentlich ist es gar keine Stadt. Eher eine Siedlung oder so. Etwa 25 Häuser, mehr nicht.«

»Unheimlich still?«

»Genau.«

»Halten Sie sich von dort mal lieber fern, Schätzchen. Das sind die ›Word of Our Savior‹-Typen. Eines schönen Tages werden die noch genauso enden wie die ›Branch Davidians‹.«

»Ist das eine Sekte?«

»Na und was für eine. Wenn Sie da hinfahren, wird es kein gutes Ende mit Ihnen nehmen. Die füllen Sie ab mit gepanschtem Kool-Aid, und dann sollen Sie Ihren Schöpfer im großen Raumschiff im Himmel treffen … Sogar der Sheriff schaut bei denen nicht gern vorbei.«

»Na prima.«

»Sie verschanzen sich alle drinnen, die Rollos runtergezogen bis zum Geht-nicht-mehr, als wären wir im Krieg. Ich hab einen Nachbarn, der dort von Haus zu Haus gegangen ist und versucht hat, Zeitschriften zu verkaufen. Von ihm weiß ich das alles. War die reinste Zeitverschwendung, kein einziges Abo ist er losgeworden. Möchten Sie scharfe Soße dazu?«

»Ja, bitte.«

Eine Minute später kam sie mit der scharfen Soße, der Rechnung und vier Aspirin zurück, die sie neben meine Kaffeetasse legte.

»Ich kenn das«, sagte sie mit einem aufmunternden Nicken.

Es ist doch immer wieder schön zu erfahren, dass man tatsächlich so schlecht aussieht, wie man sich fühlt.

Der Himmel draußen war von dem reinen Hellblau, in dem man normalerweise Kinderzimmer strich. Ich saß mit einer Serviette und dem Stift, mit dem ich den Kreditkartenbeleg unterschrieben hatte, im Auto, starrte auf mein Handy und dann eine Weile zur Windschutzscheibe hinaus. Eine alte Frau mit einem Gehstock in einer Hand, die andere bei ihrem Ehemann eingehängt, starrte mich an, als sie auf dem Weg zum Diner an mir vorbeischlurften. Sie trugen beide schicke Hosen, und ihre lilafarben gestreifte Bluse war am Kragen mit einer dicken Schleife verziert. Ich drückte auf Schnellwahl, doch als sich Jennys Mailbox meldete, hinterließ ich keine Nachricht. Eigentlich sollte ich der Boss sein, die Erwachsene mit den Antworten. Und nicht diejenige, die fragt, was sie tun soll.

Bevor ich wieder ins Grübeln kam, versuchte ich es noch einmal bei der Auskunft. Wie gehabt bekam ich meine drei Nummern, schrieb sie auf die Serviette und verstaute diese im Handschuhfach. Die weiße Plastiktüte aus dem Drugstore lag noch immer auf dem Beifahrersitz. Um nicht nachdenken zu müssen, wechselte ich den Verband an meinem Arm, dann fuhr ich heimwärts Richtung Süden, das Radio viel zu laut aufgedreht.

Stunden später, nachdem ich geduscht und mich gemütlich ins Bett gekuschelt hatte, war meine gesamte Aufmerksamkeit auf den Notizblock auf meinem Schoß gerichtet. Gedanklich hatte ich diesen Brief schon seit über einem Jahr vorbereitet. Jetzt wollte ich ihn endlich zu Papier bringen. Ganz am Ende würde es noch einiges zu tun geben, und das hier gehörte nicht zu den Dingen, die man übereilt in Angriff nehmen konnte. Vermutlich würde ich sowieso mehrere Anläufe benötigen.

Lieber Richard,
es tut mir leid, dass es nicht besser ausgegangen ist. Vermutlich ist das weit untertrieben, ich weiß.

Ich habe wirklich alles versucht. Das schwöre ich Dir. Ich habe alle möglichen Medikamente ausprobiert, bis ich mich irgendwann nicht mehr daran erinnern konnte, ob ich heute schon gefrühstückt hatte, bis mein Gesicht aufgedunsen und mir kotzübel und schwindlig war, bis ich nicht mehr aufs Klo gehen oder vögeln konnte.

Aber weißt Du, das schwarze Monster holt einen trotzdem wieder ein. Es schleicht sich von hinten an und zieht einen unter Wasser. Und dort hält es einen fest, so lange es ihm passt, bis es einen dann plötzlich loslässt und man hochploppt wie ein Korken. Man könnte glauben, es wäre besser, nicht nur Tiefs, sondern auch Hochs zu haben, aber das macht es nur noch schlimmer. Mit der Zeit wird man dadurch ganz wahnsinnig. Völlig irre, weil man immer auf den nächsten Umschwung wartet. Es macht anderen Leuten Angst. Mir selbst macht es Angst. Die Tiefs werden immer tiefer, die Hochs immer höher, und man sitzt da, kann nicht mal normal aufs Klo gehen und ist ganz allein in seinem Kopf, in dem alles so verdammt abgefuckt ist. Und es wird immer schlimmer, wie ein Zug, der an

Geschwindigkeit aufnimmt und nicht mehr zu stoppen ist, und man weiß einfach, dass bald etwas Schlimmes passieren wird.

Es ist an der Zeit, von diesem Zug abzuspringen, ehe die Bremsen versagen und noch jemand verletzt wird, verstehst Du, Richard?

Aber wir hatten auch gute Zeiten, weißt Du noch? Damals, die erste Zeit kurz nach unserer Hochzeit, als wir in diesem schrecklichen, kleinen Apartment mit Klo auf dem Gang wohnten, wo der Obdachlose manchmal neben dem Trockner schlief? Wir haben uns Glücksrad *angesehen, weil wir kein Geld für Kabelfernsehen hatten, und auf einmal hörten wir Wasser tropfen. Wir haben alle Wasserhähne überprüft und konnten die Ursache nicht finden, bis Du nach oben geschaut und gesehen hast, dass es von der Decke kam. Erinnerst Du Dich daran? Dann gab es diesen lauten Knacks, und plötzlich sprudelte das Wasser nur so, rauschte wie die Niagarafälle in unser Wohnzimmer. Wir haben losgeschrien und sind aufgesprungen, haben den Fernseher rausgetragen, den Stecker hinter uns hergeschleift und dann versucht, alles andere in Sicherheit zu bringen. Du warst fantastisch. Du warst die ganze Zeit über fantastisch, und an nichts von all dem trifft Dich irgendeine Schuld. Niemand ist schuld daran.*

Es gibt nichts, was jemand hätte anders machen können, nichts, was man hätte kommen sehen sollen. Es war einfach nur eine Laune der Natur, ein Fehler in meinem genetischen Code, dass es so kam. Es ist einfach passiert, jeden hätte es treffen können, aber es hat eben mich getroffen.

Es tut mir leid, dass ich Dir vorgegaukelt habe, an einer anderen Krankheit zu leiden, aber ich wollte nicht, dass Du Dich verpflichtet fühlst, wieder einmal alles stehen und liegen zu lassen, um mich zu retten. Ich wusste, dass Du das versuchen würdest, doch es wäre Dir nicht gelungen. Und es hätte uns beiden zu sehr wehgetan. Gewissermaßen ist es ja auch so, als würde ich an Krebs leiden. In mir ist eine tickende Zeitbombe, die irgendwann hochgeht. Mich hat es einfach getroffen, und jeder versucht sein Bestes, genau wie bei einer Krebsdiagnose. Auch eine Chemo ist Gift, das Gesicht schwemmt auf, man bekommt Verstopfung, einem ist schlecht und schwindelig. Und manchmal hilft sie trotzdem nicht. Es wird immer schlimmer, jeder sieht, dass man große Schmerzen hat, und man selbst weiß, dass keine Besserung eintreten wird. Mit den Krebspatienten hat man dann Erbarmen, sie bekommen Schmerzmittel, um es ihnen so angenehm wie möglich zu machen. Irgendwann werden die Maschinen abgestellt, und wenn man schließlich stirbt, sagen alle, dass es eine Erlösung war.

Es ist eine Erlösung, Richard.

Aber wenn man krank im Kopf ist, stellt keiner die Maschinen ab, auch wenn die Schmerzen zu heftig werden, auch wenn alle wissen, dass es nicht mehr besser wird. Sie pumpen Dich einfach weiter mit Gift voll und sagen Dir, Du sollst über Deine Probleme reden, als ob das helfen würde. Und irgendwann wissen sie auch nicht mehr, was sie Dir noch sagen könnten. Es sind immer dieselben Schmerzen. Die ganze Zeit.

Ich sehne mich einfach nach Erlösung.

Es tut mir leid. Ich hoffe, Du verstehst das und kannst mir eines Tages verzeihen.

Schau bitte bei den Gräbern von Ramona und meiner Mutter vorbei, wenn Du kannst.

In Liebe,
Clementine

14 TAGE

Ich saß am Küchentisch. Die Sonne bewegte sich auf ihren höchsten Punkt zu. Ich hatte geduscht, meine Haarpflegemittel ordentlich aufgereiht und die weggeworfen, die ich nicht mehr benötigte. Nun wischte ich das Waschbecken mit zusammengeknülltem Toilettenpapier aus, holte mir dann mein Frühstück aus dem Kühlschrank und sortierte ein paar abgelaufene Lebensmittel aus. Dabei fiel mir ein, dass es ab jetzt unsinnig wäre, noch unreifes Obst zu kaufen. Ich machte mir ein Toastbrot und aß noch ein Twinkie, weil vom Toast bedauerlicherweise nicht mehr genügend da war. Während der Kaffee durchlief, stand ich an der Küchenzeile und ignorierte den Computer. Stattdessen sah ich zur halb bemalten Leinwand auf der anderen Seite des Ateliers.

Ich hasste sie. Hasste plötzlich alles daran, was völlig normal war. Jedes Werk durchläuft in meinem Kopf einen emotionalen Schaffenszyklus. Inspiration, Begeisterung, Zweifel, Hass, Hoffnung, Entschlossenheit, Akzeptanz. In Höchstgeschwindigkeit hatte ich die Phase des Zweifels durchlaufen, um jetzt mit beiden Füßen mitten im Hass zu landen. Es war nicht mehr so verstörend wie zu Beginn meiner Karriere. Damals hatte ich noch nicht begriffen, dass diese Phasen ganz normal waren. Erst ein paar Jahre später wurde mir klar, dass es immer nach diesem Schema ablief, Schritt für Schritt, und dass es da jedem Künstler gleich ging. Alle von uns hassen zu irgendeinem Zeitpunkt alles, was sie machen. Schlussendlich verzeihen wir uns dann, so verdammt unfähig zu sein, und machen weiter, weil wir keine andere Wahl haben. Das sollten die einem mal an der Kunstakademie beibringen.

Ich hatte keine Lust, an dem verunglückten Stück weiterzuarbeiten. Überhaupt gar nicht. Niemals wieder. Ich hätte es aus dem Fenster geworfen, hätte es durch die Öffnung gepasst, doch das tat es nicht. Zu dumm aber auch, denn Arbeiten war die letzte Ausrede, die mir blieb, um mich nicht an den Computer setzen zu müssen. Doch das brachte ich einfach nicht über mich.

Ich trat zu dem Schreibtisch in der Ecke, an dem Jenny immer saß, ein derart simples Holzmöbelstück, dass es von den Shakern hätte stammen können, und öffnete die einzige Schublade in der Mitte. Daraus holte ich das große spiralgebundene Scheckheft hervor, in dem sich meine Schecks und die Nachweise für die bereits ausgestellten befanden. Das Heft war halb leer, bis auf die Belege, alle sorgfältig ausgefüllt in Jennys schnörkeliger Handschrift. Ich stellte einen Scheck für sie aus, um sie für die Nacht im Museum zu bezahlen, steckte ihn in einen Umschlag, klebte eine Briefmarke darauf und brachte ihn zum Briefkasten.

Als ich zurückkam, starrte der Computer mich immer noch vom Küchentisch aus an. Länger konnte ich ihm einfach nicht mehr aus dem Weg gehen. Also öffnete ich den Browser und tippte nacheinander die drei Nummern in das Suchfeld des Online-Telefonbuchs ein. Eine konnte ich abhaken, sie gehörte zu einer Adresse in Springfield, und wie mir ein Klick auf die Karte zeigte, lag das unten bei den Ozark Mountains, einen Steinwurf entfernt von Arkansas. Mir war nicht klar gewesen, dass es in Missouri überhaupt Berge gab, aber offensichtlich lernte man nie aus. Die beiden anderen Nummern hatten dieselbe Vorwahl und stimmten mit zwei Adressen in unterschiedlichen Vororten von Kansas City in Missouri überein. Pluspunkt für die Kellnerin im Diner.

Ich stand auf und schenkte mir eine weitere Tasse Kaffee ein, nur, um etwas zu tun zu haben, denn eigentlich wollte ich gar keinen mehr. Dann griff ich zum Telefon und wählte die erste Nummer in Kansas City, so schnell ich konnte. Mein Magen war so zugeschnürt, dass er ohne weiteres durch ein Schlüsselloch gepasst hätte, und mein Gehirn setzte Unmengen an Adrenalin frei, was nicht gerade hilfreich war. Nach zweimaligem Klingeln antwortete die Frauenstimme vom Band: »Kein Anschluss unter dieser Nummer.«

Ich war so erleichtert, dass ich am liebsten losgelacht hätte – dasselbe triumphierende Gefühl, das einen überfällt, wenn man sich aus einer vermeintlich aussichtslosen Situation hinausmanövrieren konnte. Ich wusste, dass es nicht vernünftig war, aber das haben Gefühle nun mal so an sich.

Nervös lief ich in der Küche auf und ab, um meine überschüssige Energie loszuwerden, bis Chuckles, der um meine Knöchel herumschwänzelte, vollkommen genervt war. Bevor meine Euphorie mich wieder verlassen würde, wählte ich rasch die letzte Nummer. Kaum hatte mein Herz beim ersten Klingelton zu rasen angefangen, hob auch schon eine ältere Frau ab.

»Hallo?«, sagte sie.

Ich legte auf.

Scheiße.

Ich hätte etwas sagen sollen, irgendeine geistreiche Frage stellen, mit der ich in Erfahrung bringen konnte, ob ich die richtige Nummer gewählt hatte oder nicht. Irgendetwas ganz Schlaues wie: »Ist Jerry da?«

Scheiße.

Ich konnte nicht noch einmal anrufen, auf keinen Fall. Bestimmt hatte sie Anruferkennung. *Jeder* hatte heutzutage Anruferkennung. Meine Chance war zum Greifen nah gewesen, und ich hatte sie nicht genutzt.

Scheiße. Scheiße. Scheiße.

Erneut setzte ich mich vor den Computer und suchte im Telefonverzeichnis nach Adresse und Telefonnummer eines Nachbarn. Ich bereitete mich geistig ein wenig vor, dann rief ich dort an.

»Hallo«, begann ich, als ein Mann abhob, der klang, als wäre er mittleren Alters und aller Wahrscheinlichkeit nach angesoffen. »Ich rufe vom Finanzamt an. Wir holen gerade Erkundigungen über Ihren Nachbarn, den Buchhalter Jerry Pritchard ein. Kennen Sie Mr Pritchard?«

»Ohhh. Ihr ermittelt gegen die eigenen Leute? Ernsthaft? Heißt das, dass ich dieses Jahr keine Rückerstattung bekomme? Bestimmt geht es um diese Abschreibungen, ich hab es ihm ja gleich gesagt …«

Ich spürte, wie mein Plan vom Weg abkam, querfeldein über steinigen Boden holperte und dabei die Stoßdämpfer ruinierte.

»Ist Mr Pritchard Ihr Buchhalter?«, fragte ich, das Telefon zwischen Schulter und Ohr geklemmt, und tippte dabei »Kansas City« und »Finanzamt« in meine Suchmaschine ein.

»Ich würde ihn nicht meinen Buchhalter nennen. Ich schippe seine Auffahrt, und er macht meine Steuererklärung. Immerhin arbeitet er für euch Typen. Liegt doch nahe, oder? Außerdem hat er's im Rücken. Kann ihn doch nicht hängen lassen, wenn der Schnee uns überfällt, oder? Sonst könnte er im Winter öfter mal nicht zur Arbeit kommen, das sag ich Ihnen. Aber darum geht es doch nicht, oder? Er wollte kein Geld dafür, und ich hab ihm auch keins gegeben. Und seine Auffahrt hätte ich so oder so freigeschaufelt.«

Ein Treffer nach dem anderen erschien auf meinem Bildschirm. In Kansas City befand sich eine der größten Niederlassungen des Finanzamtes. Ich klickte auf einen Artikel: Brandneue Anlage. Fast elf Hektar groß. An die 400 Millionen Dollar Baukosten. Und eine Armada von Angestellten.

Ich rieb mein Auge mit dem Handballen. Bestimmt arbeitete jeder Buchhalter der vier umgebenden Bundesstaaten dort.

»Sind Sie noch da?«, fragte der Mann.

»Vielen Dank für Ihre Zeit«, verabschiedete ich mich und legte auf.

Ganz ruhig, Clementine.

Ich stand auf, holte das Apothekerglas mit dem verschreibungspflichtigen Gras und krümelte etwas davon auf ein Blättchen Zigarettenpapier. Als ich den Joint fertig gedreht hatte, wühlte ich in derselben Schublade nach meinem durchsichtigen pinkfarbenen Feuerzeug und zündete ihn an.

Ich füllte meine Lunge mit dem Rauch und schloss die Augen, bis es wieder an der Zeit war zu atmen. Mit einem tiefen Seufzen pustete ich den Rauch durch die Lippen.

Und noch mal.

Und noch mal.

Ahhh.

Seufzend griff ich wieder zum Hörer, scrollte durch die Suchergebnisse und wählte. Elf Hektar saubere, glänzende Flure und moderne Neonröhren. Vor meinem inneren Auge sah ich ellenlange Gänge und Männer mit Krawatten, die an identischen Schreibtischen in riesigen Büros saßen, die so groß wie Fußballstadien waren. Ich wurde von einem zum anderen weitergeleitet, hüpfte in diesem Gewirr aus Schreibtischen von einem Telefon zum nächsten, bis es schließlich klingelte und er abhob.

»Guten Tag. Jerry Pritchard am Apparat.«

Ich schaute auf die Uhr. Bei ihm war es bereits Spätnachmittag, er war mir zwei Stunden voraus. Dort wäre ich meinem Tod zwei Stunden näher. Vermutlich dachte er bereits ans Nachhausegehen, daran, was seine Frau wohl zum Abendessen machte. Vielleicht ein Hacksteak? Vermutlich aß man an einem Ort wie Kansas City oft Hacksteak. Oder er nahm sich vor, auf dem Heimweg noch bei irgendeinem Laden vorbeizufahren. Milch, Eier, Butter, Salz.

»Hallo?«

Er hörte sich älter an. Alt. Ich hatte ihn mir nicht so vorgestellt, eher wie ein Ausstellungsstück im Museum, in Bernstein konserviert. Er war nicht mehr der Mann, der vor über dreißig Jahren aus meinem Leben verschwunden war.

»Hier ist Clementine«, sagte ich.

Er erwiderte nichts.

»Clementine Pritchard.«

»Ich, ich habe nichts zu sagen.« Seine Stimme stockte, überschlug sich wie ein verzerrtes Tonband.

»Wie geht es dir?«, fragte ich.

»Ich will nicht mit dir sprechen.«

Er sagte es in dem Tonfall, in dem ein Arzt sagen würde: »Tut mir leid, Sie haben Krebs«, nur dass er den Part mit dem »tut mir leid« ausgespart hatte. Ich nahm einen weiteren Zug von meinem Joint, nachdem ich ihn schon mal zwischen den Fingern hielt, und hoffte, er würde mich beruhigen, tat er aber nicht. Hätte ich doch bloß nicht angerufen! Gleich würde ich noch anfangen zu weinen. *Zack.* Binnen weniger Sekunden war ich wieder zehn Jahre alt, das kleine Mädchen von damals, alleingelassen von seinem Daddy. Das Gefühl von Hilflosigkeit und Abhängigkeit ließ in mir aber auch eine unglaubliche Wut aufkochen.

Leck mich. Leck mich doch.

Ich fuhr gleich die schweren Geschütze auf. »Mom ist tot. Ramona auch. Wusstest du das? Hast du gewusst, dass sie gestorben sind?« *Nimm das, du Arschloch!*

»Ich kann nicht darüber sprechen. Ich bin auf der Arbeit.«

Er und seine Arbeit konnten mich mal kreuzweise.

»Ich will vorbeikommen«, sagte ich.

»Nein, nein. Das geht nicht. Das ist keine gute Idee. Ich muss jetzt auflegen.«

Ich hörte ein Klicken, und die Leitung war tot. Für einen Moment blieb ich dran und lauschte in die Stille. Dann ertönte das zweite Klicken, und das Freizeichen piepte in mein Ohr.

Als Nächstes buchte ich einen Flug.

13 TAGE

Die Haut um meine Augen hatte die Textur von Krepppapier. Hochwertiges Krepppapier vielleicht, doch ein himmelweiter Unterschied zu der straffen Weichheit eines aufgeblasenen Luftballons, an die ich mich zu erinnern meinte. Ich beugte mich näher zum Spiegel, denn wer konnte schon widerstehen, wenn das hell erleuchtete Badezimmer einen zu einem kritischen Blick einlud. Ich lehnte mich ein wenig zurück und kam wieder näher.

Nah.

Fern.

Nah.

Fern.

Schwachsinn.

Kopfschüttelnd schlüpfte ich in meine Flip-Flops und verließ die Wohnung, eingewickelt in nichts anderes als ein weißes Handtuch wie in ein sehr kurzes Cocktailkleid. Ich klopfte bei meinem Nachbarn, und dann gleich noch einmal, ohne die üblichen paar Sekunden abzuwarten.

Er öffnete die Tür; Caligula hätte bei seinen Orgien eine wahre Freude an ihm gehabt. Seine Haare waren straßenköterblond und lockig, sein Teint, wie mir schien, in der letzten Zeit etwas dunkler geworden. Unter dem enganliegenden grauen T-Shirt zeichneten sich deutlich seine Muskeln ab, und die Jeans war so geschnitten, dass, um es ganz unverblümt zu sagen, nicht mehr viel der Fantasie überlassen blieb.

Er lächelte, Grübchen kamen zum Vorschein. Natürlich hatte er Grübchen.

»Hast du dich ausgesperrt?«

Ich war mir sicher, dass er mit diesem Lispeln die Herzen der Frauen von hier bis Santa Barbara brach.

»Ich habe Falten. Ich brauche einen Pony.«

»Du bist so schön wie immer. Aber du hast Glück, denn ich bin Spezialist für Umstylingaktionen in Krisenzeiten. Wie heißt er?«

Brandon machte einen Schritt zur Seite und ließ mich herein. Er lebte seit zwei Jahren in der Wohnung neben mir und hatte wirklich etwas aus der Bude gemacht. Sogar seine Dekoration war annehmbar. Er war Friseur-Schrägstrich-Tänzer-Schrägstrich-Gelegenheitsbarkeeper.

»Das hat nichts mit einem Typen zu tun.«

»Red keinen Scheiß.«

Er führte mich zum Esszimmertisch, drückte mich auf einen Stuhl, schnappte sich diesen dann an den vorderen Stuhlbeinen und drehte ihn herum, sodass ich ihn ansah. Typisch Mann, dieses Zurschaustellen von Kraft, und ich hatte das Gefühl, ich sollte mir etwas Luft zufächeln.

Wir befanden uns vor seiner Fensterfront, die mehr oder weniger dieselbe Aussicht bot wie meine eigene. Unsere Wohnungen hatten denselben Grundriss, sahen aber vollkommen unterschiedlich aus. Bei ihm gab es keinen Arbeitsbereich, wodurch verschwenderisch viel Raum für Möbel und Einrichtung blieb. Als Raumteiler benutzte er beidseitig bestückte Bücherregale, sein Schlafbereich war dreimal so groß wie meiner.

»Frauen lassen sich nach einer Trennung immer eine andere Frisur machen. Das hat was mit einem Neuanfang zu tun, und so.«

Seine Scheren bewahrte er in einem schwarzen Lederetui auf, das er jetzt auf dem polierten Holztisch öffnete. Er holte seinen Kamm heraus und besprühte meine Haare mit Wasser.

»Verspielt und fransig oder ernst wie eine Porzellanpuppe?«, fragte er.

»Porzellanpuppe.«

»Oje, was war das nur für ein Kerl.« Gewissenhaft kämmte er eine Haarsträhne über meine Augen nach unten, sodass ich aussah, als würde ich einen Helm aus Haaren tragen.

»Vielleicht waren es ja zwei.«

Er hielt mitten im Kämmen und Scheiteln inne. »Zwei Kerle?«

»Schon möglich.«

»Also dann definitiv Porzellanpuppe.«

Dieses ganz eigene Geräusch, mit dem eine Schere Haare abschneidet, habe ich schon immer gehasst. Es liegt zwischen einem Knirschen und einem Kratzen. *Rrratsch, rrratsch, rrratsch.* Wie besessen kürzte, kämmte und sprühte mein Nachbar, und als er damit fertig war, führte er mich in sein Badezimmer, in dem das Licht sehr viel freundlicher war als in meinem. Mein schulterlanger schwarzer Bob hatte jetzt einen dreieckigen Pony, der seinen höchsten Punkt in der Mitte der Stirn hatte und sich zu den Seiten hin absenkte, um gerade oberhalb der Augenbrauen zu enden. Fehlten nur noch ein scharlachroter Seidenkimono und eine Zigarettenspitze. Ich sah aus, als würden mich Geheimnisse und Männer umwabern, Unmengen von beidem.

»Ich liebe es! Und dich natürlich auch«, rief ich, drehte mich zu ihm um und küsste ihn auf die Wange. Es war mein Ernst. »Wie viel?«

»Keinen Cent. Betrachte es als meinen Beitrag zum Neuanfang.«

Als ich mich erneut in meinem eindeutig weniger schmeichelhaften Badezimmerlicht betrachtete, strahlte ich durch die Verwandlung.

Ich holte ein ärmelloses schwarzes Kleid aus dem Schrank,

das vorne hochgeschlossen und hinten tief ausgeschnitten war, zog es über den Kopf und hüpfte ein paarmal auf und ab, damit es an mir herunterglitt. Dann öffnete ich die Schuhschachtel, in der ich meine Clutches und andere Accessoires aufbewahrte, die viel zu selten zum Einsatz kamen. Obenauf lag eine faustgroße weiße Chrysantheme aus Seide, verziert mit Federbüscheln, die in alle Richtungen abstanden. Ich blies etwas flaumigen grauen Staub weg und nahm sie mit ins Badezimmer.

Mit einer Haarklammer schob ich eine Locke nach hinten und befestigte die große, protzige Blume über dem Ohr. Das reichte fast aus, um von den hartnäckigen Farbklecksen an meiner Nagelhaut abzulenken.

Der Fotograf schoss mitten im Wohnzimmer ein Foto von mir. Ich war nicht darauf gefasst gewesen. Es war, als hätte man mich in einen Hinterhalt geführt. Ich blinzelte, um meine benommenen Pupillen wieder auf das sanfte Licht einzustellen.

»Was zum Teufel sollte das denn?«, fragte ich meine Gastgeberin.

Annabelle zuckte mit den Schultern und nahm einen Schluck von dem Rosé-Champagner, der in ihrem Sektglas blubberte. Meines war schon fast wieder leer.

»Die *Times* hat ihren Society-Reporter geschickt.«

»Er sollte besser eine Glocke um den Hals tragen.«

Annabelle hat eine Art, über Witze zu lachen, die ihrem Gegenüber stets den Eindruck vermittelt, sehr viel lustiger zu sein, als man es tatsächlich war. Eine raffinierte politische Strategie übrigens, die sie häufig im Interesse ihres Mannes anwandte. Sie war zwar ein paar Jahre älter als ich, sah aber dank sehr dezenter chirurgischer Eingriffe ein wenig jünger aus. Ihr Haus, in das ich zusammen mit ein paar hundert anderen ihrer engsten Freunde geladen war, lag in den Hollywood Hills, am Ende einer Auffahrt, die man nur im ersten Gang bewältigen konnte. Unter fünf Millionen Dollar war es bestimmt nicht zu haben gewesen. An diesem Abend hatten Bedienstete die Gäste in Empfang genommen – vier Latinos in orangefarbenen Jacken und schwarzen Hosen, die sich die Wagenschlüssel eines jeden Neuankömmlings schnappten und sein Auto ein wenig bergab in der Nachbarschaft parkten, ehe sie den Hügel für den nächsten Wagen wieder nach oben rannten. Nach diversen Touren tropfte ihnen der Schweiß in die Augen, und sie wischten sich nach jedem Sprint mit dem Handrücken über die Stirn.

Die Fenster schimmerten gelb vor dem leuchtend marineblauen Himmel und den dazu passenden monochromatischen Hügeln, und je weiter ich den steilen Weg nach oben lief, desto deutlicher konnte ich das Raunen von Stimmen vernehmen. Schließlich blieb ich stehen, zog fluchend meine High Heels aus und legte den restlichen Anstieg barfuß zurück. Die ruhigen Gesprächsfetzen ließen selbst aus der Entfernung erkennen, dass diese Party niemals aus dem Ruder laufen würde. Einen Moment überlegte ich, ob ich wohl einfach von draußen zuschauen und durch die hell erleuchteten Fenster das Schauspiel drinnen verfolgen könnte. Vielleicht würde mir ja einer der Kellner in Livree einen Drink nach draußen bringen und eine Decke zum Draufsitzen.

Ich hatte mich dann doch dazu entschieden hineinzugehen. Nun redete Annabelle auf mich ein, ich hörte ihr allerdings nicht zu. Sie trug ein leuchtend bedrucktes Seidenkleid mit großem V-Auschnitt, das ihre Knie umspielte. Ihre Haut war ebenso gebräunt wie die von Tante Trudy, aber ohne Falten und Pigmentflecken. Ich fragte mich, ob das wohl das Ergebnis einer Airbrush-Bräunungsdusche war, und falls ja, ob man sich beim Aufsprühen ganz nackt ausziehen musste.

Genau in dem Moment, in dem sich mein Gehirn wieder in

die Unterhaltung einschalten wollte, erklärte sie: »Ich sehe gerade jemanden, zu dem ich unbedingt hallo sagen muss, Küsschen.«

Ich zielte auf ihre Wange, doch sie küsste mich mitten auf die Lippen und entschwebte dann in einer Wolke Vanilleparfüm.

»Clementine.«

Ich drehte mich um, und als ich sah, wer mich da ansprach, kippte ich den restlichen Champagner in einem Zug herunter. »Herr Direktor.«

Er quetschte sich seitlich an einer Gruppe Gäste vorbei und kam um die weiße Couch und den Beistelltisch mit der Reproduktion einer Mingvase herum auf mich zu.

»Sie sehen gut aus heute Abend«, sagte er.

»Danke.«

Mich im Aufenthaltsraum für die Angestellten eingesperrt zu halten hatte offenbar die Grundlage für eine freundschaftliche Beziehung geschaffen.

»Ihr Werk ist einfach fantastisch. Haben Sie den Bericht in der Zeitung gelesen?«

»Nein, noch nicht.«

»Ich schicke Ihnen eine Kopie. Wirklich sehr schmeichelhaft. Viele tolle Fotos. Fast die komplette erste Seite des Kulturteils.«

Diese Aktion schien mir unendlich lange her zu sein.

»Ich glaube, es hat sich für uns alle gelohnt«, erklärte er.

»Entschuldigen Sie mich bitte«, unterbrach ich ihn. »Da ist jemand, zu dem ich unbedingt hallo sagen muss.«

Ohne eine Vanillenote hinter mir herzuziehen, ging ich durch die Glastüren auf die mit großen Steinplatten ausgelegte Terrasse hinaus, vor der sich ein Pool erstreckte. Ich war noch immer barfuß – meine Schuhe hatte ich beim Betreten des Hauses irgendwo fallen lassen –, und die Steine wärmten meine Füße. Die

Luft hatte ihre nachmittägliche Hitze jedoch sehr viel schneller verloren, und überall standen Heizstrahler bereit, um beim ersten Anzeichen eines fröstelnden Gastes eingeschaltet zu werden. Ich begab mich mit meinem leeren Glas zu einer der vielen Bars, wo der Kellner schon in weiser Voraussicht die Champagnerflasche mit der umgebundenen weißen Serviette aus dem silbernen Eiskühler hob, als er mich erblickte. Man konnte sagen, was man wollte, aber der Service auf Annabelles Partys war immer hervorragend.

Kaum hatte ich das volle Glas an meine Lippen geführt, stand plötzlich ein junger Typ neben mir. Die drei oberen Knöpfe seines Anzugshemds waren gewollt lässig aufgeknöpft.

»Ich habe gesehen, dass du dich mit Direktor Kirby unterhalten hast«, sagte er.

Es ist immer von Vorteil, einen charmanten Akzent zu haben. So muss man sich nämlich schon mal nicht die Mühe machen, etwas Interessantes zu sagen, um eine Unterhaltung ins Laufen zu bringen. Und sein melodischer irischer Singsang war zugebenermaßen äußerst charmant.

»Falsch, er hat sich mit mir unterhalten.« Ich nahm einen Schluck. Der Champagner war so trocken, dass sich meine Lippen zusammenzogen. Genauso mochte ich ihn. Vielleicht sogar etwas zu sehr.

Hier oben in den Hollywood Hills war die Luft sauber und still und die Nacht dunkler als unten in Los Angeles, wo tausende Lampen und andere Blinklichter verhinderten, dass es jemals richtig dunkel wurde. Ich blickte nach oben. Man konnte zwar noch immer nicht die Sterne erkennen, aber es war zumindest nicht vollkommen ausgeschlossen, sie hier irgendwann einmal zu sehen. Ich nahm einen weiteren Schluck.

Er bestellte einen Gin Tonic. Meiner Ansicht nach schmeckte ein Gin Tonic immer mehr nach Gin als nach Tonic.

»Dann hast du ja eine Entschuldigung«, sagte er. »Ich bin William.«

»Clementine«, entgegnete ich und ergriff seine Hand, die nicht größer war als meine. Tatsächlich war nichts an ihm größer als an mir. Ich blickte geradewegs auf seinen Scheitel.

»Die Männer gaffen dich bestimmt die ganze Zeit an«, sagte er.

Ich legte meinen Kopf schief und spürte, wie mein Pony verrutschte und mich an der Stirn kitzelte.

»Du bist eine eins achtzig große, zum Leben erwachte Puppe. Sogar … barfuß«, fuhr er mit einem Blick in Richtung meiner Füße fort.

Männer sollten Frauen prinzipiell einfach nur sagen, dass sie schön sind, mehr nicht. Details ruinieren immer alles. Das kleine Mädchen findet sich zu klein, das große zu groß. Und keine will hören, dass ihr die Brille gut steht. Plötzlich überkam mich das Gefühl, als wären meine Gliedmaßen gerade eben noch 30 Zentimeter länger geworden, als müsste ich mich ducken, um nicht an den Himmel zu stoßen.

»Und du bist ein kleiner irischer Kobold«, sagte ich.

Er warf den Kopf in den Nacken und lachte, wie man auf seine eigenen Kosten lachen sollte, um deutlich zu machen, dass man kein Spielverderber ist.

»Ich habe es nicht anders verdient«, sagte er.

Das hatte er in der Tat nicht, und so machte sich zwischen uns Schweigen breit. Ich wartete darauf, dass er weiterschlenderte, wie man das auf einer Party so tut. Mein Magen knurrte, und ich hielt Ausschau nach einem Kellner.

Hinter dem Pool zog sich ein breiter Grasstreifen bis hin zu der Stelle, wo der Hügel abrupt in die Schlucht überging. Auf einer Seite hatte man eine weiße Kinoleinwand aufgebaut, auf dem getrimmten Rasen lagen übergroße Kissen verteilt. Ein paar junge Frauen, die mich mit ihren schlaksigen, gebräunten Gliedmaßen an Pferde erinnerten, hatten sich auf diesen Sitzgelegenheiten ausgestreckt und lachten. Eigentlich hätte jeden Moment jemand kommen, ihnen den Rücken abklopfen und sie mit Zucker füttern sollen. Zweifelsohne würde das auch bald jemand tun – im übertragenen Sinn, natürlich.

Auch William sah zu ihnen hinüber. Und ich beobachtete ihn dabei. Er war etwa in ihrem Alter, jung genug, um auf dem College zu sein oder gerade seinen Abschluss gemacht zu haben. Vielleicht hatte er zu seiner fabelhaften Abschlussnote von seinen Eltern auch eine kleine Weltreise spendiert bekommen und war dabei auf einem Abstecher in den Hollywood Hills gelandet.

Er nahm einen Schluck von seinem Gin Tonic und drehte sich vom Ponyhof weg.

»Bist du auch hier, weil dich unabhängige Dokumentarfilme so beeindrucken?«, fragte er mit einem Zwinkern.

»Ich bin hier, weil Annabelle mich drei Monate lang auf ihrer Couch schlafen ließ, als ich von New York nach L. A. gezogen bin, was jetzt ungefähr fünfzehn Jahre her sein dürfte.« Das machte ihm hoffentlich klar, wie alt ich war.

Annabelle gab diese Party für den Ehemann einer Freundin, der seinen neuen Film vorstellte. Zuvor war besagter Ehemann Koch in einem dieser superangesagten Fusion-Food-Restaurants in der Nähe von La Brea gewesen. Jetzt war er also Regisseur. Seine Frau, besagte Freundin, arbeitete damals wie heute für Disney, inklusive Krankenversicherung und Rentenbeitrag, was bei einem Ehemann mit derart unbeständiger Karriere nicht die schlechteste Entscheidung war.

Der Film handelte vom Völkermord in Darfur, was zu Beginn der Dreharbeiten vermutlich aktueller gewesen war als bei seiner Fertigstellung. Gerüchten zufolge spielte George Clooney mit; angeblich hatte das seine Disney-Ehefrau arrangiert.

»Tom und ich waren zusammen auf der Filmschule an der USC«, teilte er mir mit.

In L. A. war das eine gern dahingesagte Prahlerei. Die USC ist für Filmleute das, was Harvard für Anwälte ist.

»Wenn du zu diesen Blockbuster-Typen gehörst, woher kennst du dann Kirby?«

»Er ist mein Vater.«

Das war das Lustigste, was ich in den letzten Tagen gehört hatte. Ich schaffte es gerade noch, mir den Handrücken vor den Mund zu halten, bevor ich losprustete und in lautes Gelächter ausbrach. Champagner schoss mir in die Nase, und meine Augen füllten sich mit Tränen. Darüber musste er dann seinerseits lachen, was bei seinem irischen Akzent einfach nur absurd komisch klang und mich wiederum noch mehr zum Lachen brachte. Schon bald hatte ich einen Krampf in den Wangenmuskeln, Seitenstechen, und die Leute starrten uns an.

Als wir uns wieder etwas beruhigt hatten und nur noch leise vor uns hin kicherten, wischte sich William die Augen. »Es stimmt. Ich meine, klar, er ist ein krasser Spießer, aber vor 25 Jahren muss er offensichtlich mal ein toller Hengst gewesen sein, sonst hätte er nicht meine Mutter im Urlaub flachgelegt.«

Und damit war auch die Frage nach seinem Alter beantwortet. Nach dem ganzen Gelächter näherte sich unsere Unterhaltung dem Tiefpunkt.

»Bevor ich in die Staaten kam«, fuhr er fort, »wusste ich nicht viel von ihm. Er schickte Schecks für meine Schulausbildung, aber er hat mich nie besucht oder so. Dann kam ich nach Los Angeles, und wir fingen an, zusammen auf dem Campus zu Mittag zu essen.«

Ich stellte mir den PR-bewussten Direktor Kirby vor, wie er versuchte, die Geschichte mit seinem lange verschollenen unehelichen Kind ins Lot zu bringen. Ob er William wohl auch eine Reportage in der *Times* verschafft hatte?

Jetzt war die Talsohle erreicht. »Und«, fragte er in die Stille, »was machst du so?«

»Ich sehe mich jetzt nach ein paar Häppchen um«, antwortete ich. »Danke für die amüsante Unterhaltung.«

Von einem vorbeikommenden Tablett schnappte ich mir ein paar Dim Sums, dann stellte ich mein Glas auf einem mit Intarsien geschmückten Couchtisch ab und ging davon, auf der Suche nach dem Badezimmer. Das erste, auf das ich stieß, war besetzt, also schlenderte ich die gewundene Treppe mit den gefliesten Stufen nach oben. Von dort aus konnte ich einen Blick auf die Menge unter mir werfen, wenn ich mich über das Geländer beugte. Ich sah Annabelle, die von einer Gruppe zur nächsten schwebte. Ihr Mann stand in einer Ecke und unterhielt sich ernst mit einem Anzugträger.

Während meiner Monate auf ihrer Couch hatten Annabelle und ich etwas am Laufen gehabt. Das war Mitte der 90er, damals machte jeder so etwas, um cool zu sein. Ich war Annabelles »spezielle Freundin« gewesen. Nach meinen Informationen wusste ihr Mann bis heute nichts davon. Früher war sie auch Malerin gewesen, dadurch hatten wir uns überhaupt erst kennengelernt. Jetzt war sie hauptberuflich Ehefrau und Mäzenin, was eindeutig besser zu ihr passte.

Ich drückte mich vom Geländer weg und folgte dem Gang.

Sekunden später versuchte ich mein Glück an einer Tür, die nach Toilette aussah. Der Knauf bewegte sich gerade mal einen halben Zentimeter – abgeschlossen. Ich hatte ihn noch nicht losgelassen, als die Tür mit einem Ruck aufging und Elaine Sacks vor mir stand.

Wir erstarrten beide. Ihre Locken waren zu einem losen Knoten zusammengefasst, sodass kleine Kringel ihr Gesicht umrahmten. Sie hätte auf das Cover eines Jane-Austen-Romans gepasst, die irreführendste Werbung, die man sich nur vorstellen konnte.

»'tschuldigung«, platzte ich heraus, was genau mit ihren Worten »gratuliere zur Walton-Ausstellung« zusammenfiel, sodass es sich letztendlich wie »brabbel-gung-brabbel-Walton-brabbel« anhörte.

Wir brauchten einen Moment, um zu entscheiden, was wir damit anfangen sollten.

»Danke«, sagte ich und hatte kurz den Eindruck, als wollte sie darauf noch etwas erwidern. Vielleicht kam sie aber auch einfach nicht an mir vorbei.

Ich trat zur Seite, und sie huschte schnell aus der Tür und den Gang entlang. Während ich ihr nachsah, konnte ich kaum glauben, dass ich ihr keine reingehauen hatte. Und ebenso wenig, dass Annabelle sie eingeladen hatte. Ebenso unwirklich erschien es mir, dass Elaine keinen einzigen Mucks wegen ihres zerstörten Gemäldes in der Galerie und des Artikels in der *Times* von sich gegeben hatte. Eine große Szene mit Geschrei und Anschuldigungen hätte ich im Mindesten von ihr erwartet. Diese Zurückhaltung gefiel mir nicht. Irgendetwas war faul.

Im Badezimmer blickte ich in den Spiegel, um zu sehen, was sie gesehen hatte. Die riesige Blume in meinem Haar kam mir nun lächerlich vor, als würde ich für eine Werbekampagne der hawaiianischen Tourismusbehörde posieren. Ich nahm sie ab und warf sie in den Müll, strich die seitlichen Strähnen meines Bobs hinter die Ohren und raffte meinen Rock oben zusammen, um mein Geschäft zu verrichten.

Als ich wieder nach unten kam, strömten gerade alle hinaus Richtung Pool, wo ein Projektor aufgestellt worden war. Ich nahm mir ein weiteres Glas Champagner von einem Tablett und folgte ihnen. Das Gras kitzelte weich unter meinen Füßen.

»Clementine.« Ich blickte nach unten, und mein irischer Kobold sah zu mir auf. Er klopfte auf den leeren Platz neben sich. »Ich habe hier für dich frei gehalten.«

Daran hatte ich zwar so meine Zweifel, aber immerhin stand er nicht bei den langbeinigen Fohlen, die noch immer einige Reihen weiter vorn auf den Kissen lagen – warum also nicht?

Ich strich meinen Rock glatt und setzte mich neben ihn, wobei ich peinlich darauf achtete, nichts von dem Champagner zu verschütten. Meine Fußsohlen waren mittlerweile so dreckig, als hätte man sie in Stempelfarbe getaucht, um mir Fußabdrücke zu nehmen. Ein Kellner kam vorbei und bot uns Spitztüten mit Popcorn an. Natürlich war es kein normales Popcorn, sondern mit irgendwelchen exotischen Kräutern aromatisiert – schließlich waren wir hier in Hollywood.

Ich taxierte die Menge. Elaine saß auf einem Stuhl und sprach mit einer älteren Frau, die ich nicht erkannte.

»Wo ist dein Dad?«, fragte ich.

»Er ist immer der Erste, der eine Party verlässt.«

Die Lichter wurden gedimmt, der Projektor leuchtete auf, und alle außer mir klatschten. Meine Hände hatten mit Champagner und Popcorn genug zu tun. Der Boden war zu uneben, als dass ich das Glas hätte abstellen können, und ich musste das Popcorn mit Lippen und Zunge aus der Tüte fischen.

Ich saß im Schneidersitz da, während William sich nach hinten auf die Ellenbogen aufstützte, ein Bein gerade nach vorn ausgestreckt, das andere untergeschlagen, wie ein schwules Unterwäschemodel. Über die Leinwand flackerten Bilder von brennenden sudanesischen Dörfern und Milizmitgliedern auf Kamelen und Pferden. Ich erkannte die Stimme eines bekannten Schauspielers, der als Sprecher fungierte. William legte seine Hand auf meinen bloßen Rücken. Auf der Leinwand wurde der Leichnam einer alten Frau für die Bestattung in ein bunt leuchtendes Tuch eingewickelt. William ließ seine Fingerspitzen über meinen Rücken kreisen. Gänsehaut überzog meine Arme. Mädchen in wallenden Röcken und Plastik-Flip-Flops machten sich auf die Suche nach Brennholz, während der Sprecher von Vergewaltigung und Folter sprach, mit denen sie sich konfrontiert sahen – als wären es zwei unterschiedliche Dinge. Williams Finger glitten unter den Stoff des Kleides, und ich spürte, wie meine Unterhose feucht wurde. Eine Gruppe Entwicklungshelfer berichtete von ihrem Alltag.

William zupfte mich am Arm, und ich schaute zu ihm rüber.

»Lust, von hier abzuhauen?«, fragte er.

12 TAGE

Seine Wohnung entpuppte sich als winziges Einzimmerapartment mit Kochnische und Duschkabine in der Nähe des Hollywood Boulevard, wo die Stars sich auf Händen und Knien im Zement verewigen.

»Ich hab auch einen Kühlschrank.« Seine Lippen waren noch immer auf meine gepresst, sein Atem und seine Worte landeten geradewegs in meinem Mund.

Ich hatte keine Ahnung, warum er das gerade jetzt erwähnte. Nach dem Zustand seines Apartments zu urteilen, konnten sich dort ohnehin nur ein Sixpack und ein abgelaufener Joghurt befinden. Eine Mikrowelle balancierte auf dem Kühlschrank. Wir lagen auf dem Bett, inmitten von dreckigen Socken, und Williams Hände schoben sich unter mein Kleid.

Tatsächlich hatte mir unser kleines Intermezzo auf der Party besser gefallen. Als wir miteinander flirteten, konnte ich mich wenigstens noch reif und kultiviert fühlen. Jetzt fragte ich mich, ob er bereits die Dellen an meinem Hintern und die schlaffe Haut an meinen Oberarmen bemerkt hatte. Ich war nun mal kein junges Fohlen mehr. Eher eine alte Schachtel.

Aus naheliegenden Gründen hatte ich meinen Verstand in zwei Manhattans ertränkt, nachdem wir uns davongestohlen hatten. Als ich mich nun auf dem Berg Schmutzwäsche niederließ, war ich betrunken genug, dass sich der Raum um mich drehte, sobald ich die Augen schloss. Ich ließ sie also lieber offen, während er meine Unterhose auszog und es sich zwischen meinen Beinen bequem machte. Seine Zunge fühlte sich warm und weich an, und er war so zaghaft, dass ich mich fragte, ob er gleich um Erlaubnis bitten würde.

Mein Blick wanderte über die Decke, dann hinüber zum Schrank, wo eine Stereoanlage und ein Stapel CDs standen. Mit zusammengekniffenen Augen versuchte ich die Titel der Alben zu lesen, während er sich abmühte. Offenbar war er Tupac-Fan. Daneben sah ich ein paar Schnapsflaschen, inklusive der drei Nothelfer: Johnnie, Jack und Jim. Auf dem Nachttisch ein gerahmtes Foto von William und einer blonden Elfe. Nicht seine Schwester, nahm ich an. An der hinteren Wand hing ein Flachbildschirm, der wohl mehr gekostet hatte als alles andere in diesem Zimmer zusammen.

»Du bist nicht bei der Sache.«

Ich sah nach unten. Wann hatte er aufgehört?

»Bin ich wohl nicht.«

»Gibt es etwas, das ich anders machen kann?«

»20 Jahre älter werden.« Das war mir herausgerutscht, ehe ich es verhindern konnte. »'tschuldige.«

Er rollte auf die Seite und stützte den Kopf in seine Hand. »Einen Versuch war es wert, oder?«

»Ja«, stimmte ich zu.

Der arme Kerl war noch immer mit T-Shirt und einer Hose bekleidet, die im Schritt ziemlich eng saß.

»Willst du über Nacht hierbleiben?«

Bei aller Liebe, das wollte ich ganz bestimmt nicht. Schon bald würde der Alkohol meine Blutbahn verlassen, durch meine Poren hinaussickern, und dann würde ich mir meiner Umgebung nur allzu deutlich bewusst werden. Schon jetzt nahm ich einen unangenehmen Geruch war, möglicherweise Mikrowellen-Burritos vermischt mit Zigarettenrauch, außerdem würde ich demnächst mal ins Badezimmer gehen müssen, und darauf war ich nun wahrlich nicht erpicht. Das alles hier bald auch noch im smoggefilterten Licht des Sonnenaufgangs zu sehen war mehr, als ich ertragen konnte.

»Kann ich ein Glas Wasser haben?«, fragte ich. »Oder vielleicht besser drei?«

Er holte eine gekühlte Flasche aus dem Mini-Kühlschrank, in dem gar kein Joghurt war, soweit ich das sehen konnte. Ich trank sie in einem Zug leer. Das Badezimmer bot keinen so schrecklichen Anblick, wie ich erwartet hatte. Keine Zigarettenstummel in der Toilette oder Schamhaare im Waschbecken. Auch keine benutzten Kondome auf dem Boden der Duschkabine. Es roch etwas modrig, eben nach schlechter Lüftung ohne Fenster, und erinnerte an die beengten Räumlichkeiten einer Flugzeugtoilette. Ich pinkelte, wusch mir die Hände und machte mich ein wenig zurecht, ohne in den Spiegel zu sehen.

Als ich herauskam, lag er ausgestreckt auf dem Bett, und der Fernseher lief. Eine Zeitlang schauten wir beide Jon Stewart zu, während ich zweieinhalb weitere Wasserflaschen leerte.

Mit jedem Schluck wurde ich nüchterner, bis ich irgendwann ziemlich sicher war, dass ich einbeinig dastehen und einen Finger zur Nasenspitze führen konnte.

Ich sammelte meine Schuhe vom Boden auf und zog sie an. Barfuß bei Annabelle herumzulaufen war eine Sache. In dieser Gegend ohne Schuhe unterwegs zu sein eine ganz andere. William begleitete mich noch durch das Treppenhaus nach unten, dann verabschiedeten wir uns mit einem Kuss auf die Wange.

Auf beiden Straßenseiten waren die Autos Stoßstange an Stoßstange geparkt, die Bürgersteige aufgesprungen und uneben, wo die Wurzeln der Bäume durchgebrochen waren. Die Gebäude standen dicht beieinander, überall Stuck, bogenförmige Eingänge und die für L. A. typischen Ziegeldächer. In ihrem heruntergekommenen, verfallenen Zustand fand ich manche sogar ganz charmant. »Zu vermieten«-Schilder hingen in den oberen Fenstern, der Rasen in den Vorgärten war einfach nur sandiger, unfruchtbarer Dreck.

Ich war keinen Block von der Hauptstraße entfernt, doch nun drang ich immer tiefer in das Viertel vor. Um einen Parkplatz zu finden, hatte ich zuvor zweimal im Karree herumfahren müssen. Der Verkehrslärm wurde schwächer, je weiter ich ging. Einen Block weiter wurde eine Autotür zugeschlagen. Zwei Stimmen stritten und lachten im nächsten Moment. Meine Absätze klapperten über den Beton, und ich fühlte mich unwohl. Ich versuchte, nicht darüber nachzudenken.

Schließlich kam ich zu meinem Wagen, trank die letzte halbe Wasserflasche leer und stieg ein.

Ich war schon nahe genug an der Schnellstraße, um das Auffahrtsschild zu sehen, als mich eine aufheulende Sirene erschreckte. Ein Blick auf den Tachometer zeigte mir: 15 km/h zu schnell. *Scheiße.*

Ich blickte in den Rückspiegel. Er war direkt hinter mir, mit Blinklicht und einer Sirene, die jedes Mal wie ein verwundeter Welpe aufjaulte.

Ich fuhr rechts ran, stellte den Motor ab und suchte nach meinem Führerschein und den Wagenpapieren. Die verschwitzten Hände rieb ich an meinem Kleid ab, das in der Zwischenzeit zweifelsohne auch nach Mikrowellen-Burritos roch. Als der Polizist zu meinem Fenster kam, reichte ich ihm die Dokumente. Er nahm beides mit zu seinem Wagen.

Ich wartete. Die Uhr auf dem Armaturenbrett zeigte 2.14 Uhr an. In meiner Tasche fand ich ein hart gewordenes Stück Kaugummi und stopfte es mir in den Mund. Wieder blickte ich in den Rückspiegel. Nichts regte sich.

2.20.

2.29.

2.34.

Während die Zeit verstrich, wurde ich mir immer unschlüssiger, ob ich einnicken oder nervös herumzappeln sollte. Stillsitzen jedenfalls wurde immer unerträglicher. Würde er es als Zeichen der Aggression werten, wenn ich an sein Fenster klopfte? War es möglich, dass er in seinem Streifenwagen einen Schlaganfall bekommen hatte? Wie wahrscheinlich konnte es sein, dass er gerade in dem Moment, in dem ich mit den Daumen auf das Lenkrad trommelte, eine Herz-Lungen-Massage benötigte?

Nach dreißig Minuten verwandelte sich meine Sorge in Wut, die über meinen Rücken nach oben kroch und meine Wangen färbte. So wollte ich die restliche Zeit, die mir blieb, nicht verbringen. Ich streckte die Hand nach dem Schlüssel aus, der noch immer im Zündschloss steckte, und blickte ein letztes Mal in den Rückspiegel.

Da trat er aus seinem Wagen.

Meine Verärgerung wurde dadurch nicht geringer.

»Ma'am, haben Sie heute Abend getrunken?«, fragte er, als er wieder neben meinem Fenster stand.

Eine Fangfrage.

»Nicht so viel, dass es ein Problem wäre«, erwiderte ich.

»Würden Sie bitte aussteigen?«

Der Alkoholtest zeigte 1,0 an, nur 0,2 über dem gesetzlichen Grenzwert. Unter den gegebenen Umständen fühlte ich mich ziemlich gut.

»Du wirst dir einen Anwalt nehmen müssen«, sagte Richard. »Deine Versicherung wird gewaltig ansteigen. Und wahrscheinlich verlierst du deinen Führerschein.«

»Genau genommen habe ich ihn bereits verloren.« Ich hielt das Papier hoch, das mir anstelle meines eigentlichen Ausweises ausgestellt worden war.

»Verdammt noch mal, Clementine. Warum bist du nicht einfach geblieben, wo du warst?«

»Er war jung genug, um mein Sohn zu sein. Er hatte eine Einzimmerwohnung ohne richtige Küche. Und es hat nach Burritos gestunken.«

Die Vene an Richards Hals pochte, und er schaute starr nach vorn, als er sagte: »Das ging ja schnell.«

Ich lehnte den Kopf an den Sitz. Die Sonne würde in einer Stunde aufgehen. Ich war so müde, dass meine Augen brannten, und jede Bewegung kam mir wie eine übermenschliche Anstrengung vor. Richard fuhr mit Tempo um die Kurve, sodass meine Schuhe im Fußraum herumkullerten.

»Was ging schnell?«

»Vor gerade mal einer Woche warst du mit mir im Bett!«

»Das war vor zwei Wochen. Und hör auf, so rumzuschreien.«

»Raus aus einem Bett und rein ins nächste.«

»Du kannst mich mal. Willst du mir etwa sagen, dass du aus Respekt vor unserem kleinen Techtelmechtel nicht mehr mit Sheila geschlafen hast?«

Richard erwiderte nichts.

»Hab ich's mir doch gedacht.«

Schweigend fuhren wir die Schnellstraße entlang. Selbst zu dieser undefinierbaren Zeit, zu spät für die Nacht, zu früh für den Morgen, waren alle Spuren voller Autos. Wohin fuhren diese Menschen? Ich störte mich nicht daran. Mir gefiel es, dass diese Stadt zu allen Zeiten in Bewegung war, komme, was wolle.

»Du warst beim Frisör.«

Mit einem Ruck riss ich den Kopf hoch. »Was?«

»Du warst beim Frisör. Es gefällt mir.«

Wir näherten uns meiner Abfahrt.

»Ist das Exmann-Sprache für ›es tut mir leid, dass ich dich als Schlampe bezeichnet habe‹?«

»Ich habe dich nicht als Schlampe bezeichnet. Das würde ich nie tun. Mir gefällt einfach deine Frisur.«

Er trug Jogginghose, Flip-Flops und ein T-Shirt mit dem Logo einer Software-Firma. Er sah aus, als hätte er sich die Haare gerauft, die dank dem Gel vom Vortag genauso zerzaust stehen geblieben waren.

Als er an den Straßenrand fuhr, löste ich meinen Sicherheitsgurt. »Sag Sheila, dass es mir leidtut, sie geweckt zu haben.«

»Sie ist nicht bei mir.«

»Okay.«

Mehr sagte er nicht, und auch ich blieb stumm. Vielleicht war sie verreist. Vielleicht hatte sie im Garten hinter dem Haus ein Zelt aufgeschlagen. Vielleicht hatte sie die Flucht ergriffen. Was es auch war, es ging mich nichts an.

Ich sammelte meine Schuhe ein und stieg aus. Er ließ das Fenster auf der Beifahrerseite herunter, also beugte ich mich noch einmal hinein.

»Du hättest dich verletzen können«, sagte er ernst. »Du hättest jemand anderen verletzen können.«

»Ich bin doch gar nicht richtig zu schnell gefahren, und ich war auch nicht volltrunken.«

»Das konntest du noch nie sehr gut einschätzen.«

»Sprechen wir noch über Alkohol?«

»Nein«, sagte er und fuhr das Fenster wieder hoch.

11 TAGE

Es klingelte.

»Verfluchte Scheiße«, sagte ich zu Chuckles. »Sie kommen zu früh.«

Ich rannte zur Gegensprechanlage und tippte den Zugangscode ein, um ihnen die Tür zu öffnen.

Die Leinwand mit dem Stier stand auf dem Boden. Das Tier oder das, was man davon noch sehen konnte, war vollkommen beklebt. Ich hatte tags zuvor bis 12 Uhr mittags geschlafen, mir dann ein Taxi genommen, um meinen Wagen vom Abschleppplatz abzuholen, und war schließlich zum Arbeiten nach Hause gefahren. Den breitesten Pinsel, den ich finden konnte, hatte ich in leuchtend rote Farbe getaucht, die so verdünnt war, dass sie fast durchsichtig schien. Dann hatte ich das Tier bluten lassen. Den ganzen Nachmittag und Abend war ich damit beschäftigt gewesen, hatte Blut hinzugefügt und ein Bildnis des Schmerzes und der Zerstörung kreiert. Das buckelnde Wesen, das zuvor einen Stier im übermütigen Sprung dargestellt hatte, befand sich nun im Todeskampf, und ich war damit zufrieden. Ich lehnte mein Werk an die Wand und stellte eine neue präparierte Leinwand auf die Staffelei.

Ich hatte seit Annabelles Party nicht mehr geduscht. Inzwischen trug ich Jeans und ein schwarzes Tanktop, das ich vom Boden aufgelesen hatte. Meine Nägel, die Furchen meiner Hände und die Arme waren bis hinauf zu den Ellenbogen mit roter Farbe verschmiert. Sogar über meine Brust zog sich ein roter Streifen und die Flecken auf meiner Hose waren dunkelrot eingetrocknet. Selbst in meinem Haar war verkrustete Farbe, seit ich es mir aus dem Gesicht gestrichen hatte, und aus Erfahrung wusste ich, dass ich diese Strähne letzten Endes würde herausschneiden müssen.

Ich hatte meine Arbeitswut gestern nur kurz unterbrochen, um etwas zu essen und auf die E-Mail eines Mannes aus Silver Lake zu antworten, der sich auf Chuckles' Anzeige hin gemeldet hatte. Er wollte eigentlich gegen Mittag hier auftauchen, und bis dahin wollte ich weniger wie jemand aussehen, der gerade einen Leichnam zerteilt hatte. Auch Chuckles, der ähnlich zerzaust wirkte wie ich selbst, sollte bis dahin etwas gepflegter anmuten. Und da ich keine Ahnung hatte, wo Jenny seine Bürste aufbewahrte – oder ob er überhaupt eine eigene hatte –, befürchtete ich schon, ihn mit meiner Bürste bearbeiten zu müssen. Vielleicht hatte Jenny ja meine Zahnbürste für seine Fellpflege hergenommen, wer wusste das schon so genau. In einem Anfall von Größenwahn hatte ich sogar mit dem Gedanken gespielt, ihn zu baden, diese verrückte Idee aber sofort wieder verworfen und stattdessen beschlossen, dass ein wenig Raumdeo ausreichen musste.

Jetzt war es aber schon kurz nach elf, und bislang hatte ich nicht mehr fertiggebracht, als meine Finger mit einer zusätzlichen Schicht oranger Farbe zu überziehen. Mir blieb also nichts weiter übrig, als auf das Beste zu hoffen. Ich schnupperte an meinen Achseln, stellte verräterischen, zwei Tage alten Mief fest und versprühte eine Deowolke. Dann schnappte ich mir das Frühlingsfrische-Spray vom Spülkasten. Ich fand Chuckles in einem Haufen Staub und Krümel auf dem Küchenboden beim Sonnen vor, hob ihn hoch, kämmte ihn, so gut es ging, und besprühte seinen Bauch mit dem kalten Duftspray. Eine verdammt dumme Idee, wie ich feststellen musste. Er drehte mir sein verknautschtes Gesicht zu, miaute grauenerregend und zerkratzte meinen bloßen Oberarm mit seinen Hinterpfoten. Dann rupfte er sich so viel weißes Fell aus, dass man damit eine neue, besser gelaunte Katze hätte bestücken können. Weiße Fellpuscheln zierten mein schwarzes Top.

Als ich es zur Tür geschafft hatte, hatte ich ihn endlich einigermaßen unter Kontrolle und hielt ihn fest umklammert. Wir waren beide total angepisst. Wenigstens konnte ich lügen und behaupten, das Blut an meinem Arm sei Farbe.

»Hallo. Ich …« Die Worte blieben mir im Hals stecken.

Im Treppenhaus stand Elaine Sacks, die Hände in den übergroßen, aufgesetzten Taschen ihrer Tunika. Im Gegensatz zu mir hatte sie seit der Party geduscht, und ihr Parfüm war mit Sicherheit kein Raumerfrischungsspray.

»Du kannst Chuckles nicht haben.«

Es war das Erste, was mir in den Sinn kam, und Chuckles unterstrich diese Aussage, indem er beide Hinterläufe in meinen Bauch stemmte, sich mit einem Satz aus meinen Armen befreite und so schnell unter das Bett flüchtete, dass keine Pfote den Boden berührte.

»Was?«

»Du kommst nicht wegen der Anzeige für den Kater?«

»Nein.«

Wäre ja auch ganz schön dreist von ihr gewesen, sich mit einem falschen Namen an mein in Kürze verwaistes Haustier heranzumachen.

Sie trug schwarze Leggins unter der grauen Tunika mit Knöpfen, die lang genug war, um als Kleid durchzugehen. Ihre braunen Locken waren zu einem Pferdeschwanz nach hinten gebunden, und mit ihren schwarzen Ballerinas sah sie wie ein verletzliches großes Mädchen aus, was gar nicht zu dem Bild passte, das ich von ihr hatte. Wenn ich an Elaine dachte – meistens voller Hass und Verachtung –, stellte ich sie mir nämlich eher wie eine menschliche Version von Chuckles vor, wenn er einen schlechten Tag hatte – widerspenstig, eigensinnig und kratzbürstig, nur mit weniger Haaren.

»Kann ich reinkommen?«

»Warum?«

Das war mein Ernst. Was wollte Elaine Sacks bei mir?

»Ich dachte, wir könnten miteinander reden. Es gibt ein paar Dinge, die ich dir gerne sagen würde.«

Ich hatte das Gefühl, mich hier auf unsicherem Boden zu befinden, und am liebsten hätte ich ihn nach Fallen abgesucht. Ich drehte mein Handgelenk, um auf eine Uhr zu sehen, die ich gar nicht trug.

»Ich bekomme in einer Stunde Besuch.«

»Es geht schnell«, versprach sie.

Also drehte ich mich um und ging nach drinnen, ließ die Tür für sie offen stehen. Dann warf ich ein Tuch über den Stier, der noch nicht vollständig getrocknet war. Ich hoffte, das würde ihm nicht schaden.

Dass sie mich in meinem Zustand sah, war mir egal. Auch die anderen Leinwände – die, die niemals ausgestellt worden waren – standen wie zum Trotz offen da.

Unschlüssig, was sie tun sollte, blieb sie im Türrahmen stehen. Ich zeigte zum Küchentisch, der mit meinem Computer, Zeitungen, Post und anderem Schrott vollgemüllt war, der mir irgendwo im Weg gelegen hatte. Sie zog einen der Stühle hervor und nahm Platz.

»Möchtest du was trinken?«, fragte ich.

Sie schüttelte den Kopf, war mir ganz recht. Ich hatte keine Lust, in diesem Chaos eine nicht angebrochene Flasche Wasser zu suchen.

Ich setzte mich ein paar Schritte von ihr entfernt auf einen der Stühle, die an der Kücheninsel standen.

»Also schieß los.«

Sie verschränkte die Arme vor ihrer flachen Brust.

»Zuerst wollte ich dir sagen, dass ich Bescheid weiß: Du warst das bei Taylor.«

»Woher weißt du das denn?«

»Jeder weiß es.«

Ich erwiderte nichts. Stille breitete sich im Raum aus, und ich saß einfach nur da, sah vor mich hin und wartete ab, was sie als Nächstes sagen würde.

»Die Versicherung ist dafür aufgekommen.«

Ich lachte, weil ich einfach nicht anders konnte. »Na, wunderbar, jemand hat also die *State-Farm*-Versicherung angerufen«, sagte ich. »Dann ist ja alles geregelt.«

»Ich versuche, es hinter mir zu lassen. Und ich möchte, dass du das auch tust.«

»Warum sollte ich?«

»Wie bitte?« Ihre Arme sanken zu beiden Seiten herunter. »Einbruch, bösartige Zerstörung meiner Kunst und eine Schmierkampagne in der Zeitung sind dir also noch nicht genug?«

»Ich hatte überhaupt nichts mit dem Artikel zu tun. Hab nicht mal mit dem Journalisten gesprochen. Hättest du genau gelesen, dann würdest du das wissen. Und nichts ändert etwas an der Tatsache, dass du mich kopiert hast.«

»Künstler schaffen die ganze Zeit ähnliche Arbeiten. Der kulturelle Zeitgeist beeinflusst uns unterbewusst. Ganze Künstlerschulen …«

»Ach, halt doch einfach die Klappe.«

Ich rutschte vom Stuhl, ging zum Kühlschrank, öffnete ihn, erinnerte mich nicht mehr, was ich dort eigentlich wollte, und schlug die Tür wieder zu. »Spar dir deinen lahmarschigen Kunstschulmist für die Käufer auf, Elaine. Du beobachtest mich seit verdammten 20 Jahren. Wann immer ich neue Materialien benutzt habe, hast du sie auch benutzt. Als ich mich mit naiver Malerei auseinandergesetzt habe, hast du es auch. Nachdem ich bei der Taylor-Galerie unterschrieben hatte, musstest du das auch machen. Und jetzt höre ich auf – was verdammt noch mal machst du nun?«

Sie hätte nicht überraschter dreinblicken können, wenn ich ihr mit einer eisernen Bratpfanne eine übergezogen hätte, was in Anbetracht unseres Verhältnisses durchaus im Bereich des Möglichen gelegen hätte.

»Du hörst doch nicht auf. Du hast sogar deine eigene Ausstellung gecrasht, um noch mehr Publicity zu bekommen. Du hörst nicht auf, nein, du hörst nie und nimmer auf.«

Ob ich sie wohl noch ein weiteres Mal dazu bekommen könnte, »du hörst nicht auf« zu sagen?

»Dabei ging es nicht um Publicity.«

»Es geht immer um Publicity.« Wieder verschränkte sie die Arme.

Ich blickte zur Uhr an der Wand. So langsam musste ich mich umziehen, den Kater finden und ihm eine Handvoll Beruhigungsmittel in den Rachen stopfen.

»Deshalb bist du da, wo du bist«, sagte ich, und einen Moment tat sie mir aufrichtig leid, weil sie es nie begreifen würde.

»Du sollst wieder zu Taylor kommen, nachdem du die …«, sie zeigte auf den Stapel Bilder am Boden, »bei der Contemporary ausgestellt hast.«

Nachdenklich stützte sie ihre Ellenbogen auf eine freie Stelle des Tischs und spielte mit einem Bleistift herum. Wir schwiegen beide. So langsam fing alles an einen Sinn zu ergeben, auch wenn mir der nicht unbedingt gefiel.

»Carla hat dich gebeten, einen auf lieb Kind zu machen, stimmt's?«

»Ja.«

»Was springt dabei für dich heraus?«

»Wenn du zurückkommst, kann ich bleiben.«

»Das hat sie gesagt?«

»Sie hat angedeutet, dass es ganz in meinem Interesse wäre.«

»Dann machst du hier einen ziemlich beschissenen Job.«

»Den Eindruck habe ich auch.«

Es war durchaus schmeichelhaft, zum Zurückkommen gebeten zu werden, das musste ich zugeben.

»Ich komme nicht zurück.«

»Warum nicht?«

»Ich habe dir doch gesagt, dass ich aufhöre.«

»Das ist nicht wahr. Du arbeitest doch immer noch.« Sie zeigte mit dem Kinn zu dem Stier unter dem Tuch.

»Das ist etwas anderes. Das ist nur für mich.«

»Das sagen wir alle. Dabei sind wir wie Junkies, jeder Einzelne von uns. Wir können die Finger einfach nicht davon lassen.« Sie lehnte sich zurück, entspannter, als ich sie je zuvor gesehen hatte. Aus Prinzip hasste ich sie zwar immer noch, aber zumindest verhielten wir uns nicht länger wie Löwinnen, die einander in einem Käfig umkreisten. Mir war nicht klar, wann die Stimmung umgeschlagen war. Ich versuchte, mir die letzten Sätze ins Gedächtnis zu rufen, kam aber nicht darauf.

»Ich bin hungrig«, sagte sie und blickte sich um, als stünde irgendwo in Reichweite etwas Essbares. »Hast du Lust, essen zu gehen oder so was? Wir könnten dafür ja eine Art Waffenstillstand vereinbaren.«

»Warum sollten wir das tun?«

Sie legte den Kopf schief. »Du bist eine interessante Frau, Clementine. Bist du gar nicht neugierig, was passiert, wenn wir einmal aufhören, uns gegenseitig fertigzumachen? Nur ein vorübergehender Waffenstillstand. Danach können wir immer noch damit weitermachen.«

»Du willst mein Essen vergiften, das ist es, nicht wahr?«

Ihr Gesicht leuchtete auf, und sie lachte so heftig, dass ich glaubte, sie würde nie wieder aufhören. Ich weiß, es ist schlechter Stil, über seine eigenen Witze zu lachen, aber ihr Lachen war verdammt noch mal ansteckend.

»Ich habe jetzt einen Termin«, sagte ich. »In einer Stunde können wir uns treffen.«

»Gut, ich muss sowieso noch ein paar Besorgungen machen. Wo soll ich auf dich warten?«

»Dim Sum House?«

»Ich liebe Dim Sum.«

»Jeder liebt Dim Sum. Die mischen Koks in die Füllung.«

Sie lächelte.

Der richtige Paul tauchte gegen Mittag auf. Es gelang mir, Chuckles unter dem Bett hervorzuziehen, aber er war noch nie eine Schmusekatze gewesen, und es gab auch keinen Grund, warum er jetzt damit anfangen sollte. Ich versuchte es mit einem strengen Blick, aber das hat, soweit ich weiß, noch bei keiner einzigen Katze funktioniert, die je auf diesem Planeten gelebt hat. Meist ermuntert es sie nur dazu, sich auf den Teppich zu erbrechen.

Ich fragte Paul, der auf der Couch saß, ob er schon einmal eine Katze gehabt habe.

»O ja«, erwiderte er, »viele.«

»Wie viele?«

Er reagierte ausweichend. Es sei schwierig, die Übersicht zu behalten.

Ich fragte ihn, ob er momentan andere Katzen hätte.

»O ja«, versicherte er, »viele.«

»Wie viele?

»Ach, Sie wissen schon, die vermehren sich einfach ständig.«

»Wie? Wie Gremlins? Haben Sie sie nach Mitternacht gefüttert?«

Er blinzelte mich an. Vermutlich hatte er den Film nicht gesehen.

Ich bedankte mich für sein Kommen und teilte ihm mit, wir würden voneinander hören. Ich war mir ziemlich sicher, dass er nach Urin roch.

»Siehst du?«, sagte ich zu Chuckles, nachdem er weg war. »Hab ich dir doch gesagt. Ein Katzen-Messie.«

Chuckles drehte mir den Hintern zu und verschwand in seinem Katzenklo. Ich hörte Kratzgeräusche, die ich als Zustimmung auffasste.

Wenn es so weiterging, würde ich das Gift mit ihm teilen müssen, wie es die ägyptischen Pharaonen mit ihren Katzen gehandhabt hatten.

»Wie ist es gelaufen?«, fragte Elaine.

»Er hat nach Urin gerochen.«

Sie zuckte mit den Schultern, als könnte das jedem mal passieren.

Als ich das Dim Sum House betrat, sah ich sie bereits an einem großen Tisch sitzen. Jeder Tisch hier war für mindestens acht Gäste ausgerichtet. In der Mitte stand eine weiße Teekanne, heiß genug, um chirurgische Instrumente zu sterilisieren. Elaine hatte bereits Tee in unsere kleinen henkellosen Tassen gegossen und etwas davon auf der Tischdecke verschüttet. Genau dasselbe passierte mir auch immer.

»Ich habe schon eine ganze Zeitlang keinen Tee mehr getrunken«, sagte ich. »Hab meine Tassen aus dem Fenster geworfen.«

»Ich hab mal einen Videorekorder aus dem Fenster geworfen«, sagte sie. »Auf dem College. Hat einem Typen gehört.«

Sie fragte nicht nach, warum die Tassen gehen mussten. Das gefiel mir. Manische Phasen sind schwer zu erklären.

Kleine asiatische Frauen in schwarzen Hosen und roten Westen schoben dampfende Metallwägen durch den überfüllten Speisesaal, der so groß war, dass ein ganzes Fußballfeld darin Platz gefunden hätte. An unserem Tisch öffneten sie die runden silbernen Behälter, um ihre Ware feilzubieten. Ihr Englisch beschränkte sich auf Informationen wie »Garnelen« oder »Schwein«. Doch das war egal. Alles war gut, bis auf die Hähnchenfüße, die sich leicht ausmachen ließen. Wenn man seine Wahl getroffen hatte, stempelten die Dim-Sum-Mädchen ein Kärtchen ab, auf dem alle Teigtaschen aufgelistet waren. Abgesehen von den Kellnern, die herumliefen, mehr Tee und scharfe Chilisauce brachten und die Belege aufaddierten, konnte keiner lesen, was genau daraufstand. Aber es war unmöglich, mehr als 30 Dollar für das Essen auszugeben, egal, ob man zu zweit aß oder mit einer Entourage von acht Leuten.

Für den Anfang wählten wir vier verschiedene Sorten von Teigtäschchen.

»Was wirst du jetzt machen?«, fragte ich.

»Du meinst jetzt, wo ich deine Sachen nicht mehr kopieren kann?«

»Genau das meine ich.«

Entweder nahm sie diese Unterstellung einfach so hin, oder sie akzeptierte sie als eine Tatsache.

»Ich werde eine Reihe von Akten machen.«

Ich konzentrierte mich darauf, ein Barbecue-Dim Sum, das mit zart gegrilltem Spareribs-Fleisch gefüllt war, mit den Stäbchen zu greifen. Nach Jahrzehnten in L. A. hätte ich besser mit ihnen zurechtkommen müssen, aber sie waren einfach so verflucht ineffizient. Die Teilchen klebten an dem dünnen Pergamentpapier, das auf dem metallenen Servierteller lag, und ganz egal, wie sehr man daran herumrüttelte, man bekam sie nicht frei.

»Und ich wollte dich fragen, ob du für mich Modell sitzt«, schob Elaine nach.

Ich gab auf und nahm die Finger.

»Was?«

»Ich möchte, dass du nackt für mich Modell sitzt.«

Ich war seit meinem 18. Lebensjahr in der Welt der Kunst unterwegs und kannte durchaus eine ganze Reihe von Malern, die sich für Don Juan persönlich hielten. Insofern hätte man annehmen können, dass ich schon einmal zuvor gefragt worden war. Fehlanzeige.

»Hat Carla dich gebeten, mich das zu fragen?«

»Nein«, erwiderte sie und nahm sich einen süßen, mit Bohnenpaste gefüllten Taro. »Ist mir gerade gekommen.«

»Das wäre ja richtig gute Publicity für dich.«

Sie lächelte und steckte sich eine Hälfte in den Mund. Es dauerte einen Moment, bis sie fertig gekaut hatte. Diese Dinger schmecken zwar köstlich, sind aber von einer derart gummiartigen Substanz, dass sie an den Zähnen kleben und im Hals stecken bleiben. Nicht jedermanns Sache.

»Stimmt«, sagte sie. »Aber es wäre auch ziemlich cool. Außerdem willst du sowieso aufhören.« Sie nahm einen Schluck von ihrem inzwischen abgekühlten Tee, um die Bohnenpaste herunterzuspülen. »Was kümmert es dich also?«

Ich musste zugeben, dass mir die Idee gefiel, während ich mir ein weiteres Barbecue-Dim Sum in den Mund steckte.

»Lass mich darüber nachdenken«, bat ich.

Die Frau, die den Servierwagen mit dem Nachtisch herumschob, kam bei uns vorbei. Es war der einzige Wagen, in dem alles offen präsentiert wurde. Eine dicke Schicht Gelatine glänzte auf den meisten Süßwaren, die aus mehreren Schichten bestanden und nebeneinander aussahen wie eine Schachtel Buntstifte. In manchen steckte auch ein Papierschirmchen. Niemals, kein einziges Mal, hatte ich jemanden etwas davon bestellen sehen. Sie hatte definitiv den traurigsten Job im Dim Sum House.

»Du hast Zeit«, sagte Elaine.

»Weniger, als du denkst.«

10 TAGE

Den Vormittag brachte ich damit zu, eine weitere Online-Anzeige zu schreiben.

Haushaltsauflösung. Alles muss raus: Möbel, Küchengeräte, Kleidung, Geschirr – alles.
Wer das verpasst, ist selbst schuld.
Beginnt morgen um 10 Uhr, bis alles weg ist oder ich keine Lust mehr habe. Je nachdem.

Ich las sie Chuckles vor, der einen neuen Staub- und Dreckhaufen gefunden hatte, in dem er sich jetzt räkelte. In ein paar Stunden hatten wir einen weiteren Termin mit möglichen neuen Besitzern, dieses Mal außer Haus, und er musste sich schließlich vorbereiten. Vielleicht würde er sich später noch in Farbe wälzen oder in die Toilette fallen lassen.

Ich gab die Annonce auf und lief mit einem Stück Toast zwischen den Zähnen zur Staffelei. Eine Tasse Kaffee in der einen Hand, einen Kohlestift in der anderen, fing ich an zu zeichnen. Der Stier, der noch immer abgedeckt an der Wand lehnte, kam mir nun wie eine grobe Skizze vor, nur ein Mittel, um dahin zu gelangen, wo ich eigentlich hinwollte.

Ich ließ mir Zeit, um den Körper einer Kuh auf die neue Leinwand zu bringen. Zwischen Vorderbeinen und Rücken, wo eigentlich Brust, Nacken und Kopf folgen würden, zeichnete ich Teile eines menschlichen Körpers. Langsam entstand der Torso eines Cowboys, inklusive Hemd und Hut und, vielleicht aus einer Laune heraus, einer Zigarette. Ein bisschen wie der Marlboro-Mann. Ich skizzierte und skizzierte, überlegte es mir wieder anders, zeichnete hier und da eine neue Linie, ehe ich den Kohlestift schließlich auf den Tisch legte und duschen ging. Mein Kaffee war schon lange kalt; ich ließ ihn einfach auf dem Tisch stehen.

Chuckles saß in seinem Tragekorb auf dem Beifahrersitz und miaute. An einer Ampel versuchte er, eine weiße Pfote durch die vergitterte Tür zu stecken, und ich griff hinüber und streichelte sein weiches Fell. Wir würden einander noch ein paar weitere Tage haben, an denen er sich in so vielen Krümeln herumfläzen konnte, wie er wollte. Er streckte die Pfote so weit wie möglich durch das Gitter und ließ sich streicheln, wie ein Häftling und seine Freundin, die ihre flachen Hände auf jeder Seite des kugelsicheren Glases im Besucherraum aneinanderpressten. Ich sah, wie er durch die Luftlöcher in seinem Korb nach oben schaute, und spürte einen Stich in der Brust. Ich liebte ihn. Das tat ich wirklich. Ich liebte dieses zerknautschte Gesicht und die Tatsache, dass ihm völlig egal war, ob ich eine Schraube lockerhatte. Ich liebte es, jemanden bei mir in der Wohnung zu haben. Ich liebte ihn, als wäre er ein Mensch, wie Jenny oder Richard. Und das hier fiel mir so viel schwerer als alles andere, was ich bislang tun musste.

Ich atmete tief ein.

»Das werden also deine neuen Besitzer«, teilte ich ihm mit. »Sei brav und zerkratz ihre Möbel nicht zu sehr. Die haben teuer ausgesehen.« Ein Kloß bildete sich in meiner Kehle, eine Art riesengroßer Gummiball. Meine Augen füllten sich mit bitteren Tränen, die meine Wangen hinunterliefen. »Der braune Stuhl in der Ecke war nichts Besonderes, also lass dich an dem aus, okay?«

Miau.

»Ja?« Ich lachte, ein Glucksen zwischen schniefendem Weinen. »Ich liebe dich, alles klar? Vergiss mich nicht.«

Die Tür meines Apartments stand offen und mein Nachbar Brandon schob sich hinein, in den Händen die letzten beiden Stühle aus seiner Wohnung. Sein Tisch stand bereits in der Mitte neben meinem. Er war rechteckig, meiner dagegen rund, sodass sie gemeinsam ein wenig wie ein Banjo aussahen. Er stellte die Stühle an die letzten freien Plätze und zuckte mit den Schultern.

»Nicht wirklich wie in *Schöner Wohnen*, aber wenigstens passen wir alle rein«, sagte er. »Ich bringe noch Blumen.«

»Danke.«

Ich hatte Speisekarten auf meinem Arbeitstisch verteilt, die über Stapeln von zerschnittenen Zeitschriften lagen und an Farbdosen lehnten. Mit schwarzem Edding kreuzte ich auf jeder meine Lieblingsgerichte an. Es war schwieriger, als ich gedacht hatte. Essen schmeckte jetzt so anders. Über die Jahre hatte ich einiges verpasst.

Brandon kam zu mir herüber und warf kurz einen Blick über meine Schulter, ehe er mich anstupste und fragte: »Warum hast du es mir nicht früher erzählt?«

Ich drehte mein Gesicht zu ihm, und er küsste mich auf die Wange. Es ist so einfach, Menschen gern zu haben, von denen man nichts braucht. »Du hättest nichts tun können.«

»Ich wäre ein besserer Nachbar gewesen.«

»Du *warst* der perfekte Nachbar. Du hast mir die Haare umsonst geschnitten, und du leihst mir deine Möbel.«

»Ich habe lauten Sex.«

Ich lächelte und machte bei frittiertem Hühnchen ein dickes Kreuz.

»Tatsächlich? Ist mir nie aufgefallen.«

Er verschränkte die Arme und zog eine gekünstelte Schnute. »Ich weiß nicht, wie ich das jetzt auffassen soll.«

»Komm nicht zu spät zum Essen«, riet ich ihm. »Ich zähle auf dich als Dekoration in meiner schäbigen Behausung.«

Nachdem er gegangen war, rief ich Jenny an, die das Essen abholen würde. »Hast du einen Stift? Dann schreib mal mit.«

Jennys neuer »Freund« Ray blieb zum Glück nicht, was mir die Mühe ersparte, ihn zum Gehen zu animieren. Er half ihr nur, die Tüten nach oben zu tragen. Er hatte schwarzes Haar und einen dunklen Teint, allerdings hätte ich nicht mit Sicherheit sagen können, wo er herkam; äußerlich war er das absolute Gegenstück zu ihr.

»Ich habe Sie in der *Times* gesehen«, sagte er.

Ich gab einen unbestimmten Laut von mir.

»Ich würde nie ein Kunstwerk auf Wunsch oder als Auftragsarbeit herstellen«, erklärte er. »Meiner Meinung nach sollte ein Stück, das so entstanden ist, eher als kunsthandwerkliche Kreation bezeichnet werden. Denken Sie nicht auch so?«

Ich steckte die Hände in die Taschen und legte meinen Kopf schief. »Ich denke, dass ich in der *Times* war und du nicht, also ist mir ziemlich egal, wie du es nennst. Aber was ich vor allem denke, ist, dass du dich bei Jenny für diesen miesen Kommentar entschuldigen solltest. Es ist nämlich genauso sehr ihr Werk wie meines.« Ich nickte in Richtung Küche. »Das Essen kannst du dort abstellen.«

Röte überzog Jennys Gesicht und Nacken.

»Nichts für ungut«, sagte Ray an mich gerichtet.

Ich zuckte nur mit den Schultern.

Er entschuldigte sich nicht bei Jenny, und als er die Papiertüten auf dem Küchentresen abgestellt hatte, ging er, ohne sich von ihr zu verabschieden.

Kurz darauf kam Jeremy, mein Lieblingsprofessor, mit seinem frischgebackenen Ehemann Mark und zwei Flaschen Wein, einem roten und einem weißen. Jeremy strahlte mich durch seine runde schwarz eingefasste Brille an.

»Z-z-z-zeigst du mir später, woran du a-a-a-arbeitest?«, flüsterte er.

Ich versprach es ihm.

Jenny richtete in der Küche die Vorspeisen an, ich brachte ihr den Wein und stellte ihn auf den Tresen. Ihre Haare hatten sich schon wieder aus der Spange gelöst. Ich füllte mein Glas erneut mit einem bereits geöffneten und ganz hervorragenden Pinot Grigio und brachte das Wirrwarr in Ordnung.

Sie sah auf und blinzelte.

»Keine Sorge, ich bagger dich nicht an. Der Tartar ist übrigens für Chuckles.«

Ich nahm mir ein Dim Sum mit Hummerfüllung, das mit einer kristallklaren Scheibe Haifischfleisch garniert war, und ließ Jenny damit weitermachen, eine Schachtel chinesisches Take-away von einem teuren Restaurant auszupacken und anzurichten.

Brandon kam herein, ohne anzuklopfen, in der Hand einen Blumenstrauß, auf den Lewis Carrolls Beschreibungen gepasst hätten: Blasslilafarbene, faustgroße Kohlrosen mit Rohrkolben und etwas Pinkem und Haarigem, das einer Artischocke ähnelte, aber keine war. Er platzierte das imposante Stück mitten auf dem Tisch.

»Wo ist mein Drink?«, fragte er dann, an niemanden speziell gerichtet.

Mark reichte ihm ein Glas und schüttelte ihm die Hand. Ich sah ihn mit hochgezogener Augenbraue an. Entweder bemerkte er es nicht oder er tat einfach so.

Annabelle kam zu spät, zweifelsohne absichtlich. Sie trug ein schulterfreies schwarzes Kleid, das bis zu ihren Füßen reichte, sodass nur ihre sonnengebräunten, lackierten Zehen herausschauten. Wir umarmten und küssten uns und küssten uns noch einmal. Wie immer roch sie nach Vanille.

»Wo ist dein Mann?«, fragte ich, während ihre Arme noch immer um meine Hüften geschlungen waren.

»Arbeit«, erwiderte sie. »Aber ohne ihn sind wir besser dran.«

Sie war die Letzte, Richard kam nicht. Vielleicht wollte er mich bestrafen. Vielleicht musste er tatsächlich arbeiten. Vielleicht lag es auch an Sheila.

Ich holte Jenny aus der Küche und hob die Servierplatten hoch, um sie zum Tisch zu bringen. Das Licht war gedimmt. Aus den Lautsprechern drang Marvin Gaye. Meine Gäste begaben sich mit ihren Gläsern zu ihren Plätzen. Annabelle und Jeremy lachten. Jenny lächelte sie an. Ich konnte sehen, wie unbedingt sie dazugehören wollte.

Ich hatte jedes einzelne meiner Lieblingsgerichte bei meinen Lieblingsrestaurants bestellt. Jetzt war es so weit. Zwar nicht ganz meine Henkersmahlzeit, aber genau so, wie eine Henkersmahlzeit meiner Meinung nach aussehen sollte. Nachdem ich die Maispuffer mit scharfer Aioli-Sauce und die Wassermelonen-Mozzarella-Spieße mit sirupdickem Balsamicoessig abgestellt hatte, blieb ich stehen, während alle anderen sich setzten, die Unterhaltungen verstummten und sich aller Augen auf mich richteten.

»Wie manche von euch schon wissen, bin ich sehr krank.«

Jenny blickte auf ihren Teller, und Jeremy legte einen Finger an den Mund.

»Was hast du denn?«, fragte Annabelle.

Der halbe Tisch bedachte sie für die Unterbrechung mit einem verärgerten Blick.

»Krebs«, erklärte ich. »Im Gehirn. Es ist aussichtslos, weiter dagegen anzukämpfen, deshalb breche ich die Behandlung ab und gebe stattdessen eine Party.«

Ihre Gesichter wurden mit einem Mal ganz ernst und traurig. Alle sahen aus, als wären sie soeben gefeuert worden. Jenny zum zweiten Mal.

»Auf meine Art und Weise habe ich das schon die letzten drei Wochen über gemacht. Ich habe getan, was ich wollte, wie ich es wollte, und genauso werde ich auch weitermachen – bis es an der Zeit ist aufzuhören. Also schaut mich bitte nicht so an. Das ist ja deprimierend. Ich habe hier meine liebsten Menschen versammelt, dazu den besten Wein und wunderbares Essen. Also Prost, meine Freunde, mehr können wir nicht tun.«

Ich hielt mein Glas zum Anstoßen nach oben.

Keiner wusste, was er tun sollte. Sie saßen da, die langsam erschlaffenden Maispuffer vor sich, und warteten darauf, dass jemand die Führung übernahm. In der Stille schien Marvin immer lauter zu werden, und so langsam spürte ich ein tonnenschweres Gewicht im Magen.

Dann das Kratzen eines Stuhls über polierten Beton, Mark stand auf und erhob sein Glas. Kurz darauf tat Jeremy es ihm nach, Jenny, Brandon und Annabelle folgten.

»Cheers, Freunde«, sagte Mark.

»Cheers«, echoten die anderen.

Wir aßen und tranken. Und je mehr wir tranken, desto einfacher wurde alles. Wir aßen geschmortes Ossobucco und Dolmas göttliche frittierte Samosas mit Minzsauce, Friséesalat mit Speck und pochiertem Ei, saftig gegrillte Spareribs, überbackene Makkaroni mit Käse und Brathähnchen mit scharfer Soße. Ich stellte klar, dass ich nicht über meine Krankheit reden wollte, also stritten wir über Kunst und darüber, wer gut war und wer nicht. Jeremy fragte Jenny nach ihrer Meinung.

Annabelle wollte Jeremys Arbeiten sehen, und irgendwann kam jemand auf das Thema Sex zu sprechen, weil einer immer damit anfängt.

»Alle Kunst dreht sich um Sex«, erklärte Annabelle.

»Bei allem dreht es sich immer um Sex«, rief Brandon quer über den Tisch.

Alle lachten, und Mark stieß ein »Halleluja« aus, das Jeremy erröten ließ.

Auf Marvin folgte das Beste von Motown, anschließend Ray Charles, der ohnehin der Beste von allen ist. Wir leerten eine weitere Flasche Wein, und ich warf sie in den Mülleimer, der daraufhin umzufallen und alle anderen Flaschen auszukippen drohte.

Nach dem Essen halfen mir alle beim Aufräumen, und als sie gingen, hielt mich jeder von ihnen extralang im Arm. Jeremy bat mich, nicht aufzugeben, und Jenny wusste nicht, wohin mit ihren Armen. Nachdem sie weg waren, fiel ich in Unterwäsche ins Bett, beschwipst genug, um dafür meine volle und ungeteilte Aufmerksamkeit zu benötigen.

Chuckles hüpfte hinterher. Im Fell an seinem Kinn klebte ein bisschen Tartar. Ich berührte es mit einer Fingerspitze, woraufhin er sein zerknautschtes Gesicht wegdrehte, die Zunge ausstreckte und es ableckte. Dann machte er damit an anderen Stellen weiter, nur für den Fall, noch etwas übersehen zu haben.

»Gute Nacht, Chuckles.«

9 TAGE

Ich wachte auf und schaute zum Wecker. Nur noch 9 Tage. Ein denkwürdiger Moment, fand ich, immerhin hatte ich es in den einstelligen Bereich geschafft. Das war berauschend und bedrohlich zugleich, zu nah und doch zu fern, und gleichzeitig war da eine merkwürdige Distanz zu diesen Gefühlen, als würden sie sich in einem Film abspielen. Ich konnte mich zwar in die Hauptfigur hineinversetzen, aber bald würde ich aufstehen und nach Hause gehen, meinen Popcorn-Eimer und einen halb vollen Becher Cola stehen lassen; das würden andere für mich wegräumen.

Ich stand auf. Ein großer Tag lag vor mir.

Um zehn Uhr öffnete ich die Apartmenttür, und da ich nichts Geeignetes fand, um sie offen zu halten, legte ich eine Schlinge aus Klebeband um den Türgriff und befestigte es an der Wand. Alles, was nicht zum Verkauf stand, markierte ich ebenfalls mit Klebeband – in Blau. Darunter alle Kunstwerke und Materialien, ausreichend Geschirr und Kleidung, um mich durch die nächste Woche zu bringen, mein Bett, das Katzenklo und, nur für den Fall, dass jemand auf die Idee käme, meine Zahnbürste.

Gegen 10.30 Uhr trudelten sie so langsam ein. Zuerst kamen die College-Studenten und die Jazzmusiker in meine Wohnung, die entweder pleite waren oder so lebten, als wären sie es, weil sie unter krankhafter Existenzangst litten. Ich verkaufte mein Sofa an ein schwedisches Pärchen, das nur zwei Jahre in den USA verbringen würde und nicht bereit war, für diese kurze

Zeit teure Möbel anzuschaffen, die sie ohnehin zurücklassen würden – war IKEA gerade geschlossen oder abgebrannt? Aber mir sollte es nur recht sein. Ein Mann mittleren Alters in Jeans mit Bügelfalte kaufte meinen Toaster. Die meisten Kunden stöberten gemächlich herum, er dagegen ging geradewegs zum Toaster und schnappte ihn sich, als könnten es noch andere darauf abgesehen haben. Ich saß auf einem der blauen Stühle an meinem Arbeitstisch, den mir jemand tatsächlich unter dem Hintern hatte wegkaufen wollen. Ich hatte abgelehnt. Auf irgendetwas musste ich schließlich sitzen, und die Couch war bereits weg. Ich zählte das Wechselgeld, machte mir Notizen und blaffte die Leute an, die versuchten, einen Blick hinter die Tücher zu erhaschen, die über den Gemälden hingen.

»Nicht zu verkaufen!«, schnauzte ich, manchmal mit einem gefakten chinesischen Akzent – das überkommt einen einfach so, wenn man Leuten stundenlang dabei zugesehen hat, wie sie die eigenen Sachen durchwühlen.

Eine Frau nahm das Kleid, das ich bei Annabelles Party getragen hatte.

»Das sollten Sie erst reinigen lassen«, sagte ich zu ihr, als sie mir das Geld geben wollte.

Daraufhin änderte sie ihre Meinung.

Eine ältere Frau mit Birkenstocklatschen war an meinem Kochgeschirr interessiert, bei dem ich von manchen Teilen, inklusive einer Guglhupfform, gar nicht wusste, dass ich sie überhaupt besaß. Wir waren beide gleichermaßen neugierig und überrascht, als wir die Küchenschränke zusammen durchgingen. Entweder waren manche Sachen davon Hochzeitsgeschenke gewesen, oder ich raubte im Schlaf Bed, Bath & Beyond aus.

»Nun«, sagte sie, nachdem wir einen Preis für das Sortiment an Töpfen, Pfannen und eine völlig unbenutzte Käsereibe vereinbart hatten, »ziehen Sie um?«

»Nein, ich sterbe.«

»Ich auch!«, rief sie freudig, als hätte sie gerade entdeckt, dass wir beide Porzellanfigürchen sammelten oder zu derselben Weight-Watchers-Gruppe gingen. »Ich werde all meine Lieblingsgerichte kochen. Alles gebraten und mit viel Käse.«

Sie hielt die Käsereibe hoch.

»Schön für Sie«, sagte ich, und wir winkten einander zum Abschied zu.

Die Leute kamen und gingen in Wellen. Dazwischen war es ruhig, und als um 16 Uhr eine weitere Flaute eintrat, beschloss ich, dass es mir reichte. Ich hatte genug verkauft, um es demjenigen einfacher zu machen, der hinterher aufräumen kam, wer auch immer das sein würde. Richard vielleicht, wenn er sich dazu bereiterklärte. Ich hatte den Esstisch verkauft, auf dem mein Laptop gestanden hatte, und dann auch noch das Notebook selbst. Mein Fernseher, mein Nachttisch und die Hälfte meiner Klamotten hatten neue Besitzer gefunden. Die kleinen Küchengeräte waren alle weg, ebenso die meisten meiner Bücher. Ich hatte etwas mehr als tausend Dollar eingenommen, was für mich in etwa genauso interessant war wie die durchschnittliche Temperatur in der Antarktis. Schön zu wissen, aber das war es dann auch schon.

Ich griff zum Festnetztelefon, auf dem blaues Malerband klebte, und wählte Elaines Nummer.

»Also, runter mit den Klamotten.«

Elaine gab mir ihre Adresse in Topanga, ein Eck auf der Landkarte, wo ich mich für gewöhnlich nicht aufhalte. L. A.s Zersiedelung wird nur von den umliegenden Bergen eingedämmt, und Topanga befindet sich ziemlich weit draußen in der Wildnis. Es gibt eine Hauptstraße, die dorthin führt und sich in engen S-Kurven hauptsächlich durch Naturschutzgebiet schlängelt. Dort leben Maultierhirsche, die wie Hasen herumhüpfen und Ohren wie Esel haben, zusammen mit Wachteln, Klapperschlangen und Spinnen von der Größe eines Desserttellers. Es gibt Bäche, die bisweilen anschwellen, bis sie die Straßen überschwemmen, manchmal fallen Felsbrocken vom Himmel, und alle paar Jahre zieht ein Flächenbrand durch die Gegend, schwärzt den Boden und verleibt sich die Häuser ein. Joni Mitchell und ein paar Leute von den Doors lebten dort, genauso wie ein paar von denen, die Hollywood während der Red Scare, der antikommunistischen Hysterie, davongejagt hatte. Über Jahre hatte sich dort eine Nudisten-Gemeinschaft angesiedelt; aber mir war zu Ohren gekommen, sie hätten das Land mittlerweile verkauft und würden jetzt Hosen tragen. Die meisten Einwohner von Topanga sind Veganer und riechen nach Patschuli. Um es kurz zu machen, es ist dort sehr viel gefährlicher als im berüchtigten South Central.

Außerdem wird es in der Gegend schnell dunkel. Sobald die Sonne hinter den Bergen verschwunden ist, werden die bewaldeten, engen Straßen nur noch von den Scheinwerfern des eigenen Wagens erleuchtet. Während ich etwas durch das Unterholz rascheln sah, erinnerte ich mich daran, dass eines von Charles Mansons Opfern hier gelebt hatte. Ich fuhr langsam und kniff die Augen zusammen, sobald ich mich einem Straßenschild näherte, das eine Abzweigung markierte. Wann immer meine Reifen über eine der kurzen Brücken aus Stahl und Holz holperten, die über ausgetrocknete Bachbetten führten, wurde ich noch langsamer. Nach und nach gewann ich an Höhe, und die Häuser, an deren Zufahrten ich vorbeikam, standen zu weit zurückgesetzt im Wald, als dass ich sie hätte sehen können.

Einen knappen Kilometer weiter sah ich den asiatisch inspirierten, quadratischen Holzbogen, nach dem ich Ausschau halten sollte. Ich setzte den Blinker, obwohl weit und breit kein anderes Fahrzeug zu sehen war, aber so würden wenigstens die herumlungernden Pumas auf mich aufmerksam. Dann holperte ich über die gekieste Auffahrt. Zwei Spuren mit einem Grasstreifen in der Mitte führten mich zu ihrem Haus und Atelier, das, fern der Straße, wie ein Lagerfeuer in fast völliger Dunkelheit aufleuchtete.

»Ich komme in Frieden«, sagte ich, als sie die Tür öffnete.

»Das ist gut. Hier hört mich nämlich keiner schreien.«

Ich folgte ihr nach drinnen. Anscheinend war sie auch mit diesem Part der Manson-Geschichte vertraut.

»Direkt hinter diesen Bergen gibt es eine Stadt«, sagte ich zu ihr. »Dort haben wir ein Abwassersystem und Schnellimbisse.«

»Eigentlich gefällt es mir hier ganz gut«, ließ sie mich wissen.

Das Innere des Hauses glich einem Segelboot unter Deck, überall lackierte Holzoberflächen und Einbaumöbel. Die eingelassenen Lampen reflektierten sich im Eichenholz, was glänzte wie Licht, das durch Honig gefiltert wird. Über dem Kamin hing ein Flachbildfernseher, und durch die Tür zu meiner Rechten konnte ich eine perfekt ausgestattete Küche erkennen, die jeden Chefkoch ins Schwärmen bringen würde.

Mein Fernseher, den ich ja gerade verscherbelt hatte, war ein 60 Zentimeter tiefer Klotz, der unter Garantie von einer Ratte in einem quietschenden Hamsterrädchen angetrieben wurde. Bestimmt hätte ich mir einen besseren leisten können, wenn es mir wichtig genug gewesen wäre, aber das hier war ein ganz anderes Kaliber.

»Wie kannst du dir das alles hier leisten?«

Es war mir herausgerutscht, ehe ich mir der Unhöflichkeit dieser Frage bewusst wurde.

»Ein Treuhandfond.«

»Ich dachte immer, das wäre ein urbaner Mythos«, sagte ich. »Genau wie diese Geschichten von Menschen, denen man eine

Niere herausschneidet und die dann in einer Badewanne voller Eis aufwachen.«

Ich blickte nach oben. Sogar die Decke war holzverkleidet. Und überall Kunst – Wände voller Gemälde und Fotografien, ein bisschen von allem, aber nichts von ihr. Hauptsächlich Sachen aus den 30er und 40er Jahren. Dazu kleine Skulpturen, abstrakte Stücke auf dem Kaffeetisch und auf Bücherregalen, die natürlich ebenfalls in die Wand eingelassen waren.

Was für eine Erkenntnis, wie sehr sich ihr Leben von meinem unterschied. Darüber hatte ich noch nie zuvor nachgedacht. Wir hatten denselben Job und stellten in derselben Galerie aus. Nie hätte ich gedacht, dass unser Alltag – Kochen, Müll rausbringen etc. – so unterschiedlich sein könnte. Das ganze Leben war offenbar ein reines Glücksspiel.

»Was hat dein Vater gearbeitet?«, fragte ich.

»Er war Ingenieur. Hatte ein paar Luft- und Raumfahrtpatente, dann hat er seine eigene Firma gegründet.«

»War deine Mom Hausfrau?«

»Bis sie starb.«

»Woran?«

»Eierstockkrebs.«

»Meine Mom ist auch gestorben, als ich noch klein war.«

»Das wusste ich nicht. Tut mir leid. Was hat sie gehabt?«

»Eine Schusswunde.«

Sie machte den Mund auf und schloss ihn dann wieder.

»Schon in Ordnung«, sagte ich und zeigte auf den Spender in der Kühlschranktür. »Macht der Eiswürfel?«

»Ja. Willst du welche?«

»Hast du Cola da?«

»Mit einer Kirsche und einem Strohhalm?«

»Unbedingt.«

Sie machte meinen Drink und zeigte dann durch die Glastür

zu einem 20 Meter entfernten Nebengebäude, wo Licht brannte. Ein Weg aus Steinplatten führte durch den Kies, in dem knöchelhohe Laternen den Weg markierten.

»Ich habe einen Bademantel für dich bereitgelegt. Komm einfach raus, wenn du fertig bist.«

Das Badezimmer lag den Gang hinunter. Es war mit einer modernen Badewanne mit Löwentatzen und einem gehämmerten Kupferwaschbecken ausgestattet. Ich öffnete das Schränkchen darunter, aber es schien nicht ihr persönliches Badezimmer zu sein. Keine Kosmetikartikel oder Medikamente, nur ein paar Rollen Toilettenpapier und ein Stapel kleiner Handtücher. Ich pinkelte und wusch mir die Hände. Die Seife im Spender roch nach Maiglöckchen.

Dann zog ich mich aus und faltete meine Kleidung zu einem Haufen auf dem Marmorboden zusammen. Es war gut, dass der Spiegel hoch angebracht war und ich von den Brustwarzen abwärts nichts sehen konnte, sonst hätte mich die Eitelkeit vielleicht innehalten lassen. Der Bademantel war weiß und flauschig, wie man sie in teuren Spas bekam. Ich schlüpfte hinein und nahm meine Cola mit.

Hinaus auf die Steinplatten. Mich fröstelte, und ich eilte rasch zum Atelier hinüber.

Im Inneren bereitete Elaine gerade ihre Materialien vor. Sie nahm ein paar schwere, faserige Blätter Papier in die Hand, eierschalenfarben mit fransigen Kanten, und befestigte sie mit Klammern am Zeichenbrett, ehe sie es auf ihre Staffelei stellte. Jedes von ihnen war 60 Zentimeter hoch und sehr viel teurer als alles, was ich für Skizzen verwendete.

Sie zeigte auf einen Stuhl in drei Metern Entfernung. »Mach es dir bequem«, sagte sie. »In deiner Lieblingsposition.«

Der Deckenbogen über uns leuchtete in erster Linie ihre Staffelei aus, dann den Platz, an dem ich saß, als wäre ein gedimmter Scheinwerfer auf mich gerichtet. Es war warm hier drin. Ich brauchte den Bademantel nicht wirklich.

»Normalerweise ziehe ich mich nicht so einfach aus«, sagte ich.

»Jeder ist beim ersten Mal nervös.«

Sie war barfuß, trug eine bestickte Tunika über moosgrünen Shorts und saß im Viertel-Profil zu mir. Es war ganz einfach für sie, ihren Blick bei Bedarf über meinen Körper wandern zu lassen, ohne dass wir einander direkt ansehen mussten.

»Ich bin nicht nervös«, sagte ich.

Sie wartete.

»Okay, ich bin nervös.«

Mein Magen fühlte sich an, als hätte ich eine Handvoll Springbohnen verspeist, und ich grübelte darüber nach, dass ich nach vielen Jahren mit den ganzen Medikamenten dick geworden und mein Hintern voller Dellen war. Rasch zog ich den Bademantel aus und warf ihn in Richtung Arbeitstisch, doch nur ein Teil davon schaffte es hoch genug hinauf, und schließlich glitt das ganze Ding zu Boden.

»Ich werde dich nicht darum bitten, meinen Hintern nicht dick aussehen zu lassen, denn wenn mich als Malerin jemand darauf aufmerksam machen würde, ginge ich vermutlich davon aus, dass der Hintern der interessanteste Teil ist.«

»Man wird dich nicht wiedererkennen, wenn ich erst fertig bin.«

Ich setzte mich auf den Rand des Stuhls, stellte einen Fuß auf einer Querstrebe ab und den anderen auf dem Boden. Die Hände legte ich auf den Sitz hinter mir, die Ellenbogen gerade am Körper haltend. »Wenn man mich nicht erkennt, dann wirst du den Leuten sagen müssen, dass ich für dich Modell gesessen habe.«

Sie hatte ein breites Lächeln im Gesicht, als sie sagte: »Du weißt, dass ich das tun werde.«

8 TAGE

»Was ist denn mit deinen ganzen Sachen passiert?«, fragte Richard, kaum dass ich die Tür geöffnet hatte.

Er trug lange Cargo-Shorts und ein graues T-Shirt, hatte sich seit mehreren Tagen nicht rasiert und vermutlich auch nicht geduscht. Eine Baseballkappe der Dodgers war tief in sein Gesicht geschoben. Es war früh am Morgen, und er sah nicht danach aus, als hätte er in der Nacht auch nur ein Auge zubekommen.

»Hab ich verkauft«, sagte ich und ließ ihn hereinkommen.

»Warum?«

»Das alles hätte nicht in die preisgünstige kleine Pyramide gepasst, die meine Sklaven derzeit bauen, um mich ins Jenseits zu geleiten.«

Er fand das gar nicht lustig. Gut, ich musste zugeben, dass ich auch schon mal bessere Witze gemacht hatte, trotzdem war ich der Meinung, dass die gute Absicht zählte.

»Du hast mich nicht angerufen«, quengelte er. »Ich wollte dich doch zu deinen Terminen begleiten.«

»Es war gerade kein guter Zeitpunkt.«

»Für so etwas ist nie ein guter Zeitpunkt.«

»Du hast ein eigenes Leben.«

»Sheila und ich haben uns getrennt.«

Aha. Darum ging es also.

»Das tut mir leid«, erwiderte ich, weil es das war, was man in dieser Situation eben sagte, und weil es einem ohnehin herausrutschte, wie ein Furz oder ein Niesen.

»Danke.«

»Was ist passiert?«

Chuckles kam auf uns zu, rieb sich an Richards Turnschuhen und rollte sich dann vor seinen Füßen auf den Rücken, um ihm seinen filzigen Bauch hinzustrecken und zu zeigen, dass er meinen Ex eindeutig bevorzugte.

Richard beugte sich nach unten, um wie gewünscht das Bäuchlein des Katers zu kraulen. »Du weißt doch, über welche blöden Banalitäten man sich als Paar streitet, zum Beispiel, wer die Stromrechnung in die Höhe getrieben hat. Obwohl es im Grunde um etwas ganz anderes geht.«

»Du hast also die Stromrechnung vorgeschoben, weil du dich trennen wolltest und dir nichts Besseres eingefallen ist?«

»So in etwa. Sie muss denken, ich bin wahnsinnig.«

»Du bist wahnsinnig.«

»Eigentlich wollte ich fragen, ob ich auf deiner Couch schlafen kann.« Er schaute zu der leeren, geringfügig saubereren Stelle, an der die Couch gestanden hatte. »Dann wohl nicht.«

»Hab ich einem schwedischen Pärchen verkauft. Es gab da offenbar ein Problem bei IKEA.«

Wir hielten an einem Taco-Imbisswagen, der gerade ein paar Bauarbeitern, die den Santa-Monica-Boulevard an einer besonders ungünstigen Stelle aufgerissen hatten, ein frühes Mittagessen servierte. Während wir auf unsere Bestellung warteten, lauschten wir dem Rauschen des Verkehrs. Ich schlürfte eine mexikanische Jarritos-Limonade und dachte darüber nach, wie viel Zeit ich damit zugebracht hatte, den Verkehr von L.A. zu hören, ohne ihn jemals wirklich wahrzunehmen.

»Ist dir aufgefallen, dass L.A. eher eine Stadt der Geräusche als der Gerüche ist?«

»Was?«

Richard wischte das Kondenswasser an seiner Cola-light-

Dose mit einer Serviette ab. Der Imbiss hatte richtige Servietten, wie man sie in einem Supermarkt kauft und bei sich zu Hause verwendet; nicht mit diesen dünnen, kratzigen Lappen, die normalerweise in den Spendern in Fastfood-Lokalen stecken.

»In manchen Städten dreht sich alles um Gerüche. In New York zum Beispiel. L. A. riecht nicht wirklich markant, aber es hat diese beständigen, unterschwelligen Umgebungsgeräusche. Vor allem der Autolärm.«

»In der Santa Monica Bibliothek riecht es nach Pisse«, teilte uns einer der Arbeiter mit, der ebenfalls auf seine Bestellung wartete. Er trug eine orangefarbene Weste und trotz der Hitze lange Hosen und Ärmel.

»Ich behaupte ja gar nicht, dass es hier keine Gerüche gibt. Ich sage nur, dass sich L. A. nicht durch Gerüche definiert.«

»Und bei Ebbe riecht es am Strand nach verfaultem Fisch«, warf sein Kumpel ein.

Sie begriffen nicht, worum es mir ging.

»Dabei heißt es immer, der Ozean riecht sauber und erfrischend«, meinte Richard.

»Tut er aber nicht«, erwiderte der Erste. »Außer vielleicht manchmal nachts. Dann ist es ganz okay.«

Ich war froh, als der Koch ihr Essen durch das Fenster schob und sie damit abzogen. Immer diese Unterhaltungsparasiten.

Unsere Bestellung kam als Nächstes, und wir gingen mit unseren Papiertellern voller Tacos zu dem Tischchen mit den Saucen hinüber. Ich wählte die, die am schärfsten aussah, und tröpfelte sie über die vier Tacos auf meinem Teller, die bereits mit kleingeschnittenen roten Zwiebeln, Koriander und Radieschenscheiben gefüllt waren. Daneben lagen ein paar Zitronenscheiben.

Genau wie die Teller waren die kleinen gefüllten Maistortillas zur besseren Handhabung und Stabilität zusammengefaltet.

»›Cabeza‹ bedeutet übrigens ›Hirn‹, wusstest du das?«

»Ja, natürlich«, sagte ich, presste meine Zitronen aus und biss ab. Jeder Taco war drei Bissen, insgesamt also zwölf Bissen Himmel auf Erden. Und das für weniger als fünf Dollar.

Richard hatte wie immer *carne asada* bestellt. Das war okay, wenn man sich nicht genug auskannte, um *cabeza* zu bestellen, was im Übrigen kein Hirn ist, sondern die Backe vom Kalb, die dermaßen lange gekocht wurde, bis das Fleisch so weich war, dass man keine Zähne mehr brauchte. Verglichen damit ist *carne asada* zäh. Meine bessere Tacoauswahl verschaffte mir einen deutlichen Zeitvorsprung beim Kauen.

»Wenigstens muss ich mich nicht mehr schuldig fühlen«, sagte er plötzlich.

»Weswegen?«

Mein Teller war fast leer, und ich pickte nun das Fleisch, das herausgefallen war und orangefarbene Flecken auf dem Pappteller hinterließ, zusammen mit den letzten Radieschenscheiben auf. Radieschen waren der Schlüssel zu einem wahrhaft guten Taco.

»Wegen uns und dem, was wir getan haben.«

Ich faltete meinen leeren Teller zusammen und warf ihn zusammen mit der Serviette in den Müll.

»Verdammt noch mal, Richard.«

»Was?«

»Du hast ihr das Herz gebrochen und ihr Leben ruiniert, nur damit du dich nicht schlecht fühlen musst, weil du mit deiner Exfrau geschlafen hast?«

»Nein.«

»Doch.«

»Nein, sie hat mit mir Schluss gemacht. Genau genommen.«

»Du bist so ein Idiot.«

»Was soll's?«, rief er und warf die Hände in die Höhe. Den

halben Taco, den er noch in der Hand hielt, hatte er offenbar vergessen, und das Fleisch und die Zwiebeln regneten auf den Bürgersteig.

Eine Stunde später standen wir im Verkaufsraum eines Bestattungsinstituts, das mir von der Friedhofsverwaltung empfohlen worden war. Der Teppich unter unseren Füßen war von einem dunklen Blaugrün, farblich passende schwere Gardinen hingen an den Fenstern. Auf der beigefarbenen Tapete wechselten sich glänzende und matte Streifen ab, und alle der goldgerahmten Kunstwerke an der Wand zeigten Szenen aus der Französischen Revolution, ein Zeitpunkt, zu dem der Verkauf von Särgen wohl Hochkonjunktur hatte. Unsere Beraterin, in Kostüm und bequemen Tretern, war unterwegs, um Prospekte zu holen, und hatte uns in einem Raum voll leerer Särge allein gelassen. Manche von ihnen standen auf Präsentationsständern, um 45 Grad geneigt, sodass man den wattierten Satin und die kleinen Kissen darin bewundern konnte.

Ich griff hinein und prüfte die Polsterung, was Richard regelrechte Angstzustände bereitete.

»Glaubst du, dass dieses ganze flauschige Zeug einen klaustrophobisch werden lässt?«

»Normale Menschen suchen sich ihren Sarg nicht selbst aus.«

Er weigerte sich, die Särge direkt anzusehen, als würden sie sich gleich auf ihn stürzen.

»Wer wird es dann tun? Du? Außerdem gehört das zum Pauschalangebot.«

Die Auswahl beschränkte sich auf Metall oder Holz, mit großen Abstufungen im Preis. Blanker Stahl war günstig, doch ich neigte zu einer Bronzelackierung. Man stirbt nur einmal, nicht wahr? Auf die individuellen Stickereien im Inneren des Sargdeckels würde ich aber vermutlich verzichten – ich trug ja auch keine spießigen Blusen mit Monogramm.

Er wich der Frage aus. »Ich glaube nicht, dass das gesund ist. Hast du mit deinem Arzt darüber gesprochen? Solltest du nicht eher positiv denken?«

»Ich habe keinen Arzt mehr. Ich habe die Behandlung abgebrochen.«

Er sah aus, als hätte man ihm die Luft rausgelassen. »Tinchen, du darfst nicht aufgeben.«

So hatte er mich das letzte Mal genannt, als wir noch verheiratet waren und einander noch mochten. Ich hatte es fast vergessen.

»Ich habe es versucht.«

Das hatte ich wirklich. Alter Schwede, so was von.

»Es gibt doch bestimmt noch alternative Therapien, vielleicht irgendwo in Europa.«

Ich war mir sicher: Wenn ich jetzt »Ja« sagte, würde er mich augenblicklich ins Auto packen und mit mir zum Flughafen düsen. Wie ein Prinz auf seinem weißen Ross hätte er mich sofort überall hingebracht, wo man mich gesund machen konnte – was der Grund war, weshalb ich ihn überhaupt geheiratet hatte. Als sich dann herausgestellt hatte, dass er kein Prinz war, kein weißes Ross hatte und niemand in der Lage war, mich zu retten, waren wir beide von Enttäuschung übermannt worden.

»Willst du meine Parzelle sehen?«, fragte ich.

»Welche Parzelle?«

»Meine Grabparzelle.«

»Nein!«

Gerade kam die Verkäuferin mit den Prospekten durch die Tür, und bei Richards Ausbruch zuckte sie ein wenig zusammen. Gleich darauf stellte sie jedoch wieder ihr routiniertestes

Lächeln zur Schau. Vermutlich stritten sich mehr Leute in Bestattungsinstituten, als man für gewöhnlich annahm.

»Darf ich einen von denen ausprobieren?«

»Nur die, die ebenerdig stehen.«

»Meinst du das ernst?«, fragte Richard. »Clementine, du steigst nicht in einen Sarg.«

Doch ich kickte bereits meine Schuhe von den Füßen.

»Das ist einer der Vorteile, wenn man bei uns kauft«, erklärte die Verkäuferin mit dieser ruhigen Stimme, die sich offenbar jeder in der Bestattungsbranche zugelegt hatte. »Wenn Sie online bestellen, können Sie vorher nicht testen, wie es sich anfühlt.«

»Man kann auch online bestellen?« Richards Stimme wurde immer lauter.

»Ja, bei Wal-Mart.« Sie sah aus, als würde sie das traurig stimmen, doch ich konnte nicht sagen, ob es am niedrigen Preisniveau der Konkurrenz lag oder daran, dass man die letzte Ruhestätte eines geliebten Menschen zusammen mit Hundeshampoo und Dosenravioli im Angebot kaufen konnte. »Wir raten davon ab.«

Während sie redete, hob ich ein Bein über den Rand eines bronzefarbenen Sargs, der mir gut gefiel, zog das andere hinterher und legte mich hinein. Die untere Hälfte des Deckels war geschlossen, meine Beine also nicht mehr zu sehen. Der Sarg war zum Glück ausreichend lang. Hosen zum Beispiel waren immer nur sehr schwer in meiner Länge zu bekommen.

»Raus da!«

Richard hatte sich umgedreht.

»Ich will aber Probe liegen.«

Und das wollte ich wirklich. Es war durchaus von Bedeutung. Wie konnte ich denn wissen, ob ich die richtige Wahl traf, wenn ich es nicht tat? Genau das war der Punkt, warum ich mir dreißig Tage Zeit nahm. Ich würde alles unter Dach und Fach bringen. Kein Chaos hinterlassen. Niemand würde hinter mir aufräumen müssen oder mich nach der Schule vor einer blutverschmierten Wand auf dem Boden vorfinden. Ich war ein gewissenhafter Mensch. Der Sarg musste passen.

»Raus jetzt.«

Mit zwei Schritten war Richard bei mir und packte mich am Oberarm. Er war stärker, als ich in Erinnerung hatte, oder vielleicht hatte ich diesen Eindruck auch nur, weil er nie so etwas getan hatte, als wir verheiratet waren.

»Komm jetzt da raus!«

Er versuchte mich herauszuzerren, aber ich lag in einem ungünstigen Winkel. So, wie sein Griff die Haut an meinem Arm verdrehte, würde er sie noch wundscheuern, ich spürte es bereits brennen. Und meinen Oberkörper zog er viel zu sehr nach rechts, angesichts der Tatsache, dass meine Beine noch unter dem Deckel feststeckten. Wenn er so weitermachte, würde ich mit dem Gesicht nach unten auf dem Boden landen, in meinem Rücken 90 Kilo Metall.

»Richard.«

»Bitte, Sir«, sagte die Verkäuferin.

Wir hatten wohl die normalen familiären Streitigkeiten bezüglich Bestattungen überschritten.

»Lass mich los!«

Endlich ließ er meinen Arm los und trat einen Schritt zurück. »Komm da raus. Komm sofort da raus! Ich kann das nicht sehen.«

Damit wandte er sich ab, lief aus dem Ausstellungsraum und ließ mich mit der Verkäuferin und den Särgen allein.

Auf dem Heimweg sprachen wir nicht mehr darüber.

Ich lieh mir von Brandon eine aufblasbare Matratze, und Richard legte sie dorthin, wo zuvor die Couch gestanden hatte.

Noch immer kein Wort über mein nahendes Ende.

In einer unerwarteten Bekundung von Loyalität schlief Chuckles bei mir.

Auch darüber sprachen wir nicht.

7 TAGE

Mir blieb noch eine Woche zu leben, und einen Teil davon musste ich an der Sicherheitsabfertigung am Flughafen Los Angeles zubringen. Es ist ziemlich angesagt, den Flughafen in L. A. zu hassen, genauso wie es angesagt ist, Wes-Anderson-Filme toll zu finden. Ich bin da eher unzeitgemäß. Nachdem ich an einer Nonne vorbeigegangen war, die für wohltätige Zwecke sammelte, hatte ich meinen Boarding Pass aus einem Automaten gezogen und dem ersten von mehreren Sicherheitsbeamten meinen Ausweis gezeigt: das alles in weniger als zehn Minuten. Das einzig Deprimierende an der ganzen Sache ist, dass die Flughafenbeamten auf ihren Segways nie dazu bereit sind, einen mitzunehmen. Doch es gibt noch ausgleichende Gerechtigkeit im Universum: Sie müssen einen absurd lächerlichen Fahrradhelm dabei tragen. Und der ist gleichzusetzen mit einem Freifahrtschein, sich über sie lustig zu machen.

Der Flug nach Kansas City dauerte drei Stunden, während derer ich mir Wiederholungen von Sitcoms ansah, die auf der Rückseite der Kopfstütze meines Vordermannes ausgestrahlt wurden.

Der Flughafen von Kansas City ist nicht unbedingt ein Drehkreuz hinaus in die weite Welt, und als wir aus dem Flugzeug stiegen, schien außer uns kaum jemand hier zu sein. Meine wenigen Mitreisenden zerstreuten sich rasch in alle Richtungen, nur ich blieb in der gähnenden Leere der Ankunftshalle zurück.

Ich ging nach draußen, um mir ein Taxi zu nehmen. Auf der Ankunfts- und Abfahrtsspur befand sich kein einziges Auto.

Niemand hupte, und nirgendwo sah man einen Verkehrspolizisten, der versuchte, Ordnung ins Chaos zu bringen. Aus einem Minivan weiter hinten vor dem Eingang zum Abflugbereich stiegen eine Frau und zwei Kinder aus, von denen jeder einen Rollkoffer bei sich hatte. Ein paar Leute überquerten die Straße zum Parkplatz, der nur zu einem Viertel belegt war. Hier war es 10 Grad heißer als in L. A., also genauso heiß wie manchmal im Valley, aber mit dieser feucht-klebrigen Schwüle, die Stechmücken so sehr lieben. Ich ging zurück in die klimatisierte Flughafenhalle, sprach einen dunkelhäutigen Mann mittleren Alters mit einem Wischmopp an und wurde von ihm auf das Taxitelefon verwiesen.

Um in die Stadt zu gelangen, musste man 45 Minuten fahren, aber nicht aufgrund des Verkehrs, sondern weil der Flughafen mitten in der Pampa liegt. Ich lehnte mich in meinem Taxisitz zurück, trank Sprite aus der Flasche und wartete darauf, etwas anderes zu sehen als die Abfahrten vom Freeway und diverse Werbetafeln, auf denen schwimmende Kasinos angepriesen wurden. Als die Skyline endlich auftauchte, wirkte sie ziemlich zusammengestaucht, aber auch die Skyline von L. A. ist kompakt, ganz anders als die von New York, also kein Grund für voreilige Schlüsse. Wir nahmen eine Abfahrt, die von den imposantesten Gebäuden wegführte.

Die Innenstadt hatte ihren ganz eigenen Charme. Zwischen den »Zu vermieten«-Schildern lagen ein paar Cafés und altmodische Schneiderateliers verstreut, und die verwitterten Backsteine und Schilder im Art-déco-Stil deuteten darauf hin, dass dieser Ort einst richtig lebhaft gewesen war und es vielleicht auch wieder werden könnte, wenn nur genug Leute sich zusammentun würden. Die Stadt hatte eine gute Substanz, auch wenn sich hinter den aufgesprungenen Bürgersteigen und Maschendrahtzäunen an vielen Stellen Styropormüll sammelte und die

Fenster mancher leerstehender Läden von Klebeband zusammengehalten wurden. Leider waren kaum Leute unterwegs. Vielleicht lag es an der Hitze.

Der Sitz der Finanzbehörde war ein riesiger Klotz, der früher einmal das Hauptpostamt beherbergt hatte. Schon damals war es ein Gebäude von der Größe eines Bahnhofs gewesen, doch in der Folge hatte man noch drei Flügel angebaut. Auf fast 12 Hektar versammelten sich hier Buchhalter, die Berechnungen erstellten und Zahlen notierten. Eine Schreibtischreihe nach der anderen bis zum Horizont. Ich sah sie im Geiste im Gleichschritt marschieren – eine Armee menschlicher Rechenmaschinen.

Als wir schließlich hielten, hatten die Taxigebühren eine unverschämte Höhe erreicht. Ich bezahlte, wie man eine Autoreparatur bezahlt, in dem Wissen, dass man übers Ohr gehauen worden ist, ohne etwas daran ändern zu können. Mein Fahrer konnte sich jetzt auf den Heimweg machen. Bestimmt musste er den Rest des Tages nicht mehr arbeiten.

Ich ging hinein. Es fühlte sich surreal an, meinen Vater bei der Arbeit zu besuchen, etwas, das man vielleicht als Kind tat. Nun gut, das entsprach ziemlich genau dem Zeitpunkt, als er mich zum letzten Mal gesehen hatte. Wie würde ich vorgehen? Ich weiß nicht, was ich mir diesbezüglich ausgemalt hatte. Vermutlich hatte ich geglaubt, ich würde einfach eine der menschlichen Rechenmaschinen anhalten, ihr den Namen meines Vaters nennen und zu seinem Schreibtisch geführt werden. Reihe 28, Abschnitt B in einem der fußballfeldgroßen Rechenräume. Doch stattdessen befand sich direkt hinter der Eingangstür ein bemannter Wachposten mit Metalldetektor. Es sah aus wie bei der Kontrolle am Flughafen, und ich fragte mich, ob ich meine Schuhe würde ausziehen müssen.

Als die Wachmänner sich nach meinem Anliegen erkundigten, erklärte ich ihnen, dass ich zu meinem Vater wollte, ließ aber den Teil aus, dass ich unerwartet kam, wie lange ich ihn nicht gesehen hatte und dass ich Jerry Pritchard nicht erkennen würde, sollte er auf einer Cocktailparty neben mir stehen. Sie brachten mich zum Scanner – meinem zweiten an diesem Tag – und durchsuchten meine Tasche, in die ich frische Unterwäsche und ein paar Miniatur-Kosmetikartikel gestopft hatte, denn mit etwas Shampoo und frischer Wäsche konnte man für nahezu unbestimmte Zeit überall hingehen. Dann griff einer der Wachmänner zum Telefon, um meinen Vater anzurufen und ihm mitzuteilen, dass ich hier sei.

Das surreale Gefühl wich äußerster Anspannung, als mir klar wurde, dass er einfach abheben, dem Wachmann zuhören und mir dann den Zutritt verweigern könnte. Er müsste mir das noch nicht einmal ins Gesicht sagen.

Ich versuchte, mir nichts anmerken zu lassen, während ich den Wachmann mit dem Hörer am Ohr beobachtete. Seine Hände waren so groß wie Teller, seine Fingernägel so rosa wie Ballettschuhe und seine Haut sehr dunkel. Ich wartete, er wartete, wir beide warteten zusammen, und noch immer hatte er das Telefon am Ohr in einer Hand, die den Hörer fast verschwinden ließ, und keiner sagte ein Wort.

Dann legte er auf.

»Nimmt nicht ab«, verkündete er.

Mein Herz blieb stehen, meine Lunge atmete nicht mehr, und meine Zellen hörten auf, sich zu teilen.

»Lakisha, würdest du diese Dame bitte nach oben zu ihrem Daddy bringen?«

Ich atmete tief ein, und der Sauerstoff war ein solcher Schock für meinen Organismus, dass mir schwindlig wurde und ich mich mit der Hand am Detektor abstützen musste.

Lakisha machte gerade ein Kreuzworträtsel in der Zeitung.

Jetzt legte sie ihren Stift weg und drückte sich vom Schreibtisch hoch. »Welches Büro?«

»Drei-Null-Zwei.«

Ich folgte Lakisha durch den alten Teil des Postamtes, wo man den Marmorfußboden, das dunkle Holz und die Postfächer aus Messing erhalten hatte, was mir durchaus gefallen hätte, wäre ich in der Stimmung gewesen, darüber nachzudenken. Ich lief einen halben Schritt hinter meiner Eskorte und versuchte mein Möglichstes, ganz normal zu wirken.

Wir gingen in den zweiten Stock und dann einen langen Gang hinunter, bis wir vor der Tür Drei-Null-Zwei stehen blieben. Lakisha öffnete sie und ließ mich als Erste eintreten. Das Büro war ungefähr so groß wie mein Atelier, und vom Charme der alten Postfächer im Untergeschoss war hier oben nicht mehr viel übrig. Stattdessen befanden sich überall Arbeitsnischen, alle in Beige und mit so hohen Trennwänden, dass ich nicht sehen konnte, wie viele davon besetzt waren. Es gab etwa Platz für zehn Leute.

Wieder folgte ich Lakisha, deren breite Hüften und ausladender Hintern beim Gehen hin und her wiegten. Merkwürdig, dass mir das gerade jetzt auffiel, doch so war es nun einmal. Auf halbem Weg durch den Raum blieb sie stehen und sprach eine Frau in ihrer Kabine an. Sie hatte ihren Arbeitsbereich mit Traumfängern, Zeichnungen von keltischen Knoten und spärlich bekleideten Feen geschmückt.

»Ist Jerry hier irgendwo?«, fragte Lakisha und wies mit dem Kinn auf einen leeren Schreibtisch, dessen Stuhl nach hinten geschoben war und sich noch immer drehte, als hätte sich jemand gerade erst erhoben, vielleicht in Eile.

Auf dem Namensschild der Frau stand Susan.

»Ja. Er ist im Pausenraum, um sich was Süßes zu holen. Müsste gleich wieder da sein.«

Auf ihrem Bildschirm war eine Tabelle mit Zahlen zu sehen. Daneben stand das gerahmte Bild eines Hundes.

»Das ist seine Tochter«, erklärte Lakisha. »Ich lasse sie dann hier.«

Susan warf mir einen Blick zu, der den Eindruck vermittelte, als wüsste sie, dass hier etwas nicht stimmte, und wäre kurz davor, etwas zu sagen. Das wäre das Ende meiner Glückssträhne. Aber sie blieb stumm, nickte einfach nur, und Lakisha machte sich davon, während ich mir ein Lächeln abquälte und zur Arbeitsnische meines Vaters trat, um dort zu warten.

Er hatte keine Fotos auf dem Schreibtisch. Auch keine Traumfänger oder Feengestalten. Stattdessen nur ein Abreißkalender mit einem Spruch pro Tag und ein Ball aus Gummibändern von der Größe einer Orange. Ein ordentlicher Mensch, der Light-Limonade trank und sein Mittagessen in einer Lunchbox mit Schulterriemen mitbrachte. In Blau. Ohne Logo. Das war alles. Mehr konnte ich hier nicht sehen.

Ich steckte die Hände in die Hosentaschen, lehnte mich an die Trennwand und versuchte jeglichen Blickkontakt zu vermeiden, während ich die Tür im Auge behielt. Es war ruhig. Keiner telefonierte oder hatte ein Radio laufen. Ein paar Tastaturen klapperten. Ich fühlte mich schrecklich, als würden meine Gliedmaßen plötzlich nicht mehr zu mir passen. Dann überlegte ich, ob ich besser ein Kleid hätte anziehen sollen, und wurde im nächsten Moment sauer auf mich selbst. Warum um alles in der Welt sollte ich ihn beeindrucken müssen? Ich trat von einem Bein aufs andere und wünschte, ich hätte etwas zu tun.

Er kam durch die Tür, und in diesem Moment wusste ich es. Niemals hätte ich damit gerechnet, und ich konnte auch nicht sagen, ob ich wirklich *ihn* erkannte oder ob ich etwas von mir in ihm sah. Er war einfach vertraut. Und alt. Sehr viel älter, als ich ihn mir vorgestellt hatte. Darauf war ich nicht vorbereitet. Er hatte schon fast eine Glatze, doch die verbliebenen Haare waren noch genauso braun wie damals. Er trug eine rahmenlose Brille, eine schwarze Anzughose und ein schwarz-hellbraun kariertes Hemd. In meiner Vorstellung war er groß gewesen, doch da hatte ich wohl falschgelegen. Er hielt zwei Schokoriegel in der Hand und schlurfte ein wenig beim Gehen.

Ich starrte ihn an. Wie sollte ich ihn auch nicht anstarren? Ich weiß nicht, ob es das war, was ihn abrupt innehalten ließ, diese glotzende Fremde an seinem Schreibtisch, oder ob er, genau wie ich, etwas Vertrautes in mir sah. In jedem Fall blieb er am Ende des Ganges stehen und starrte zurück. Ich befürchtete schon, er würde einfach wegrennen, doch das tat er nicht. Langsam blickte er sich um und kam dann mit schleppenden Schritten auf mich zu. Bei Susans Schreibtisch blieb er stehen und bot ihr einen Schokoriegel an.

»Dachte, du willst vielleicht auch einen«, sagte er zu ihr.

»Ohhh … danke. Hey, Jerry, stellst du uns deine Tochter vor? Das ist nicht die aus Kalifornien.«

Er sah zu mir und dann wieder weg.

»Sie lebt auch in Kalifornien. Das ist Clementine«, erklärte er.

Susan nickte mir zu: »Freut mich, dich kennenzulernen.«

Ich versuchte, ein Lächeln zustande zu bringen, war mir aber nicht sicher, ob es gelang.

Das Schweigen, das folgte, musste allen anderen schrecklich peinlich und unheimlich still vorkommen, mein Herz schlug jedoch viel zu laut, als dass es mir aufgefallen wäre.

Jerry stand unweit von seinem Stuhl und schaute auf den Schokoriegel in seiner Hand. Er riss das Papier bis zur Hälfte auf, brach ihn entzwei und bot mir die Hälfte an.

»Ich weiß nicht, ob du Schokolade magst.«

Ich nahm das Stück. »Ich mag Schokolade.«

»Ich wollte gerade nach Hause fahren«, sagte er. »Ich komme gerne früh, um dem ganzen Verkehr zu entgehen.«

Das ist es also, dachte ich, das ist der Moment, in dem er wegläuft. Hier hast du was Süßes. Schönes Leben noch. In meinem Magen brodelte es wie in einem Kochtopf, und ich versuchte, mich auf die Zurückweisung vorzubereiten. Jetzt, da ich erwachsen war, müsste ich es doch bestimmt leichter verkraften, aber ich wusste, dass das nicht stimmte.

»Willst du mit mir nach Hause fahren?«, bot er an.

Ich hörte ihn kaum. Zu sehr war ich in mein gedankliches Drehbuch verstrickt. Sein Angebot brachte mich zum Stammeln.

»Äh … ja … ja, okay.«

»Okay«, stimmte er zu, nickte und schaute zu seinem Stuhl. »Ich sollte Charlene anrufen und ihr Bescheid sagen.«

Charlene. Ich ließ den Namen auf der Zunge zergehen.

Er hob den Hörer ab und drückte auf eine Taste, dann wählte er. Kurz darauf meldete sie sich.

»Wir werden heute Abend zum Essen einen Gast haben«, sagte er. »Clementine ist hier … Nein, hab ich nicht … ja … Mach dir keine Sorgen. Das ist in Ordnung … Ich hole es auf dem Heimweg ab … Ja … ich auch … Bis dann.«

Clementine ist hier, hatte er gesagt. Also wusste sie, wer ich war. Ich war keine völlige Überraschung. Meine Existenz war zumindest nicht totgeschwiegen worden, selbst wenn mein Besuch zum Abendessen ein wenig plötzlich kam.

Er legte auf und sah mich zum ersten Mal an, seit er mich von der anderen Seite des Raumes angestarrt hatte. Aber er sah mir nicht in die Augen, sein Blick wanderte nicht höher als bis zu meinem Kinn. Ich hingegen starrte ihn noch immer an. Ich konnte nicht anders. Er sah Ramona so ähnlich. Da war sie:

Meine tote kleine Schwester in dem Körper eines alternden Finanzbeamten mit Halbglatze. So musste sich die Hölle anfühlen.

»Wenn du so weit bist«, sagte er an mein Kinn gerichtet, »mein Wagen steht in der Garage.«

»Ich bin so weit.«

Er ging mir voraus, seine Lunchbox über der Schulter. Die Türen zu den anderen Büros waren geschlossen, und ich sah keinen riesigen Rechenraum, wie ich ihn mir ausgemalt hatte. In den Gängen begegneten uns andere Angestellte, die Jerry nicht grüßten. Er redete auch nicht mit mir. Als wir im Untergeschoss ankamen, passierten wir einen Tunnel zur Garage, wo sich die heiße, feuchte Luft staute. Beim ersten Mülleimer, den ich sah, blieb ich stehen und übergab mich.

Ich war froh, dass ich nicht viel gegessen hatte, nur der Schokoriegel kam unverdaut wieder heraus. Dann kramte ich in meiner Tasche nach meiner Flasche Sprite. Jerry wartete ab, ohne herzuschauen oder etwas zu sagen, entweder weil er es abstoßend fand oder weil er mir etwas Privatsphäre lassen wollte.

»'tschuldigung«, sagte ich, als ich in der Lage war weiterzugehen.

Er fuhr einen amerikanischen Durchschnittswagen und hörte NPR, den National-Public-Radio-Sender. Kein Müll im Fußraum oder in den Fächern der Autotüren, nichts hing am Innenspiegel oder lag auf der Rückbank. Sein Wagen war so unpersönlich wie ein Mietwagen. Das Radio ging an, als er den Motor startete, und er ließ es laufen.

»Wie lange arbeitest du hier schon?«

»Etwa dreißig Jahre«, antwortete er. »In zweiundzwanzig Monaten gehe ich in Rente.«

Es war, als würde ich mich mit einem völlig Fremden im Aufzug unterhalten.

Wir schlängelten uns über die Landstraßen bis zum Freeway, der verglichen mit den Zuständen in L. A. fast leer war, und fuhren Richtung Osten.

»Also«, setzte er an, »wie ist es dir so ergangen?«

Ich musste lachen. Ich konnte einfach nicht anders. Diese Frage war so beiläufig, so belanglos, so unangemessen. Ich lachte so heftig, dass ich Seitenstechen bekam und meine Wangenmuskeln schmerzten, und als ich mein Gesicht berührte, war es feucht. Mir war überhaupt nicht bewusst gewesen, dass ich weinte, und für einen Moment dachte ich, ich hätte mich vielleicht geschnitten und würde bluten. Erneut strich ich über meine Haut und betrachtete meine Finger, nur um sicherzugehen.

Jerry umklammerte das Lenkrad fester und beugte sich zur Windschutzscheibe vor, als könnte er uns so schneller nach Hause befördern.

»Wie es mir so ergangen ist?«, fragte ich, als ich wieder Luft bekam.

Meine Nervosität war von Ungläubigkeit, Neugier und Empörung vertrieben worden, und ich fühlte mich wie ein Teenager, den man auf dem falschen Fuß erwischt hatte, ängstlich und schnippisch. Vielleicht würde ich das Erwachsenwerden hier noch einmal durchlaufen müssen, jede einzelne Station mit ihm erleben. Was für ein ernüchternder Gedanke. Dafür hatte ich nicht mehr genügend Zeit, und ganz bestimmt wollte ich nicht als großschnäuziger Teenie mit Akne sterben.

Ich holte tief Luft und versuchte, in einem Atemzug erwachsen zu werden.

»Ich bin Künstlerin. Ich lebe in L. A. Ich war verheiratet, bin jetzt aber geschieden. Ich habe keine Kinder.«

»Ich bin verheiratet.«

»Ist mir zu Ohren gekommen.«

»Sie ist eine gute Frau, eine sehr nette Frau.«

»Mom war auch eine gute Frau.«

Er erwiderte nichts, lange genug, dass wir den Kurznachrichten um Viertel vor im Radio lauschen konnten. Sprengbomben am Straßenrand in Kandahar. Steigende Arbeitslosigkeit. Ich wartete. Diese Kluft würde er überbrücken müssen, ich würde ihm nicht entgegenkommen. Wir waren inzwischen schon bei den Verkehrsnachrichten angekommen.

»Sie hat sich alle Mühe gegeben, deine Mutter. Sie hat sich viel Mühe gegeben, und sie war eine gute Frau.«

»Sie hat Ramona erschossen. Wusstest du das?«

»Ja, ich weiß. Das ist das Schlimmste, was mir je in meinem Leben widerfahren ist.«

Eigentlich hätte nur eine Aussage wahr sein dürfen – dass sie eine gute Frau war oder ihr Kind erschossen hatte –, aber beides stimmte. Es war eine der unfassbaren, erschreckenden, großen Wahrheiten in meiner Geschichte.

»Sie waren nicht mehr wirklich ein Teil deines Lebens damals.«

»Warum …« Er stockte kurz und nahm dann einen neuen Anlauf. »Warum hat sie dich nicht auch erschossen?«

Ich blickte aus dem Fenster, wo der Freeway an mir vorbeizog. Werbetafeln und Ausfahrtsschilder, immer wieder, als würde es an diesem verfluchten Ort nichts anderes geben.

»Ich war in der Schule. Ramona war krank, deshalb war sie zu Hause geblieben.«

Wir schwiegen beide. Das Schicksal ist manchmal schwer zu akzeptieren, die Willkür des eigenen Lebens oder Sterbens. Oft ist es einfacher, daran zu glauben, dass größere Mächte die Hände im Spiel haben, die einen schützen oder bestrafen.

»Deine Mom … sie hatte manchmal schlechte Tage.«

»Ja.«

»Dann war sie so unsagbar traurig… und mit allem überfordert.«

Ich wollte nicht, dass er weitersprach. Ganz bestimmt hatte ich nicht diesen langen Weg auf mich genommen, um mir anzuhören, wie er über diese Sache dachte. Doch ich wusste nicht, wie ich ihn zum Aufhören bringen konnte.

»Wenn jemand so traurig ist, dann tut er manchmal etwas, das für andere keinen Sinn ergibt.«

Er hatte meine größte Angst ausgesprochen. Über zwanzig Jahre Therapie hatten es nicht vermocht, sie mir zu nehmen. Was, wenn ich so traurig wurde, dass ich etwas tat, das für andere keinen Sinn ergab? Wenn ich tat, was sie getan hatte? Was, wenn ich gefährlich war?

Wieder begann ich zu weinen, doch dieses Mal war ich mir dessen bewusst. Ich versuchte nicht, es zu erklären, denn dass man weint, wenn man über seine tote Schwester spricht, die sterben musste, und über seine tote Mutter, die sterben wollte, ist ganz normal. Ich ließ ihn in dem Glauben, um Ramona und Mom zu weinen, den ganzen Weg bis zum Restaurant, wo er anhielt, um das Essen zu holen.

Das Gebäude schien früher etwas anderes gewesen zu sein, doch inzwischen hatten Umbaumaßnahmen ein Lokal daraus gemacht. Auf dem Parkplatz roch es wie in einer Räucherstube, und die Inneneinrichtung erinnerte an ein Taco-Bell-Restaurant. Ich folgte Jerry zum Tresen, wo er zwei große Plastiktüten voller Essen bezahlte, das seine Frau bestellt hatte. Ich hob sie hoch. Jede von ihnen wog mindestens zwei Kilo, und mir kam in den Sinn, dass uns bei ihm noch andere Leute als seine Frau erwarten könnten.

Es war schon Spätnachmittag, doch die klebrige, heiße Luft war noch immer drückend. Es war die Art Hitze, die ich im tiefsten Süden erwartet hätte, eine Hitze, die Leute reizbar machte, Ehestreits provozierte und Kleinkriminalität entstehen ließ. Ich wünschte, ich hätte Shorts angezogen.

Wir fuhren durch auf dem Reißbrett geplante Wohnsiedlungen mit kurvigen Straßen und Sackgassen. Dazwischen immer wieder Gewerbegebiete und Kirchen – immer wieder Kirchen aller Religionsgemeinschaften. Jerry wohnte hinter einer Baptistenkirche mit einem asphaltierten Basketballfeld dahinter und einem Parkplatz davor. Auf dem Weg durch das Viertel hatte ich mehr Konfessionen entdeckt, als ich hätte benennen können, was sich merkwürdig egalitär anfühlte, selbst für eine Ungläubige wie mich.

Das Viertel war nicht neu, aber auch nicht alt genug, um charmant zu wirken. Die Häuser, allesamt mit versetzten Ebenen, waren so quadratisch wie die Kakaomilchtüten für Kindergartenkinder. Jedes hatte eine Auffahrt, die zu einer Doppelgarage führte, und ein gewundenes Eisengeländer entlang der Treppe bis zur Haustür. Jerrys Haus war dunkelgrün mit schwarzen Fensterläden, neben dem Briefkasten stand ein Zementkübel voller Blumen. Die Auffahrt war leer.

Charlene musste nach uns Ausschau gehalten haben, denn noch bevor ich ausgestiegen war, öffnete sie die Tür. Dort blieb sie stehen, die Hände vor dem Bauch verschränkt, und wartete auf uns. Sie trug eine weiße Hose und ein blusiges, blumiges Oberteil, das lang genug war, um ihre breiten Hüften zu kaschieren. Ihr Haar war rot. Und wenn es auch einst ihre natürliche Farbe gewesen sein mochte, waren diese Zeiten doch vorbei. Stattdessen ließ der verwaschene rötliche Ton deutlich erkennen, dass sie mit der Farbe ihr ergrautes Haar zu kaschieren versuchte.

Als Jerry und ich am Fuß der Treppe einen Moment zögerten, um uns darüber einig zu werden, wer als Erstes hinaufgehen sollte, rief sie nach unten: »Es tut mir so leid. Wenn ich gewusst hätte, dass du kommst, hätte ich ein richtiges Abendessen vorbereitet.«

Damit hatte sie sehr nett ausgedrückt, was ich hier tat – in ihr Leben platzen und mich aufdrängen.

»Schon in Ordnung«, erwiderte ich, schaute kurz in ihre Richtung und versuchte dann, die engen Stufen nicht hinunterzufallen, während ich das Essen hinauftrug, das für ein ganzes Basketballteam gereicht hätte.

Charlene hatte korallenfarbenen Lippenstift, dezentes Rouge und grünen Lidschatten aufgetragen. Es sah geschmackvoll aus, nicht zu viel, als hätte ihr jemand an einem Kosmetikcounter im Kaufhaus geholfen. Ihre Wangen waren genauso rundlich wie ihr Hintern, und sobald ich oben auf dem Treppenabsatz angekommen war, nahm sie mir die Tüten ab.

»Ich nehm dir das ab, komm erst mal rein. Du bist bestimmt müde nach dem langen Flug.«

»Geht schon.«

»Ach ja, du bist bestimmt noch auf kalifornische Zeit eingestellt. Kann ich dir vielleicht etwas zu trinken anbieten? Eistee?«

Ich folgte ihr über eine kurze Treppe auf die erste Ebene der versetzten Etagen. Der Teppich war so hellbeige, dass er fast weiß wirkte. Jerry blieb an der Eingangstür stehen, um die Schuhe auszuziehen, und ich tat es ihm gleich und deponierte meine Stiefel neben dem Sofa. Charlene war barfuß. Ihre leuchtend roten Fußnägel kontrastierten mit ihrer beinahe transparenten hellen Haut. Sie ging über einen durchsichtigen Plastikläufer in die Küche, und ich folgte ihr. Weiter hinten im Gang lag der gleiche Läufer.

»Klar, Eistee ist gut.«

Ich hatte erwartet, dass sie sich vorstellen würde: »Hallo, ich bin die böse Stiefmutter, die deine Familie zerrüttet hat. Schön, dich kennenzulernen«, aber stattdessen stellte sie die Tüten auf dem Tresen ab und holte Teller aus dem Schrank. Nur drei. Besteck und Servietten waren bereits aufgedeckt.

»Jerry, stellst du bitte den Kuchen in den Kühlschrank? Und bring den Tee. Ich habe heute Nachmittag eine frische Kanne gemacht.«

Jerry tat, wie ihm aufgetragen wurde, und ich stand einfach nur herum.

Charlene holte die Servierschalen und fing damit an, die Styroporbehälter zu öffnen. Als sie den Kartoffelsalat, der so aussah, als wäre nicht einmal annähernd genügend Senf dran, zur Hälfte umgefüllt hatte, drehte sie sich um und fasste sich an die Brust.

»Es ist ganz ungewohnt, dich in natura zu erleben. Du bist viel größer, als du auf den Fotos aussiehst.«

Beide verhielten sich so, als wäre meine Anwesenheit überhaupt nichts Ungewöhnliches, als wäre ich nur eine kleine Überraschung, wie ein Nachbar, der zum Abendessen reingeschneit war. Ich wusste nicht, ob ich einfach mitspielen oder sie schreiend schütteln sollte.

»Fotos?«

»Ja klar, wir sammeln alle deine Zeitungsartikel in einem Album. Jerry, zeig es ihr.«

Jerry stellte den Krug mit dem Eistee ab und verschwand im Wohnzimmer. Draußen bellte ein Hund. Es war ganz in der Nähe, aber ich konnte nicht ausmachen, ob es ihrer oder der der Nachbarn war. Er hörte sich klein an. Ich mag keine Hunde. Immer schon.

Ich ging zum Tresen. Dort waren so viele Scheiben Braten zusammen mit einem Berg Spareribs angerichtet, dass es sich vermutlich um ein komplettes Tier handelte. Außer dem Kartoffelsalat gab es noch Makkaroni mit Käse, Krautsalat und weiße Bohnen, die in ahornfarbener Bratensoße schwammen.

Daneben zwei Behälter mit Dips. Charlene brachte die Soßenschüsseln.

»Weißt du, von den vielen Zeitungsartikeln und von dem, was man so über dich hört, kommt es mir beinahe so vor, als würde ich dich kennen, was ich natürlich nicht tue. Darum entschuldige bitte, wenn ich allzu vertraut werde«, sagte sie zu den Bratenscheiben, die sie gerade auf die Servierplatte umbettete und in ordentlichen Reihen auffächerte. »Ich hoffe, du magst Barbecues. Unsere Gegend ist berühmt dafür. Bist du zum ersten Mal in Kansas City?«

»Ja«, erklärte ich. »Zuvor musste ich noch nie einen Elternteil aufstöbern, der sich davongemacht hat.«

So. Jetzt war es heraus.

»Manche mögen ja texanisches Barbecue lieber. Bei denen ist die Sauce dünner und enthält mehr Essig. Bei uns nimmt man Sirup. Unsere Sauce ist dicker und süßer, bleibt immer ein bisschen am Löffel kleben.«

Sie trocknete ihre Hände an einem Handtuch ab. Sie zitterten. Wenigstens hatte sie mir zugehört.

Jerry kam mit einem schwarzen, in Leder gebundenen Album zurück, das er vor mir auf den Küchentisch legte, neben Salz- und Pfefferstreuer. Ich trat auf ihn zu, und er machte sofort einen Schritt zurück, wich mir aus und brachte sich und den Eistee in Sicherheit.

Ich schlug das Album auf. Von meinen frühen Jahren gab es nur ein paar Ausschnitte, dazu eine Handvoll Artikel aus Kunstmagazinen, nicht mehr als kurze Erwähnungen. Sie waren alt und vergilbt, der Klebstoff, den man zum Einkleben verwendet hatte, hart und brüchig. Als ich eine Seite umblätterte, löste sich ein Ausschnitt und rutschte in den Falz der Bindung. Aus den letzten fünf Jahren gab es keine ausgeschnittenen Zeitungsartikel mehr. Stattdessen hatte man damit begonnen, Webseiten auszudrucken, die sich mit mir und meiner Kunst befassten. Es waren etliche, oft mit Bildern, und mein Name war an vielen Stellen markiert worden. Einer der neuesten Artikel, erschienen vor etwas über einem Jahr, zeigte ein Foto von mir in meinem Studio. Im Hintergrund stand Jenny. Auch ihren Namen hatte man mit Marker hervorgehoben.

Ich klappte das Album zu.

Jerry und Charlene brachten die Servierplatten mit dem Essen zum Tisch.

»Du hast keine Probleme gehabt, mich ausfindig zu machen«, sagte ich. »Umgekehrt war das sehr viel schwieriger.«

»Tja, keiner von uns ist so berühmt wie du«, meinte Charlene.

»Ich bin ja überrascht, dass ihr mich nicht um ein Autogramm gebeten habt.«

»Sprich nicht so mit meiner Frau.« Es war das Erste, was er sagte, seit wir zur Tür hereingekommen waren, auch wenn er mich dabei noch immer nicht ansah. »Setz dich und lass uns in Ruhe essen.«

Charlene ging zum Tresen, um Gläser für den Eistee zu holen, während Jerry am Tisch Platz nahm und sich die Serviette auf dem Schoß faltete. Ich überlegte einen Moment lang, ob ich mit Porzellan um mich werfen sollte, doch das wollte ich mir für den Moment aufheben, in dem mir wirklich nichts anders mehr übrigblieb. Er hob die Platte mit dem Fleisch und hielt sie mir hin, damit ich mich bedienen konnte.

»Entschuldigt, ich muss kurz mal ins Badezimmer.«

Ich wartete nicht darauf, dass man mir den Weg erklärte, sondern folgte einfach dem Plastikläufer, vorbei an Familienfotos, die im Gang aufgehängt waren. Darunter eines mit einem kleinen Mädchen am ersten Schultag. Dem Haarschnitt und der Kleidung nach zu urteilen, musste es vor etwa zwanzig Jahren aufgenommen worden sein. Ich blieb stehen. Mir war nie in den Sinn gekommen, dass sie andere Kinder haben könnten. Sie hatte etwas Vertrautes an sich, und in meinem Magen begann es erneut zu brodeln. Je weiter ich den Gang hinunterging, desto älter wurde das Mädchen und desto bekannter kam es mir vor. Ich dachte, das läge daran, dass sie meine Schwester war, meine Halbschwester. Dass sie mir auf diese unerklärliche Weise vertraut war, wie Jerry es gewesen war, als er am Ende des Ganges im Büro gestanden hatte. Vielleicht erkannte das Gehirn ja automatisch verwandtes Fleisch und Blut selbst dann, wenn man die betreffende Person noch nie zuvor gesehen hatte. Aber als das Mädchen von der Grundschule auf die Junior High und dann auf die Highschool kam, fiel der Groschen endlich. Ich streckte die Hand aus und nahm das letzte Foto von der Wand.

Als ich mich umdrehte, stand Jerry in der Tür und betrachtete mich. Die Papierserviette steckte immer noch im Bund seiner Hose.

»Sie wollte nicht, dass du es erfährst.«

Ich sah von ihm wieder auf das Foto in meinen Händen. Es war Jenny. Jenny Pritchard, die nicht verwandt mit mir war.

6 TAGE

Ich wachte in einem Hotelzimmer in der Stadt auf. Am Abend zuvor hatte ich mir ein Taxi genommen und schnurstracks die Flucht ergriffen, weil ich nicht wusste, was ich sonst hätte tun sollen. Ich wollte mich zudröhnen, wie ich es in den guten alten Zeiten getan hatte, in New York, als ich jung und unsterblich gewesen war und geradezu in Wodka und Kokain *gebadet* hatte. Doch es war Jahre her, dass ich mir zum letzten Mal etwas organisiert hatte. Mehr als nur Jahre. Ein Jahrzehnt. Ich war erwachsen geworden. Ich wusste nicht mehr, wie das ging. Zu Hause hätte ich mir wenigstens ein paar verschreibungspflichtige Medikamente besorgen können, aber ich hatte meine Versicherungskarte nicht mitgenommen.

Scheiße.

Ich war völlig fertig. Mich hatte eine derartige Erschöpfung befallen, dass auch Schlaf keine Erholung bringen würde. Am liebsten wollte ich mich ewig in meiner Pfütze aus Selbstmitleid und Verrat suhlen, doch ich hatte am Abend zuvor nichts gegessen und wurde dementsprechend langsam hungrig. Ich setzte mich auf. Behielt mir das Recht vor, mich weiterhin bemitleidenswert und betrogen zu fühlen, aber ich würde es in Gesellschaft von ein paar Frühstückseiern tun.

Neben dem Bett lag die Karte für den Zimmerservice. Ich klappte sie auseinander und wählte die Nummer.

Dann schaltete ich die Nachrichten ein, um mich abzulenken, während ich auf mein Essen wartete. Meine Milch kam tatsächlich in einem kleinen Pappkarton, der die Form von Jerrys Haus hatte. Ich warf einen Blick auf das Verfallsdatum. Sie würde noch gut sein, wenn ich bereits tot war. Ich wusste nicht recht, was ich davon halten sollte. War auch nicht wichtig. Im Moment gab es dringendere Angelegenheiten zu durchdenken.

Über dem mittleren Atlantik formte sich ein früher Hurrikan. Ich betrachtete den farbigen Wirbel und lauschte den CNN-Moderatoren, die versuchten, weltuntergangsähnliche Begeisterung zu erwecken. Obwohl ich nicht hungrig war, nahm ich mir ein weiteres Stück Speck, wo es schon mal auf dem Teller lag. Speck gehört zu den Dingen, die man nicht vergeuden sollte.

Jemand klopfte. Ich hatte vergessen das »Bitte nicht stören«-Schild an die Tür zu hängen.

Verdammte Scheiße.

Ich stand auf und tapste ohne Hose zur Tür, denn ich war nicht in Stimmung für hastige Ankleideaktionen, und man brauchte keine Hose, um das Zimmermädchen wegzuschicken.

Auf der anderen Seite der Tür stand Jerry – mit Hose. Er trug Khakis, Sportschuhe und ein T-Shirt, das er in den Hosenbund gesteckt hatte. Heute sah er mir ins Gesicht, was ihm vermutlich angenehmer war, als auf meine Unterhose zu starren.

»Oh, ich kann warten, bis du angezogen bist.«

»Ich habe nicht vor, mich anzuziehen. Wie hast du mich gefunden?«

»Ich habe Jenny angerufen, immerhin macht sie dein Online-Banking. Sie hat deine Kreditkartenabrechnung eingesehen. Dieses Hotel hier hat einen Betrag eingezogen.«

Verraten vom Internet.

»Jenny wusste es die ganze Zeit?«

»Nicht die ganze Zeit. Erst seit der Kunsthochschule. Charlene hat es ihr gesagt.«

Ich wandte mich ab, ging zurück ins Zimmer und ließ die

Tür offen stehen. Wenn er wollte, konnte er reinkommen. Das tat er auch, doch auf Höhe des Badezimmers blieb er unschlüssig stehen.

»Warum hat sie mir nichts gesagt?«

»Ich habe sie darum gebeten, es nicht zu tun.«

Natürlich hatte er das.

»Oh, klar, das erklärt natürlich diese ganze Scheiße.«

Er antwortete nicht. Vielleicht wünschte er sich etwas, womit er seine Hände beschäftigen konnte, zum Beispiel einen Hut.

Ich setzte mich auf den Bettrand, neben die zerwühlten Laken und das dreckige Frühstücksgeschirr vom Zimmerservice – viel zu wütend, um zu wissen, was ich sagen oder tun sollte.

»Wie lief das denn? Hat sie dir am Telefon Bericht darüber erstattet, was ich so mache? Was ich denke? Wie ich gerade drauf bin?«

Die Scham darüber, wie viel Jenny von meinem Leben mitbekommen hatte, brannte auf meinen Wangen und trieb mir Tränen in die Augen. Mit dem Verrücktsein verhält es sich nämlich so: Man weiß durchaus davon, auch wenn man nichts dagegen tun kann. Wie andere Leute einen sehen, ist einem wohl bewusst, und die Scham darüber ist fast noch schlimmer als die Sache an sich.

»Nein.« Jerry schüttelte den Kopf. »Sie hat uns nur erzählt, wenn du eine Ausstellung hattest oder ein Artikel über dich in der Zeitung war. Aber nichts … nichts Persönliches. Solche Dinge hat sie uns nicht erzählt, wenn du das befürchten solltest. Sogar dass sie für dich arbeiten wollte, hat sie uns verschwiegen, bis es tatsächlich so weit war … Ich habe sie gebeten zu kündigen. Gesagt, dass es nicht richtig sei und letztendlich alle verletzen würde.«

Ich war einfach nur schrecklich aufgewühlt, aber zugleich unfähig, etwas zu tun – wie eine Katze mit geschnittenen Krallen.

»Ich hoffe, du wirst sie nicht dafür bestrafen. Jenny ist durchaus talentiert. Es war einfach zu viel für sie, eine große Schwester wie dich zu haben, ohne sie kennenlernen zu dürfen. Sie hielt es für eine große Chance. Ich weiß, dass sie viel von dir gelernt hat.«

»Ach ja? Hätte ich gewusst, dass es sie gibt, hätte sie nicht herumschleichen, meine Pinsel auswaschen und meine verfluchte Unterwäsche zusammenlegen müssen.«

»Sie hat es gern getan. Es war ihr Traum, für dich zu arbeiten. Als du ihr gekündigt hast, war sie am Boden zerstört.«

Oh Gott. Ich hatte meine eigene Schwester gefeuert.

»Du hättest sie mir nicht vorenthalten sollen.« Auf einmal stand ich, ohne mich daran erinnern zu können, aufgestanden zu sein. »Alles wäre ganz anders gelaufen. Was hast du dir nur dabei gedacht?«

Am liebsten hätte ich ihn durchgeschüttelt, ihn oder irgendeinen Gegenstand, ein Kissen vielleicht – so lange, bis die Füllung herauskam und alles in sich zusammenfiel. Ich musste einfach etwas in Stücke reißen und schreien.

»Ich hatte keine Wahl. Ich musste mich verstecken.« Er ballte die Hände zu Fäusten.

»So ein Schwachsinn!«

Mir kam eine Szene von vor vielen Jahren in Erinnerung, in der ich wütend gegen meine Zimmertür getreten hatte, nachdem er verschwunden war – sobald mir klar geworden war, dass er nicht zurückkommen würde. Immer wieder hatte ich mit meinem Kinderschuh dagegengestoßen, und irgendwann war das untere Stück weggebrochen, meine Schwester hatte zu heulen angefangen und meine Mutter war gekommen. Ich hatte so lange weitergemacht, bis ich umgefallen war. Und dabei in einer Tour geweint, obwohl ich es nicht gewollt hatte. Genauso wütend wie damals fühlte ich mich jetzt immer noch – nach all den Jahren.

»Nein. Es war meine Schuld. Ich konnte damals nur so handeln.«

»Du bist einfach nur egoistisch. Ein egoistischer Feigling!«

»Das verstehst du nicht.«

»Wie sollte ich auch? Du bist abgehauen. Bist einfach abgehauen und hast uns zurückgelassen, als wären wir alte Klamotten, die du nicht mehr wolltest, ein paar Sachen für die Wohlfahrt!«

Er sah aus, als wollte er sich die Haare raufen.

»Ich hab es nicht mehr ausgehalten. Du kannst dir nicht vorstellen, wie es war. Ich dachte, es ginge euch gut, denn sie wollte immer eine gute Mutter sein, aber als … als Ramona gestorben ist … da wusste ich, dass ich dich niemals mehr sehen durfte. Niemals.«

»Was redest du denn da?«

»Ich hab sie umgebracht. Ich habe Ramona und deine Mutter umgebracht.« Tränen rannen über seine fahlen, faltigen Wangen, quollen hinter der randlosen Brille hervor. »Ich habe euch Mädchen dort gelassen. Es ist meine Schuld, dass sie getan hat, was sie getan hat.«

»Aber ich war diejenige, die sie gefunden hat, die das ganze Blut und ihre Leichen gesehen hat. Du warst längst verschwunden, und nicht einmal danach bist du zurückgekommen. Ich hatte keine Ahnung, ob du davon wusstest, ob es dich überhaupt interessiert hat!«

Er trat an die Seite des Bettes und ließ sich auf die Matratze fallen.

»Ich habe jede Nacht für sie gebetet.«

»Na, das ist ja ganz fantastisch. Ich bin mir sicher, dass das überaus hilfreich war. Hast du jemals daran gedacht, aktiv etwas zu tun? Ist dir nie in den Sinn gekommen, dass ich dich brauchen könnte? Ich, das Kind, das noch immer am Leben war!«

»Du hattest deine Tante und deinen Onkel.«

Da schlug ich zu. Ich beugte mich vor, schwang meinen Oberkörper in seine Richtung und stieß ihn gegen die Brust, sodass er nach hinten auf seine Ellenbogen fiel. Ich konnte spüren, wie seine Knochen hervorstanden, als hätte ich ein Vögelchen gestoßen. Er war schwach, und das machte mich noch wütender. Ich war größer, stärker und von so viel Wut erfüllt, ich hätte es locker mit zehn Männern aufnehmen können. Er hielt sich einen Arm schützend vors Gesicht, doch ich machte einfach weiter, schlug und schubste ihn so lange, bis er flach auf dem Rücken lag und seine Brille von der Nase gerutscht war.

Dann ließ ich von ihm ab. Es war nicht genug. Es reichte nicht einmal annähernd. Und vielleicht würde es nicht einmal ausreichen, seine Kehle mit meinen Händen zu umklammern und zuzudrücken, bis er rot anlief und zu atmen aufhörte. So musste sich jemand fühlen, der seinen Widersacher mit 200 Stichen erdolchte.

Ich machte zwei Schritte zurück. So wollte ich mich nicht fühlen. Das alles hatte ich mir ganz anders vorgestellt. Er hätte sich bemühen sollen, es in Ordnung zu bringen, die ganzen miesen Gefühle, die innere Leere, damit ich ohne diesen Schmerz im Herzen sterben konnte. Aber das tat er nicht. Im Gegenteil. Er sprach über seinen Schmerz. Seine Gefühle. Stellte sich in den Mittelpunkt der ganzen Geschichte. Ich war den ganzen Weg hierher gekommen, weil ich mir Trost von ihm erhofft hatte. Aber er konnte mir keinen geben.

Ich ging ins Badezimmer. Dort ließ ich lauwarmes Wasser in meine Hände laufen und klatschte es mir ins Gesicht – immer wieder. Als ich mich schließlich mit dem rauen weißen Handtuch abgetrocknet hatte, richtete ich mich auf und blickte in den Spiegel. Mein Gesicht war rot und verquollen. Ich sah alt aus, tiefe Falten zogen sich um meine Augen und entlang der Nase in Richtung Kinn. Dunkle Ringe umschatteten meine Augenhöhlen wie Blutergüsse. Und genauso fühlte ich mich auch: alt, faltig, lädiert.

Als ich das Zimmer betrat, stand Jerry am Fenster und sah auf die Straße hinunter. Die Nachrichten liefen noch immer. In irgendeinem Land, das mich nicht interessierte, würden demnächst Wahlen stattfinden.

»Du bist noch da.«

»Wäre es dir lieber, ich würde gehen?«

»Hast du mir noch irgendwas zu sagen?«

Er schüttelte den Kopf.

»Dann ja, geh bitte.«

Und das tat er auch.

Ich verbrachte den Tag im Kunstmuseum von Kansas City, das größer und schöner war, als ich gedacht hatte. Gegen Mittag ging ich in die Cafeteria, die in einem zweigeschossigen Innenhof mit einem großen Springbrunnen in der Mitte lag. Auch das war schöner, als ich gedacht hatte. Ich holte mir Karottensuppe und ein Panini-Sandwich mit geschmolzenem Käse und Salami und danach noch einen Kaffee und einen Cookie. Auf meinem Rundgang sah ich mir jeden Ausstellungsraum gründlich an, sogar die afrikanische Korbflechterei, die so gut wie alle ausließen, und gab mir große Mühe, an nichts anderes zu denken.

5 TAGE

»Glückwunsch«, teilte mir die Dame mit Halstuch und adretter Bluse mit. »Ihr Flug heute berechtigt Sie als Premium-Kundin zu 10 000 Bonusmeilen.«

»Toll. Kann ich auch einen Fensterplatz bekommen?«

»Nein, tut mir leid.«

Der Landeanflug scheint in L. A. stets länger zu dauern als in anderen Städten. Bestimmt zehn Minuten schwebt man über das Gewirr von Schnellstraßen und kleeblattförmigen Highwaykreuzen. Die Häuser sehen aus wie Monopoly-Spielsteine, und überall leuchten die Pools wie kleine blaue Kleckse in den Gärten. Die Passagiere aus L. A. spielen vor der Landung gerne »Welcher Freeway ist das?« miteinander. Der 210? Der 605? Der 10? Der 405? Ganz eindeutig der 405.

Wenn man vom Flughafen Los Angeles abfliegt, steigt man über dem offenen Meer auf, die Landung dagegen ist ein langsames Kriechen über ausufernde Stadtgebiete. Ich glaube, das hat etwas zu bedeuten, ich weiß nur nicht, was.

Als ich nach Hause kam, war Richard immer noch da. Er saß auf dem Boden, seinen Laptop auf die Beine gelegt, und spielte *World of Warcraft*. Chuckles, der ihm Gesellschaft leistete, sah gebürstet, satt und zufrieden aus. Mit einem Gesicht wie ein zerquetschter Fußball ist es ganz einfach, einen zufriedenen Eindruck zu machen.

»Wie ist es gelaufen?«, fragte Richard.

Ich ließ mich neben ihn plumpsen, zog die Knie an und

erlaubte meinem Kopf, auf seine Brust zu sinken. So blieben wir lange sitzen, während das Licht sich veränderte, der Kater irgendwann gelangweilt abzog und die um uns herum verstreuten Schachteln des Thai-Lieferservices immer leerer wurden.

»Ich dachte, er würde alles in Ordnung bringen.«

»Wie bist du denn darauf gekommen?«

»Weil er mein Dad ist.«

Richard lehnte den Kopf gegen die Wand, streichelte mir mit der Hand über die Stirn und strich mir den Pony aus dem Gesicht. Es fühlte sich warm und angenehm an, mein Kopf noch immer auf seinem Schoß. »Eltern können keine Wunder vollbringen. Wenn man mit ihnen aufwächst, lernt man das. Manchmal sind sie sogar noch kaputter als man selbst.«

»Ich war dumm.«

»Nein, warst du nicht. Du hast es einfach nur nicht zu dem Zeitpunkt gelernt, als es alle anderen gelernt haben. Du hattest keine Vorbilder.«

»Wann lernen die anderen es denn?«

»Im College. Spätestens Mitte zwanzig.«

»Ich habe das College abgebrochen.«

»Das ist der andere Teil deines Problems.«

Er lächelte mich an. Auch er hatte Falten um die Augen bekommen. Sein Atem roch gut, nach Seife und Pad Thai. Ich spürte die Muskeln seines Oberschenkels unter meinem Kopf und konnte nicht umhin zu bemerken, wie nah ich seinem Penis war.

»Du musst zurück zu Sheila.«

Sein Lächeln verschwand.

»Doch, das musst du. Du musst diese Sache mit den Schuldgefühlen hinter dir lassen – egal, wie sehr sie an dir nagen – und darfst niemand anderen dafür bestrafen. Es ist nicht Sheilas Schuld, dass wir miteinander geschlafen haben. Geh zu ihr zurück.«

Er erwiderte nichts, und mir fiel nicht mehr dazu ein, also lag ich einfach nur da und ließ ihn meine Stirn streicheln.

Als die Dunkelheit anbrach, war er weg. Wirklich weg. Zurück bei ihr, da war ich mir ziemlich sicher.

Ich erhob mich vom Boden, lädiert und steif, und musste nach dem Lichtschalter tasten. Es war ruhig. Chuckles hatte irgendwo ein Versteck gefunden, und es waren keine Geräusche zu hören, nicht einmal vom Kühlschrank, denn der war zu neu, um so zu brummen, wie ältere Modelle es taten. Ich war barfuß, und der glatte Betonboden unter meinen Füßen fühlte sich kalt an. Die Luft war trocken, worüber ich nach dem feuchtwarmen Dampf des Mittleren Westens sehr froh war.

Ich hob die Schachteln mit den Essensresten auf und warf sie in den Mülleimer. Schlauer wäre es gewesen, sie gleich nach draußen zum Container zu bringen, denn am nächsten Morgen würde alles nach alter Fischsauce riechen. Aber dazu konnte ich mich nicht aufraffen.

An meinem Arbeitsplatz schaltete ich eine weitere Lampe ein. Abgesehen von dem in Arbeit befindlichen Werk auf der Staffelei hatte ich ein Dutzend vor Monaten beendeter Leinwände an der Wand lehnen. Ich hatte vorgehabt, sie Jenny zu hinterlassen, da sie sich gut genug auskannte, um zu wissen, wie sie sie verkaufen musste. Das Geld hätte sie behalten können. Jetzt war ich da nicht mehr so sicher. Jenny war nicht länger nur das nette Mädchen, das ich kannte, sondern auch ein Fortsatz meiner Vergangenheit und meines Vaters. Sie war zu zwei Menschen geworden. Es gab die Jenny, die für mich gearbeitet hatte, und die Jenny, die mir vor kurzem offenbart worden war. Ich hatte mit den Familiengeschichten meinen Frieden machen wollen, hatte alles klären und mit einer schönen Schleife zubinden wollen, aber stattdessen war ich mit einem noch größeren Chaos nach Hause gekommen.

Vielleicht sollte ich die Bilder selbst verkaufen. Ich könnte einen Atelierverkauf machen, die Käufer würden zu mir kommen und direkt etwas aussuchen. So müsste ich keine Galerie bemühen und den Erlös auch nicht mit jemandem teilen. Warum eigentlich nicht? Ich würde gutes Geld verdienen, und was ich damit anfangen wollte, könnte ich danach in Ruhe entscheiden. Über diese Idee dachte ich noch immer nach, als das Telefon klingelte.

Ich entfernte das blaue Klebeband und hob den Hörer ab.

Ich wusste nicht, ob ich dort überhaupt erwünscht war. Wäre dem nicht so, würde ich wieder gehen. Aber Elaine hatte von Carlas Haus angerufen und mich gebeten zu kommen. Nicht hinzugehen kam nicht in Frage. Das wäre wie ein Statement gewesen, das zu machen ich nicht bereit war.

Obwohl ich Carla seit zehn Jahren kannte, wusste ich privat so gut wie nichts von ihr. Wäre unsere Beziehung ein Kind, dann wäre es jetzt schon in der fünften Klasse. Und trotzdem war ich noch nie bei ihr zu Hause gewesen, und ich konnte mich auch an keine Unterhaltung erinnern, in der es nicht um die Galerie oder eine Ausstellung gegangen wäre – im Kern also immer um mich. Während der Fahrt dachte ich über diese Dinge nach, und als ich vor ihrem Haus hielt, an das ich noch nie einen Gedanken verschwendet hatte, schämte ich mich.

Die Auffahrt stand voller Autos, und ich musste einen Block weiter fahren, um einen Parkplatz zu finden. Venice verströmte seit jeher einen rustikalen Charme verglichen mit den anderen Strandbezirken, doch in den letzten zehn Jahren war die Gegend ein wenig aufgehübscht worden. Jetzt gab es dort schicke Eisdielen und Restaurants, in denen man hundert Dollar für ein Abendessen ausgeben konnte. Während des Immobilienbooms hatten die Leute dort Häuser und Eigentumswohnungen für viel zu viel Geld gekauft – Bruchbuden an den mit Müll überfüllten Straßen, die sich um das herumschlängelten, was von den mit Entenscheiße verstopften Kanälen noch übrig war, die der Stadt ihren Namen gegeben hatten. Eine Stadt, die keine Stadt mehr war, denn Los Angeles hatte sie sich mittlerweile regelrecht einverleibt. Aber mit dem Charakter von Venice verhielt es sich ähnlich wie mit roter Farbe an einer Wand; man kann noch so viele Schichten Beige darüber auftragen, sie scheint immer noch durch.

Die Autos standen Stoßstange an Stoßstange unter Verkehrsschildern mit so komplizierten Parkerlaubnis- und -verbotszeiten, dass man einen Taschenrechner und einen Mondphasenkalender brauchte, um sie zu verstehen. Die noch verbleibende Fahrbahn war gerade mal breit genug, um ein Auto durchzulassen, auch wenn die Straße eigentlich von beiden Seiten befahren werden konnte.

Ich lief im Dunkeln zu Carlas Haus. Die meisten Häuser waren von der Straße aus nicht einsehbar, hohe Holzzäune schirmten sie vor dem Gesindel ab, das sich hier gern auf der Straße herumtrieb. Große Bäume mit fedrigen Blättern und trauerweidenartig herabhängenden Ästen beugten sich darüber und verteilten ihre Blätter auf dem Bürgersteig. Die violetten Blütenblätter der vielen Palisanderbäume erinnerten derart an Konfetti, dass man sich fühlte wie am Tag nach Karneval.

Das Tor vor der Auffahrt stand weit offen, und das Heck des letzten Fahrzeugs, dessen Besitzer noch einen Parkplatz mehr oder weniger auf dem Grundstück ergattert hatte, ragte bis auf den Bürgersteig heraus. Carlas Haus war ein kleiner Bungalow, die Art, wie man sie in den 20er Jahren zu Dutzenden in L. A. gebaut hatte. Im Inneren brannte Licht, und die Veranda war ebenfalls beleuchtet. Zudem glitzerten bläuliche Lämpchen hinter dem minimalistischen Wasserfall im Vorgarten, und eine Reihe kleiner Laternen säumte den Fußpfad, als wäre jemandem sehr daran gelegen, die Dunkelheit von hier fernzuhalten. Die Eingangstür stand offen, und ich konnte Stimmen über dem platschenden Wasserspiel hören.

Ich trat ein und blickte in ein Meer aus schwarzen Gesichtern, von denen ich keines kannte. Die wenigen weißen Gäste dagegen waren mir bekannt – Kunstleute. Ich fragte mich zum ersten Mal, wie sich das wohl für Carla angefühlt haben musste.

»Zu Hause hat sie sich gern ›Token‹ genannt.« Ich drehte mich um und blickte einen Mann an, der genau denselben Hautton wie Carla hatte. »Sie wissen schon, nach der Comicfigur, dem Quotenschwarzen.«

Ich wusste es nicht.

»Wie auch immer, Sie verstehen schon, worum es geht«, sagte er. »Ich nehme an, Sie sind von der Galerie.«

Es war eine Frage und doch wieder nicht.

»Clementine Pritchard«, stellte ich mich vor und streckte ihm meine Hand hin.

Er ergriff sie. »Michael Jones, der Sohn von Carlas Lebenspartner.«

»Mein tiefstes Beileid.«

»Danke. Dad organisiert die Beerdigung. Ich bin mir sicher, er hätte Sie gern persönlich begrüßt.«

»Tatsächlich habe ich Ihren Vater nie getroffen. Aber er muss ein beeindruckender Mensch sein, immerhin war er mit Carla zusammen. Sie war ein beeindruckender Mensch.«

»Danke, dass Sie das sagen.«

»Wenn ich irgendetwas tun kann …«

Ich hasste diese Worte schon in dem Moment, als sie aus meinem Mund kamen, und dennoch konnte ich sie mir nicht verkneifen. Es war eine Floskel, nichts weiter. Er würde nicht darauf zurückkommen, und ich wäre niemandem eine große Hilfe.

»Unter den gegebenen Umständen kommt er ganz gut klar. Meine Schwester hilft ihm, und ich bin auch da, um …«, mit der folgenden Geste in Richtung der versammelten Menschen meinte er wohl: »Ordnung zu halten und Gastgeber zu spielen.«

Die Leute hatten Essen mitgebracht. Durch das kleine Wohnzimmer konnte ich ins Esszimmer sehen, wo der Tisch voller Platten stand, auf denen die Dinge lagen, die man im Allgemeinen aß, wenn jemand gestorben war. Fleischspieße, Essiggurken, Kartoffelauflauf. Ich fragte mich, ob die Leute mir zu Ehren wohl Salami essen würden.

»Entschuldigen Sie mich bitte«, sagte er nun, als ein neuer Gast zur Tür hereinkam. Der Hautfarbe nach gehörte sie zur Familie.

Das Haus vermittelte eine warme Atmosphäre. Die Wände waren in einem dunklen Terrakottaton gestrichen, und über dem Ledersofa hingen dekorative Körbe. Wäre ich in den Unterrichtsstunden über afrikanische Kunst einst aufmerksamer gewesen, hätte ich mehr darüber sagen können, aber so konnte ich nur feststellen, dass sie mir gefielen. Ich ging an mehreren Blumenkübeln mit Palmen vorbei und schlängelte mich dann durch die Menge. Die Stimmung war gedrückt, aber keiner weinte. Es erinnerte eher an eine Firmenparty nach einem sehr schlechten Jahresbericht.

Ich kam am Büfett und der Küche vorbei. Eine Frau mittleren Alters mit graumeliertem Haar hatte beide Arme bis zu den Ellenbogen ins Spülbecken getaucht, eine zweite stand vor dem geöffneten Kühlschrank und versuchte Platz für eine Kasserolle zu machen.

Die Schiebetür aus Glas, die zum hinteren Garten führte, stand offen. Kleine Käfer schwirrten um die Außenlampen.

Die Trauergäste standen auf dem Rasen in Grüppchen beisammen. Ich entdeckte Elaine, die mich ebenfalls bemerkte, als ich die Treppe herunterkam, und wir nickten einander zu. Sie bedeutete mir nicht, zu ihr zu kommen, und ich machte keine Anstalten, mich zu ihr zu gesellen. Unsere Aussöhnung hatte uns, wie es schien, nicht gleich zu besten Freundinnen gemacht.

Letzten Endes fand ich niemanden, mit dem ich hätte reden können. Carlas Welt waren ihre Familie und die Taylor-Galerie gewesen, und auch wenn ich mit den Leuten dort lose zusammengearbeitet hatte, blieb ich doch eine Außerstehende. Ein Herzinfarkt hatte die Galeristin dahingerafft – viel zu jung und obwohl sie noch nicht einmal zur Risikogruppe gehört hatte. Es war schockierend, eines dieser tragischen Ereignisse, die einen aufschrecken sollten, und dennoch war da ein Gefühl der Normalität. Menschen starben nun mal, und wir wussten, was zu tun war, wenn jemand starb. Wir brachten Aufläufe und Fleischplatten, suchten Parkplätze und sorgten dafür, dass ein Familienmitglied die Gäste an der Tür begrüßte, sprachen die richtigen Floskeln, ganz nach Drehbuch. Und selbst wenn wir alle darin übereinstimmten, während dieses einen Tages in eine kollektive, leicht depressive Stimmung zu verfallen, so ging das Leben doch weiter. Am nächsten Morgen würden wir alle wieder in der Schlange bei Starbucks stehen.

Vielleicht war das der Grund, weshalb Carlas Partner nicht anwesend war, und die Organisation des Begräbnisses war nur eine Ausrede gewesen. Vielleicht war er einfach zu traurig, um in der gefliesten Küche zu stehen und den Gästen zu erklären, wo die Ersatzrollen Toilettenpapier lagen. Das hoffte ich zumindest, um Carlas willen.

Mit einem Mal fühlte ich mich grauenhaft. Ich spürte, wie das schwarze Monster durch die Sohlen meiner Schuhe kroch und wie ein Parasit unter meine Haut drang, wie es mit seinen scharfen Klauen nach mir griff. Die passende Filmmusik dazu wären Buschtrommeln gewesen, immer schneller und eindringlicher, um dem Zuschauer zu vermitteln, dass Gefahr bevorstand. Ich nahm es hin. Es war ja nicht das erste Mal. Das Einzige, was ich tun konnte, war nach Hause zu fahren, solange ich das noch aus eigener Kraft zustande brachte.

4 TAGE

Chuckles hüpfte auf das Bett. Ich spürte sein Gewicht auf der Kante und wie die Matratze einsank. Er miaute. Seine Schnurrhaare streiften meine nackten Beine, als er an mir schnüffelte, ehe er sich abdrückte, einen Satz machte und wieder auf dem Boden landete.

Vor dem Fenster rauschte der Verkehr.

Ich sagte mir, dass ich jetzt keine Zeit für diesen Zustand hatte. Dass ich Dinge erledigen musste. Dass mir die Zeit ausging. *Tick-tack-tick-tack.*

Mich hochzustemmen und meine Füße auf den kalten Boden zu stellen war ein Kampf. Ich musste mich aus unendlich tiefen Wassern in die Höhe bewegen, meine Lunge kollabierte beinahe. Mit Chuckles an meiner Seite ging ich ins Badezimmer und drehte den Wasserhahn der Wanne auf. Ich nahm das Fläschchen mit dem Beruhigungsmittel vom Regal und stellte es auf den Rand. Dann stieg ich hinein, noch ehe die Wanne ganz voll war, das Wasser ließ ich einfach weiterrauschen. Zunächst tauchten meine Hände unter, dann meine Waden. Meine Knie ragten wie eine Inselgruppe in der Südsee heraus. Ich rutschte weiter nach unten, mein ganzer Körper verschwand, nur meine Knie standen noch immer nach oben wie Vulkane. Ich stellte mir vor, sie würden Lava spucken. Wenn man eine Arterie an der richtigen Stelle traf, würde das Ergebnis vermutlich ziemlich ähnlich aussehen. Ich ließ die Wanne volllaufen, bis das Wasser den oberen Wannenrand berührte, sodass ich ganz still liegen bleiben musste, damit es nicht überschwappte.

Ich schaute zu meinem Fläschchen. In seiner Einfachheit war es wunderschön. Durchsichtiges Glas mit einem blau-weißen Etikett und einem roten Siegel darauf – richtig patriotisch. Die Flüssigkeit im Inneren war wunderbar klar, wie Wasser. Vollkommen harmlos. Wasser, überall Wasser.

Ich blieb noch lange liegen, selbst nachdem das Wasser abgekühlt war und schon längst Raumtemperatur hatte. Hier drin konnte ich auf die vage Art über alles nachdenken, auf die man sich Gedanken macht, wenn man auf dem Grund des Ozeans liegt und sich fühlt wie unter einer riesigen dämpfenden Glocke. Ich dachte an Jenny. Ich dachte an Richard. Ich dachte an Jerry und Ramona und daran, wie schwierig es die ganze Zeit war, zu atmen.

3 TAGE

In zwei Tagen hatte ich fünf Mal gebadet. Das war alles, wozu ich mich aufraffen konnte. In der Wanne betrachtete ich das Wasser, das meine Brüste berührte, wie es sich mit jedem Atemzug hob und senkte. Ich blieb so lange liegen, bis meine Finger ganz schrumpelig waren und ich jede Fussel, die im Wasser herumschwamm, auswendig konnte. Dann stieg ich aus der Wanne und ging zurück ins Bett. Da mein Fernseher weg war, konnte ich mir nichts ansehen, aber manchmal hörte ich das Dröhnen des Fernsehers von nebenan. Keine verständlichen Worte, aber das machte nichts. Ich hörte trotzdem zu, lauschte dem An- und Abschwellen der Unterhaltungen, dem Lachen. Die meiste Zeit schlief ich. Schlafen und einweichen. Schlafen und einweichen. Einmal rief ich den Kerl vom Lieferservice an. Kurz kam mir in den Sinn, einen Witz zu machen – »Bitte keine grünen Bananen« oder etwas in der Art –, aber dann war mir doch nicht danach.

Ich machte mir Gedanken über Jenny. Über Ramona. Über meine Mutter. Über Jerry, aber nur im Zusammenhang mit den drei anderen Frauen, die mir wichtig waren. Ich hatte mit meinem Besuch nichts von dem erreicht, was ich mir vorgenommen hatte, aber dennoch fühlte es sich an, als wäre die Sache abgeschlossen.

Ich machte mir Sorgen um Jenny. Was wäre passiert, wenn ich die Wahrheit gewusst hätte? Meine Albträume kreisten um die Dinge, die sie Jerry und Charlene erzählt haben könnte. Und ich fragte mich, warum ich ausgerechnet sie eingestellt hatte. War mir etwas an ihr vertraut gewesen? Möglicherweise. Sie war talentiert, doch das waren auch viele andere Leute, die sich bei mir vorgestellt hatten. Im Gegensatz zu mir war sie organisiert, sozusagen das Yin zu meinem Yang.

Abgesehen davon war sie allerdings auch eine hinterlistige, raffinierte, schmeichlerische Geheimniskrämerin. Wenn man mein großes schwarzes Loch der emotionalen Bedürftigkeit und meinen Drang, das in die Welt zu schreien, damit in Verbindung setzte, war das Ergebnis auf beiden Seiten nicht gerade ruhmreich.

Ich fragte mich, was ich tun sollte, und kam zu keinem Ergebnis. Es fühlte sich an, als würde die Schwerkraft meine Glieder verschlingen. Also schlief ich weiter. Es war dunkel, als ich wieder aufwachte, und mir kam die Hoffnung, dass das schwarze Monster vielleicht gerade für einen Moment abgelenkt wäre. Dieser Gedanke verlieh mir genug Kraft, um mir ein Sandwich zu machen.

Das Essen weckte meinen Magen aus dem Hungerkoma, in das ich ihn während der letzten beiden Tage versetzt hatte, und er wurde wütend – zu wütend, um sich allein mit einem Sandwich zu begnügen. Also packte ich die Einkaufstüte auf dem Tresen aus, die der Lieferant gebracht hatte.

Da ich mich selbst für einen großzügigen Menschen halte, hatte ich ein paar Dosen Katzenfutter und eine Tüte Katzenminze-Leckerlis für Chuckles bestellt. Als ich den Deckel des Futters öffnete, schoss der Kater aus dem Badezimmer, als stünde sein Fell in Flammen, sprang auf den Tresen und steckte seinen Kopf in die Dose, ehe ich den Deckel ganz abgezogen hatte. Es kam zu einem kurzen Streit. Ich war der Meinung, dass er sich mit dem scharfkantigen Deckel das Gesicht zerschneiden würde. Er war der Meinung, dass ich der lausigste Katzenbesitzer sei, der auf dieser Erde herumwandelte, und ihn an seinem flauschig weißen Arsch lecken könne. Nur aufgrund meiner Größe ging ich als Siegerin aus dieser Auseinandersetzung hervor. Ich hielt die Dose über meinen Kopf, um den Deckel vollends abzuziehen, während Chuckles sich auf die Hinterfüße stellte und wütend versuchte, meine Brust zu erklimmen. Eine Pfote reichte bereits bis zu meinem Kinn, als ich den Deckel endlich entfernt hatte und das Futter vor ihm abstellte. Er miaute laut, um sich über den miserablen Service zu beschweren, dann steckte er den Kopf in die Dose. Sein Gesicht war flach und breit, die Dose aber schmal, unweigerlich kam es also zu ein paar kleineren physikalischen Problemen, die er mit ungeheurer Entschlusskraft und dem vorübergehenden Verzicht auf seine Würde bewältigte.

Mir erging es nicht viel anders mit meiner Tüte Fritos und einem Bananen-Whoopie-Pie; ich hatte gar nicht gewusst, dass es die noch gab. Früher brachte Tante Trudy sie kistenweise nach Hause, wenn sie Bob auf einer Geschäftsreise begleitete, und ich stibitzte eines nach dem anderen, was stets zu lautem Geschrei führte – »Wer hat mein Whoopie gestohlen?« Das fand ich damals unheimlich witzig. Diese Momente gehörten definitiv zu den wenigen Lichtblicken aus der Zeit, als ich bei ihnen wohnte. Vielleicht hatte es noch andere gegeben. Ich wünschte, ich könnte mich daran erinnern.

»Wer hat mein Whoopie gestohlen?«, fragte ich Chuckles.

Er reagierte nicht, was ich ihm nicht verübeln konnte, schließlich hatte er auch eine Dose Thunfisch-Katzenfutter quer über sein Fell verteilt. Wie auch immer.

Ich nahm die Chipstüte und einen weiteren Whoopie und trug sie zusammen mit Chuckles' Leckerlis zu meinem Arbeitstisch. Er hatte bis dato kein großartiges Interesse an der Tüte gezeigt. Er war es einfach nicht gewohnt, Leckereien zu bekommen. Doch das änderte sich schlagartig, als ich die Packung aufriss. Allein der Duft des Snacks schien in seinem Stammhirn eine Art tief verwurzeltes Verlangen auszulösen – zweifellos die gleiche Gier, die ihn jedem Käfer nachjagen und ihn verspeisen ließ, ganz egal, wie giftig er war und wie sehr er sich danach übergeben musste. Darüber erlaubte ich mir kein Urteil. Mein Stammhirn reagierte bei Tequila auf dieselbe Weise.

Ich gab ihm ein Leckerli und wandte mich dann meinem Werk zu, das ich »Amerikanischer Zentaur« nannte. Die Skizze war bereits fertig, ein Wesen mit dem Unterkörper eines kastrierten Bullen und dem Oberkörper und Kopf des Marlboro-Mannes. Ich fing damit an, Farbe anzumischen.

2 TAGE

Bis zum Morgengrauen war ich mit dem menschlichen Part fertig. Das Hemd hatte ich mit kleinen roten und blauen Schnipseln aus meiner Zeitschriftensammlung beklebt, sodass es nun kariert wirkte. Hände und Gesicht hatte ich neu gezeichnet, Marlboro-Mann tippte sich jetzt an den Hut, und seine Haut war nun mit Farbe ausgefüllt. Das, was ich mir für den Körper des Bullen vorstellte, hatte ich nicht da, also konzentrierte ich mich stattdessen auf den Hintergrund. Dort fügte ich eine baufällige Scheune ein, von der eine Seite vollkommen aus Werbung bestand, die ich einer meiner Retro-Zeitschriften entnommen hatte. Das gefiel mir so gut, dass ich nach anderen Stellen suchte, an denen ich Konsumgüter unterbringen konnte, doch dann kamen mir Zweifel, und ich zog die Anzeigen wieder ab. Ich war so lange mit Schneiden und Kleben beschäftigt, bis alles vor meinen Augen verschwamm.

Nachdem er die Hälfte der Tüte mit den Leckereien verschlungen hatte, war Chuckles über den Punkt hinaus, an dem ich ihn bestechen konnte, damit er mir Gesellschaft leistete. Und einige Zeit nachdem er sich eine Ecke gesucht hatte, um sich auszuschlafen, legte ich den Pinsel weg und tat es ihm gleich.

Im Hof stand ein alter Sessel. Er sah aus, als hätte es auf ihn geregnet und als wäre das nicht die einzige Demütigung gewesen, die er im Laufe seines Daseins über sich hatte ergehen lassen müssen. Das Gebäude war zweistöckig, in der Mitte eine Insel aus Gras, zu der alle Eingangstüren zeigten.

»Hab ich dich so schlecht bezahlt?«, fragte ich Jenny, als sie die Tür öffnete.

»Sie ist mietpreisgebunden.«

Sie trug eine blau-weiß gestreifte Pyjamahose und ein hellblaues Tanktop. Mein Top war ebenfalls blau, marineblau, und zudem voller Katzenhaare. Bevor ich das Haus verlassen hatte, war Chuckles von mir zu einem unerwünschten, 15 Sekunden anhaltenden Geknuddel gezwungen worden. Außerdem hatte ich ihm eine weitere Dose Katzenfutter aufgemacht, dessen Geruch an etwas erinnerte, das hinter der Sockelleiste verrottete. Er hatte mich in eine Hand gebissen. Mir gefiel diese Ironie. Ihm nicht.

Jenny hatte die Arme vor der Brust verschränkt. Sie trug keinen BH und brauchte auch keinen. Das behauptete ich von mir auch immer, doch jetzt, wo ich uns beide verglich, war ich mir da nicht mehr so sicher. Vielleicht hatten Zeit und Erdanziehung doch ihren Tribut gefordert. Sie war barfuß mit schwarz lackierten Fußnägeln, von denen die Farbe absplitterte. Als sie mich dabei ertappte, wie ich sie musterte, rollte sie die Zehen ein.

Während wir so dastanden, machte sich etwas breit, das man durchaus peinliches Schweigen nennen konnte.

»Wie wütend bist du?«, fragte sie schließlich, weil sie es als Erste nicht mehr aushielt.

»Ich bin nicht nur wütend.«

»Du siehst schlecht aus.«

»Wie nett von dir, das zu bemerken.«

»Ich hab es nicht so gemeint, wie es sich vielleicht angehört hat. Ich mache mir Sorgen, das meine ich. Hattest du eine schlechte Nacht?«

»Ich habe die ganze Nacht gearbeitet und nicht viel geschlafen. Bittest du mich rein, oder sollen wir unsere Unterhaltung auf dem Sessel da drüben fortführen?«

»Auf dem schlafen Obdachlose«, sagte sie und trat zur Seite.

Ich war noch nie zuvor in Jennys Wohnung gewesen. Erst war sie meine Assistentin, dann war sie zu meiner Betreuerin geworden, und hätte man mich etwas später gefragt, was sie mir bedeutete, so hätte ich entgegnet, dass sie meine Freundin war. Jetzt war ich mir nicht mehr sicher, ob das jemals wirklich zugetroffen hatte. Rückblickend war es eine Beziehung mit Hochs und Tiefs gewesen, weswegen ich nun gewisse Schuldgefühle verspürte. Sie wusste so ziemlich alles, was es über mich zu wissen gab, ich dagegen wusste sehr wenig – und wie sich nun herausstellte noch weniger, als ich geglaubt hatte – über sie.

»Willst du etwas trinken?«, fragte sie.

»Vermutlich eine gute Idee. Das wird ein langer Tag werden.«

»Ich bin mit Freunden zum Mittagessen verabredet.«

»Sag ab.«

Da war es schon wieder. Chef und Assistent. Oder jetzt vielleicht große Schwester und kleine Schwester. Tyrann, Opfer.

In jedem Fall erhob sie keinen Einspruch. »Ich habe Cola aus Mexiko da.«

»Die beste.«

Mexikanische Cola wird in Glasflaschen verkauft, die so dickwandig und solide sind, dass die Chancen fünfzig-fünfzig stehen, ob die Flasche zerbricht, wenn sie auf den Bürgersteig knallt. Doch das ist nur ein Grund, warum sie so wunderbar schmeckt. Für den Rest ist der echte Zucker zuständig, den sie benutzen, um sie zu süßen. Kein Maissirup. Sie ist süßer als amerikanische Cola und ohne Nachgeschmack, und sie passt ganz wunderbar zu der Salsa, die dieses chiliähnliche Brennen im Rachen verursacht.

Die Eingangstür von Jennys Wohnung führte direkt ins

Wohnzimmer, das keine drei Meter lang war. Dort setzte ich mich auf das hineingezwängte Sofa und sah mich um. Es gab keinen Essbereich, weder Tisch noch Stühle. Die Küche lag rechter Hand und war gerade groß genug für einen Kühlschrank, ein Spülbecken und einen Ofen, der genauso winzig war wie die Arbeitsplatte. Ich konnte mir nicht vorstellen, dass ein Backblech hineinpasste. Ihre Puppenstuben-Mikrowelle balancierte auf der schmalen Theke, die die Grenze des Raumes beschrieb. Kein Wunder, dass sie bei mir kochte.

Es gab eine Tür, die vermutlich ins Schlafzimmer führte, und irgendwo musste auch das Badezimmer sein. Es konnte nicht größer sein als die Flugzeugtoilette, die ich vor wenigen Tagen benutzt hatte. An den Wänden hingen Bilder, die mit ziemlicher Sicherheit von ihr stammten, wenn auch aus Zeiten der Kunsthochschule, etwas Neueres war nicht darunter. Inzwischen war sie besser.

Jennys Apartment hatte durchaus Ähnlichkeit mit der Bude meiner irischen Partybekanntschaft, wenn auch geschmackvoller eingerichtet, und ich fragte mich, wie das Leben für junge Menschen in dieser Stadt so war. Vielleicht war es härter, als ich gedacht hatte. Im nächsten Moment kam ich mir alt vor, weil mir die Worte »junge Menschen« in den Sinn gekommen waren. Meine erste Wohnung in New York hatte keinen einzigen Wandschrank gehabt, und das Wasser aus dem Hahn war an manchen Tagen ganz braun gewesen.

Jenny setzte sich auf die einzige andere Sitzgelegenheit, einen kleinen Schaukelstuhl. Er stand neben einem Fernseher von der Größe ihrer Mikrowelle, der auf einem Klapptischchen balancierte. Sie zog die Beine auf den Sitz und wartete darauf, dass ich die Führung übernahm.

Ich betrachtete ihr Gesicht. Jerry und Ramona hatten große Ähnlichkeit, aber Jenny kam nach ihrer Mutter, was zugleich eine Erleichterung und auch ein wenig traurig war. »Also erzähl«, sagte ich.

»Was willst du denn hören?«

»Alles, was ich nicht weiß.«

Diese Frage schien sie zu überfordern, und das konnte ich nachvollziehen. Die unzähligen Dinge, die sie über meine Familie – oder zumindest einen Teil davon – wusste, reichten zwanzig Jahre in die Vergangenheit. Andererseits reichten die Dinge, die ich über ihren Vater wusste, doppelt so lange zurück.

»Mom hat es mir gesagt, als ich auf der Kunsthochschule war.«

»Das hab ich schon gehört.«

»Ich wollte dich damals einfach nur anrufen, aber dann hat sie mir von deiner Mom und deiner Schwester erzählt. Hat gesagt, ich könnte das nicht machen, du würdest nichts mit mir zu tun haben wollen. Das hab ich verstanden.« Der letzte Satz erweckte den Anschein, als wollte sie sich dafür entschuldigen, mein moralisches Versagen erwähnt zu haben, meine Unfähigkeit, etwas zu vergeben, für das man mir niemals die Gelegenheit gegeben hatte, es zu vergeben. »Aber ich war noch immer neugierig. Nach meinem Abschluss beschloss ich nach L. A. zu ziehen, und dort bin ich in die Taylor-Galerie gegangen, einfach, um mir deine Sachen anzusehen. Carla war da. Sie war diejenige, die mir gesagt hat, dass du eine Assistentin brauchst.«

Natürlich hatte sie das.

»Das war wie Schicksal.«

»Es war Schicksal gemischt mit Absicht und Manipulation.«

Jenny entdeckte einen losen Faden an der Naht ihrer Hose und wickelte ihn um den Finger. »Dad hat sechs Monate lang nicht mit mir geredet.«

Vielleicht suggerierte sie, dass ich mich ähnlich verhalten könnte. Wie wenn Eltern zu ihrem Kind sagen: »Was denkst du, soll ich deswegen unternehmen?« Und das Kind weiß, egal wie die Strafe ausfällt, dass sie irgendwann zu Ende sein und man es wieder genauso lieben wird wie zuvor. Neuanfang.

Heute war der richtige Tag dafür, mich alt zu fühlen. So viel stand fest. Jahrelang hatte ich nicht wirklich über unseren Altersunterschied nachgedacht. Stattdessen hatte ich mich auf unsere unterschiedliche Lebenserfahrung konzentriert. Ich hatte mehr Kontakte, mehr Ausstellungen und mehr Zeit gehabt, um meine Fähigkeiten zu verbessern und meinen eigenen Stil zu finden, der an die Nachahmungsphase anschließt, während der alle Künstler versuchen, wie jemand Berühmteres zu malen. Doch tatsächlich lief das alles nur darauf hinaus, dass ich sehr viel älter war als sie.

Also erzählte ich ihr, was sie nicht wusste – ich erzählte von Ramona.

Ich sprach über den Moment, als ich zum Rektor geschickt wurde, weil ich Kyle Streeter geschlagen hatte. Er hatte sich über meine Schwester lustig gemacht, weil sie auf dem Spielplatz weinte, nachdem unser Dad verschwunden war.

Ich berichtete ihr von dem Kaninchen, das wir einmal hatten – in Nachhinein betrachtet ein stinkendes, haariges Etwas –, und davon, wie Ramona versuchte, es zum Schlafen mit ins Bett zu nehmen, bis unsere Mom hereinkam, um der Ursache für das Gequietsche in unserem Zimmer auf den Grund zu gehen.

Ich erzählte ihr, dass Ramonas Noten immer besser waren als meine und dass sie netter war als ich – so nett, dass sie ihre Halloween-Süßigkeiten mit mir teilte, was umgekehrt nur selten der Fall war, nämlich nur bei den Smarties, die mir sowieso nicht schmeckten.

Ich erzählte ihr die vielen kleinen Dinge, an die ich mich erinnern konnte und die doch nicht mehr wirklich lebendig waren. Dreißig Jahre sind eine lange Zeit, um Erinnerungen verblassen zu lassen. Was blieb, waren Erinnerungen von Erinnerungen. Nicht unbedingt verlässlich, fast so, als spielte man *Stille Post* mit sich selbst. Doch ich erzählte ihr alles, denn Ramona war auch Jennys Schwester.

»Und dann ist sie gestorben«, sagte ich, was auch völlig ausreichte.

»Wäre sie auch Künstlerin geworden?«

»Nein. Sie wäre etwas sehr viel Bedeutenderes geworden. Sie hätte die Welt gerettet.«

»Vielleicht hätte sie deinen Krebs geheilt.«

»Das hätte sie ganz bestimmt.«

Ich dachte, wir könnten es dabei bewenden lassen. Hätte ich das Drehbuch geschrieben, dann hätten wir hier aufgehört.

Doch Jenny fragte weiter: »Was ist mit deiner Mom? Was war sie für ein Mensch?«

»Überfordert.«

»Stimmt es, dass …«

»Ja.«

Ich stand vom Sofa auf und stellte meine leere Colaflasche auf dem Boden neben einem Stapel DVDs ab.

»Wohin gehst du?«

»In die Kirche.«

»Warum?«, platzte sie heraus, und im nächsten Moment wirkte sie, als wollte sie ihre Worte wieder zurück in den Mund stopfen. Ich kannte dieses Gefühl.

»Hab gehört, dass sie Gott dort festhalten.«

»Das ist ein Gerücht.«

»Loses Mundwerk«, sagte ich und hörte mich wie meine Mutter an. »Du musst wieder anfangen zu malen.« Ich nickte zu der abstrakten orangefarbenen Landschaft über ihrem Kopf. »Das ist alt.«

Sie sah das Bild an, als würde seine Gegenwart sie beleidigen.

»Die Essex-Galerie will die Ausstellung immer noch machen«, erklärte ich.

»Wollen sie nicht. Ich habe nichts zum Ausstellen. Das habe ich ihnen bereits gesagt.«

»Meld dich noch mal. Beruf dich auf mich. Sie werden dir noch etwas Zeit lassen. Aber nicht zu lange. Fang jetzt an.«

»Das ist nicht so leicht.«

»Das soll es auch nicht sein.«

Ich ging zur Tür. Es wäre angemessen gewesen, sie zu umarmen, damit ihr eine nette Erinnerung blieb, und mir ebenfalls, für meinen letzten Tag. Ich hätte ein schönes Ausrufezeichen hinter unser Verhältnis setzen können, doch ich schaffte es nicht. Sie hatte mir etwas vorgemacht, mich angelogen und mir ihre wahre Identität verschwiegen. Und das konnte nicht ungeschehen gemacht werden.

Mitten im Zentrum von L. A. thront eine große, vor kurzem erbaute Kathedrale. Sie bietet Platz für Tausende Gläubige, beherbergt Würdenträger, und von allem wird das Beste zur Schau gestellt: neumodische Kerzenleuchter, ein glattes, minimalistisches Taufbecken und riesige Wandteppiche. Große Straßenschilder weisen den Weg dorthin, genau wie beim Hollywood Bowl. An Feiertagen wird ein Parkservice angeboten, denn nur weil Gott ruht, heißt das nicht, dass sich auch niemand um die Autos der Besucher zu kümmern braucht. Nur die Krypten sind mit Buntglas verziert, der gesamte Rest ist in 14 Beige-Nuancen gehalten, als wäre das Gebäude von einer Firma hochgezogen worden, die in der Hauptsache Büros designte. Diese Kirche war kein Ort für private Gebete, sondern für kollektive Protzerei, und das war nicht das, was ich wollte.

Die Kirche, zu der ich stattdessen ging, war von einem zweieinhalb Meter hohen Maschendrahtzaun umgeben und lag direkt neben einer Bodega. Gegenüber befand sich ein mexikanisches Restaurant, das gegrillten Fisch anbot, daneben ein Friseur und ein Dessous-Shop, der Slips ouverts und Krankenschwesternkittel im Repertoire hatte.

Im Inneren roch es nach Kirche. Dieser uralte Geruch, der immer dort in der Luft sein würde, wo sich die Menschen zum Beten trafen. Eine Mischung aus Desinfektionsmittel, alten Büchern und Weihrauch. Im Eingangsbereich hing ein schwarzes Brett für Gemeindenachrichten, wo auf die örtliche Armenspeisung und die Zeiten für die Sonntagsschule hingewiesen wurde. Ich blieb nicht stehen, um es mir genauer durchzulesen. Auf einem kleinen, wackligen Tisch stand sogar eine Karaffe mit Kaffee nebst Styroporbechern, die ich berührte, um zu sehen, ob der Kaffee noch heiß war. War er nicht.

Durch die Innentüren betrat ich den Mittelgang, bekreuzigte mich und setzte mich in eine Bank. Hier war das Buntglas nicht in die letzten Ecken verbannt worden, stattdessen filterte es das weiche Nachmittagslicht und warf es in Primärfarben auf den Boden. Das Gesicht des Jesuskindes war auf eine beigefarbene runde Glasscheibe gemalt, was ihm einen flachen Ausdruck verlieh, ähnlich wie bei Höhlenmalereien. Es lag nackt in Marias Armen, über beiden Köpfen ein Heiligenschein. Das Geschlecht war von einem Stück Farbglas verdeckt, die Kleidung der Gottesmutter schillerte rot und blau. Von Fenster zu Fenster wurde Jesus größer, versammelte die Apostel um sich, vollbrachte Wunder und hing schließlich am Kreuz, sein plattes Gesicht von Leiden gezeichnet. Für jedes Alter, von der Geburt bis zum Tod, gab es ein Fenster – ein Leben in Bildern.

Ich war nicht allein. Diese kleine Kirche neben dem Erotik-Dessousladen war eine der wenigen Gemeinden der Ewigen Anbetung, die es noch gab. Das würde nicht so bleiben, denn die Frauen, die abwechselnd vor dem Allerheiligsten beteten, würden nicht für immer leben. Mit jedem Moment, der verstrich, wurden sie älter, und es gab niemanden, der sie ersetzen würde. Nicht einmal einen Priester hatte man, auf den man notfalls hätte zurückgreifen können. Die Beichtstühle waren geschlossen.

Ich hätte draußen auf dem Zeitplan nachsehen können, aber das erschien mir sinnlos. Ich war nicht mehr bei der Beichte gewesen, seit Tante Trudy mich zusammen mit Bob hingeschickt hatte – in jenen Tagen, als ich in ihrem kleinen Zimmer gewohnt und meine Initialen in den Fenstersims geritzt hatte. Wie sollte man 25 Jahre Versäumnis in eine Beichte pressen? Es war genau dasselbe, wenn man ein Haus sauber halten wollte: Wenn man immer wieder hier und da etwas putzte und aufräumte, blieb die Unordnung überschaubar, doch wenn man es über ein paar Jahrzehnte versäumte, den Müll herauszutragen und die Böden zu wischen, dann blieb einem nichts anderes übrig, als einen Bagger kommen zu lassen.

Ich saß noch immer auf meinem Platz.

Ein Latino mit langer Hose und einem Hemd, das vorne mit seinem Namen bestickt war, betrat die Kirche. Er sah aus wie derjenige, der den Rasen vor dem Eingang mähte. Langsam knickste er, bekreuzigte sich und steuerte dann auf der anderen Seite des Ganges eine Bank weiter vorne an. Ich fragte mich, welche persönliche Krise ihn mitten an einem Werktag hierherbrachte, aber das hier war keine Bar, und so stellte ich keine Fragen.

Auf meine Weise hatte ich bereits um Gnade gebeten, auch wenn ich den Wunsch bisher eher an mich selbst, als an eine höhere Macht gerichtet hatte. Und ich betete auch jetzt nicht, zumindest nicht so, wie man es mir beigebracht hatte, denn ich hatte keine Hoffnung, dass es helfen würde. Ich glaubte nicht, dass irgendjemand zuhörte, und ich machte mir auch keine

Sorgen – zumindest keine übermäßigen –, dass meine Seele bis in alle Ewigkeit verdammt wäre.

Was ich hier tat, während ich auf der Holzbank saß, die unzählige Hintern über die Jahrzehnte hinweg glattpoliert hatten, war, eine Möglichkeit in Betracht zu ziehen. Ich sprach nicht mit Gott, denn wenn Moses schon keine Pause zum Durchatmen bekommen hatte, als er ins Heilige Land geführt worden war, dann würde Gott mit mir wohl kaum anders verfahren. Aber etwas zog mich zur Jungfrau Maria, der Übermutter, die die Verzweifelten tröstete und alles vergab – bis hin zu Streitereien auf dem Schulhof und unaufgeräumte Zimmer –, sie war schließlich eine Mutter.

Mit ihr sprach ich. Für den Fall, dass sie nicht auf dem Laufenden war, lieferte ich ihr eine Zusammenfassung der Gründe, weshalb ich tat, was ich tat. Ich erläuterte ihr, was ich versucht hatte und wie sehr alles fehlgeschlagen war: die unterschiedlichsten Therapien, alle möglichen Medikamente, Arbeit, Geld, Ehe, Scheidung, Sex, Drogen, meine Liebe zu Motown-Musik. Ich versicherte ihr, dass ich tief und fest glaubte, es sei so am besten. Dann erzählte ich ihr von meiner Mutter und wie diese Geschichte geendet hatte. Ich vertraute darauf, dass sie verstehen würde, wie wichtig es mir war, dass so etwas nicht noch einmal geschah, dass mir nicht dasselbe passierte. Und ich berichtete, wie umsichtig und gründlich ich bei meiner Planung gewesen war, um kein Chaos zurückzulassen. Dass ich hoffte, wirklich an alles gedacht zu haben. Und als mir die Erklärungen ausgingen, saß ich einfach nur da. Ich saß da und wartete darauf, dass etwas geschah. Mehr blieb mir nicht zu tun. Ein bisschen fühlte ich mich wie ein Kind, das den Zettel mit der Einwilligungserklärung zum Schulausflug über den Esstisch schob – in der Hoffnung auf die elterliche Unterschrift.

»Alles okay zwischen uns?«

Nichts passierte. Keiner unterschrieb. Das hatte ich auch nicht wirklich erwartet.

»Okay, vielleicht später. Danke, dass du mir zugehört hast.«

Irgendwann, während ich dort gesessen und mich »nur für den Fall« um meine Angelegenheit gekümmert hatte, war der Gärtner verschwunden. Vielleicht waren seine Probleme nicht so kompliziert, vielleicht konnte er die Dinge auch einfach schneller auf den Punkt bringen. Ich jedenfalls hatte wesentlich länger auf der Kirchenbank gesessen, als ich vorgehabt hatte. Nun trat ich in den warmen, spätnachmittäglichen Sonnenschein hinaus, ließ den Maschendrahtzaun hinter mir und machte mich auf den Weg zu meinem Wagen. Ich war hungrig.

Für gewöhnlich bekam man in diesem Restaurant ohne Reservierung keinen Tisch. Doch da sie gerade erst aufgemacht hatten und noch nicht viele Gäste da waren, hatte ich Glück. Oder vielleicht hatte Maria ja tatsächlich ein Auge auf mich. Die Empfangsdame brachte mich zu einem Tisch am Fenster, auf dem weißes Leinen strahlte und mehr Gläser und Besteck zur Verfügung standen, als eine einzelne Person benötigen sollte. Und obwohl draußen noch herrlichster Sonnenschein war, hatte man eine Kerze für mich angezündet. Die Weinliste war lang und bot viel zu viele Wahlmöglichkeiten, deshalb fragte ich nach dem Sommelier, den man sofort für mich holen wollte.

Er kam in schicker Hose und Krawatte zu mir an den Tisch, die Hemdsärmel hochgekrempelt, wodurch er den Eindruck erweckte, als hätte er einen dynamischen, arbeitsreichen Tag vor sich. Lächelnd stellte er sich vor und reichte mir die Hand. »Wie kann ich Ihnen helfen, Madam?«

Rot, teilte ich ihm mit, und süffig. Nicht zu schwer, aber auch nicht zu leicht. Einen Cabernet Sauvignon vielleicht.

»Was darf er denn kosten?«, fragte er sehr höflich.

»Darüber machen wir uns erst später Gedanken.«

»In diesem Fall …«, setzte er an und zeigte auf die Karte.

Seine Empfehlung war teuer, aber nicht der teuerste, und ich entschied, dies als Zeichen zu nehmen, dass er nicht einfach nur die Rechnung in die Höhe treiben wollte. Ich erklärte mich einverstanden, und er war zurück, noch ehe ich die Horsd'oeuvres ausgewählt hatte. Die Flasche öffnete er am Tisch mit einem dieser simplen Korkenzieher, mit denen ich nie zurechtkam, und schenkte mir einen Schluck in das Rotweinglas. Ich schwenkte, schnüffelte, kostete und konnte kaum das Verlangen unterdrücken, den Tropfen abzulecken, der an der Flasche herunterrann.

»Ja, genau richtig.«

Und das war er. Es war ein wunderbarer Rotwein, genau so, wie er sein sollte. Nicht zu verwässert, aber auch nicht so schwer, dass man ein pelziges Gefühl im Mund bekam. Genau richtig.

Er lächelte, nickte und schenkte mir nach.

Auf der Karte gab es fast ein halbes Dutzend Kategorien von Vorspeisen, jede davon mit einer großen Auswahl. Ich entschied mich für eine französische Zwiebelsuppe, die sehr dunkel war und durch das Karamellisieren fast schon süßlich schmeckte. Einen Teil ließ ich übrig, denn ich hatte nicht vor, heute Abend irgendetwas ganz aufzuessen, vielmehr wollte ich von allem probieren. Meine Geschmacksknospen waren inzwischen ganz aus ihrem medikamentenbedingten Koma erwacht, und ich wollte ihnen etwas Auslauf gönnen. Als Nächstes bestellte ich die Terrine mit Foie Gras. Die Leber war ölig und mit einer Schicht Portweingelee bedeckt. Ich strich sie in dekadenten Portionen auf meine kleinen Toaststücke und verteidigte sie eisern, als der Kellner das verbleibende Restchen mitnehmen wollte, um Platz für meinen nächsten Gang zu schaffen. Was ich nicht essen würde, sollte Chuckles haben.

Dann knabberte ich an einer Lachspastete mit Zitronencreme und trank mehr von meinem Wein, ehe der Hauptgang serviert wurde. Wir schritten langsam voran. Eine Stunde war vergangen, vielleicht etwas mehr, und die Sonne war hinter den hohen Gebäuden, die um das Restaurant herum lagen, untergegangen, sodass die Straßen der Stadt engen Tälern glichen, in denen die Dunkelheit früh hereinbrach. Es war traurig und gleichzeitig romantisch, wie in alten italienischen Filmen.

Ich hatte bereits einiges gegessen, und so langsam stieg mir der Wein zu Kopf. Es war ein glückliches, gemütliches Gefühl, als hätte ich mir einen flauschigen Pullover übergezogen. Ich schenkte mir noch einmal aus der halb leeren Flasche nach und strich dann mit dem Finger durch die Butter – französische Butter war einfach so viel besser als amerikanische. Sie schmeckte nach frischer Sahne und richtiger Milch, so, wie Butter geschmeckt haben musste, ehe wir damit begonnen hatten, das Leben aus allem herauszupasteurisieren. Warum sollten Nahrungsmittel nicht ein kleines bisschen Risiko enthalten?

In einem japanischen Restaurant hätte ich Kugelfisch bestellt. Unter den gegebenen Umständen entschied ich mich für Entenconfit, im eigenen Fett gepökelt und gekocht, mit Kirschen und grünen Bohnen als Beilage. Ich kostete jeden Bissen aus, genoss es, roch an allem, bevor ich es probierte. Es war so verdammt gut, wieder zu riechen, wieder zu schmecken, alle meine Sinne wieder zu spüren. Gesunde Menschen, die keine Medikamente benötigen, wissen gar nicht, wie gut es ihnen geht.

Ich bestellte eine Käseplatte mit dreierlei Sorten und bat den Küchenchef, seine drei Lieblingsziegenkäse auszusuchen. Ziegenkäse war mein absoluter Favorit. Ich bildete mir ein, das süße, saftige Gras, das die Tiere fraßen, in jedem Bissen herauszuschmecken. Der Käse wurde mit getrockneten Früchten,

Nüssen und – als absolutes Highlight – einem Töpfchen mit Orangenmarmelade serviert. Der sanft-bittere Geschmack der Orangenschale passte ganz hervorragend zu der süßen Marmelade, die leicht transparente Farbe fing das Licht wunderschön ein. Das orangefarbene Gelee erinnerte mich an Kirchenfenster und auch an Miles, als er mir gesagt hatte, dass Klementinen eine Orangensorte seien, nur für den Fall, dass ich es nicht schon wüsste. Ich war begeistert, wie gut es zum Käse passte.

Auch diese Reste, abgesehen von der Marmelade, von der ohnehin nichts übrig blieb, würde ich dem Kater mitbringen. Milchprodukte, Ente und Leber für ihn – und eine Ladung Katzendurchfall für seine neuen Besitzer einen Tag später. Ich schenkte mir Wein nach. *C'est la vie.*

Mein Bauch spannte vom vielen Essen derart, dass ich beinahe wütend auf mich wurde, weil ich so gefräßig gewesen war. Doch als die Kellnerin, eine Frau mit dichtem schwarzem Haar und Grübchen, den Nachtisch auftrug, beschloss ich, den Druck in der Magengegend nicht so ernst zu nehmen. Der Schokoladenpudding war dunkel und ebenso süß und bitter wie die Schale der Orange. Frische Schlagsahne krönte ihn, und er war mit Salzkristallen bestreut, die groß genug waren, um zwischen den Zähnen zu knirschen. Ich saß an meinem Zweiertisch, der heute Abend nur mir allein gehörte, während die Welt vollends dunkel wurde, und aß den Pudding Löffel für Löffel, bis zum letzten Rest.

Das Restaurant hatte sich in der Zwischenzeit gefüllt. Kein einziger Tisch war mehr frei, Pärchen und Dreiergruppen standen an der Bar und drängten sich um die Anmeldung. Als ich innehielt und darauf achtete, war der Lärm laut genug, um zu Verständigungsproblemen am eigenen Tisch zu führen, derart viele Stimmen erhoben sich über das Geklapper des Bestecks. Doch in meinem Kopf war es noch immer still. Ich war mir meiner selbst vollkommen bewusst, ruhte richtiggehend in mir. Bestimmt war das zum Teil dem Wein zuzuschreiben, doch er war nicht allein dafür verantwortlich. Den Tod zu wählen war etwas anderes, als vom Tod gewählt zu werden. Das Überraschungsmoment fiel weg, ich war kein frisch gefangener Fisch, der auf dem Boden eines Bootes herumzappelte und verzweifelt versuchte, irgendwie Atem zu holen.

Ich nahm mir Zeit für mein letztes Glas Wein. Ein Viertel war noch in der Flasche, doch ich hatte genug. Meine Kellnerin mit den Grübchen ließ mir die Sachen für den Kater einpacken, dann steckte ich genug Geld in das Lederetui mit der Rechnung, um diese zu begleichen. Aus der hinteren Hosentasche zog ich die Papiere für meinen Wagen und bat die Kellnerin um einen Stift. Ich unterschrieb den Abholschein für den Parkplatz und steckte sie zusammen mit den Fahrzeugpapieren und dem Autoschlüssel ebenfalls in das Lederetui. Schließlich stand ich auf, nahm meine Tüte mit den Essensresten, trank den letzten Schluck Wein aus dem Glas und ging nach draußen, um mir ein Taxi zu suchen.

1 TAG

Miau.

Ich hatte Chuckles' Futternapf geleert und ausgespült und zusammen mit einem halb leeren Sack Trockenfutter, den restlichen Dosen Katzenfutter und seinen Leckerlis in eine Papiertüte vom Supermarkt gesteckt.

Miau.

Dass ich seine Sachen zusammenpackte, machte ihn nervös. Während ich spülte, strich er nonstop um meine Beine herum, und als ich mich jetzt auf den Boden setzte, kam er meinem Gesicht ganz nahe, bis seine Schnurrhaare meine Wangen fast berührten, und rümpfte seine rosafarbene, eingedrückte Nase. »Erklär mir das bitte«, sollte das wohl heißen.

Ich streichelte ihn. Da ich ihn bereits gründlich gebürstet hatte, war sein dichtes Fell glänzend und weich. Ich streichelte ihn überall, ließ meine Hände über seinen ganzen Körper und bis zu seiner flauschigen Schwanzspitze gleiten. Er rieb sein Gesicht an meiner Hand, um mich mit seinem Geruch zu markieren. »Meine«, stellte er klar. »Meine, meine.«

»Ich gehöre dir«, erwiderte ich. »Versprochen. Du wirst mich eine Weile hassen, aber es ist wirklich zu deinem Besten. Du wirst bei deinen neuen Besitzern sehr glücklich sein.«

Große, bittere Tränen rannen über meine Wangen. Sie tropften von meinem Kinn und kullerten meinen Hals entlang.

Miau. Miau.

Chuckles legte seine Vorderpfoten auf mein Bein.

Miau.

Nichts davon ergab einen Sinn für ihn. Er wusste nicht, was los war oder warum. Der gesamte letzte Monat war verwirrend für ihn gewesen. Und aus seiner Sicht wurde alles immer schlimmer. Das setzte mir am meisten zu. Er würde nicht verstehen, warum er in ein neues Haus kam, weswegen ich ihn verlassen hatte und warum ich ihn nicht einfach wieder abholte.

Langsam hob ich ihn hoch, presste mein Gesicht in sein Fell, und ausnahmsweise ließ er es zu. Ich atmete ihn ein, inklusive loser Härchen. Er roch nach Kater, nach meinem Kater, und als ich mich wieder von ihm löste, streckte er eine Pfote aus und drückte sie gegen mein Gesicht. »Verrücktes Huhn«, gab er mir zu verstehen.

Ich lachte, woraufhin er einen Satz aus meinen Händen machte. Im nächsten Moment klopfte es an der Wohnungstür. Wieder einmal hatte jemand die Haustür offen stehen lassen. Ich rieb mein Gesicht mit dem Handrücken trocken und sah dann durch den Spion.

Ja, sie waren es.

Ich öffnete die Tür.

Sie sahen richtig nett aus, genau deshalb hatte ich sie auch ausgesucht. Sie waren Anfang dreißig. Die Frau arbeitete Teilzeit in einem Kindermuseum, der Mann war Ingenieur bei der Stadt. Er trug mit Vorliebe Poloshirts.

Als sie mein rotes, fleckiges Gesicht sah, griff die Frau nach meinem Handgelenk und drückte es sanft. »Ach, ich weiß, dass Sie traurig sind, aber das wird schon wieder.«

Vermutlich war das derselbe Tonfall, in dem sie mit kleinen Kindern sprach, die für den Ausflug ins Museum von ihren Eltern getrennt waren. Der Gedanke ließ mich erneut losschluchzen.

Der Ehemann wusste nicht, was er mit seinen Händen anfangen sollte. Chuckles streunte durch die Küche, unsicher, was es mit der neuen Entwicklung auf sich hatte, aber zu neugierig, um sich zu verstecken.

»Wir müssen ihn in seinen Tragekorb verfrachten«, erklärte ich, »und er wird die ganze Fahrt über fürchterlich jammern. Er ist nicht gern unterwegs, aber machen Sie sich keine Sorgen. Normalerweise ist er ganz lieb.«

»Das ist schon in Ordnung«, beruhigte sie mich, tätschelte meinen Rücken und rieb ihn mit kleinen kreisenden Bewegungen. »Wir werden klarkommen.«

Sie war einen Kopf kleiner als ich, und es musste regelrecht absurd aussehen, wie sie sich um mich kümmerte. Aber auch das konnte nicht verhindern, dass meine Schultern weiter zuckten und Tränen auf mein T-Shirt tropften. Mein Mund fühlte sich an wie Gummi, und ich hatte einen dicken Kloß im Hals, der mir das Reden erschwerte, doch ich presste die Worte entschlossen hervor, denn es gab so vieles, das sie wissen mussten.

»Er ist ganz vernarrt in diese Dosen, also machen Sie ihm ab und zu eine auf, ja? Und zwischendrin die Katzenleckerlis, aber passen Sie auf – wenn er könnte, würde er alle auf einmal verschlingen. Sein Fell wird schnell schmutzig, und man muss ihn häufig bürsten, sonst verknotet es rasch. Er sieht gerne zu, wenn man unter der Dusche steht. Manchmal fühlt er sich einsam. Und er frisst gelegentlich Käfer, und dann wird ihm übel, aber das ist kein Weltuntergang. Ich habe Ihnen den Namen seines Tierarztes aufgeschrieben. Der Zettel ist in der Tasche.« Ich nahm einen abgehackten, schniefenden Atemzug. »Und haben Sie ihn einfach lieb, ja? Sehr, sehr lieb und sagen Sie ihm, dass er ein wirklich guter Kater ist, denn ich will nicht, dass er denkt, er hätte etwas falsch gemacht.«

»Wir werden ihn sehr lieb haben«, versicherte sie mir. »Das verspreche ich.«

Der Ehemann hielt Chuckles fest, während ich mein Gesicht

noch einmal an seinem Hals vergrub, und half mir dann, ihn in den Tragekorb zu packen. »Ich liebe dich«, flüsterte ich ihm zu. »Sei ein braver Kater, ja?«

Miau.

Beide umarmten sie mich, Chuckles gab Klagelaute von sich, und ich weinte noch mehr. Und dann waren sie weg. Ich blickte auf die weißen Katzenhaare auf meinem schwarzen T-Shirt und fragte mich, ob ich nicht einen schrecklichen Fehler gemacht hatte.

Ich ging zum Arbeitstisch und holte die zusammengefalteten Lederstückchen hervor, die ich in einem Bastel- und Nähladen auf dem Pico-Boulevard gekauft hatte. Ich hatte Hell-, Mittel-, Rot- und so dunkles Braun besorgt, dass es fast schwarz wirkte. Nun legte ich die Stücke nebeneinander und verschob sie auf der Suche nach dem richtigen Arrangement. Das erinnerte ein bisschen an einen Hütchenspieler. *Wo ist der Ball? Wo ist der Ball? Keiner weiß, unter welchem Hütchen er steckt.*

Meine Hände wirbelten herum, so schnell es ging. Mein Herz klopfte zu stark und zu schnell, und ich weigerte mich, meine Gedanken abschweifen zu lassen. Das hier, nur das hier war der nächste Schritt.

Als ich schließlich so weit war, fing ich mit dem Ausschneiden an. Die Muster hatte ich auf dem Gemälde vorgezeichnet und dann auf dünnes, durchsichtiges Papier übertragen, mit dessen Hilfe ich jetzt dieselben Formen aus dem Leder ausschnitt. Die Stücke, die den Körper des Zentauren bildeten, glichen den Teilstücken auf dem Poster eines Metzgers. Als ich fertig war, holte ich meine Werkzeugkiste hervor, die ich schon seit Ewigkeiten besaß. Vor vielen Jahren hatte ich sie zum ersten Semester an der Kunsthochschule gekauft und meinen Namen mit Edding draufgeschrieben. Im dritten Jahr hatte ich abgebrochen, die Kiste aber behalten, und in den letzten zwanzig Jahren hatte sie sich stetig gefüllt.

Ich nahm die Ahle mit dem Holzgriff und einen kleinen Hammer. Ohne mich um den Arbeitstisch darunter zu kümmern, brachte ich die Ahle auf dem ausgeschnittenen Lederstreifen an und schlug den Hammer darauf. Die Spitze drang durch das Leder bis in den Tisch ein. Ich rüttelte sie wieder frei und machte mich ans nächste Loch. In gleichmäßigen Abständen stanzte ich die Ecken sämtlicher Lederstücke. *Klopf-klopf-klopf.*

Zum Festnähen hatte ich mir ein Zwischending aus Schnur und Garn besorgt, dunkelrot und viel zu dick, um durch das Öhr einer meiner Nadeln zu passen. Mit einem Feuerzeug aus der Werkzeugkiste schmolz ich das Ende der Schnur, indem ich es in die Flamme hielt, bis die Fasern ineinanderliefen und schließlich zu einem harten Knoten erkalteten, den ich mit den Fingern durch die gestanzten Löcher stopfen konnte. Im Steppstich nähte ich die Flicken des Tierkörpers aneinander.

Nachdem alle Teile zusammengefügt waren, holte ich ein Glas mit elastischem Klebstoff aus dem Regal. Doch als ich versuchte, es zu öffnen, klebte der Deckel hartnäckig fest, und ich geriet einen Moment lang in Panik. Was, wenn ich es nicht aufbekäme? Oder der Klebstoff nicht mehr gut war? Ich hatte kein Auto, um neuen zu besorgen, außerdem musste das hier vor Carlas Beerdigung heute Abend fertig werden. Mein Herzschlag beschleunigte sich, und meine Finger wurden immer unbeholfener. Mit letzter Hoffnung stellte ich das Glas auf den Tisch, nahm einen Schraubenzieher aus der Werkzeugkiste und klopfte den Deckelrand mit dem schweren Plastikgriff ab.

Endlich lösten sich die eingetrockneten Reste in der Verschraubung, und es gelang mir, das Glas zu öffnen. Der beigefügte Pinsel triefte nur so vor glänzendem, feuchtem Klebstoff, der wie verbrannter Honig aussah und einen beißenden Geruch verbreitete. Ich nahm ihn mit zur Leinwand und bepinselte sie damit, arbeitete schnell, damit er nicht trocknete, ehe ich fertig war. Als der Tierkörperumriss gründlich mit Kleber getränkt war, nahm ich mein Patchwork-Lederstück hoch, fing an einem Ende an und drückte, presste und glättete es vorsichtig auf die richtigen Stellen.

Und dann war ich fertig, einfach so. Ich sah mich nach etwas anderem um, nach einem Detail, das noch hinzugefügt oder verändert werden müsste. Die Minuten tickten laut in meinen Ohren. Nichts war jemals fertig. Es gab immer etwas, das man noch ändern, umstellen, verbessern konnte. Es konnte immer besser sein. Doch dieses Stück war fertig, so wie es war. So fertig, wie ein Kunstwerk nur fertig sein konnte. Was ich auch tun würde – mehr Farbe anmischen, weitere Ausschnitte hinzufügen –, würde es nicht besser machen.

Ich hatte gewusst, dass die Zeit kommen würde, in der es »das letzte Mal« hieße. Das letzte Mal aufwachen. Das letzte Mal Richard sehen. Das letzte Mal auf die Toilette gehen oder meine Haare waschen. Auf manche dieser Dinge hatte ich mich sogar gefreut, auf andere war ich nicht gefasst. Doch das Gefühl, dieses oder jenes zum letzten Mal zu tun, war immer da gewesen.

Ich streckte den Arm aus und berührte die Spitzen der Pinsel, die in der Tasse standen. Sie kitzelten meine Haut wie Weidenkätzchen. Es war nur eine von unzähligen winzigen Gesten, mit denen ich mich von allem verabschieden wollte, was mir wichtig war.

Dann wandte ich mich ab und ging duschen.

Meine gesamten Unterlagen hatte ich in ordentlichen Stapeln auf dem Küchentresen angeordnet. Ich war sie bereits zweimal durchgegangen, doch nun kontrollierte ich sie ein weiteres Mal. Testament. Ja. Unterlagen für die Wohnung. Ja. Bankunterlagen, Kapitalanlagen, Begräbnisvorkehrungen, Grabstätte, Fotokopien der Rechnungen der letzten Monate. Alles da. Ich hatte die Namen und Telefonnummern der Leute notiert, die die Polizei würde benachrichtigen müssen: Richard, Jenny, die Taylor-Galerie, Tante Trudy und Bob, meinen Anwalt und meinen Buchhalter. Jenny konnte es Jerry und seiner Frau sagen, wenn sie das wollte. Ich war mir sicher, dass sie das tun würde, aber ich überließ es ihr. Der Name meines Vaters stand nicht auf der Liste.

Meinen Abschiedsbrief hatte ich schon vor Tagen geschrieben. Ehe ich zu viel darüber nachdenken oder ihn erneut lesen und zu dem Schluss kommen konnte, dass er überarbeitet werden musste, faltete ich ihn zusammen, steckte ihn in einen schlichten weißen Umschlag und schrieb Richards Namen darauf. Dann legte ich ihn neben einen Stapel von Unterlagen, unter denen auch mein Testament war. Ich hatte entschieden, Jenny die eine Hälfte meiner Gemälde zu vermachen und Richard die andere. Das war das Fairste, was mir eingefallen war. Jenny würde auch etwas von meinen Kapitalanlagen bekommen, zusammen mit Tante Trudy. Ich vermerkte, dass ich mein Auto verschenkt hatte, und legte meine Zweitschlüssel in einer geraden Linie oberhalb des Testaments ab, zusammen mit meinem Pass. Meinen Führerschein hatte die Polizei ja bereits einbehalten.

Während ich das tat, begann ich mich besser zu fühlen. Ich kam mir organisiert vor, als hätte ich die Kontrolle. Mein Herzrasen hatte sich etwas gelegt.

Ein letztes Mal ging ich die Unterlagen durch, dachte einen Moment nach und fügte der Personenliste dann Chuckles' neue Besitzer hinzu, mit Namen und Telefonnummer. Ich schrieb dahinter: »Richard bekommt den Kater, falls er sich bei ihnen nicht eingewöhnt.«

Jetzt fühlte ich mich noch besser.

Ich nahm einen tiefen Atemzug, ließ die Luft tief in meine Lunge strömen. Es war kurios, sich richtig vor Augen zu führen, wie die Lunge anschwoll, der Sauerstoff ins Blut überging und dann durch den Körper zirkulierte wie auf einem Netz von Fernstraßen. Ich versuchte zu spüren, wie es passierte, wie sich meine linke Hand lebendiger anfühlte, sobald der frische Sauerstoff dort angelangte. Wie dann mein linkes Bein etwas kräftiger wurde. Meine Milz besser funktionierte. Wie sich jedes Organ über die Zufuhr von frischem Sauerstoff freute. Ich stellte mir einen kleinen Milchmann vor, der bei jedem Stopp seine Flaschen abstellte. So, bitte schön. Und jetzt brav leer trinken. Dann dachte ich über mein Gehirn nach. Nein, dieses Organ verrichtete keine ordentliche Arbeit wie meine Milz, es war baufällig und heruntergekommen und voller Löcher in der Substanz. Ich stellte mir den Lieferanten in seiner weißen Uniform vor, wie er an meinem Hirn vorbeibrauste, ohne anzuhalten, und die Flaschen einfach aus dem Fenster warf. Ich machte ihm keine Vorhaltungen. In dieser Gegend war es ziemlich beängstigend.

Apropos Milch, ich öffnete den Kühlschrank. Er enthielt nicht mehr besonders viel. Das blaue Hähnchen hatte ich bereits weggeworfen, als es anfing, so zu riechen, wie es aussah. Nur ein paar Reste waren noch übrig. Eine Ingwerwurzel, eine halbe Zwiebel, die schon schwammig war, ein paar Eier und Käsescheiben. Der Käse würde wahrscheinlich noch eine Weile halten, alles andere warf ich weg. Ich wollte nicht, dass sich jemand nach meinem Tod um mein gammliges Gemüse kümmern musste.

Unwillkürlich musste ich an den Tag denken, an dem meine

Mutter gestorben war. Ich war niemals in unsere Wohnung zurückgekehrt, Tante Trudy allerdings schon. Nicht sofort, denn zunächst gab es ja die Beerdigungen, die organisiert werden wollten. Dann war jemand beauftragt worden, den Teppichboden zu entfernen und die Wände und alles andere, was mit Blut und Gehirnmasse verschmiert war, zu reinigen. Das dauerte eine Weile, doch schließlich war sie hingegangen. Sie hatte erzählt, dass sie Müsli und Essiggurken hatte wegwerfen müssen und dass das eine elende Verschwendung gewesen sei. Aber wer wollte schon Lebensmittel, die Toten gehört hatten? Ein paar Sachen seien mittlerweile schlecht gewesen, erzählte sie. Der Schinken sei grün angelaufen.

Ich würde keinen grünen Schinken zurücklassen. Oh nein.

Entschlossen knotete ich den Müllbeutel zu und hievte ihn aus dem Eimer.

Dann sah ich auf die Uhr. Ich musste mich beeilen. Mein Brief musste rechtzeitig zur Post, damit er über Nacht zugestellt würde, und ich wollte nicht zu spät zu Carlas Beerdigung kommen. Mit dem gelben Notizblock, den Jenny immer benutzt hatte, um mir Nachrichten zu hinterlassen, setzte ich mich hin.

Sehr geehrte Damen und Herren,
dieser Brief dient dazu, meinen Selbstmord zu melden, der –

Ich überprüfte mit meinem Handy, welchen Tag wir hatten, und schrieb das Datum des folgenden Tages darauf.

– in den frühen Morgenstunden durch eine Überdosis Betäubungsmittel herbeigeführt wurde. Das Chaos sollte sich in Grenzen halten. Ich habe die Klimaanlage hochgedreht, um die Verwesung bestmöglich einzudämmen.

Treffen Sie bitte dennoch umgehend die nötigen Maßnahmen. Unterlagen liegen auf dem Küchentresen. Hausschlüssel beiliegend.

Ich hoffe, es geht Ihnen gut.

Das war mein kleiner Scherz.

Mit freundlichen Grüßen,
Clementine Pritchard

Ich fügte meine Adresse hinzu, faltete das Blatt zusammen und steckte es in einen Umschlag für Eilzustellung, den ich bereits an das örtliche Polizeirevier adressiert hatte.

Ein weiterer Blick auf die Uhr. Jetzt musste ich mich wirklich beeilen. Ich schnappte mir den Brief und lief zur Tür.

Rrrrring.

Rrrrring.

Meine Hand lag auf dem Türgriff. Zählte das bereits als »nicht zu Hause«? Ich musste ohnehin schon zur Post hetzen. Und dann den Bus bekommen.

Rrrrring.

Scheiße.

Ich griff zum Telefonhörer. »Was gibt's?«, blaffte ich.

Jennys Stimme klang, als befände sie sich ein paar Zentimeter unter Wasser, ihre Worte blubberten wie platzende Blasen heraus. »Ich hab totalen Mist gebaut.«

Ich hätte auflegen sollen. Genau in diesem Moment hätte ich auflegen sollen, denn nichts, was nach diesen Worten folgte, würde einfach abzuhandeln sein. Hätte sie sich einfach nur ausgesperrt, hätte ich ihr vielleicht noch schnell helfen können. Aber um so etwas ging es natürlich nicht.

Nur die Hälfte dessen, was Jenny von sich gab, machte Sinn.

Sie schnappte nach Luft, schluchzte und brachte unlogische Schlussfolgerungen vor, noch ehe sie mir alles erklärt hatte.

»Wie konnte das passieren?«

Ich hörte mich an wie meine Mutter. Was machte das jetzt schon für einen Unterschied? Es war nun mal geschehen – das war das Einzige, was zählte.

Jenny würgte an ihrer eigenen Spucke, hustete und wimmerte dann erneut los. »Ich weiß nicht, was ich tun soll.«

Ich lehnte mich über das Spülbecken, plötzlich war mir schlecht. In einer Stunde musste ich an Carlas Sarg stehen. Das wollte ich unbedingt, denn ich wollte sehen, wie alles ablief, quasi eine Art Probelauf für mein eigenes Dahinscheiden. Das war alles, was ich für meine letzten Stunden noch vorgesehen hatte. Für etwas anderes blieb keine Zeit mehr. Dazu war es zu spät.

»Bleib, wo du bist«, sagte ich.

Ich legte auf und öffnete den Kühlschrank für einen Moment, um die Kälte auf meinem Gesicht zu spüren. Dann hetzte ich aus dem Atelier und knallte die Tür hinter mir zu, wütend auf Jenny, weil sie mich angerufen hatte, wütend, weil sie mich brauchte, und meilenweit entfernt von jenem Zustand der Gnade oder der Vergebung oder irgendeinem anderen Mist, der für gewöhnlich einsetzen soll, kurz bevor man ins Licht geht.

Ich klopfte bei Brandon, und er öffnete fast augenblicklich – ohne Shirt. Derartige Schönheit ist der Grund, weshalb Museen »Nicht berühren«-Schilder neben ihren Statuen aufstellen müssen, doch in mir war nichts mehr, das ihn noch gebührend bewundern konnte.

»Tut mir leid, aber ich brauche dein Auto.«

»Du siehst nicht so gut aus.«

»Schlechter Tag.«

»Lässt sich das wieder einrenken?«

»Letztes Frühjahr hast du dieses Zeug einen Monat lang genommen. Hat doch funktioniert, oder?«

»Das PEP? Oh nein, Süße, nicht auch das noch!« Er sah mich an, als wäre ich ein hoffnungsloser Fall, für den man nur noch Mitleid empfinden konnte.

»Ich frage für eine Freundin.«

»Ja, sicher doch.«

»Hat es geklappt?«

»Ich bin negativ geblieben«, erklärte er. »Mir hat das gereicht.« Er reichte mir die Autoschlüssel. »Fahr schnell. Du hast nur 72 Stunden, und je länger man wartet, umso geringer sind die Chancen.«

Ich nahm die Schlüssel und drehte mich um.

»Clementine?«

Ich sah ihn über meine Schulter an.

»Es geht einem richtig beschissen dabei.«

»Hab ich mir fast gedacht.«

»Nein, ich meine, wirklich beschissen. So richtig scheiße.«

»Das hat Medizin so an sich.«

»Wenn du es nimmst, dann komm rüber. Du wirst jemanden brauchen, der sich um dich kümmert.«

»Ich werde schon klarkommen«, versicherte ich ihm.

»Nein, wirst du nicht.«

Ich drehte die Klimaanlage voll auf und richtete alle Lüftungsschlitze auf mein Gesicht. Mein Pony flatterte in der künstlichen Brise, und eine Gänsehaut überzog meine Arme. Doch das reichte immer noch nicht. Meine Wangen fühlten sich schrecklich heiß an, und meine Nerven waren zum Zerreißen gespannt. Meine Gedanken schwirrten von einem Thema zum nächsten, unfähig, sich auf eines zu konzentrieren, und meine Gefühle überfielen mich alle auf einmal.

»Verdammt.« Ich schlug mit der Handfläche aufs Lenkrad und drückte das Gaspedal durch, bis Jennys Ausfahrt in Sicht kam. Als ich abfuhr, war ich viel zu schnell und musste stark bremsen, um nicht über die Leitplanke in die Baumwipfel zu fliegen. Mein Herz flatterte. Der Hybridmotor von Brandons Wagen wechselte auf Batteriestrom, und es wurde still. Ich hasste das. Ich war das Grummeln des Verbrennungsmotors gewohnt. Dann wusste ich, dass alles in Ordnung war.

Auf gerader Strecke scrollte ich durch mein Handy, bis ich Jeremys Nummer fand. *Geh ran, geh ran, geh ran,* beschwor ich.

»J-j-j-jeremy hier.«

Ich erklärte ihm, in welcher Situation ich steckte, und er hörte zu, ohne mich zu unterbrechen. Dann fragte er: »W-w-w-was kann ich tun?«

Ich bat um den Namen einer Klinik, einen Ort, wohin ich sie bringen konnte, und er legte das Telefon zur Seite und begann zu suchen. Bis ich bei meiner Abzweigung angekommen war und den Blinker gesetzt hatte, war er wieder am Apparat. Ich wartete auf eine Lücke, die groß genug war, um nach links abzubiegen, während er mir einen Namen und die dazugehörige Adresse im San Fernando Valley durchgab. Ich konzentrierte mich auf die Information und speicherte sie im Geiste sorgfältig ab.

»M-m-m-ark sagt, dass es ein guter Ort ist. S-s-s-sie haben dort einen Arzt auf Abruf.«

Ich nahm mir vor, nicht über Mark zu urteilen, weil er so gut informiert war, was diese Dinge anging.

»Danke«, sagte ich zu Jeremy. »Du bist ein Lebensretter.«

Er unterließ es, diesen offenkundigen Witz zu kommentieren.

»Ich helfe dir gerne«, erklärte er stattdessen und legte auf.

Es war das zweite Mal innerhalb von zwei Tagen, dass ich in

Jennys Viertel fuhr. Vor ihrem Haus schaltete ich den Motor ab – nicht dass jemand den Unterschied bemerkt hätte – und blieb erst einfach nur sitzen. Ein roter Sedan fuhr an mir vorbei und hielt zwei Gebäude weiter im Halteverbot. Eine Frau stieg aus in pfirsichfarbener Bluse und grauem knielangen Rock, der vorne ganz zerknittert war, als hätte sie den ganzen Tag gesessen. Auf High Heels, die ihr nur kurze Trippelschritte erlaubten, rannte sie nach drinnen. Sie war schneller wieder zurück, als Politessen Parkverstöße festhalten konnten, jetzt mit einem Kind auf der Hüfte, das eigentlich viel zu groß war, um noch getragen zu werden. Das braune Haar des Mädchens war gelockt und hing ihm ins Gesicht. In der Hand hielt es eine Bastelarbeit aus Papier, die seine Mutter zusammen mit ihm auf dem Rücksitz ablegte, dann trippelte sie um das Auto herum und setzte sich mit ihren Pumps hinter das Steuer, ohne mich bemerkt zu haben.

Ich betrachtete die beiden gedankenverloren. Als sie weg waren, blieb ich allein mit dem beständigen Rauschen des nachmittäglichen Verkehrs zurück. Ich starrte durch die Windschutzscheibe auf die Stelle, an der die kleine Familie eingestiegen war. Mein Magen war wie zugeschnürt. In ihrem Apartment wartete Jenny darauf, dass ich zu ihr kam und eine Rolle übernahm, und mir war nicht einmal klar, welche. War ich die große Schwester? Die Arbeitgeberin? Die Vertraute? Ich kannte sie nicht gut genug, um ihre Vertraute zu sein, und wie sich eine große Schwester verhielt, wusste ich nicht mehr. Ich war die unnützeste Person, die sie hätte anrufen können, aber mir fiel auch kein anderer ein, der in Reichweite gewesen wäre und an den ich die Verantwortung hätte abgeben können.

Jenny musste direkt hinter der Tür gestanden und durch den Spion gesehen haben, so schnell machte sie auf. Ihre Strickjacke war zwei Nummern zu groß, die Arme hatte sie fest um sich geschlungen. Es erweckte den Anschein, als würde sie versuchen, ihre Organe an Ort und Stelle zu halten. Sie trat einen Schritt zurück, um mich reinzulassen, und als ich vor ihr stand, ließ sie sich einfach auf mich drauffallen. Ich hatte Angst, sie würde tatsächlich auf dem Boden landen, also fasste ich sie etwas zu fest an. Sofort ließ sie ihren umklammerten Bauch los, schlang ihre Arme um meine Taille und erwiderte die zu innige Umarmung, die ich gar nicht beabsichtigt hatte. In meinen Armen fühlte sie sich substanzlos und hohl an, wie ein kleines Vögelchen, das man problemlos zerquetschen konnte.

Ich wusste nicht, wie lange wir so stehen bleiben sollten. Die Tür hinter uns stand noch immer offen, sodass ihre schäbige Wohnung ungeschützt dalag. Ihr Kopf war unter meinem Kinn, die Wange gegen mein Brustbein gepresst. Ihre Haare rochen nach Zitronenshampoo. Geräusche von der Straße drangen herauf. Irgendwo ganz in der Nähe wurde eine Autotür zugeschlagen, dann wieder geöffnet und erneut zugeschlagen. Eine jener riesigen schwarzen Krähen, die so groß sind wie Katzen und die Stadt drangsalieren, krächzte und flog in unsere Richtung.

Da ließ mich Jenny los, und ich sie ebenfalls. Als sie dem Vogel die Tür vor dem Schnabel zumachte, wurde der Raum so dunkel, dass ich warten musste, bis meine Augen sich daran gewöhnt hatten. Sie hatte sich nicht die Mühe gemacht, die Jalousien hochzuziehen, und das helle Sonnenlicht von L. A. blitzte nur an manchen Stellen herein. Dadurch wirkte das Zimmer eher noch dunkler.

»Kann ich dir was anbieten?«

Es hätte fast schon witzig sein können. Ihre Mutter, die Frau, die mich unter ähnlich schwierigen Umständen mit Braten verköstigt hatte, wäre stolz gewesen.

»Nein«, sagte ich.

Jenny schlang die Arme wieder um sich und machte ein paar Schritte zurück, bis sie bei der Couch war. Zusammengeknüllte Tempos lagen neben einer Colaflasche auf dem Boden. Sie setzte sich, zog die Füße auf die Sitzfläche, zwang ihren Körper, so wenig Raum wie möglich zu beanspruchen. Ich hätte ihr sagen können, dass das nicht funktionierte. Seelische Qualen verhielten sich nicht proportional zu dem Platz, den man ausfüllte.

Mit der geschlossenen Tür wurden die Gerüche nach Resten von Takeaway-Essen in der Wohnung stärker.

Ihr Gesicht war rosa und fleckig, und die weiche, aufgedunsene Haut unter ihren Augen zeugte von Schlafmangel. »Was, wenn ich mich angesteckt habe?«, fragte sie.

Ich setzte mich neben sie. Ihr Sofa war klein, und wie wir so nebeneinandersaßen, waren unsere Oberschenkel keine 15 Zentimeter voneinander entfernt. Ich sagte nichts. Was auch immer sie dachte, das, was ich dachte, war schlimmer. Während der 80er Jahre war es in New York so gewesen, als würde man den Ausbruch einer um sich greifenden Seuche erleben.

»Du glaubst, ich könnte sterben«, sagte sie.

»Nein.« Doch.

»Ich schon.«

»Du kannst etwas dagegen tun«, sagte ich.

Sie zupfte an ihrem Zehennagel herum. Die Reste des schwarzen Lacks blätterten weiter ab. »Vielleicht hat Rays Exfreundin gelogen. Sie lügt öfter.«

»Woher weißt du das?«

»Woher weiß ich was?«

»Woher weißt du, dass sie lügt?« Es war klar, dass die Antwort lautete, »weil Ray das gesagt hat«. So wie es aussah, hatte Ray viel gesagt, und hätte ich gewusst, wohin das alles führen würde, dann hätte ich ihn ganz bestimmt nicht mit diesem selbstgefälligen Ausdruck im Gesicht gehen lassen.

»Hat es sich so angehört, als würde sie lügen?«, fragte ich mit einem flüchtigen Blick auf die Uhr. Wir mussten uns beide beeilen.

Jenny zuckte mit den Schultern. »Sie hat mich nur gefragt, ob Ray mir gesagt hat, dass er positiv ist. Ich hab gesagt: ›Wie, positiv?‹« Ihr Mund verzog sich zu einem Lächeln, das nicht bei den Augen ankam. Sie wischte sich die Wangen ab. »Ich bin so bescheuert.«

Sie griff zu ihrer Cola, hob sie hoch, sah dann, dass die Flasche leer war, und stellte sie wieder ab.

»Du hast Ray angerufen«, sagte ich.

»Ja, die ganze Zeit. Hab jedes Mal eine Nachricht hinterlassen und eine SMS geschickt.«

»Seit gestern?«

»Ja.«

Offenbar hatte der gute Ray keine Lust, über dieses Thema zu sprechen.

»Er hat keinen guten Handyempfang in seinem Atelier«, erklärte Jenny.

Und so wie es aussah, auch nicht in seinem Auto, seiner Wohnung, dem Supermarkt und auf der Rückbank des Autos seiner Ex.

»Gestern war das erste Mal ohne Kondom?«

Sie nickte.

»Das einzige Mal?«

»Ja.«

»Du musst mir die Wahrheit sagen«, sagte ich. »Das Timing ist entscheidend.«

»Es stimmt, so war es.«

Ich verlagerte mein Gewicht an den Rand des Sofas. Es war Zeit zu gehen, Zeit aktiv zu werden. Je weiter der letzte Monat fortgeschritten war, desto schneller war die Zeit vergangen.

Jetzt raste ich bergab und ungebremst auf das Ende zu. Abgesehen davon wollte ich nicht hier im Dunkeln sitzen bleiben und den Geruch von altem Takeaway-Essen aus dem China-Imbiss in der Nase haben.

»Wir sollten in die Klinik fahren«, sagte ich und warf einen Blick auf die Uhr, als würde sie bald zumachen.

»Ich hab noch nicht geduscht.«

»Das ist gerade echt nicht wichtig.«

»Ich warte darauf, dass Ray zurückruft.«

»Warum?«

Sie schaute mich zum ersten Mal an, seit sie die Tür geöffnet hatte. »Was meinst du mit *warum*?«

»Ist denn von Bedeutung, was er dir erzählen wird? Wirst du ihm glauben, wenn er ›nein‹ sagt?«

»Aber warum sollte ich ihr glauben? Sie hasst mich. Sie will Ray zurückhaben.«

»Kann mir nicht vorstellen, warum.«

Ich nahm eine Veränderung wahr, spürte, wie sich ihre Wut auf mich richtete und wie erleichtert sie war, endlich ein Ziel dafür gefunden zu haben.

»Du kannst Ray einfach nicht leiden.«

»Kann ich auch nicht.«

Sie zog eine Schnute. »Ich warte, bis er anruft.«

»Die Zeit hast du nicht.«

»Er wird zurückrufen.«

»Nein«, sagte ich mit absoluter Gewissheit. »Wird er nicht.«

»Das kannst du nicht wissen.«

Ich stand auf, erhob mich zu meiner vollen Größe von über 1,80 m – zuzüglich Schuhe – und blickte auf sie hinunter.

»Steh auf.«

»Nein.« Ihre Stimme erinnerte an ein kleines Kind, das seine Unabhängigkeit austestet, unsicher, wie man darauf reagieren wird und wie es weitergehen wird, falls es ihm tatsächlich gelingen sollte.

Ich packte ihren Oberarm, der kaum kräftiger war als ihr Unterarm. Wie eine Klaue krallte sich meine Hand in ihre Haut, und meine Finger würden ganz bestimmt schmerzende rote Abdrücke hinterlassen, sobald ich losließ, aber das war mir egal. Ich zerrte sie regelrecht nach oben.

»Au, du tust mir weh!«

Als sie sich endlich aufgerichtet hatte, blieb sie einfach so stehen. Ich hielt sie noch immer fest, nur nicht mehr so stark umklammert.

»Ich gehe nicht«, erklärte sie. »Ich gehe in keine Klinik. Nicht, wenn ich nicht vorher mit Ray gesprochen habe.«

»Wo ist deine Tasche?«

»Was?«

Ich suchte den Boden ab.

»Ich habe gesagt, ich gehe nicht.« Sie versuchte, sich aus meinem Griff zu befreien, doch ich hielt ihren Arm so weit nach oben, dass sie sich nicht dagegen wehren konnte. »Ich will nicht. Du kannst mich nicht zwingen.«

»Wo ist deine Tasche?«, wiederholte ich.

Ich entdeckte sie auf dem Boden neben der Tür und hatte die paar Meter mit meinen langen Beinen in wenigen Schritten zurückgelegt, Jenny hinter mir herziehend. Mit der freien Hand griff ich nach der Tasche.

»Ich hab gesagt, ich komm nicht mit.«

»Das hab ich gehört«, erwiderte ich, hängte mir ihre Tasche über die Schulter und öffnete die Tür. Ich schob sie nach draußen, folgte ihr und machte die Tür hinter uns zu, ohne abzuschließen. »Wir gehen woandershin.«

»Wohin?«

»Zu Ray.«

Drei, vier verschiedene Gefühlsregungen liefen über ihr Gesicht, als wartete sie auf die richtige, ehe sie sich schließlich für Resignation entschied. Ihr Arm, den ich noch immer festhielt, erschlaffte, und ich ließ los. Als ich zum Wagen ging, kam sie die drei Treppenstufen hinter mir her, ohne dass eine von uns etwas sagte.

Es war nicht viel Verkehr, als wir auf der 10 zurück in Richtung Stadt fuhren. Mit der Situation hier verhielt es sich ähnlich wie mit einer ausgekugelten Schulter, die wieder ins Gelenk eingerenkt werden musste: Es tat höllisch weh, man wollte es um jeden Preis verhindern, aber wenn es sich schon nicht vermeiden ließ, dann wollte man es so schnell wie nur irgend möglich hinter sich bringen.

Hinter den Lärmschutzmauern konnte man gerade noch die struppigen Köpfe der Palmen erahnen, die den Freeway säumten, ansonsten sah man nur Bremslichter und grüne Highwayschilder. Ich fuhr nach links auf die 110 und nahm kurz darauf die Abfahrt der 4th Street Richtung Westen.

Ray lebte in einem der Viertel rund um den MacArthur Park. L. A.s grüne Lunge war allerdings noch nie ein Ort gewesen, der zum Spielen oder Spazierengehen einlud. Umgeben von zwielichtigen Esoterikläden und schmierigen Handy-Shops, beherbergte er eine stattliche Zahl Obdachlose und andere Hoffnungslose, die ihren wodurch auch immer verursachten Rausch ausschliefen. Spindeldürre Jugendliche schlichen um sie herum, mit der Absicht, etwas abzugreifen. Die Polizei war zwar stets präsent, doch auch sie hatte bereits die Hoffnung aufgegeben und versuchte lediglich noch, dem Ganzen ein wenig Einhalt zu gebieten. Sollten diese Leute im Park doch treiben, was sie wollten; solange es nicht nach draußen drang …

Doch natürlich tat es genau das.

Ray lebte und arbeitete in einem der Häuser, die vor einem knappen Jahrhundert noch wunderschön gewesen sein mussten, seitdem aber unaufhaltsam heruntergekommen waren. Das zweistöckige Gebäude war in vier Wohnungen unterteilt, zwei oben, zwei unten. Die oberen jeweils versehen mit selbstgezimmerten Treppenaufgängen, die gegen jegliche Sicherheitsbestimmungen und Ästhetik verstießen. Die gelbe Farbe, die dem salzigen südkalifornischen Klima nicht standgehalten hatte, blätterte ab und entblößte das blanke Holz. Was nicht abblätterte, war gealtert und verschmutzt, und zwar auf die Art, dass es sich nicht mehr retten ließ, egal wie sehr man sich bei der Renovierung bemüht hätte.

Ich hielt am Randstein. Der Vorgarten war von einem Maschendrahtzaun umgeben, dahinter abgestorbenes Gras und staubiger Dreck.

»Seine Wohnung ist auf der rechten Seite«, erklärte Jenny.

»Oben oder unten?«

»Beide. Er arbeitet oben und wohnt unten. Ihm gehört das Ganze hier, die andere Seite hat er vermietet.«

Ich fügte in Gedanken »Slum-Lord« zu meiner Liste von Gründen, warum ich ihn nicht leiden konnte, hinzu.

»In Venice wollte früher auch keiner leben«, sagte sie, wie um ihn zu rechtfertigen. »Vor zwanzig Jahren konnte man dort ein Haus für 50 000 Dollar kaufen. Jetzt kosten sie über eine Million.«

Zu Rays Immobilieninvestitionen hatte ich nichts zu sagen.

Wir saßen im Auto und blickten nach draußen. »Was jetzt?«, wollte sie wissen.

»Wir gehen rein.«

Ich öffnete die Tür.

»Vielleicht ist er gar nicht zu Hause«, rief sie mir hinterher.

Noch während sie das sagte, knallte ich die Tür zu und ging

um das Auto herum zur Beifahrerseite. Als ich dort stand, öffnete sie ihre Tür einen winzigen Spalt. Ich zog sie ganz auf.

Jenny blieb sitzen. Ich wartete. Das Schweigen zwischen uns ließ die Umgebungsgeräusche anschwellen.

»Ich will nicht aussteigen«, flüsterte sie schließlich, den Blick nach vorn gerichtet. »Ich wollte auch gar nicht, dass er zurückruft.«

»Ich weiß.«

»Solange ich es nicht weiß, ist es nicht so schrecklich real.« Sie drehte den Kopf gerade so weit, dass sie mich aus den Augenwinkeln ansehen konnte. Tränen rannen ihre Wangen hinab, ein langsames Tropfen, das zu dem ihrer Nase passte. Sie schniefte laut und wischte sich die Augen dann mit der Hand ab.

Ich hätte ihr gerne ein Tempo gegeben, hatte aber keines parat.

»Verdammt. Okay, gehen wir.« Jenny stieg so schnell aus, dass ich einen Schritt nach hinten machen musste, um ihr auszuweichen. Rasch schloss ich die Autotür und wollte gerade auf den Knopf der Fernbedienung drücken, um abzuschließen, als sie meine Hand ergriff und fest umklammerte.

Ich wusste nicht, wie ich darauf reagieren sollte. Händchen halten gehörte zu den Dingen, die man mit seiner Schwester im Dunkeln unter der Bettdecke machte, nachdem man sich heimlich *Twilight Zone* angesehen hatte – oder auch wenn die Mutter einen ihrer schwarzen Tage hatte und man vor Sorge fast umkam. Jenny war dreißig Jahre zu spät dran. Im Übrigen konnte ich mich auch nicht daran erinnern, jemals mit Ramona Händchen gehalten zu haben. Vielleicht hätte sie es gerne getan. Kurz bevor sie starb, hätte sie es bestimmt gerne getan.

»Stimmt was nicht?«, fragte Jenny.

»Alles bestens.«

»Sein Auto steht da.« Sie zeigte zu der engen, schäbigen Auffahrt, die Rays Haus von einem ähnlich heruntergekommenen

Haus daneben trennte. Vor einer kleinen, freistehenden Garage ganz hinten stand ein schwarzer Hybridwagen, das gleiche Modell, das ich gerade fuhr. Es gefiel mir gar nicht, auch nur so viel mit ihm gemeinsam zu haben.

Jenny zog ihre Weste mit der freien Hand wieder um ihren Körper. Es sah aus, als wäre ihr kalt, dabei konnte das gar nicht sein. Los Angeles zeigte sich von seiner besten Seite. Wolkenlos, blau und warm.

Mit meiner freien Hand rüttelte ich an dem Tor, das in den Maschendrahtzaun eingelassen war. Es war nicht abgeschlossen, doch ich rüttelte trotzdem weiter und wartete ab. Jenny legte den Kopf schief. Zugegeben, das war ein bisschen übertrieben, doch ich hatte meine Lektion mit dem Schäferhund gelernt. Erst nachdem ich mich ausreichend davon überzeugt hatte, dass keine Bestie auf uns lauerte, machte ich das Tor auf und wartete darauf, dass Jenny eintrat. Ich schloss es nicht hinter uns. Egal, was passieren würde, in jedem Fall wollte ich uns den Fluchtweg nicht versperren.

Wo einst die Eingangstür gewesen war, befand sich jetzt eine nachträglich hochgezogene Mauer, die die beiden unteren Eingänge voneinander abtrennte. Autos rauschten vorbei, außerdem hörte ich einen Hubschrauber ganz in der Nähe. Vermutlich die Polizei.

»Wie spät ist es?«

Ich warf einen Blick auf meine Armbanduhr. »Kurz nach fünf.« Das Begräbnis fing gerade an. Begräbnisse begannen in der Regel pünktlich, da war ich mir ziemlich sicher.

»Er wird oben sein, im Atelier.«

Das bedeutete, dass wir die enge, viel zu steile Treppe hinaufklettern mussten, die nachlässig an einer Seite des Hauses befestigt worden war. Ich ging als Erste nach oben, für den Fall, dass das Ganze einstürzen sollte.

Oben schaute ich direkt in den Spion und klopfte. Drinnen bewegte sich etwas. Rückblickend bin ich mir nicht mehr sicher, ob ich es wirklich hörte oder nur erahnte, doch wie auch immer, ich wusste, dass jemand da war, also klopfte ich erneut.

Nichts rührte sich.

»Ich weiß, dass du da bist, Ray.« Jenny stand eine Stufe unter dem Treppenabsatz, die Arme noch immer eng um ihren Körper geschlungen, aber ihre Stimme war fest. »Und ich weiß, dass du meine Nachrichten bekommen hast.«

Ich quetschte mich in eine Ecke des Treppenabsatzes und machte ihr Platz, damit sie vor die winzige Linse treten konnte.

Sie ließ ihre Weste los und klopfte an dieselbe Stelle der Tür, an die ich auch schon geklopft hatte.

»Verdammt noch mal, Ray.« Mühsam hielt sie ihre Tränen zurück, ihre Stimme klang belegt. »Ich bin's, Jenny. Du weißt, wer da ist. Mach die Tür auf.« Sie lehnte ihre Stirn gegen das Holz.

Ich horchte, hielt nach einem Schatten Ausschau und achtete auf leise Geräusche. Doch nichts rührte sich.

»Vielleicht, wenn du gehst …« Sie sagte es so leise, dass ich einen Moment brauchte, ehe mir klar wurde, dass sie mich meinte. Das war also der Dank für meine Dienste als große Schwester. Doch ich biss mir auf die Zunge, weil man das als Erwachsener in so einer Situation eben tat – was mir im Übrigen verdammt schwerfiel. Ein wirklich toller Zeitpunkt, um noch etwas dazuzulernen.

Ich drückte mich an ihr vorbei und ging die Treppe langsam nach unten. Auf halber Strecke blieb ich stehen, lehnte mich mit dem Rücken an die Hauswand und verschränkte die Arme. Ich blickte über die kleine Auffahrt, die Rays Wohnhaus von dem seines Nachbarn trennte. Der Asphalt war aufgesprungen, doch selbst für Unkraut war es hier zu trocken.

Als ich mich nicht mehr bewegte, klopfte Jenny erneut. Sie presste ihren Körper gegen die Tür, den Rücken mir zugewandt, eine menschliche Trennwand. »Ray, komm schon, ich bin's nur.«

Wir warteten beide.

»Ray … Du kannst mich nicht einfach hier draußen stehen lassen, bitte. Wir wollen doch nächstes Wochenende nach San Diego fahren, hast du das etwa vergessen? Wir …« Ihre Stimme brach ab, und ich beobachtete, wie sich ihr Rücken nach vorn krümmte und ihr schmächtiger Körper in der zu großen Strickjacke in sich zusammenfiel. Sie schluchzte, schnappte zwischen den einzelnen Worten nach Luft. »Wir zwei … mit dem Zug.«

Sie rollte den Kopf über die rechte Schulter, legte ihn in den Nacken und schlug dann die Stirn gegen die Tür. Ich zuckte zusammen. Verlegen schaute ich nach unten. Meine Schuhe waren schwarz, für Carlas Beerdigung. Ich starrte sie an, während ich Jennys Schluchzen und Bitten lauschte, ohne nach oben zu blicken oder zu ihr zu gehen. Das alles hatte ich auch schon durchgemacht, gebettelt und gefleht, und ich wusste, wie beschämend es war. Ich wusste, wie es sich anfühlte, mitten in der Nacht auf einem Parkplatz neben einem Auto zu stehen, ausgesperrt, durch viel mehr als nur Blech und Glas von dem Menschen getrennt, den man liebt. Ja, ich wusste genau, wie es war, verzweifelt zu betteln, weil man nicht im eisigen Regen auf diesem verfluchten Parkplatz zurückgelassen werden wollte; weil man Angst hatte, weil es einem leidtat, weil man nicht allein sein wollte und weil man sicher war, niemals wieder geliebt zu werden, wenn dieser eine Mensch einen verließ.

Nur die, die ganz arm dran sind, gebrochen und ungeliebt, werden so vorgeführt. Und keiner war gebrochener oder weniger liebenswert als ich. Niemand hatte jemals so betteln müssen wie ich. Und es machte alles nur noch schlimmer, wenn man dabei beobachtet wurde. Also schaute ich auf meine schwarzen

Beerdigungsschuhe und tat, als hörte ich nicht, wie Jenny oben auf der Treppe schluchzte.

»Ray. Ray, ich habe nicht viel Zeit. Lass uns bitte darüber reden, aber dafür musst du … musst du rauskommen, ja? Ja, Ray?«

Ich erinnerte mich daran, wie meine Mutter meinen Vater einst angefleht hatte. Bestimmt ein Dutzend Mal hatte er damit gedroht, sie zu verlassen, ehe er wirklich gegangen war. Die Sache war die: Es funktionierte niemals. Wie viele Männer hatte ich angefleht, nicht zu gehen, und alle – selbst Richard – waren irgendwann, mitten im Regen, mitten in der Nacht, mitten auf dem Parkplatz oder nach einer durchwachten Nacht am Morgen danach, nachdem ich ihnen noch einen geblasen hatte, verschwunden; manche nach Monaten, andere nach Jahren. Das war offenbar das Schicksal von uns Pritchard-Frauen. Vielleicht lag es in unserer DNA.

Jenny kickte mit ihren schwarzweißen Chucks gegen die dünne Sperrholztür, sodass sie in ihrem lose sitzenden Rahmen klapperte. Das Geräusch schreckte mich auf.

»Mach auf! Mach auf und sag mir, dass es nicht stimmt!« Noch einmal trat sie gegen die Tür. Das Klappern war dieses Mal lauter. »Ray!«

Obwohl sie genug Lärm machte, um die Nachbarn in Alarmbereitschaft zu versetzen, kam keiner nach draußen, um nachzusehen. Niemand rief die Polizei. In diesem Viertel machte man so etwas nicht. Die Leute hatten selbst zu viele Probleme, als dass sie sich um die von anderen Leuten kümmern würden.

»Mach die Tür auf! Warum machst du nicht einfach die Tür auf?« Sie warf sich mit ihrem ganzen Gewicht nach vorn und sank dann in sich zusammen. »Wie konntest du mir das nur antun? Was bist du für ein Mensch?!«

Das versetzte mir einen schmerzhaften Stich ins Herz. Diese

Tür würde sich nicht öffnen. Nicht für sie. Nicht jetzt und wahrscheinlich niemals mehr.

»Vielleicht bin ich krank. Was, wenn ich deinetwegen krank bin? Was, wenn ich es habe?«

Jenny beugte sich nach vorn, und ich ging zwei Stufen nach oben, darauf gefasst, dass sie sich zusammenkrümmen, weinen, sich übergeben oder Ähnliches tun würde. Stattdessen drehte sie sich um und schaute zu mir nach unten. »Bring du ihn dazu. Bring ihn dazu, die Tür zu öffnen.«

Ich streckte die Hand nach ihr aus. »Komm. Lass uns in die Klinik fahren.«

»Keiner wird jemals wieder mit mir zusammen sein wollen.«

»Das stimmt nicht. Komm jetzt.«

Sie kam zu mir. Schnell ergriff ich ihre Hand und zog sie behutsam hinter mir die Treppe hinunter.

»Sie haben noch nicht zu, oder?«, wollte sie wissen.

Ich hatte keine Ahnung. Ich hoffte, nicht. »Nein, sie haben noch nicht zu.«

Sie hielt meine Hand auf dem ganzen Weg durch den Garten und das Tor fest umklammert. Und auch noch, als ich die Beifahrertür aufschloss und für sie öffnete. Ich versuchte, die Hand zu lösen, damit sie einstieg, doch sie ließ nicht los. Stattdessen umklammerte sie mein Handgelenk auch noch mit der zweiten Hand. Ihre Finger waren wie Handschellen, dünn und stark.

»Lass mich nicht allein.«

»Was?«

»Lass mich nicht allein, okay? Das kannst du nicht machen.«

»Ich lasse dich nicht allein, ich bringe dich in die Klinik.«

»Aber danach.«

»Danach bringe ich dich nach Hause.«

Sie schüttelte den Kopf. »Ich will nicht allein sein. Nimm mich mit zu dir nach Hause. Bitte.«

Nein, nein, nein, nein.

Meine Entscheidung, *mein* Tag, *meine* Erlösung, *meine* Begnadigung, *mein* Ende. Keiner mehr, der sich auf mich verließ. Keiner, der mich noch brauchte. Sogar den verfluchten Kater hatte ich weggegeben. In meiner Wohnung waren nur noch ein Bett, etwas Senf, der niemals schlecht werden würde, und ein klares, sauberes, aus Mexiko importiertes Fläschchen Ausweg.

Ich blickte über ihre linke Schulter, in der Hoffnung, dass sich dort eine Lösung offenbaren würde. Sie schüttelte meinen Arm.

»Du nimmst mich mit zu dir, ja? Du lässt mich nicht allein?«

Ich sah sie an. Sie war kurz davor zusammenzubrechen. Sie war so zart wie ein Vögelchen. Ein Windstoß könnte sie fortblasen.

Ich spürte, wie sich die Verantwortung meiner bemächtigte, mich mit ihren Klauen umfing.

»Du kannst dich nicht auf mich verlassen«, sagte ich zu ihr. »Ich bin der letzte Mensch, auf den du dich verlassen solltest.«

»Ich weiß.«

Ein Auto fuhr vorbei, wurde langsamer, als es auf unserer Höhe war, und beschleunigte dann wieder. Am Ende des Blocks blieb es mit eingeschaltetem Blinker stehen und wartete einen Moment zu lange, ehe es abbog.

»Du hast ja keine Ahnung.« Ich versuchte, meinen Worten Gewicht zu verleihen, damit sie die Schutzschicht durchdrangen, die sich um ihren Verstand gelegt hatte. »Los, fahren wir«, sagte ich, legte eine Hand auf ihren Arm und schob sie zur offenen Tür. Sie wehrte sich dagegen, bewegte ihre Füße keinen Zentimeter, verdrehte nur den Oberkörper leicht unter meinem Druck. Sie ähnelte einer Barbiepuppe mit drehbarer Hüfte.

»Ich will mit zu dir nach Hause«, erklärte sie erneut. »Ich will heute Abend bei dir bleiben. Bitte versprich mir das.«

Mein Zuhause. Mein Zuhause mit den säuberlich aufgeschichteten Unterlagen, wo am Morgen meine Leiche in der Badewanne liegen sollte. Dabei fiel mir ein, dass ich die Klimaanlage noch hochdrehen wollte.

»Wird deine Mutter herkommen?«, fragte ich.

»Was?«

»Um nach dir zu sehen«, sagte ich. »Ich habe gehört, die Medikamente, die man bekommt ... sind ziemlich heftig. Du brauchst jemanden, der nach dir sieht.«

»Ich rufe sie nicht an. Warum sollte ich sie anrufen? Ich will mit zu dir kommen.«

»Ich kann mich nicht um dich kümmern.«

»Ich weiß. Darum bitte ich dich auch nicht.«

»Tust du doch.«

»Tue ich nicht.«

Ich fasste sie am Kinn und zwang sie, mich anzusehen.

»Ich habe Chuckles heute weggegeben. Ich habe meinen eigenen Kater verschenkt. Ich gehöre zu den Menschen, die einfach ihren Kater weggeben.«

»Wir können ihn zurückholen«, sagte sie, wischte mein Argument ohne weiteren Kommentar einfach vom Tisch.

»Ich kann mich nicht mehr um ihn kümmern. Ich kann mich nicht einmal mehr um meinen Kater kümmern.«

»Ich weiß.«

»Hör auf, das zu sagen.«

»Ich weiß, dass du deine Medikamente nicht mehr nimmst. Und ich weiß, dass du keinen Krebs hast.«

Ich ließ ihr Kinn los. Zweierlei Gefühle übermannten mich: Wut auf Jenny, die eine Schnüfflerin und Spionin war – was ich mir gerade noch verkniff, ihr an den Kopf zu werfen –, und Scham aufgrund meiner Lügen. Sie sollte sich zu all ihrem Übel nicht auch noch mit meinen Problemen herumschlagen müssen.

»Ich finde, du solltest deine Medikamente wieder nehmen«, sagte sie.

Was für ein reizender, naiver Gedanke von einem reizenden, naiven Geschöpf, das so gutherzig wie ein Hund war, der nie auf seinen Besitzer losgehen würde.

»Ich werde niemals gesund werden.«

»Das kannst du nicht wissen.«

»Ich weiß es aber.«

Zwei Häuser weiter trat eine Frau aus der Tür. Bei ihr war ein Junge im Teenageralter. Sie blieb stehen, um die Tür abzuschließen, während er bereits die Straße hinunterlief, mit betont lässigem Gang, ein selbstbewusstes Getue, um entspannte Gleichgültigkeit zur Schau zu stellen. Die Frau holte ihn ein und ging mit schnellen, zielgerichteten Schritten an ihm vorbei, sodass er einen Zahn zulegen musste, um mitzuhalten. Ich hörte den Polizeihubschrauber, der eine weitere Runde drehte, etwas weiter weg als zuvor. Diese Normalität irritierte mich.

»Ich will mit zu dir nach Hause«, sagte Jenny wieder. »Und ich glaube, du brauchst mich auch.«

»Tue ich nicht.«

»Du bist eine schlechte Lügnerin. Du solltest aufhören, immer nur zu lügen.«

»Jenny.«

»Du musst mich nicht bezahlen. Ich werde auch ohne Geld deine Assistentin sein.«

»Es geht doch nicht ums Geld.«

»Würdest du Ramona mit zu dir nehmen?«

»Das geht dich nichts an«, sagte ich. Es gibt Bereiche in der Vergangenheit eines Menschen, die einfach tabu sind, selbst für diejenigen, die einen emotional erpressen wollen.

»Warum nicht? Sie war auch meine Schwester, oder nicht?«

Jenny hatte meine Hand losgelassen. Ich konnte mich nicht

daran erinnern, wann das passiert war. Irgendwie waren wir vom flehentlichen Bitten ins Streiten übergegangen, und sie hatte beschlossen, mit geballten Fäusten zu kämpfen, was mehr als unfair war.

»Das ist nicht dasselbe«, sagte ich.

»Es ist dasselbe. Es ist genau dasselbe. Ich bin deine Schwester, du bist meine, und sie war auch meine. Wir stecken hier alle zusammen drin, also nimm mich einfach mit zu dir nach Hause.«

Ich warf die Beifahrertür zu und drückte auf den Knopf der Zentralverriegelung. Als das Schloss einrastete, war ein leises Klicken zu hören.

Ich wollte diese Auseinandersetzung nicht führen. Ich wollte nicht hier sein. Nicht in dieser Straße. Nicht in dieser Stadt. Nicht in dieser Wirklichkeit.

»Clementine.«

Ich ignorierte sie.

Mein Plan war perfekt gewesen. Sauber und ordentlich. Ich hatte mich um alles gekümmert. Keiner brauchte mich noch. Keiner sollte mich brauchen.

»Clementine.«

Erfolglos rüttelte sie am Türgriff.

Ich hatte schon meinen Sarg gekauft, verdammt noch mal! Das musste mir doch wohl Pluspunkte einbringen. Das Universum schuldete mir etwas. Ich hatte meinen Teil mehr als erfüllt. Ich hatte mehr getan, als man von jemandem an meiner Stelle erwarten würde.

»Clementine.«

Ich hatte Verantwortung gezeigt. Andere Menschen warfen sich einfach vor einen Zug. Ich nicht.

»Clementine, mach die verdammte Tür auf!« Jenny trommelte mit der Faust gegen das Beifahrerfenster. »Mach schon!«

Ich sah auf die Autoschlüssel in meiner Hand. Ich könnte

einfach nur meine Tür öffnen. Ein Klick auf die Fernbedienung. Ihre würde geschlossen bleiben, solange ich den Knopf nicht zweimal drückte. Ich könnte einfach einsteigen und wegfahren, während sie tobend im Rückspiegel zurückblieb. Dann wäre alles fast genauso wie vor drei Stunden. Sollte sie doch den Weg in die Klinik allein finden. Sollte sie doch allein nach Hause kommen. Sollte sie doch allein nach einem Ausweg aus dieser verdammten Situation suchen. Ende.

»Für Ramona würdest du es tun!«, schrie sie mich an. »Für sie würdest du alles tun! Und ich habe alles für dich getan. Das habe ich, und das weißt du!«

Ein Klick? Zwei Klicks?

»Wir können uns umeinander kümmern. Wirklich!«

Ich sah an ihr vorbei auf die Straße.

»Was wirst du tun?«, fragte sie.

Ich hatte nicht die geringste Ahnung.

»Ich habe nicht die geringste Ahnung.«

»Dann triff morgen eine Entscheidung.«

»Was?«

»Das könntest du doch tun – niemand zwingt dich, dich heute zu entscheiden. Tu es morgen. Oder übermorgen«, fügte sie hinzu, warum nicht gleich noch ein bisschen mehr Zeit schinden?

Ein Klick? Zwei Klicks?

»Wir können nicht zu mir nach Hause fahren.«

»Gut, dann fahren wir eben nach der Klinik zu mir. Bleib bei mir. Heute Nacht.«

Ich versuchte, einen logischen, vernünftigen Grund zu finden, weshalb ich nicht bis morgen warten könnte.

»Deine Wohnung ist eine Absteige.«

»Ja, mein Arbeitgeber hat mich beschissen bezahlt. Das heißt, du musst die Pizzen spendieren.«

»Ich habe noch nicht ja gesagt.«

»Doch, das hast du. Es ist doch nur bis morgen.« Sie holte tief Luft und fing wieder an zu weinen. Es musste sie ungeheure Anstrengung gekostet haben, das so lange zu unterdrücken. Sie hatte sich wirklich Mühe gegeben, viel mehr, als ich ihr zugetraut hätte. »Und jetzt bring mich zum Arzt.«

Ich drückte einmal auf den Knopf.

Dann ein zweites Mal.

DANKSAGUNG

Ein Buch zu schreiben ist oft eine einsame Angelegenheit, aber ich habe Unterstützung von vielen Menschen erfahren, ohne die es mir nicht möglich gewesen wäre.

Von meinem Mann, Austin Baker, und meinen besten Freunden, Janice Shiffler und Eric Stone, die meine Erstleser und engsten Vertrauten sind.

Von meinen Eltern – Donna, Steve, Robin und Joy – zusammen mit der gesamten »Gator in the Pool Gang«, die mir mit unendlicher Liebe und Unterstützung zur Seite gestanden haben.

Von meiner Agentin, Barbara Poelle, und meiner Lektorin, Katherine Nintzel, zusammen mit dem gesamten Team bei William Morrow, die an der Entstehung dieses Romans beteiligt waren.

Euch allen bin ich ewig dankbar.

»Aufleben STATT AUFGEBEN«

Der Kalender zum Buch

TAG

1

Mach eine Radtour zur nächsten Eisdiele und gönne Dir zwei Kugeln von Deinem Lieblingseis.

TAG

2

Tu jemandem heute einen Gefallen!

TAG
3

Schick Deiner besten Freundin,
Deiner Oma oder
einem anderen lieben Menschen
mal wieder eine Karte.

TAG

4

Zeig dem Gemüse heute die kalte Schulter und gönne Dir eine leckere Pizza!

TAG

5

Besuche heute eine Ausstellung oder ein Museum!

TAG

6

Lauf barfuß über eine Wiese
und fühl Dich wieder wie ein Kind.

TAG

7

Hör Deinen Lieblingssong
und singe ganz laut mit.

TAG

8

Ob Hobby, eine Sportart oder
ein Restaurant – mach heute etwas,
was Du schon lange
mal ausprobieren wolltest!

TAG

9

Lächle 3 fremde Personen
an – und,
lächeln sie zurück?

TAG

10

Sei kreativ und bastel etwas aus:
Alufolie, Gummiringen,
Bleistiften und Haarklammern.

TAG

11

Geh auf den Spielplatz
und schaukel nach Herzenslust!

TAG

12

Weniger ist mehr:
Räum Deinen Schreibtisch auf!

TAG

13

Genieß die frische Luft
und geh 20 Minuten
ohne Handy um den Block!

TAG

14

*Mach Dir keinen Freizeitstress:
Lass heute einfach
mal alle fünf gerade sein!*

TAG

15

Hast Du Dich
über jemanden geärgert?
Vergiss es, vergib ihm einfach.

TAG

16

Seelentröster:

Schreib 5 Dinge auf, die Dir garantiert gute Laune machen!

TAG

17

Back Deine Lieblingskekse einfach mal nur für Dich selbst!

TAG

18

*Nimm Bleistift und Papier
und zeichne, was Du siehst,
wenn Du aus dem Fenster blickst.*

TAG

19

Neue Wege gehen:
Nimm heute mal einen anderen Weg nach Hause!

TAG

20

*Sag Danke zu jemandem,
der es verdient hat
und nur selten hört!*

TAG

21

Ein kleines Malbildchen
für Dich:

TAG

22

Mach jemandem ein ehrlich gemeintes Kompliment!

TAG

23

Nimm heute beim Essen das Messer
einfach mal in die linke Hand,
wenn Du Rechtshänder bist -
und umgekehrt.

TAG

24

Geh langsam und trödel einfach mal.
Das Gedränge um Dich herum geht
Dich heute nichts an.

TAG

25

schreib drei sachen auf,
über die Du
Dich heute gefreut hast!

TAG

26

Lade eine Freundin heute spontan ein – egal, ob auf Kaffee und Kuchen oder ein Glas Wein am Abend.

TAG

27

Schau Dir heute
Deinen Lieblingsfilm an.

TAG

28

Erstell Deine persönliche feel-good-Musikliste!

TAG

29

Kauf Dein Lieblingsbuch und verschenke es!

TAG

30

»Ich habe getan, was ich wollte, wie ich es wollte, und genauso werde ich auch weitermachen!«